스티브의
이런저런
교회 이야기

스티브 리
지음

웃고, 고민하고, 공감하는 미국 한인 교회 이야기

스티브의
이런저런
교회 이야기

Steve' s Reflections on Church Life

좋은땅

Contents

대책 없는 해병대들?

교회생활을 하다 보면 신비로운 체험을 많이 하게 됩니다.

이렇게 얘기하면 혹시 이사람 또 신비주의자 아니야~ 하실 분들이 계실 텐데 그런 신비주의적 체험이 아니라 사람이 변화하는 모습을 실제로 경험하게 된다는 말입니다.

제가 아는 어느 집사님은 제가 LA 남쪽의 어떤 교회에서 집사로 열심히 봉사하고 있을 때 한국의 모 건설회사의 미국 지사원으로 미국에 와서 교회에 첫발을 디디게 된 분이었습니다.

그 당시 그분은 신앙이 거의 전무한 상태였고 생활방식과 생각하는 스타일이 소위 말하는 〈내 맘대로〉파였습니다. 또한 과거 해병대에 근무할 당시 술을 머리끝까지 마시고, 아마도 한국 해병대 역사상 청와대 앞에서 방뇨를 하다가 헌병에 붙잡혀 간 유일무일한 인물이었을 겁니다.

그런데 무슨 까닭인지 어느 날 신학 공부를 한다고 하더니만 그만 만학을 통해 목사님이 되고 말았습니다. 지금은 해외 신학교에서 강의를 하며 작은 교회에서도 충성된 종으로 특유의 성경 공부 방식으로 정열을 바치고 있습니다.

또 한분 역시 해병대 출신인데(이거 뭐 해병대가 설치누만요) 이분은 미국해병대로 교환장교로 오셨을 때 얕잡아보고 찝쩍대는 덩치 큰 미해병 대원 한 명을 난달받이(헤딩을 이분은 이렇게 표현했습니다)로 들이받아 병원에 즉시 입원을 시키고 그당시 미해병대 군신문에 〈한국에서 온 해병대원들 되도록이면 피하라〉라는 경고문이 나게 할 정도로 유명(?)한 분이었습니다.

이분은 LA 가다나 부근에 유명한 한식 레스토랑을 경영하셨는데 보통 식당에선 주방장이 곤조(?)를 부리면 주인이 설설매는 법인데 이분은 주방장을 군대식으로 뒤(?)로 데리고 들어가서 교육을 시키는 까닭에, 멀리 한국까지 "너 미국LA 로 주방장 하러 갈라면 딴 레스토랑은 괜찮은데 절대 ×× 레스토랑은 가지 마라. 뒤지게 맞는다"라고 소문이 났다고 합니다.

그런데 이분 역시 무슨 연유인지 어느 날 신학을 시작하시더니만 훌륭하신 목사님이 되시었습니다.

얼마 전에는 후두암에 걸리시어 대수술을 하셨는데 보통 사람들은 진통제를 있는 대로 다 많이 놓아 달라고 애걸복걸하는 법인데 이 목사님은 진통제를 일체 안 맞으셨다고 해서 왜 그러셨냐고 물어보았더니만 〈예수

님이 당하신 그 고통의 수천분의 일이라도 이번 기회에 한번 느껴 보자〉
는 취지(?)로 해병대답게 고통을 자처하셨다고 하셨습니다. 필승!

또 한 분. 이분 역시(죄송합니다) 해병대 출신이십니다.
이분은 과거 한국에 계실 때 나이트 클럽 "웨이터"를 거의 10여 년간 하
신 그분이야 베테랑이셨습니다. 그러다가 친구들에 끌리어(?) 해병대에
자원입대를 하게 되었다고 합니다.

그곳에서 상관의 술시중(?)을 잘 드는 바람에 만기 제대 때까지 사단장
따까리(소위 말하는 비서입니다)를 하시다가 제대한 직후 사단장의 도움
으로 미국 시카고의 어느 한인 클럽의 〈바텐더〉로 이민을 오셨습니다.

그런데 이분 역시 어떤 연유인지 어느 날 신학을 공부하신다 하더니만
들리는 소문에 의하면 목사가 되시어 필리핀쪽 선교사로 열심히 주님 사
역을 감당하고 계신다고 합니다.

대부분 사람들이 목표를 정하고 어떤 일을 시작하는 게 원칙인데 때로
는 원칙에 벗어난 〈대책 없는〉 결단을 내리는 사람들이 있습니다.

제가 예로 들은 분들도 제 생각엔 이런 〈대책〉 없는 행보를 하신 분들이
아닌가 생각도 듭니다.

한 분은 한국 건설회사 주재원으로 특별한 동기가 보이지 않았던 분이

었고 한 분은 유명한 레스토랑을 성공적으로 잘 경영하시던 분으로서 더욱 특별한 동기가 보이지 않았던 분이었고 한 분은 자기 분야에서 실력을 인정받던 바텐더로서 나름대로 만족하던 분이기에 더더욱 특별한 동기는 보이지가 않았던 분이었습니다.

그런데 이분들이 〈대책〉 없이 어느 날 큰 결단을 내렸을 때 하나님께서는 직접 〈대책〉을 마련해 주셨던 것입니다.

제 고등학교 친구 중에 필라델피아에서 시무하며 세계 각국을 돌아다니며 부흥회를 인도하는 유명한 목사님이 계신데 그분이 간증 중에 말하기를 〈제가 대책 없이 나갔더니 하나님이 대책을 마련해 주시더라〉라는 말을 한 기억이 납니다.

이 말을 조금 다른 방식으로 풀이하자면, 신앙의 결단은 결코 잣대로 재어서 결정하는 그런 결정이 아니고 하나님을 향한 나의 마음에 확신이 생기는 순간 모든 것을 그분의 섭리에 맡겨 버리는 그런 결정을 말한다고 생각합니다.

그러기에 혹자는 제가 위에 예로 들은 분들의 결정을 성급하고 무모하고 대책 없는 결정이라고도 보실수도 있겠지만 제가 생각하기는 그들은 분명히 자신의 결정이 하나님의 뜻 안에 있다는 것을 전적으로 믿고 오직 그 믿음만 가지고 나머지 대책은 하나님이 마련해 주시리라는 확신하에 그런 일생일대의 큰 결정을 내렸다고 생각합니다.

결과적으로 그들은 하나님이 마련해 주신 〈대책〉대로 보람되고 감사하고 은혜 충만한 사역을 하고 있는 것이 분명합니다.

우리는 때로는 승부수를 던져야 할 때가 있게 됩니다. 그때 그 결정이 하나님을 향한 확신하에 행하여지는 것이라면 비록 남들이 보기엔 〈대책〉 없이 던지는 무리수로 보일 수도 있지만 하나님은 반드시 그 〈대책〉을 마련해 주신다는 것을 저는 개인적으로 많은 체험을 통해 느끼고 또 확고하게 믿고 있습니다.

그렇다고 해서 제가 예로 들은 그분들을 따라 여러분들도 어느 날 갑자기 모든 걸 다 내려놓고 신학을 공부하라는 얘기는… 절대 아닙니다!

예수천당 불신지옥

사람들이 많이 탄 전철 안에서 갑자기 중년쯤 되어 보이는 아저씨 두 분이 언쟁을 높이더니만 삿대질까지 해 가며 싸움 일보 직전까지 갔습니다. 다들 자리를 피하며 눈치만 보고 있는데 나이가 꽤 들어 보이시는 할아버지 한 분이 점잖게 말합니다.

"이보게들… 그만들 하게… 뭐 여기가 교회라도 되는 줄 아는가?"

저도 그렇고 여러분들도 이 말에 꽤 충격을 받게 됩니다. 교회 밖에서의 교회를 향한 눈길은 솔직히 기대 이하입니다. 얼마 전까지만 하여도 〈교회 다니는 사람인데 믿을 만하지〉라고 했는데 이제는 부정적인 눈길이 너무나 많게 되었습니다.

일전에 한국 출장길에 시간이 있어서 같이 간 미국 친구를 데리고 서울 거리에 나간 적이 있습니다. 이곳저곳 구경하다가 잠시 쉴 겸 근처 커피숍에서 커피를 사 들고 마침 날씨도 좋은지라 바깥에 위치한 의자에 앉아서 이것저것 그 친구와 담소를 나누고 있었습니다.

좋은 시간을 가지고 있는데 난데없이 웬 아주머니가 불쑥 나타났습니다. 그리고는 우리가 앉은 자리 앞쪽의 거리를 가로막고 우뚝 섰습니다. 그리고는 대뜸 하는 첫 말… "지옥 안 갈라면 예수 믿으세요!"

엥?

말을 못 알아듣는 미국 친구가 어깨를 으쓱하며 나를 쳐다봅니다.

미국인을 본 그 아주머니의 입에서 나온 말. "Church church! No church, you go Hell!"
"지옥 안 가려면 교회 나가세요"라는 뜻인 것 같았는데, 심히 불쾌했습니다.

약 5분간 도살장에 끌려가는 소같이 굽신굽신하며(교회에 잘 다니고 있다는 얘기까지 했습니다) 간신히 그 아주머니를 보냈습니다(전단지를 확~ 뿌리며 갔습니다).

저는 불쾌한 기분을 감추고 일부러 미소를 지으며 그 친구에게 좋게 좋게 설명을 했고 이것저것(그 아주머니가 왜 불쑥 다가와서 그런 행동을 했는가) 조심스레 이해를 시켰습니다.

말씀드리자면, 그 친구는 신실한 침례교인이었고 아버님이 목사로 목회하시는 교회에서 주일학교 교사로서 열심히 헌신하는 집사이고, 저는 장로교회 장로입니다.

전도의 중요성을 누구보다 잘 아는 〈같은 편〉들입니다. 그런데도 저는 그 아주머니의 그 전도 〈방식〉에 몹시 불쾌함을 느꼈습니다. 하물며 믿지 않는 사람들은 얼마나 기분이 나쁘겠는가 생각해 봅니다.

이것이 우리들의 전도방법에 대한 현주소입니다. 〈예수천당 불신지옥〉의 구호 방식이 효과적으로 통했던(?) 때는 오래전입니다. 몇 날 며칠을 집으로 찾아가 기어이 교회로 끌고 오면서 〈승리〉의 축가를 부르던 때도… 이미 지나갔습니다.

세월은 변했고 문화도 변했고 모든 것이 변했건만 아직도 수십 년 전에 사용했던 그 전도 방식을 우직하게(?) 써먹는… 어떻게 얘기하면 순박한… 솔직히 얘기하면 〈무식한〉 전도 방법과 전략으로 인해 역효과가 날 수도 있음을 우리는 자각해야 할 것입니다.

그 아주머니를 포함한 많은 전도자들이 일반적으로 보이는 전도의 모습들은 마치 정해진 할당량을 채워야 한다는 sales man과 같은 모습입니다. 상대방이 누구인지 전도에 대한 기본 전략은 물론 매너조차 무시합니다. 무조건 과감하게(?) 질러 버리면 하나님이 다 알아서 상대방 마음을 감화시키고 역사하실 줄 아는 모양입니다.

전도는 전략이기도 합니다. 성숙된 전도 전문가들은 면밀한 계획을 세

옵니다. 젊은이들이 많은 곳이냐, 노인들이 많은 곳이냐, 어떤 인종이 많이 사느냐… 남자냐 여자냐, 어떤 방식으로 어떤 태도로 접근을 할 것이냐, 인컴 상태는 어떤가… 등등. 주먹구구식으로 무조건 들이밀면서 상대방의 기분이나 상황은 생각 안 한 채 안하무인격의 전도는 기독교 전체에 대한 부정적인 영향을 끼칠 수가 있다는 것을 명심해야 합니다.

솔직히 최고의 전도는 〈자신의 삶에서 보여 주는 것〉입니다. 상대방을 생각 안 하고 우격다짐하듯 한마디 내뱉고 종이 쪽지 한 장 던져 버리고 가는 게 어떻게 전도가 될 수 있습니까.

저 같은 경우에는 제가 심리적으로 외로웠을 때 저를 찾아와 슬며시 놓고 간 친구의 성경책과 그 친구의 기도 때문에 자발적으로 교회에 나가게 되었습니다. 사람을 억압한다고 말을 듣습니까… 전도는 정말 성령님의 역사가 필요합니다. 자신이 안 변하고 준비가 안 된 상태에서 어떻게 상대방을 변화시킬 수가 있겠습니까.

어떤 교회에선 새벽까지 철야기도를 하면서 옆에 있던 탁자와 벽을 치면서 "주여~ 주여~"를 크게 외쳤더니, 인근 부민들이 "불이야~ 불이야!" 하는 줄 알고 다 뛰쳐나왔다는 우스갯소리까지 있습니다.

우리가 살고 있는 이 나라의 법도 사실은 하나님이 만들어 놓으신 제도 중 하나입니다. 예수님도 살아생전 사회의 법도를 어기신 일이 없으셨듯, 우리도 의로운 하나님의 자녀로서 사회의 법도와 규칙과 예의범절 등을 마땅히 지켜야 할 것입니다.

그러므로 우리는 이제 전도에 대한 시각을 좀 바꾸어야 하지 않을까 생각됩니다.

여러분은 어떻게 생각하십니까?

이놈의 담배!

　제가 아는 어느 장로님은 담배를 무척 즐기셨던(?) 분이십니다. 일단 주일날 교회에 가면 몇 시간은 못 피우는 관계로 교회 출발 일보 직전에 진하게(?) 한 대 빨고 출발을 하게 됩니다.

　그런데 담배 피우시는 분들은 옷을 털고 향수를 뿌리면 그 냄새가 없어진다고 착각을 하시는데 담배 안 피우는 사람들은 1미터 밖에서도 그 냄새를 맡을 수가 있습니다.

　주일날 화장실에서 만나면 꼭 "이집사~ 어때 냄새 안 나지?" 물으실 정도로 사실은 순진하신 장로님. 성경 지식도 박식하시고, 교회 일에도 충성 봉사 하시고, 기도도 열심히 하시고, 사회적으로도 성공하신 분이시지만 이 담배만은 도저히~ 도저히~ 끊을 수가 없으셨던 모양입니다.

　그런데 이런 흡연자를 보는 우리들의 신앙적 시각에는 문제가 없을까요. 당연히 저 역시 흡연을 하지 말라는 쪽입니다.

그러나 진짜 중요한 이슈는, 이런 술·담배를 지나친 신앙적 척도로 여기어 상대방에 대한 그릇된 판단과 비판을 한다는 점입니다. 어떨때 보면 영적으로 자신을 갉아먹는 이단 사설에 대해선 별 거리낌 없이 자신을 열어 놓는 사람들이 이 술·담배에 관해서는 입에 침을 튀기며 적극적으로 비판을 하는 모습을 종종 보게 됩니다. 우리는 이 술·담배에 대해 새로운 시각을 가질 필요가 있다고 생각합니다.

결혼식장으로 향하는 신부의 모습을 예로 들어 봅니다. 생애에 가장 중요하고 아름다운 순간입니다. 만약 예식장을 향하는 신부의 마음에 어젯밤까지 같이 보낸 딴 남자가 들어가 있다면 아무리 아름답고 깨끗한 웨딩 드레스를 입었다 해도 그 신부는 가장 중요한 죄를 저지르고 있다고 볼수 있습니다.

그런데 반대로 신랑을 진실되게 사랑하는 순결한 마음을 가지고 나타난 신부의 웨딩 드레스에 약간의 진흙이 묻어 있다면 우리는 이내 그것에 온 시선을 집중하게 됩니다. 그리고는 영락없이 질책을 하게 됩니다.

무슨 신부가 예식장에 저따위 드레스를 입고 나타나는 거야 하면서. 당연히 순결한 마음과 깨끗한 드레스를 모두 다 가지고 나타나는 신부야말로 perfect한 신붓감일 것입니다.

그러나 겉으로 보이는 흠 있는 드레스를 안 보이는 도덕적인 불륜 이상으로 여기게 된다면 어쨌거나 우리는 중대한 실수를 하게 된다는 것입니다. 더러운 드레스를 입고 나타난 신부의 태도와 성의에 문제가 없다는 게 아니라, 눈에 보이지 않는 정작 더 중요한 것 이상으로 여기는 그 편견에 문제가 있다는 것입니다.

다시 담배 얘기로 돌아갑니다. 어떤 초신자는 수십년간 즐기던 담배를 아마도 아직도 끊지 못한 경우도 있을 것입니다. 그러면 다시 세상으로 돌아가서 담배를 완전히 끊은 다음에야 비로소 교회로 나오라는 것입니까?

예수님은 담배 못 끊은 자들은 받아들이지 않는다는 것입니까? 담배 피우는 사람들은 구원에 이르지 못한다고 제가복음 3장 16절에 적혀 있습니까? 우리는 이 술·담배 문제를 이제는 〈개인적 차원에서 조속히 고쳐야 할 사항〉으로 생각해야 합니다.

"예수님이 루시퍼의 영적인 형제다, 우리도 하나님이 될 수 있다, 구원으로 가는 길은 다양하다. 성령은 우리가 마음대로 부릴 수(?) 있다"라는 등의 엄청난 이단 사설과 동일한 레벨로 이 술·담배 문제를 취급하지 말기를 바라는 마음입니다.

그리고 술·담배 하는 성도들을 혐오하시는 성도님들, 여러분들은 그러면 어떻게 세상을 전도하시려 하십니까. 창녀와 세리 등과도 잘 어울리셨던 예수님도 그러면 정죄의 대상입니까?
제발 술·담배를 구원의 문제와 같은 레벨로 여기지 맙시다.

그런 secondary issue에 매달리지 마시고 이단 사설이나 음욕이나 가식과 같은 회칠한 자신의 마음부터 정죄해야 할 것입니다. 그리고 우리는 아직도 나쁜 버릇을 못 버리는 우리의 형제자매들을 위해 권면하고 기도할 것이나 절대로 그들을 멀리하거나 정죄하지는 말아야 할 것입니다.

뭐… 같이 따라 하라고(?) 하는 얘기는 아닙니다만, 이승만 박사, 김구, 이상재, 안창호, 조만식 선생, 이준 열사 같은 분들도 존경받았던 기독인들이었으나 큰 죄(?) 즉 담배를 피우셨던 분들입니다.

마지막으로, 반가운 소식입니다. 처음에 말씀드렸던 그 장로님… 네 드디어 담배를 끊으셨다는 엄청난 기쁜 소식을 전해 드립니다. 아멘!

교회와 NBA의 공통점

저는 NBA 열광 팬입니다.

그런고로 농구 시즌이 시작되는 10월 말이 되면 제가 좋아하는 팀의 경기를 보려고 집에 일찍 들어가거나 혹은 스케줄을 변경하기도 합니다.

NBA 경기를 다년간 보다 보면 이제는 경기 그 자체를 떠나 선수 개인 개인의 전적이나 기량에 대해 민감하게 됩니다. 어느 선수가 어디로 트레이드되고 어디에서 어떤 선수가 영입되고 하는 뉴스 하나까지 지대한 관심거리가 되는 것입니다.

한가지 흥미로운 것은, 어떤 선수들은 소속팀에서 죽을 쑤다가 다른 팀으로 옮긴 다음부턴 언제 그랬냐는 듯이 펄펄 날아다니며 활약하는 모습을 보인다는 것입니다. 물론 모든 선수들이 그런 것은 아닙니다. 그러나 꽤 많은 선수들이 그러한 변화를 보여 주고 있습니다.

우리 교회 생활도 비슷한 면이 있습니다. 오래전 제가 잘 아는 어느 집사님이 계십니다. 성품도 좋으시고 실력도 있으시고 가정도 좋고 사업도 잘되시고 도무지 나무랄 게 없는데 교회 생활만큼은 무척 수동적이시고 미온적이신 분이었습니다.

교회 행사에는 거의 참여를 안 하시고, 한 달에 한 번 있는 구역 모임에도 모시기가 힘이 들었습니다. 우리 모두는 그것이 그분의 성격 탓이라고 생각하고 있었습니다.

그런데 그분이 직장 관계로 타주로 이사를 하셨습니다. 몇 년 후 제가 그 주로 출장을 가면서 우연히 연락이 되어 만나 뵈었는데 저는 그분의 변한 모습을 보고 깜짝 놀랐습니다.

너무나 적극적인 신앙 모습과 교회 전반에 걸쳐 활동하는 그분의 변화를 보고 호기심이 생겼습니다. 집사님 왜 이렇게 변하셨습니까? 저의 질문에 미소를 지으며 간단하게 대답합니다.

은혜를 받으니까 변하더라고요. 지당한 말씀입니다.

모든 변화 요소들을 뭉뚱거려 '은혜'로 잘 표현하였지만 사실은 그 변화의 이유들은 복합적입니다.

실지로 목사님의 설교가 그를 변화시켰을 수도 있고 성경 공부가 그를 변화시켰을 수도 있고 어떤 프로그램에의 참여가 그를 변화시켰을 수도 있고 아니면 간증집회나 부흥사경회 때 변화를 받았을 수도 있습니다.

그러나 중요한 건 이런 이유건 저런 이유건… 왜 똑같은 이유를 전에 있던 그 교회는 제공할 수가 없었냐는 것입니다.

보통 목사님들은 성도들의 은혜 못 받는 이유 중 가장 큰 이유를 성도들의 〈믿음〉으로 돌려 버리는 경우가 있습니다.

NBA에서도 거의 대부분 코치들은 선수들의 부진한 성적에 대해 선수 개인의 〈역량〉으로 돌립니다. 그런데 왜 그런 선수들이 딴 팀으로 이적을 한 다음부터, 언제 그랬냐는 듯 펄펄 날아다니느냐.

여러 이유가 있습니다. 전문가들은 그것을 3C라고 부르기도 합니다. 우선 팀원들의 '분위기(Chemistry)'가 다르기 때문이기도 할 것이고, 코치의 '관심(Care)'이 다르기 때문이기도 할 것이고, 선수가 제대로 실력을 발휘할 코트에서의 충분한 '시간(Chance)'이 주어졌기 때문이기도 할 것입니다. 결국 근본 원인은 무언가 그 개인에게 대한 '변화(Change)'의 요인들이 확실하게 있었다는 얘기입니다.

다시 교회로 돌아갑니다.

물론 목사님들이 수백 명의 성도들을 향해 '맞춤형' 설교는 할 수가 없습니다. 당연합니다.

그런고로 개인의 믿음으로 그 말씀을 '소화'하라고 합니다만, 중요한 포인트를 꽤 많은 목사님들이 간과하고 있습니다.

설교 내용은 맞춤형이 될 수 없지만 설교 방법 설교 스타일은 당연히 맞춤형 포맷이 될 수 있다는 것입니다. 기존의 설교 활동에 대한 일체의 부가적인 노력이나 개선이나 새로운 시도는 철저히 배제한 채 듣는 성도들만 탓하는 모습은 진정한 목자의 모습이 아닐 듯합니다.

어린아이가 음식을 못 먹으면 음식을 먹게 하는 방법을 새롭게 연구해 보는 게 부모의 올바른 태도가 아닙니까. 나는 음식을 제공하는 것으로서 나의 임무를 마쳤다… 이런 얘기는 아니지 않습니까?

많은 교회의 목사님들이 이런 고민거리를 가지고 이런저런 방법을 생각하고 있습니다.
열린예배도 생각해 보고, 예술 행사도 생각해 보고, 새로운 프로그램 도입도 생각해 보고, 미디어를 이용한 시청각 설비도 생각해 보고… 이 모든 것이 노력하는 목사님들의 모습입니다.

이런 노력 중 어느 한 가지라도 성도들의 관심을 끌게 되면 그 자체가 귀중한 값어치가 되는 것입니다.

새로 옮긴 NBA 팀의 한 선수가 친절하게 말을 걸며 가깝게 다가왔든, 빨리 속공으로 공격하는 스타일이 그 선수 취향에 맞았든, 코치가 잘 해 보자며 격려의 어깨 두드림이 있었든, 일단 플레이 타임을 조금 더 주었든, 어느 한 가지라도 그 선수가 새로운 마음가짐을 갖는 데 도움을 주었다면, 바로 그것이 그 선수를 변화시키는 중요한 계기가 된다는 말입니다. 그 결과는 팀 전체의 향상입니다.

교회도 마찬가지입니다. 어떤 이유이건 그 이유를 제공하는 교회가 되어야 합니다. 그 베네핏은 교회 자체가 결국 받게 됩니다. 그러니, 저 사람은 전에 있던 교회에서도 저렇게 열심으로 봉사하든지 하지 왜 옮긴 다음에 저러나… 할 것이 아니라… 저 사람에게 저런 변화가 있게 한 그것이 무엇일까를 연구하고 적용하는, 항시 성도들에게 관심을 집중하는 교회와 우리들이 되기를 바라는 바입니다.

NBA 선수 한 사람 한 사람이 변하여 팀 성적에 공헌한다면 팀원들도 기쁘고, 코치도 좋고, 팀 구단주도 좋고, 관중들도 좋아하듯, 성도 한 사람이 변하여 좋아진다면, 주위의 성도들도 기쁘고, 목사님도 기쁘고, 하나님도 기쁘시고, 또 그 교회를 지켜보는 타 교인들도 얼마나 부러워할 것입니까?

여러분은 어떻게 생각하십니까?

호랑이의 기도를 본받자!

우리는 다음과 같은 우스갯소리를 자주 듣습니다.

어느 교회에 악명(?) 높으신 장로님이 계셨는데 이분이 주일예배 기도 순서를 맡게 되는 날은 성도들이 무척 긴장하며 유독히 본당 입구에서 서성거리는 사람들이 많이 보인다는 것입니다.

물론 그 이유는… 장로님의 기도가 평균 15분이 넘는 데에 있다고 합니다.

자 일단 어느 주일날 풍경을 한번 살펴보시죠. 한참 기도가 진행 중인데 본당을 벗어난 입구엔 아까부터 최 집사가 나와서 서성거립니다. 잠시후 김 집사가 근처 화장실에서 나오는 순간 정 집사도 본당에서 나오다가 셋이 마주칩니다.

"어… 김 집사 언제 나왔어?"

"어… 나 노아 홍수 때 나왔는데… 최 집사는?"

"아… 나는 출애굽 때 나왔지… 근데 정 집사는 어디까지 듣고 나온 거야?"

"여리고성 돌 때 나왔으니까… 지금쯤은 무너졌을 거야."

자 이것은 어디까지나 농담입니다. 그러나 언중유골이라고 분명한 메시지가 있습니다.

기도하시는 분들 가운데 유난히 길게 하시는 분들이 있습니다. 이것은 분명한 습관입니다.

그리고 분명하게 이런 분들은 기도에 대해 훈련을 받지 못하신 분들이 많습니다.

또 어떤 분들의 오래 하는 기도 내용을 자세히 살펴보면, 이런저런 형용어 감탄어 부언 등만 절제하더라도 기도시간이 약 반 정도 줄어든다는 통계도 나와 있습니다.

자 또 한 예를 들어 봅니다. 어느 장로님의 기도 내용입니다.

"아바지… 그러므로 우리는… 아바지… 아무쪼록 몸과 마음을 다하여… 아바지… 주의 일에… 아바지… 열과 성을… 에… 다하여… 아바지… 에… 주님 나라 확장이… 에… 아바지… 잘 이루어지게… 아바지… 매일매일… 에… 또… 깨어서… 아바지… 기도하게… 하여 주시기를… 에… 간절히… 아바지… 비옵나이다… 아바지…"

요것을 약간 수정을 해 본다면 다음과 같이 깔끔하게 변합니다.

"아바지… 그러므로 우리는 아무쪼록 몸과 마음을 다하여 주의 일에 열과 성을 다하여 주님 나라 확장이 잘 이루어지게 매일매일 깨어서 기도하게 하여 주시기를 간절히 비옵나이다."

자 그런데 어떤 분들은 어떤 기도인지 전혀 상관없이 초지일관 브리핑 형식으로 모든 것을 다 다루어야 하는 분들도 계십니다.

식사기도란 식사에 앞서 간단히 이렇게 좋은 일용할 양식을 주신 하나님께 감사하는 기도입니다. 그것에 감사하고 혹 특별한 행사에 관련된 음식이라면(생일 등등) 그 행사에 관한 그리고 음식 장만하신 분들에 대한 고마움을 간단히 언급하는 정도면 될 것입니다.

그런데 '식사' 기도하는데, 온 교인 호명해 가며, 온 기관 축복하고, 출타한 성도까지 걱정하고(?), 병든 자 다 치료하고(?), 나중엔 교회 건축까지 부탁(?) 하고 나니. 아차 시간이 너무 흘렀구나 하여 진짜 목적인 음식 주심에 대한 감사는… 약 2-3초 안에 그냥 허둥지둥 마무리해 버리는 주객이 전도된 웃지 못할 기도들을 많이 경험합니다.

자… 교회 예배 순서를 보면 여러 순서들이 있습니다.
찬양순서, 헌금순서, 기도순서, 말씀순서, 광고순서 등등. 즉, 찬양을 하는 순서가 따로 있고 기도하는 순서 역시 따로 있습니다. 그런데 아무 때나 이 기도순서를 꼭 집어넣는 분들도 있습니다.

솔직히 기도의 중요성을 모르는 성도들은 없습니다. 그리고 언제 어디서나 기도를 하는 것에 대한 부정적 생각은 없습니다. 그러나 예배 순서는 형식에 의한 공적인 순서입니다.

이런 공적인 순서가 질서 없이 체계 없이 진행될 수는 없습니다. 그러므로 모든 순서에 앞이나 뒤나 중간이나 시도때도 없이 이 기도를 집어넣는 것은 매우 이기적인 발상입니다.

가끔 찬양시간에 장시간 중언부언 형식적으로 리드한다는 명목으로 기도를 강요(?) 하는 인도자들을 보게 됩니다. 그리고는 마이크에 형식적으로 알아들을 수 없는 기도를 하시는 찬양리더들을 종종 봅니다.

찬양시간의 주목적은 찬양입니다. 한창 열기 있게 진행 중인 찬양의 맥을 끊어 놓을 만큼 어떤 긴박하게 필요하지 않은 기도를 위해 찬양을 중지하고 어눌한 형식적 멘트로 기도를 강요하는 그런 습관적인 행동은 자제해야 할 것입니다. 찬양은 기도가 아닙니까? 그것은 찬양의 본질을 모르는 자의 생각입니다.

어떤 목사님은 설교 도중에(설교 시작할 때의 기도를 얘기하는 게 아닙니다) 따로 결단의 기도라든지 나라를 위한 기도라든지 특별 환자를 위한 기도라든지, 명목상으로 그럴 듯한, 그런 시간을 강요하시는 분들도 있습니다.

특별집회나 부흥회 때 그런다면 어느 정도 이해가 갑니다만 주일예배 말씀 전달 시간엔… 말씀에만 집중하셨으면 합니다.

그러면 기도하는 게 나쁘냐… 묻습니다. 아까도 언급했지만 기도를 나쁘게 생각하는 크리스천들은 없습니다. 요는 기도할 때 기도하고 찬양할 때 찬양하고 말씀 전할 때 말씀 전하자는 것입니다.

학생들에게 공부하는 게 나쁘다는 부모들 없습니다. 그러나 아이가 24시간 공부만 한다면… 예를 들어 밥 먹을 때도 공부하고, 운동할 때도 공부하고, 샤워할 때도 공부하고, 놀 때도 공부하고, 영화 볼 때도 공부하고 한다면 과연 sound한 생활이 되겠습니까. 이것은 기도를 남발하는 행동입니다.

야고보서의 "의인의 기도는 역사하는 힘이 크다"의 그 기도는 영어로 effective prayer로 번역됩니다.

효과적인 기도는 남발하는 기도가 아닌 적재적소에 군더더기 없이 하는 기도입니다.
군더더기가 없으려면 중언부언 삼가고, 기도 목적엔 안 맞는 잡동사니 일들에 대한 기도 삼가고, 아무 때나 불쑥 집어넣는 형식적인 기도 삼가고, 일분일초 귀중한 시간에 모든 사람 민감하게 만드는 자아만족형 기도 삼가야 할 것입니다.

마지막 이야기입니다.

옛날 어느 산속을 지나던 사람이 그만 무서운 호랑이에게 쫓기어 달아납니다.
그러나 결국은 지쳐서 자포자기하고 그 자리에 앉아서 기도를 시작했습니다.
"하나님… 저를 살려 주십시오."

그런데 아무리 기다려도 호랑이의 공격이 없기에 가만히 눈을 반쯤 뜨고 옆을 보니 아 글쎄 이놈의 호랑이가 옆에 다소곳이 앉아 두 손을 모으고 기도를 하고 있는 것이 아니겠습니까?

너무나 신기해서 호랑이에게 물었습니다.

"이봐요… 호랑이 씨… 지… 지금 뭐 하는 겁니까?"

그러자 호랑이는 한쪽 눈만 살짝 뜨면서 다음과 같이 대답했다고 합니다.

"쉬잇… 나 지금 식사기도 중이야."

자… 이런 기도가 진정한 기도입니다. 적재적소에 목적에 맞게… 진정한 마음으로… 정곡을 찌르는 기도!!! ㅎㅎㅎ

농담입니다 여러분!

눈도장 찍는 교인

우리가 살고 있는 사회에는 소위 〈눈도장〉이라는 게 많이 통용됩니다.

예를 들면, 회사 모임에 잠시 나타나 "제가 여기 왔었다" 하고 〈눈도장〉을 찍고 간다든지 근처에서 일을 보고 난 다음 거래 회사 관계자를 잠시 방문하여 〈눈도장〉을 찍는다든지 혹은 바쁜 일정 때문에 친지의 경조사에 나타나 〈눈도장〉으로 잠깐 봉투를 건네고 난 다음 빠져나온다든지 하는 일들은 거의 습관적으로 행해지고 있습니다.

그런데 언제부턴가 이런 〈눈도장〉이 교회내에서도 공공연하게 보여지고 있습니다.

예를 들면 남전도회가 주관하는 교회 대청소 날에 잠깐 일찍 등장하여 가벼운(?) 작업을 한 다음 그것으로 〈눈도장〉을 찍고 사라진다든지, 수요 혹은 금요 예배에 조금 늦게 나타나 〈눈도장〉 찍고 기도할 때에 전광석화같이 조용히 사라진다든지 하는 것들이 그 예가 되겠습니다.

그런데 이런 〈눈도장〉이 비단 평신도들에게만 있는 것이 아니라 어떤 경우에는 교회의 영적 리더들, 예를 들어 장로들이나 집사들에게도 간혹 나타난다는 게 매우 우려되는 일입니다.

제가 LA 살 때에 잘 아는 모 장로님이 계셨습니다. 성경 지식 해박하시고 성실하시고 인자하시고 거기다가 사업 수완도 좋으셔서 돈도 많이 버시고 더불어 헌금 생활도 성실히 하시던 장로님이었습니다.

그런데 이분에게는 한 가지 "중독"된 것이 있었으니 바로 〈골프〉였습니다. 어느 정도인가 하면, 예배 시간에 우연히 목격한 장면인데, 마침 설교 시간 중이었는데 이 장로님이 고개를 푸욱 숙이시고 손을 모으고 있는 모습이 보였습니다. 아~ 설교 내용에 감동을 받으셔서 지금 기도하고 계시나 보다. 처음엔 이렇게 생각하였는데 같은 동작이(고개를 들어 설교자를 한번 보고 또 다시 고개를 숙이고) 너무나 많이 반복되는 것에 의아해진 제가 자세히 관찰(?)해 본 결과, 아 글쎄 이 장로님이 "퍼팅" 연습을 하고 있지 않으셨겠습니까.

(해명: 그러면 설교시간에 설교에는 집중 안 하고 남들 행동에 신경 쓰는 너는 온전한 성도이냐? 에~ 해명을 하자면, 저는 그때 성가대 지휘자였고 우리 성가대석은 그 장로님이 앉으신 좌석과 마주 보이게 배치가 되어 있어서, 비의도적으로 그 진기한(?) 광경을 보게 되었던 것입니다… ㅎㅎㅎ)

여기까지는 좋았는데 얼마 후 이 장로님이 안 나오시던 1부 예배에 갑자기 나오셔서 한국에서 급히 누가 방문해서 가 봐야 한다고 〈눈도장〉을 찍으시더니만 이내 사라지셨습니다.

그런데 그날 마침 몇 명의 평신도들이 날씨가 너무나 좋으니까 과감하게(?) 예배를 빼먹고 골프장에 갔었는데, 아 거기서 그 장로님이 열심히 골프채를 휘두르는 모습을 목격했다는 얘기 아닙니까.

그래도 교회에 〈눈도장〉은 찍고 가셨네요.

이 눈도장이라는 게 도가 지나치면 거의 〈미신〉이나 〈징크스〉 수준까지 가게 됩니다.
헌금도 〈눈도장〉으로 내시는 분들도 있고 교회 봉사도 〈눈도장〉으로 하시는 분들도 있습니다.

어떤 성도는 무슨 일이 있어도(예배는 못 드려도) 주일날 교회에 반드시 도착하여 5분간이라도 본당에서 하나님에게 〈눈도장〉으로 기도를 드리고 여행을 가든 놀러가든 해야지 아무 일이(?) 안 생기지, 그냥 가 버리면 도중에 차가 고장난다든지 그날 일이 망쳐진다든지 하는 일들이 생긴다는 이상한 신앙관을 가진 분들도 많이 있습니다.

그래서 그런지 열심히 〈눈도장〉 찍으러 교회에는 나옵니다. 이 눈도장이라는 게 상대방에게 "제가 여기 왔다"를 보여 줌으로써 나를 나타내려는 행동인데 사회생활에서는 통할지 모르지만 신앙생활까지 이런 방식으로 한다면 분명 진정한 성도의 모습은 아닐 것입니다.

요한복음 4장 24절에 말씀하신 "하나님은 영이시니 예배하는 자가 신령과 진정으로 예배할지니라"의 뜻을 자세히 살펴본다면 〈눈도장〉이 아닌 〈마음도장〉을 찍어야 할 것입니다.

어떻게 생각하십니까?

흑이냐 백이냐?

어느 장로님 댁에 아주 믿음이 좋은 성실한 아들이 하나 있었습니다.

그런데 아주 중요한 수능 시험을 일주일 앞둔 어느 날 그가 다니던 교회에 갑작스런 특별 집회가 생기게 되었습니다.

이유인즉, 담임목사와 친분이 있는 아주 유명한 부흥강사가 마침 계획되었던 부흥회가 캔슬되는 바람에 선심(?)을 쓰셔서 그 학생이 다니는 교회에서 부흥회를 하겠다고 나선 것입니다.

보통 이분을 모시고 부흥회를 하려면 2-3년 전에 예약을 해야 할 정도로 네임밸류가 있으신 분이라 담임목사는 허겁지겁 부흥회 발표를 하게된 것입니다.

그런데 공교롭게도 이 학생은 찬양팀에서 보컬을 맡고 있었고 바로 그찬양팀이 부흥회 기간 중 찬양 순서를 담당하게 되었다는 것입니다.

이 학생에게는 수능시험을 일주일 앞둔 그 마지막 준비 기간은 엄청난 귀중한 시간이었기에 고민을 하던 끝에 권사님이신 어머니에게 여쭈어보았습니다.

"어머니, 제가 수능 시험 준비를 해야 하는데 부흥회 기간 중 찬양팀을 해야 할지 말지 고민입니다."

얘기를 들은 권사님은 주저 없이 말했습니다.
"너는 세상일이 우선이냐 하나님 일이 우선이냐?"

거의 결론이 난 듯했지만 학생은 장로님이신 아버지에게 같은 질문을 했습니다.
그런데 대답은 의외였습니다.
"이 시점에서 너에게 가장 중요하고 또 네가 없으면 안 되는 일이 무엇이냐?"

그 학생은 찬양팀 리더에게 사정 얘기를 하여 딴 사람으로 백업을 해 놓고 일주일 내내 열심히 공부하여 우수한 성적으로 수능을 마쳤다고 합니다.

그런데 이 학생이 나중에 대학을 졸업하고(의사가 되었음) 주님 사역에 헌신하기 위해 잘나가던 개인병원과 모든 재산을 정리하고, 전문인(의료) 선교를 나가면서 다음과 같은 말을 하였다고 합니다.
"이 시점에서 나에게 가장 중요하고 또 제가 아니면 안 되는 일은 바로 ×× 나라 선교입니다."

이 사람은 예전에 장로님이신 아버지가 질문한 그 질문을 자신에게 또 하였던 것입니다.

자… 우리는 교회 일이라면 그것이 무엇이건 무조건 세상일보다 우선이 되어야 한다는 이상한 논리를 가지고 있습니다. 또 그렇게 하여야만 큰 믿음을 가지고 있는 것처럼 느끼기도 합니다.

그러므로 흑이냐 백이냐라는 흑백논리로, 세상일과 교회 일을 그어 버립니다.
즉, 세상일 = 나쁜 일. 교회 일 = 좋은 일.

그런데 이것은 정말 성경적이지도 않고 매우 우둔한 생각입니다.
이렇게 생각하는 이유 중에 하나는 하나님은 교회 일에만 계시고 세상일에는 안 계시며 교회 일 열심히 하는 사람을 사랑하시고 세상일 열심히 하는 사람은 좋아하지 않으신다는 편견이 있기 때문이지는 않을까요? 교회나 세상이나 다 하나님이 만드신 것이요 하나님이 운영을 하십니다. 교회에서는 교회를 통해 세상에서는 세상을 통해 역사하고 계십니다.

제가 회사에서 월급을 받을 때는 그만큼 열심히 정해진 시간에 충실히 일을 해야 하는 것입니다. 이것은 세상 속의 회사 법칙 같지만 사실은 하나님의 법칙이기도 합니다.

그런데 회사 업무 시간에도 몰래몰래 상사 눈을 피해 열심히 교회 세미나 준비하는 사람, 부흥회 때 부를 찬양 악보 카피하는 사람, 성경 공부 교재 카피하는 사람, 남전도회 회의록 정리하는 사람.

과연 이런 사람들을 하나님은 "잘 하는도다" 하실 것입니까?

요셉의 일생을 보면 그가 개인적인 신앙생활은 물론 공무를 봄에도 전력을 다해 성실히 하였음을 볼 수 있습니다.

다시 학생의 얘기로 돌아갑니다. 학생의 본분은 열심히 공부하는 것입니다. 그 학생이 크리스천이라는 것은 그 학생의 기본적인 모습입니다. 모습만 번번하다고 크리스천이 아닙니다. 크리스천의 모습은 기본입니다.

그러나 학생이면 열심히 공부하고, 회사원이면 열심히 회사 일 하고, 농사꾼이면 열심히 농사짓고, 선생이면 열심히 가르치고, 성악가면 열심히 성악을 부르는 자신의 본분에 충실할 때 비로소 하나님의 모습이 자신의 일터에서 나타나는 것입니다.

학생인데도 공부 안 하고 맨날 고등부 모임에만 다니고, 회사원인데도 회사일은 요리조리 피하면서 교회 모임에는 빠지지 않고, 농사꾼인데 농사 지을 생각은 안 하고 맨날 부흥회나 참석하고, 선생인데도 학생들 열심히 가르칠 연구는 안 하고 매일 성경 공부 교재만 준비하고, 성악가인데도 열심히 연습하여 훌륭한 성악가 활동 할 생각은 안 하고 매일 교회 와서 마이크 잡고 찬양 연습만 하고 이런 모습을 하나님이 과연 "잘 하는도다" 하실는지요.

한걸음 더 나아가 집안일 다 때려치고 저녁만 되면 교회로 향하는 주부님들이 계시다면 그분들의 하나님은 교회에만 계시고 세상에서는 안 보이시는 반쪽짜리 하나님이라는 말입니까? 안에서 새는 바가지 밖에서도 샌다고 세상일 충실히 못 하는 사람들은 결코 교회 일도 충실히 못 합니다.

전도 전도 외칩니다. 그거 간단합니다. 돈들이고 힘쓰고 기관 만들고 홍보하고 정치싸움 하지 말고 자신이 속한 회사나 일터에서 성실하고 진실한 크리스천의 모습을 보여 주면 그것처럼 확실한 전도는 없습니다.

바람 쌩쌩 불어서 입고 있는 외투 벗어지게 하려고 하지 말고 따뜻한 햇볕을 쬐어 준다면 스스로 외투를 벗게 되는 그 기본 진리를 배워야겠습니다.

그러므로 우리는 흑백논리에서 벗어나 세상에서 맡은 자신의 일을 충실히 담당하고 또 그 모습을 통해 하나님의 향기를 나타낼 수 있는 크리스천이 되어야 하겠습니다.

어허~ 그렇다고 오늘부터 교회 모임 다 팽개치고 회사에서 오버타임 하라는 말은 아닙니다.

교회 부흥과 프로그램

제가 잘 아는 캘리포니아의 모 교회 목사님.

아마 이분만큼 교회 성장에 온 신경을 쓰시고 고군분투하시는 목사님
은 드물 겁니다.

어떤 목사님은 팔짱을 끼고 교회 성장에 수동적인 모습을 보이는 분들
도 간혹 있는 가운데 이 목사님은 무척 적극적으로 그리고 진취적으로 교
회 성장을 위해 노력을 하고 계시는 분입니다.

무척 본받을 만한 자질임에는 틀림없습니다. 그런데 이 목사님의 특징
중 하나는, 교회 성장에 좋다는 세미나는 거의 전부 다 가 보신다는 것과
세미나가 끝나고 시무하시는 교회로 돌아가시면 영락없이 그 프로그램들
을 시도해 보시는 것입니다.

처음에는 교인들이 목사님의 새로운 열정과 도전정신을 높이 사며 뜨
겁게 호응한 적도 있었으나, 상대적으로 교회는 부흥하지 못했고, 이 프로
그램 저 프로그램에 지친 성도들 중 많은 사람들이 교회를 떠났으며, 남

아 있는 지도자급의 성도들마저 오히려 열정과 헌신이 감소된 결과를 초래하고 있다는 것입니다.

이 교회는 한때 은혜 충만한 말씀과 뜨거운 찬양과 다양한 문화사역으로 그 지역의 선두자 역할을 했던 교회인지라 들려오는 말에 제 마음이 아픈 것이 사실입니다.

많은 교회들이 상기 교회와 같이 많은 프로그램을 시도해 봅니다.
마치 퍼즐게임에서 이 조각 저 조각을 맞추어 보다가 딱 맞으면 모든 게 술술 풀리듯, 부흥하지 못하고 침체하고 있는 교회들이, 마치 그 잃어버린 한 조각의 '비방' 프로그램을 찾듯, 수없이 시도를 해 보고 있는 것입니다.
사실 개척 단계에 있는 교회들이 크게 성장한 교회들의 검증된 처방(프로그램)을 시도해 보는 것은 지극히 자연스럽고 당연하고 또 정석이라고 까지 얘기할 수 있습니다.

그런데, 네비게이터, 제자훈련, 제자양육, 전도폭발, 소그룹, 셀조직, 가정교회, 두 날개… 거기다가 뜨레스·디아스, 12/G12등등 수많은 프로그램들이 어떤 교회에선 폭발적으로 성공하고 어떤 교회에선 오히려 악영향을 끼치고 있는 이유가 무엇일까요.
결론은 우리 모두가 다 알듯 간단합니다.
프로그램이 교회를 성장시키는 것이 아니라, 성장하는 교회에는 그 성장으로 말미암아 그 교회에 적절한 프로그램이 생성된다는 것입니다. 그런데 다른 교회에선 그 교회 성장의 열쇠가 마치 그 프로그램에 있는 것으로 혼동하여 그것을 도입 시도를 해 보는 것인데, 반드시 성공하리라는 보장은 물론 없습니다.

성경적인 원리를 보더라도, 마치 건강한 아이가 성장하는 것처럼, 건강한 교회는 자연스레 부흥하게 되어 있는 것입니다. 그러므로 부흥을 위해선 건강해야 한다는 게 아마도 교회 성장의 비법이자 원리가 아닌가 생각됩니다.

건강한 교회란 무엇인가… 이것을 연구하고 그대로 실천해 본다면 반드시 교회가 부흥할 것입니다. 그러니까 부흥하고 있는 교회의 프로그램을 시도해 보기 이전에, 현재 나의 교회의 건강 상태가 어떤가… 건강 상태가 나쁘면 무엇을 개선 혹은 시정해야 교회가 건강하게 balance 있는 교회로 될 것인가… 이것을 연구하여 그 방법론을 찾는 것이 '교회 부흥'의 지름길이라고 생각합니다.

교회에 새벽기도가 미미하고 전도모임이 미미하고 성경 공부가 미미하고 찬양과 경배모임이 미미하고 심방과 교제가 미미하다면 그 교회는 건강한 교회는 아닐 것입니다. 그런 교회에 성장이나 부흥이 자연발생할까요?

그런 교회에 외부 프로그램을 도입하여 부흥을 도모하기를 원한다는 것은, 마치 사과 나무에 물과 비료와 광선도 안 준 채, 다른 곳에서 풍성하게 열매 맺는다고 포도 가지를 가져다 접붙여 놓고 빨리 성장하기를 바라는 것과 별반 다를 게 없을 것입니다.

어느 교회의 부흥이 다른 교회의 부흥과 똑같을 수는 없습니다. 어떤 교회는 교인 수가 엄청 늘게 되는 부흥을 할 수도 있지만, 어떤 교회는 상처받은 성도들의 내적 치유라는 부흥이 될 수도 있고, 냉냉했던 교회가 찬양모임 그리고 기도모임으로 뜨겁게 변하는 부흥이 될 수도 있습니다. 하나님눈으로 보시기에 '부흥'이 진짜 부흥입니다. 숫자만이 부흥은 아닙니다.

이 프로그램 저 프로그램 시도하시다 부흥 못 하신(?) 그 목사님은 결국 다른 교회로 부터 청빙을 받고 떠나셨습니다. 그 목사님이 열심히 교회 부흥을 위해 시간과 노력을 헌신하여 끝없는 노력을 안 하신 게 아닌데 결국 부흥은 없었습니다. 재임 기간 중 그저 수많은 프로그램을 시도하시다 사임을 하신 것입니다.

양떼들을 건강하게 훈련시켜 놓았더라면 지금쯤 그 교회 성도들은 자발적으로 성장의 원리를 습득하여 그 길로 갈 수 있을지 모릅니다. 그런데 모든 성도들은 오직 그 목사님이 시도하시는 그 프로그램을 배우려고 군분투하면서 따라만 가다가 이제 그 모든 프로그램이 없어져 버리고 리더인 목사님도 없어져 버리니 진퇴양난에 빠져 버렸습니다.

그래서 옛 성인들은 자녀들에게 물고기를 잡아 주기보다는 물고기 잡는 법을 가르쳤는지도 모릅니다. 지겹고(?) 재미 없더라도(?) 우리는 기본을 마스터해야 하고 그 기본에 충실하고 그 기본에 생명을 걸어야 하지 않을까요.

여러분이 잘 아시는 농구의 황제 '마이클 조던'… 그는 슬럼프에 빠짐을 알게 되는 순간… 다른 기술 혹은 전략습득을 뒤로한 채… 묵묵히… 다시… 달리기, 드리블과 같은 기본기 연습에… 매진한다는 것입니다. 이 기본기가 다시 건강해지면, 다른 기술 즉 슈팅과 같은 자신의 카리스마가 나타난다는 것입니다.

우리도 그렇게 해 보기를 원합니다. 교회가 성장과 부흥이 안 됩니까. 우리의 신앙 체력과 우리의 신앙 기본기에 매진합시다. 성경을 읽고 기도에 힘쓰고, 모이기에 힘쓰고, 긍정적인 그리고 적극적인 태도로 교회 일에 솔선수범하고, 찬양하고 전도하고… 그것만 잘 한다면… 그리하여 내 신앙이 건강해진다면, 우리 교회의 건강은 자연스레 회복될 것이고, 그것은 곧 여러 모양으로의 교회 부흥이 될 것임을 믿어 의심치 않습니다.

어떻게 생각하십니까?

아직도 화려한 그리고 너도나도 다 한다는 그 프로그램을 꼭 시도해 보아야 교회 부흥이 일어날 것 같으신지요.

음악적 〈바리세인〉

초신자인 만득 씨는 교회 골수분자(?)인 친구의 권유에 못이겨 어느 크리스천 음악 집회에 참석하게 되었습니다.

콘서트에 잘 어울리게 설계된 교회당을 들어서는 순간 거의 1,000여 명 이상의 청중들이 혹은 손을 올리고 혹은 일어선 채 무대 위에서 열창하는 찬양팀의 인도에 따라 열심히 찬양을 따라 부르고 있는 열광의 모습이 들어왔습니다.

약간의 거부 반응은 있었지만 이내 자리를 잡고 주위의 물결에(peer pressure) 동류한 지 약 10여 분… 문득 만득 씨는 자신도 박수를 치며 주위의 사람들과 똑같이 손을 올리기도 하며 노래를 따라 부르고 있는 모습을 발견했습니다.

약 30분이 흐를 즈음 곁에 있던 만득 씨 친구는 속으로 쾌재를 불렀습니다. (드디어 이 친구 오늘 성령을 받았나 보구나. 저렇게 박수를 치며 눈까지 감고 때론 손까지 하늘로 올리면서 열창하는 것을 보니까… 분명히 성령을 받은 거야… 아멘!) 여러분들도 혹시 이런 모습을 경험하신 적이 있으십니까?

그런데 똑같은 모습의 황홀경(?)은 교회의 찬양 집회가 아니더라도 일반 팝 콘서트에서도 많이 볼 수가 있습니다. 아니 오히려 그 강도는 비교할 수 없을 정도로 강하다고 해야 할 것입니다.

실지로 콘서트에서 실신하거나 아니면 소수이긴 하지만 심장 마비로 죽기까지 하는 경우도 있으니까요. 이것이 음악의 신비로운 힘이라고 할 수 있습니다. 아니 엄밀히 얘기해서 신비로운 최면적 요소라고 할 수 있습니다. 그래서 때론 찬양집회에서 수많은 청중들의 반응을 보며 이것이 성령의 역사인지 아니면 단순한 최면적 효과인지 구별할 수 없을 때도 있습니다.

기독교가 아닌 이방 종교나 일반 심리치료 집단에서도 신유의 기적이 일어나듯, 성령의 역사가 아니더라도 얼마든지 자가최면 혹은 군중심리 등에 의해서도 충분히 〈깊은 감동〉의 Trance 상태는 일어날 수 있다는 것입니다.

한 예로 짧은 노래(예를 들면 "예수 사랑해요")를 약 40번 정도 계속 반복해 부르기 시작하면 자신도 모르게 깊은 최면 상태에 빠질 수 있다는 게 심리학자들의 공통된 의견입니다.

그렇기 때문에 심리학을 공부하신 미국의 어느 교회 목사님은 이 점을 우려하여, 어느 날 일체의 음악을 중지하고(찬양대, 찬양팀, 주악 등등)

설교와 기도 등으로만 예배를 진행하셨다고 하는데 놀랍게도 그날 찬양대 지휘자를 비롯한 많은 실무진들이 종전과는 비교할 수 없는 강한 성령의 역사를 받았다는 얘기를 읽어 본 적이 있습니다.

당연하죠. 성령의 역사는 어느 한 도구에만 의존하는 게 아니니까요. 음악은 하나의 도구에 지나지 않다는 엄연한 사실을 우리는 인정해야 할 것입니다. 음악으로만 모든 것을 통하게 하려는, 즉 지름길(?) 을 지향하는 그런 마음은 위험할 수도 있죠, 크리스천 〈음악〉이란 건 솔직히 없습니다.

크리스천 〈가사〉만이 존재합니다. 그 〈가사〉가 음악에 붙여질 때 비로소 그 음악은 〈크리스천〉적 음악이 되는 것입니다. 교회에서 연주되어 성도들의 마음을 움직이는 기막힌 선율은 나이트 클럽에서도 충분히 술취한 사람들의 마음을 움직일 수 있습니다. 반대로 나이트 클럽에서 뿌연 담배연기와 강렬한 알코올 냄새 사이로 연주되어 박수를 받는 그런 음악 선율도 교회에서 충분히 성도들을 감흥(?)시킬 수 있습니다.

그런고로 크리스천 〈음악〉 크리스천 〈선율〉이란 건 없습니다. 부드럽고 조용하고 과하지 않으면 크리스천 음악이라고 하는 사람이 있습니다. 넌센스입니다.

세상 음악에도 더 조용하고 부드러운 음악은 수없이 깔려 있습니다. 뉴에이지 음악 들어 보셨습니까? 금방 최면이 걸릴 정도로 은은하면서도 내면적으론 신비롭고 강렬한 선율이 있습니다.

다시 말해서, 마치 똑같은 컴퓨터 하드웨어를 가졌다 해도 영어

Windows를 깔면 영어 환경이 되고 한글 Windows 깔면 한글 환경이 되듯, 크리스천 음악에서의 결정적인 요소는 뭐니 뭐니 해도 〈가사〉 즉 〈메시지〉 즉 〈복음적 내용〉입니다. 복음적 〈선율〉은 없습니다. 복음적 〈가사〉만이 있을 따름입니다.

그런고로 음악적 스타일이나 장르 등으로 판단하지 말고 그 음악이 가지는 메시지에 대해 오히려 더 우리는 예민해야 할 것입니다. 랩을 부르든 보사노바풍의 선율을 택하든 펑키 스타일로 연주하든 그건 가사를 떠나선 결론적인 말을 할 수가 없습니다. 젊은이들이 힙합 뮤직을 듣는다고 해서 〈사탄〉의 음악이 되는 것은 아닙니다. 중요한 건 첫째 그 음악이 전달하려는 가사입니다. 여기서 누군가 반박하실 겁니다. 그러면 교회에서 찢어질 듯한 광음을 내어도 되느냐. 그런 분들에겐 간단히 〈상식〉적으로 생각해 보시라고 말하고 싶습니다.

아무리 귀여운 자녀라도 도를 지나친 행동은 눈에 거리끼듯, 아무리 다양한 장르의 음악을 이해하고 포용하려 해도 그것이 선을 넘어 지나치게 된다면 당연히 자제해야 할 이유가 되는 것 아니겠습니까.

저의 결론적 얘기는 다음과 같습니다. 미국 법률 용어에 "Innocent until proven guilty" 즉, 범죄행위가 법적으로 완전히 증명되기 전까진 그 사람은 범인으로 간주될 수 없다…는 말입니다. 마찬가지로 우리의 전통적 〈귀〉에 거슬리고 맞지 않는다고 무조건적인 〈배타〉와 〈색안경〉 끼는… 음악적 〈바리세인〉이 되지 말자는 얘기입니다.

그리고 음악을 대할 때는 먼저 그 들려오는 선율에 본능적으로 나의 영혼을 맡기지 말고 그 음악이 전달하는 〈가사〉에 민감해져야 한다는 얘기입니다.

　적어도 크리스천 음악을 대하는 우리들의 태도는 그래야 할 것 같습니다.

　어떻게 생각하시는지요.

야누스 교인

로마 전설에 나오는 "야누스"는 원래 출입문을 지키는 두 얼굴을 가진 신이었는데 어찌어찌하여 "야누스의 얼굴" 하면 "위선자"를 지칭하는 말로 변하고 말았습니다. 어찌 되었든 우리 교회 내에도 이 야누스적인 성도들이 전혀 없지는 않습니다.

교회에서는 상대방의 말을 잘 들어 주고 미소도 띄우고 불평 없이 상대방을 배려해 주다가도 실지로 집이나 직장 등에서의 모습은 전혀 다르게 나타나는 분들이 있다는 말입니다.

제가 잘 아는 후배 중에 지금은 신학을 마치고 조그마한 교회에서 성실하게 사역하는 예비목사님이 계십니다.

이 친구는(예전에 젊었을 때 제가 가르쳤던 대학부) 성격이 무척 급하고 다혈질이었는데, 제가 그를 알 당시는 멋도 모르고 크리스천 대학생 모임에 끼게 되어 교회에 형식적으로 출석을 하던 유학생이었습니다.

어느 날 이 친구가 다른 교회에 출석하는 친구의 결혼식에 초청을 받아 양복을 말끔하게 갈아입고 아파트를 빠져나오다가 그만 파킹장에서 뒤로 백업하는 차를 미처 보지 못하고 들이박고 말았습니다. 제 생각에도 상대편 잘못 같은데 적반하장 격으로 상대방이 왜 나오는 차를 못 봤냐며 이 친구에게 질책을 하였다고 합니다.

자, 결혼식에는 늦지 않게 가야지, 상대방은 박박 우겨 대지, 이 친구 화가 머리끝까지 올라온 겁니다. 평소라면 아마 고래고래 소리치며 싸울 상황이었는데 여러 사정으로 가까스로 해결하고(다행히 피차간에 서로 살짝 범퍼만 접촉했음) 부리나케 차를 몰아 윌셔에 있는 교회에 가기 위해 노르만디 길에서 좌회전을 기다리게 되었습니다.

바로 앞에는 고물차가 한 대, 역시 좌회전을 하기 위해 인터섹션에서 기다리고 있었는데, 나이가 든 노인분인지 좌회전 기회가 몇 번 있었는데도 영 움직이지를 않았다고 합니다. 점점 초조해진 이 친구 슬슬 압박을 해 보지만 그 차는 움직일 생각을 안 하는고로, 드디어 이 친구 아까 나빴던 기분과 함께 성질이 폭발하여, 강하게 그리고 길~게 Honk 하며 고래고래 소리를 지릅니다.

그래도 반응이 없자 이번에는 쯧쯧… 차창을 열고 손가락질을 하며 욕을 했다고 합니다. 그런데 신호가 바뀌면서 그 차가 홱 하며 좌회전하여 사라지면서… 아… 그만… 손가락질을 하였다는 것입니다.

이 친구 이제 그만 이성을 잃고 그 차를 추격하기 위해, 거의 반대편에서 몰려오는 차를 부딪칠 듯 가까스로 죄회전을 하였는데… 아차 그만 죄회전하면서 컨트롤을 잃고 오른쪽에 파킹해 놓은 차… 그것도 LAPD…
경찰차를 들이받아 버린 것입니다.

일단 다음 과정은 생략합니다. 거기서 약 30분 소비하고 딱지 떼이고
기분이 영 상한 가운데 교회에 도착하여 가까스로 파킹 스페이스 찾아(15
분 늦었다 함)… 약간은 억지 미소를 띠며… 점잖게 예식이 진행 중인 본
당 안으로 들어 가려는 순간… 엥?? 어디서 본 듯한 차 한 대가 파킹해 있
는 게 보였답니다. 오마이갓… 그 차가 바로 그 차…였답니다.

이 친구… 어떻게 했을까요? 이 친구 슬금슬금 뒷걸음질 쳐서 차를 타
고 그냥 교회를 빠져나왔다 합니다. 그놈의 성질이 무엇인지… 결혼식 참
석을 망쳐 버렸습니다.

자 그로부터 시간이 엄청 흘렀는데… 지금도 우리는 만나면 그때 그 사
건을 얘기합니다… 아니 그 친구가 먼저 얘기를 하며… 지금도 화가 나는
상황이 생기면 반드시 그때 그 사건을 그려 보면서… 순간의 분노의 행동
이 어떠한 결과를 초래할지… 자신을 제어한다고 했습니다.

교회 내에서 온순하게 그리고 점잖게 행동하는 게, 당연히, 나쁘다는 소
리가 아니라, 왜 우리는 교회 안과 밖의 생활이 〈야누스〉같이 달라야만
하는가 하는 것입니다. 교회의 아이들에게는 인자한 미소로 대하면서 집
에 와서는 자기 아이들에게 마구 대한다는 장로님들. 교회에서는 여전도
회 회원이 무거운 짐 들고 가면 냉큼 기분 좋게 들어다 주면서도 집에서
는 꿈쩍도 안 한다는 집사님들. (차 문 열어 주는 건 차치하고라도)

교회에서는 고개를 끄떡이며 비전문가 장로·집사님들의 충고(?)에 귀
기울이면서, 집에서는 박사학위를 받았고 혹은 그 분야 전문가인 남편의

말에 족족 대꾸하며 면박 주시는 집사님들. 왜 그럴까요?

우리 한국인들이 좀 심한 편인데, 이거 혹시 예전부터 내려오던 〈유교〉 사상 때문에 그런 건 아닐까요? 예전엔 굶어도 체면 때문에 허세를 부리고, 공공장소에선 그 위세를 드러내던 게 우리 조상들 아닌가요?

그러고 보니, 바리새인도 그랬습니다. 기도하는데도 일부러 공공장소에서 소리를 치며 겉치레를 하였습니다.

우리들도 중보기도 해 보면, 정말 하나님께 기도를 하는 건지 아니면, 옆사람들이 자기 기도하는 걸 들으라고 하는 건지 모를 때가 많습니다. 그분들이 집에 가서 골방에서 아무도 없을 때 그만큼 기도하실지 실로 의문입니다.

이런 〈야누스〉적인 모습들이 우리들의 신앙생활 속에 우리도 모르게 많이 잠재해 있습니다. 이런 것을 먼저 고치는 〈본질 회복〉이야말로 우리들이 하나님에게 더욱더 가깝게 갈 수 있는 지름길이 아닌가 생각해 봅니다.

〈속〉과 〈겉〉이 같은 성도가 됩시다! 한 얼굴을 가진 성도가 됩시다!

여러분들은 어떻게 생각하십니까?

정글의 법칙

　한국 예능 프로그램 중에 〈정글의 법칙〉이라는 재미난 프로가 있었습니다.

　정글과는 전혀 무관한 듯한 몇 명의 참가자들을 모아서 생전 듣지도 못한 아프리카 밀림 지대의 특정 지역과 부족을 방문케 하고 그 모든 과정에서 벌어지는 생존의 몸부림(?)을 리얼하게 보여 주는 일종의 리얼리티 쇼입니다.

　까마득한 절벽과 잘못 디디면 깊은 수렁으로 빠져드는 밀림 지역 그리고 영화에서나 보던 맹수와 벌레들이 우글대고 장대 같은 폭우 그리고 살인적인 더위 등등의 장면도 스릴이 있지만, 대원들 개개인의 위험에 처했을 때의 모습과 반응 그리고 팀웍으로 그 난관을 헤쳐 나가는 도전정신이야말로 이 프로그램이 보여 줄 수 있는 가장 큰 클라이맥스가 아닌가 생각됩니다.

　얼마 전 방송 중 한 출연자의 말이 저에게 매우 의미 깊게 들려왔습니다.

　그는 며칠간의 불가능하게 보였던 미션을 마치고 돌아오면서 다음과 같이 얘기를 했습니다.

　"제가 이 도전을 통해 값지게 느낀 것 중 하나는 지금까지는 평범하고 당연하게 느껴졌던 제 주위의 모든 것들이 이렇게 소중하게 느껴질 수가 없다는 것입니다."

저는 이 말에 완전 동의합니다. 가만히 보면 우리 교회는 일단 한 교회에 발을 들여놓으면 그곳에서 죽어 나갈 때까지(?) 그 교회를 지키는 것을 당연한 미덕으로 여기고 있습니다. 저 역시 별 거부반응은 없습니다. 더욱이 교회의 지도자급 되시는 장로님들이나 집사님들은 더더욱 이 철칙을 지키고 있습니다.

그런데 바로 여기에서 문제가 생길 수가 있다고 저는 생각합니다.

제가 말하려는 포인트는, 교회 리더들이 이 교회 저 교회를 옮겨 다니라는 말이 아니라, 본 교회에 적을 두고 열심히 섬기시되, 적어도 일 년에 한두 번은 그룹으로도 좋고 아니면 개인적으로도 좋고, 타 교회를 방문해 보라는 것입니다.

다시 말해서, 제가 교회의 담임목사라면 당회를 통해 이런 "외도"를 정식으로 정하고 모든 리드급들(모든 제직들이 아니라면) 제직에게 일 년에 1-2번 정도 주위에 있는 부흥 잘 되는 교회도 좋고 개척교회도 좋고 주일예배에 참석하게 하여, 한번 공식적으로 허용되는 외도 예배를 보게 하겠다는 말입니다.

웬 뚱딴지 같은 말이냐고 하실 분이 계시겠지만, 제가 섬겼던 교회에도 2-30년을 충실하게(?) 한 교회만 섬기고 계신 분들이 허다하십니다. 이분들은 너무나 성실하시고 충직하시나 다음의 두 가지 옵션밖에 가지고 있지 않습니다.

첫째는 본교회에서 2-30년 전부터 지켜 오던 그 전통과 그 방법 이외에는 아예 모르거니와 안다고 해도 거의 다 거부반응을 가지고 있으므로 타 교회에서(예를 들어 큰 부흥을 하고 있는 표본교회) 실행하고 있는 새로운 프로그램이나 패러다임 변경에 대해 아예 원천봉쇄가 되어 있습니다.

둘째는, 본교회에 대한 마음속의 불만을 많이 가지고 있으나, 거의 무의식적으로 누리는 모든 혜택(?)과 직분에 대한 인정받음(?)이 다른 교회에서는(예를 들면 막 시작한 개척교회) 얼마나 소유하기 어려운 것인가를 모르고 있습니다.

첫 번째 종류의 한우물파 성도들은, 소위 말하는 우물 안 개구리 식으로 오직 우리 교회의 전통과 방식만을 스탠다드로 여기기 때문에 개혁정신과 변하는 시대에 대처할 수 있는 다양성 등을 거부함으로써, 결국 장기적으로 교회 성장에 브레이크를 걸게 됩니다.

두 번째 종류의 내성적 불만파들은, 겉으로는 불만을 말하지는 않으나 타 교회에 대한 간접 경험과 유토피아적 생각만으로 본교회의 문제점을 지켜보기 때문에, 리더가 되기보다는 걸림돌이 되어 역시 교회 성장에 브레이키를 걸게 됩니다.

그러므로… 무조건 일 년에 적어도 한두 번은 공식적으로 그룹을 짓든지 아니면 개인적이든지 타 교회를 방문하게 하여 우물안 개구리식 방식에 도전을 받고 타 교회의 예배 방식과 프로그램을 직접 경험하게 하고 자신의 교회에 대한 새로운 인식을 가지게 함으로써, 정글 모험을 통해 제가 살고 있는 고국이 얼마나 좋은지 그리고 세상이 얼마나 넓은지 그리고 제가 얼마나 안이하게 살았는지 그리고 제가 어떤 책임을 가져야 되는지 등등을 느끼고 본교회로 돌아오게 한다면, 그것이야말로 돈 주고도 살 수 없는 값진 '외도'가 아니겠습니까?

이런 '외도' 철학이 실천되는 활동이 있으니 그것이 바로 EM들이 많이 하고 있는 〈단기선교〉라고 할 수 있습니다. 자기 집과 교회를 비로소 벗어나 오지든 딴 나라든 실지로 그들의 삶을 경험하고 돌아온 그들 대다수가 새로운 결단과 열정을 가지고 헌신하는 것을 우리는 많이 보아 왔습니다.

그런데 왜 우리는 그런 효과적인 방법을 예배에는 사용할 수가 없다고 보는 겁니까?

다른 교회에서 예배를 보면 예수님이 혼내시나요 아님 하나님이 우리 교회에만 계시나요?

리더들은 척후병 역할도 하고 간첩 역할도 해야 합니다.

빨리 간첩 훈련을 시켜서 우리의 리더들을 타 교회로 침투시켜 새로운 '비밀'과 새로운 '열정'을 도둑질해 와야 할 것입니다.

어떻게 생각하십니까?

청바지, 생수 그리고 스마트폰

 몇 년 전에 제가 회사 출장으로 한국에 간 적이 있었습니다. 그때가 숨 막히게 더운 한여름철이었는데, 마침 토요일에 도착하여서, 같이 간 동료(미국인 친구)와 호텔 체크인을 마치고 바람도 쐴 겸 전철을 타고 인사동 쪽으로 나간 적이 있었습니다.

 당연히 더운 관계로 아래는 반바지에 위에는 나시(우리는 탱크탑이라고 하는)를 같이 입고 말입니다. 즐겁게 지내고 별문제 없이 호텔로 돌아왔습니다.

 같은 상황이 일 년 후에 벌어졌습니다. 역시 직장 동료와 미국에서 하듯 반바지에 탱크탑을 입고 전철을 탔는데 왠지 주위 시선이 따갑습니다. 한참 생각하다가 그 원인은 바로 제가 입고 있는 반바지와 탱크탑이었음을 알게 되었습니다.

 예전에는 안 그랬는데 왜 이번엔? 하고 생각하다가… 아하~ 그 이유를 발견했습니다. 이번에 저랑 같이 간 동료는 미국인이지만 생김새는 한국인이었기 때문입니다.

좀 정리를 해 보자면, 저번에 갔을 때는 저랑 같이 갔던 친구가 좀 젊은 20대에 블론디 머리색에 푸른 눈을 가진 미국인이었으므로 같이 있던 늙은(?) 나도 싸잡아 들어가서 미국인으로 취급을(?) 받아⋯ Everything was OK.

그다음에 같이 간 친구는 물론 미국에서 태어났지만 외모는 엄연히 한국인⋯ 머리는 까맣고 눈은 갈색⋯ 그리고 그 친구는 배가 좀 튀어나온 40 후반 저는 50대⋯ 그러므로 한국인으로 취급(?)받아⋯ Something was wrong!

비슷한 광경이 교회에서도 어김없이 일어납니다. 제가 전에 섬기던 교회에는 미국인 성도들이 몇 명 있었는데 그들은 청바지 차림에 예배 도중에도 생수병을 꺼내 마십니다. 우리 한국 성도님들 아무~ 말 없습네다~ No problem!

그런데 출장 중에 어느 나이 드신 성도님(나중에 알고 보니 장로님)이 청바지 차림으로 교회에 들어와 앉으셨습니다. 들어오는 순간 눈길들이 쏟아집니다. 같이 오신 권사님이 가져오신 음료수를 잠시 고개를 돌려 한 모금 들이켜는 순간 주위 성도들의 머릿속이 복잡해집니다. 겉으로는 태연한 척하나 속으로는 아래위를 이미 두어 번 훑어보았습니다. It's a Problem이란 뜻입니다.

EM들과 일 년에 한두 번 합동 예배를 봅니다. 그들은 자연스럽게 전혀 신경 안 쓴다는 듯이 스마트폰을 꺼내 성경구절을 보고 여기저기 찾아봅니다. 그런데 어른들 중에는 EM보다 더 하이텍 쪽으로 종사하는 신시대 어른들이 있습니다. 그들이 스마트폰 쓸 줄 모를까요? 압니다. 그런데 그들은 스마트폰을 보지 않고 성경책을 넘깁니다.

만일 그들이 스마트폰을 꺼내 본다면 주위의 성도들이 불경하다는 표정으로 그들을 쳐다볼 것이기 때문입니다. 상기 그림들에 뭔가가 잘못되었다는 생각이 들지 않으십니까?

미국인들은 반바지가 OK이고 한국인들은 안 됩니다. 젊은이들은 탱크탑이 OK이고 나이 든 사람들은 안 됩니다. 젊은이들은 청바지가 OK이고 나이든 장로들이나 권사들은 안 됩니다. 젊은이들은 예배 도중 핸드폰으로 성경구절 찾는 거 OK이고 구닥다리 성도들은 구닥다리답게 성경책을 반드시 보아야 덕이 되고 은혜도 충만하게 된다?? 〈제가복음〉 3장 16절 말씀??

저는 타주에 직장 땜에 와 있지만 예배 때 청바지 차림의 편한 옷을 입고 갑니다. 다행히 새 교회라 뭐라고 하는 사람이 없습니다. 그거 참 이상하죠. 왜 오래 알면 알수록 더 편해져야 하는데 오래 아는 사람이 청바지 입고 오면 이상하고, 처음 보는 사람은 불편해야 하는데 청바지 입고 오는 게 괜찮은지. 공식을 만들어 보면, 편하면 격식을 차려야 한다, 불편하면 맘대로 해도 되고. 그 반대가 더 자연스러운 것 아닌가요?

우스갯소리가 있습니다. 예전에 비디오 가게 하시던 집사님이 말하기를… 비디오 빌려가면 일주일까지 기한을 주는데도 한 달 이상 걸려 반납하면서, 뭐라고 한마디 얘기하면 화낸다고… 그런데 그러는 사람이 미국 비디오 가게(예: 블럭버스터)에서 빌린 비디오는 기한에 안 늦으려고 밤 12시 5분 전에도 차 타고 가서 반납하고 온다고. 사람 차별합니까?

제 포인트는 이겁니다.

청바지가 교회 내에서 예배 볼 때 안 되는 거라면 나이 관계없이 안 되게 하자구요. 예배 시에 생수 마시는 것 안 되면 나이에 관계없이 다 같이 안 되게 하자구요. 애들은 목마르고 어른들은 물 없이도 삽니까? 애들은 스마트폰으로 성경구절 찾아도 보기 좋고 어른들은 나이 들었단 이유로 예배 중에 스마트폰이나 아이패드로 성경구절 보면 불손한가요? (저는 아이패드로 성경구절도 보고, 앞에 나가 회중 찬송인도 시에도 깡으로 사용합니다 ^^)

목사님이 예배인도 시 가운을 입으면 더 경건해 보인다는 말 이해는 합니다. 그러나 그건 사람들의 측면에서의 견해입니다. 양복 입고 예배 보면 하나님이 그 예배 안 받으시는 것도 아니고 모든 성도들이 다 은혜 안 받는 것도 아니잖습니까?

찬양팀들에게 검은 양복 바지와 하얀 와이셔츠에 검은 넥타이를 매게 한 교회를 가 보았는데, 그분들은 경건하게 보였을지 몰라도 저는 왠지… (죄송) 카바레 앞에서 호객하는 그 뽀이들이 생각이 나는지 원…

결론은 이것입니다.

이것도 일리가 있고 저것도 무관하다는 것에 대해선 좀 아량과 유도리를 발휘해서 더 이상 갑론을박 에너지를 빼지 말자… 그리고 제발… 나이 들어 가는 것도 서러운데 그놈의 나이가 있으니까 이거 하지 말라… 나이가 있으니까 이렇게 해야 된다… 이런 말 하지 말자구요.

하기야 저번에 한국 가니까 친구 녀석이(은퇴 오래전에 했음) 제가 '잡' 때문에 타주로 간다니까… 이 도둑놈아… 우리 나이에 무슨 직장이냐?? 하는 말을 듣고… 왠지 묘한 슬픔을 느꼈다는 말을 하면서 이 글을 마칠까 합니다.

예배의 테크니션

제목이 좀 이상하게 들릴 수도 있습니다.

여러분들은 믿음이 없이도 예배를 능숙하게 드릴 수 있다고 보십니까? 다른 말로 해 보자면, 신령과 진정의 마음이 없이도 예배를 훌륭하게 드릴 수 있을 것이라고 생각하십니까?

물론 대답이 NO이어야 할 것이지만 실상은 YES일 수가 있다는 것입니다.

미국의 초대형 교회, 예를 들면 레이크우드 처치, 윌로우크릭 처치 혹은 새들백 처치 등의 예배 실황을 보고 있노라면 모든 진행 과정 과정이 매끄럽고 황홀한 경지에 올라가 있음을 느낄 수 있습니다.

그런고로 그 모든 과정을 준비하고 실행하고 있는 스텝들을 볼 때 우리는 그들이 출중한 믿음을 바탕으로 은혜 충만한 예배사역을 담당하고 있다고 여기게 됩니다.

그런데 그들 스텝 중에는 오직 직업적인 목적으로 보수를 받고 믿음과 은혜와는 상관없이 예배를 돕고 있는 사람들도 많이 있습니다. 그러나 일반 성도들은 그것에 상관없이 예배에 참가하는 모든 사람들 특히 예배를 이끄는 사람들을 "믿음"의 헌신자라고 여기고 있습니다.

다시 말해서 그런 예배 인도자 중에는 신령과 진정의 예배와는 상관없이 예배를 이끌고 돕는 사람들이 있다는 것이며, 우리는 그런 인도자들이 당연히 큰 믿음을 소유한 자라고 여기고 있다는 것입니다.

관점을 이제 약간 바꾸어 보겠습니다. 우리가 교회생활을 하다 보면 직분과 기능이 올라갈 수(?)가 있습니다. 직분적으론 장로가 될 수도 있고 기능적으론 성가대 지휘자나 찬양리더가 될 수도 있습니다.

그런데 이런 인도자적 위치에 있는 사람들이 어느 정도 시간이 흐르게 되면 자신의 믿음이 더 이상 성숙하지 않고 정지 내지는 후퇴하게 되는 것을 느끼게 됩니다. 그런데도 성도들은 그들을 볼 때 예배의 중요한 기능들을 능숙하게 그리고 큰 믿음의 그릇을 소유한 사람들같이 진행하는 것을 보며, 은혜를 받기도 합니다.

은혜는 끼치는데 정작 자신은 은혜를 받지 못한다? 믿음의 사역을 하는데 정작 자신은 믿음이 없다?

초신자에게 신령과 진정의 예배를 강조하는데 정작 자신은 형식적인 예배를 드린다?

첫 사랑을 맛보고 믿음 생활을 수십년간 했는데 정작 믿음의 성장이 정지되어 있다?

여러 목사님들이 그럽니다. 평신도 때에는 성경을 많이 읽고 사명감을 가지고 신학교까지 가게 되었는데 정작 목사가 되고 나니까 성경도 그전보다 덜 읽게 되고 사명감도 어느덧 현실에 파묻히게 된다고.

우리는, 초신자들이 새로운 세계(?)에 온 마음이 집중되어 있고 옛것을 끊으려고 부단히 노력하고 있는 동안, 어느덧 예배의 능숙한 테크니션이 되어 있습니다. 그래서 이제는 눈감고 듣지 않아도 예배의 모든 순서 순서를 척척 진행할 수가 있게 되었습니다.

설교시간에 오늘 결석한 성도가 누구이며 몇 명이 출석했나를 거뜬히 능숙하게 헤아릴 수도 있게 되었고, 기도시간에 눈 감고 딴생각하다가도 기도 끝부분에 정확히 미리 일어나는 지휘자의 사인에 능숙하게 맞추어 기도송을 자연스레 부를 수도 있게 되었고, 헌금시간이되면 특송자들이 자연스레 걸어 나가고 그 사이에 헌금그릇을 든 봉사자들이 능숙하게 자신 담당 섹션에 연보대를 돌릴 수도 있게 되었고, 목사님의 기도가 고조되면 반주자의 반주가 따라서 크레센도되는 것도 능숙하게 할 수 있게 되었고, 광고시간에 목사님의 광고에 딱 맞추어 관련된 정보가 프로젝터를 통해 스크린에 정확히 디스플레이도 되게 되었고, 성찬식 세례식을 척척 진행하는 능숙함도 보이게 되는 등… 우리는 예배의 테크니션이 되어 있습니다.

어느 분야의 테크니션도 마찬가지이듯, 어느 정도 경지에 오르게 되면 아무 생각 없이도 자기 맡은 기능을 깔끔하게 정확하게 능숙하게 수행할 수 있는 게… 바로 이 테크니션입니다.

우리는 모두 다 예배의 테크니션이 되고 있지는 않은지 두렵습니다.

우리가 드리고 있는 그 예배가 아무 생각 없이 그냥 그 익숙한 몸놀림으로 드려지지는 않는지.

그래서 겉보기에는 깔끔하게 멋지게 은혜롭게 예배가 끝났는데도 뭔가 가슴 깊이 느껴지는 게 없는그런 예배. 너도나도 그런것에 익숙하여져서 그것이 예배인가 보다 여기며 매주일 그렇게 드리는 예배 속에서 신령과 진정의 예배를 잃어 가는 그런 믿음의 소유자가 되어 버리지는 않았는지.

오래전 우리가 처음으로 교회에 첫걸음을 디뎠을 때 느꼈던 그 설렘 그리고 그 호기심 그리고 그 결단… 그런 것들은 우리가 예배의 테크니션이 되는 순간 필요하지 않게 되지는 않았는지.

그래서 오래전 예수님은 예배의 형식도 없이 그냥 현장에서 주고받으며 말씀을 전파하셨는지도 모릅니다. 그런 군더더기 없는 예배로 돌아갈 수는 없을까요?

여러분들은 어떻게 생각하십니까?

율법과 은혜, 정말 원수 지간인가?

어릴적 저는 무협소설을 무척 즐겨 읽었습니다.

주인공이 어릴 적부터 어느 무림고수로부터 혹독한 훈련을 받다가, 어느 날 사부께서 "이제 너는 떠날 때가 되었다" 하며 하산을 허락하는 장면이 떠오릅니다. 맞습니다 모든 것에 때가 있다는 것입니다.

저의 아버님께서도 저에게 그러셨지만, 저도 제 자녀들이 어렸을 적에 이것은 되고 저것은 하지 말라고 사사건건(?) 간섭하고 따르게 한 적이 있습니다. 특히 막내딸에겐 밤 10시 이전에 반드시 집에 들어오라고 엄하게 한 적도 있습니다.

그 밖에 지금 생각하면 우습다고 생각할지도 모르지만, junk food 먹지 마라, 책상에 똑바로 앉아서 공부하라, 예습하라 복습하라, 어른들이 오면 일어나서 인사하라, 예배시간 안 늦게 미리 떠나라, 매일 기도하라, 설거지하라 등등…

그런데 그 딸이 이제 대학을 졸업할 나이입니다.

저는 더 이상 이런저런 간섭을 일체 안 합니다. (저의 와이프는 계속 하지만…ㅎㅎㅎ)

그러면 제가 예전에 가졌던 그 가치관과 그 기준들이 달라졌기 때문에 더 이상 간섭을 하지 않는 것입니까?

절대 그렇지 않습니다. 예전과 동일한 가치관을 아직도 가지고 있습니다.

그러면 그런 간섭을 안 하니까 제 딸아이가 자기 마음대로 방종할까요? 그렇지 않습니다.

말 안 해도 돌아올 시간이 되면 지가 알아서 집에 들어오고, 자기가 알아서 건강에 좋은 음식을 가려 먹고, 어른들이 오면 방에서 나와서 인사하고 자기가 알아서 설거지하고… 예전에 제가 간섭했던 그대로 거의 합니다.

무엇이 달라졌을까요. "때"가 차서 이제는 부모의 간섭이 없어도 자기 스스로 판단하고 절제하고 지킬 수 있다는 얘기입니다. 겉으로 보면, 결과적으로 예전과 동일한 것들을 지키고 있지만, 그 내용적으론 엄청난 차이가 있습니다.

예전엔 누가(부모가) 시키고 간섭하기 때문에 '할 수 없이' 어떤 룰을 지켜야 했지만, 지금은 누구의 간섭이 없는데도 자기 '스스로' 지킨다는 큰 차이점이 있습니다.

물론 하루 정도 반가운 친구 만나서 친구와 외박할 수도 있습니다. 예전 같았으면 '큰일'입니다.

그러나 지금은 큰일이 아닙니다. 성년이 되었으니까요. 그런데도 외박을 안 합니다.

왜 그렇습니까. 외박하면 혼나는 것도 아닌데 왠지 외박을 하고 싶지 않기 때문입니다.

이것은 제가 생각하는 '율법'과 '은혜'의 어느 한 측면에서의 차이점이라고 생각합니다.

주님이 오시기 전 우리들은 율법이 필요했습니다. 죄가 무엇인지 정의가 필요했고 그 가이드라인이 필요했고 또 그것들을 어길 시 적절한 체벌이 필요했습니다. 왜냐하면 아직도 그 '때'가 안 되었기 때문입니다.

그래서 율법을 지켜야 했고 율법을 어기면 벌을 받아야만 했습니다. 어린애들이 집안의 룰을 싫어하듯이 우리들도 율법을 지키면서도 싫어했습니다.

그런데 그 '때'가 드디어 왔습니다.

예수님이 율법을 완성시키시고 그로부터의 속박을 푸셨습니다.

우리들이 스스로 그 하나님의 '룰'을 지킬수 있다고 하나님이 판단하셨기 때문입니다.

마치 사부가 제자에게 하산하라고 허용하신 것처럼, 마치 제가 제 딸아이가 성년이 되어 스스로 할 수 있다고 생각한 것처럼, 예수님의 대속의 사건을 통해 하나님께서 그 '때'가 되었다고 판단하신 것입니다.

지금도 우리는 십계명의 내용에 대해서 반박하는 신도들은 없습니다. 다른 점이 있다면 과거에는 지켜야 했고 어길 시 심판이 있었던 반면, 지금은 우리가 스스로 지키기를 원해서 지켜야 하는 게 다른 점이라고 말할 수 있습니다.

마지막으로 민감한 십일조 얘기를 하렵니다.

십일조의 사상은 율법 제정 이전부터 흐르고 있었고 하나님의 세상 운영의 거대한 원리의 한 부분인 만큼 영원토록 없어지지 않을 것입니다. 이슈는 그것이 아직도 지켜야 할 율법이냐 아니면 율법을 초월한 성도로서의 자발적인 헌금행위이냐 하는 것입니다. 분명한 건 우리는 이제 더 이상 율법 아래에 있지 않다는 게 성경의 가르침입니다. 그러면 율법 아래에 있지 않다고 해서 우리가 십일조를 안 해도 되느냐는 다른 이슈입니다.

그래서 이 두 가지 다른 이슈를 혼합해서 사용해서는 안 된다고 저는 생각합니다. 우리는 이미 율법시대를 벗어나 은혜의 시대에 살고 있습니다. 엄연한 사실입니다. 십일조는 예외다라고 말한다면 이것은 성경적으로 올바르지 않습니다.

그런데 저를 비롯한 많은 성도들이 율법에 매이지 않는 은혜의 시대에 살고 있지만 십일조를 어김없이 하고 있는 이유는 우리가 율법의 가르침 때문에 십일조를 의무적으로 해야 하기 때문이 아니라, 이제는 은혜 속에 사는 우리들이 하나님이 율법 이전에 세우신 십일조의 그 원리에 기쁜 마음으로 동참하고 싶기 때문이라고 생각합니다.

십일조에 대한 찬반의 의견과 신학적인 근거, 반박 등은 이미 많이 알려져 있습니다.

다만, 제가 생각하는 관점은, 더 이상 십일조를 어떤 '의무'적인 행위로 보지 말자는 것입니다.

십일조를 꼬박꼬박 하는 것이 올바른 신앙의 선결사항은 아닙니다. 오히려 올바른 신앙을 가진 성도라면 자연스레 십일조를 하게 된다라는 말이 옳을 것입니다.

부흥하는 교회가 건강한 교회가 아니라 건강한 교회가 부흥하듯… 그리고 선한 행위를 하기 때문에 구원을 받는 것이 아니라 구원을 받았기에 선한 행위를 하는 것처럼, 우리들도 십일조가 지켜야 할 율법이기에 행하는 것이 아니라, 은혜받은 우리들이 기꺼이 기쁨으로 드리고 싶은 게 십일조라고 말씀드리고 싶습니다.

산속에서 수련하다(율법) 사부로부터 하산을 명받고 세상에 나와(은혜) 활약하는 고수가 아직도 예전 사부의 가르침을 가슴 깊이 기억하며 살아 나가듯이, 율법은 우리에게 무엇을 해야 할 것인가 무엇을 절제해야 할 것인가를 교육시켰고, 그 원리를 가슴 깊이 새긴 우리들이 비록 산속(율법)에 있지는 않지만 세상(은혜)에 살면서 그 가름침을 자발적으로 따르는 모습이야말로, 진정으로 주님께서 바라시는 그런 신앙의 모습이 아닐까 생각해 봅니다.

사실 사부의 입장에선 하산한 제자가 불평스런 표정으로 자신의 가르침을 억지로 지키려고 애쓰는 모습보다는, 자신의 형편에 맞게 그러나 감사하는 마음으로 자신의 삶을 살아 나가는 모습이 더 대견할 것이라고 생각합니다.

결론적으로 율법과 은혜는 웬수(?) 지간이 아니라 스승과 제자 관계라고 저는 결론짓고 싶습니다.

여러분들은 어떻게 생각하시는지요?

위기 속에 발견되는 초대교회 정신(?)

제목이 좀 거창합니다만 별건 아니고 오래전 주일날 교회에서 제법 큰 사건(?)이 있었습니다.

다름이 아니라 바로 제가 나이를 생각지 못하고 교인들과 예배 후 특별 체육행사를 하던 도중 과감한(?) 슬라이딩을 하던 중 오른쪽 발목을 심하게 접쳤던 것입니다.

원래 그라운드 전체가 잔디이거나 아니면 맨땅이거나 하면 슬라이딩이 제대로 매끄럽게 먹혔을 터인데, 교회 뒤뜰이 잔디가 듬성듬성 난 땅이라 슬라이딩하다가 잡초에 발목이 걸리면서 엄청나게 달려가던 그 힘으로 인해 발목이 무자비하게 꺾였던 바로 그 잔혹한 현장이었습니다.

느낌이라는 게 있는데, 별것 아닌 것은 아니라는 게 느껴졌고 이내 참을 수 없는 통증으로 그냥 맨땅에 누워 버렸습니다. 그런데 어디에서인가… 마치 중공군 인해전술같이… 개미떼같이 까맣게 온 성도들이 저를 향해 달려오는 것이 아닙니까?

어떤 집사님은 마치 초상이 난 것 같이 "어떡해~" 하시며 안절부절하시고, 어떤 젊은 집사님은 저를 등에 업으려고 등을 들이밀고, 어떤 집사님은 제 양말을 조심스레 벗기고, 그 와중에 어떤 여집사님은 수박 한 조각을 먹으라고 들이밀고, 네 집사님이 저를 들어 일단 다른 쪽 잔디밭에 옮기고, 목사님 장로님들을 중심으로 대책위원회(?)를 즉시로 조직하는 것입니다.

보아하니… 뼈가 부러진 것 같지는 않고 이런 상황에선 "침" 맞는 게 제일 좋은데 마침 그날이 일요일이라 영업하는 데는 없다며 옥신각신하시더니, 어떤 분이 어디에 중국 한의원이 연다 하시며 전화까지 걸어서 확인하고 세 집사님들이 저를 부축하고 차에 태워 30여 분 달려 그곳까지 갔던 것입니다.

그리고 다시 교회로 돌아와서 저는 어떤 집사님 차에 타고 딴 집사님은 제 차를 몰고(대리운전?) 저희 집까지 극진한 보호를 받으며 돌아갔던 것입니다.

통증이고 뭐고 간에, 저는 차를 타고 가면서 문득 이런 생각을 해 보았습니다.

만일 제가 아무도 없는 산속이나 벌판에서 이런 부상을 당했다면 어떻게 되었을까?

마침 와이프가 한국 방문 중인 이때 아무도 없는 타지에서(저는 직장 관계로 거의 6-7년을 기러기 생활을 했습니다) 이런 일이 벌어졌다면 누구에게 도움을 청해야 할까?

이 사고가 났을 때 저는 두 가지를 느꼈습니다.

첫째는 "아~ 제가 좀 더 모든 일에 경솔하지 말자" 둘째는 "그래… 뭐니 뭐니 해도 우리 교회 성도들만큼 좋은 사람들 없어~"였습니다.

제가 모든 일에 경솔한 건 아닙니다. 그런데 뭘 하다 보면 거기에 푹 빠져 이것저것 안 가리는 면이 있는데, 이번 경우는 제가 굳이 슬라이딩을 안 해도 승부는 이미 끝난 상황인데도 폼(?) 잡으려고 슬라이딩을 나이도 잊은 채 시도했던 것 같습니다. 예~ 이 점 깊이 반성하고 있습니다.

둘째는 그간 어느 교회나 마찬가지겠지만 저희 교회도 크고 작은 이슈들이 많았습니다. 때로는 약간의 끼리끼리 냉전이 생기기도 해서 교회 분위기가 약간 냉랭해지기도 한 게 사실입니다.

그런데 미천한 장로 하나가 쓰러지니까 딴생각 안 하고 달려드는 성도들의 그 마음이야말로 바로 초대교회의 모습이 아닌가 저는 생각했습니다. 오랜만에 확인해 본 교회다운 모습이었다고나 할까요.

일단 성도 하나가 쓰러지니까 이것저것 〈안〉 보고 〈안〉 생각하고 〈무조건〉 도와주러 달려온 것입니다. 바로 이 〈무조건〉적인 마음이야말로 현 시대를 사는 메말라 있는 현대 교회가 필요한 것이 아닌가 생각됩니다.

예전에 어느 교회에서 앙숙 관계의 두 집사님이 계셨는데, 어느 겨울 눈이 내리는 주일날, 교회를 향하는 Freeway에서 차가 미끄러져 안절부절하고 있는 상대편 집사를 차를 세우고 도와준 앙숙 집사께서 나중에 하셨다는 말씀이 "그때는 잉숙이고 뭐고 아무것도 안 보이고 그저 눈보라 속에서 덜덜 떨고 있는 교우 모습만 보였다"고. 말할 나위 없이 그다음부터 이 두 집사님들은 둘도 없는 친한 친구가 되었다는 얘기입니다.

그래서 그런지 하나님은 가끔 교회에 〈위기〉를 주시나 봅니다. 너 나 다

잊어버리고 예수님의 사랑만 생각하라고. 그리고 그 위기를 극복하면 위에 말한 두 집사들같이 더 돈독하게 되라고.

제 발목이 빨리 나아야겠지만 완전 재앙은 아니었다고 저는 생각합니다. 남들은 모르지만 당사자인 저는 바로 그 〈초대교회〉의 모습을 조금은 발견했기 때문입니다. 다른 성도님들도 서로 달려드는 성도들의 모습과 자신의 모습속에서 저와 똑같은 그 모습을 발견하셨기를 기대해 봅니다.

Is It Wrong or Different?

출타한 다음 동네 인근에서 저희 집으로 들어갈 때 저에겐 두 가지 길 (저희집 길은 Circle입니다)의 선택이 있습니다.

하나는 조금 먼(?) 길(그래 봤자 약 100미터 거리 차이)이고 하나는 짧은 길입니다.

그러면 결론은 뻔하지 않겠느냐라고(i.e., 짧은 길로 간다) 생각하시겠는데, 짧은 길로 가면 왼편에 위치한 제 집 앞에서 차를 U-Turn하여 파킹을 해야 하고, 조금 먼 길로 가면 U-Turn 없이 그대로 집앞에 파킹을 하면 됩니다.

그러면 이게 뭔 문제냐? 하시겠는데… 조금 복잡해집니다.

제 아내는 '짧은' 길을 선호합니다. 왜 짧은 길을 두고 멀리 돌아 가느냐… 하는 심플하고도 명쾌한(?) 이유를 대며 운전하는 저에게 압력을 가합니다.

그런데 저는 거의 매번(아내랑 같이 갈 때나 간혹 거라지 앞에 어차피 물건을 unload하려고 세워야 하는 경우 등을 제외하곤) 먼 길을 선호합니다. 즉, 시간과 개스를 "더" 소비하고라도(솔직히 100미터 더 가는 데 얼마나 더 개스가 소비되고 얼마나 더 긴 시간이 소비되겠냐만은) '편리'함을 추구한다는 것입니다.

그러면 이것도 뭔 문제가 되느냐 하실 분도 있으실 텐데⋯ 이 역시 복잡합니다. 이것은 잘잘못의 '문제'가 아니라 관점 혹은 취향의 '차이'라고 하는 저에게 제 아내는 집요하게 '문제'성을 끄집어냅니다.

그래서 같이 운전하고 들어갈 때면 제가 얌전하게 짧은 길을 택하게 되는데 재미 삼아 추가 비용을 계산해 보았습니다.

하루에 100미터 더 운행한다면 평균 잡아 일 년에 약 32킬로미터 정도 더 가는 것이고 이것을 마일리지로 환산해 보면 약 20마일 정도이고 이걸 10년 계속 한다고 가정하면 약 200마일 정도를 더 뛰게 되는 것임에, 이 정도 거리를 더 가려면 현재 일반 차량 개스 마일리지를 기준으로 넉넉히 잡아 약 10gallon 정도가 더 소요된다는 것이고, 그 총 비용은 약 $30 정도의 엄청난(?) 비용이 "더" 든다는 분석입니다.

이왕 하는 김에 이걸 또 시간 소비 측면에서 분석을 해 봅시다. 저희 집 앞에서의 drive는 약 20MPH 이므로, 200마일을 더 가야 하는데 소비되는 10년간의 총 소비 시간은 약 10시간 정도의 엄청난(?) 시간 소비라는 분석입니다.

그러나 저의 결론은 10년간 $30 더 쓰고 10시간 소비한다 하여도⋯ 저는 유턴하려고 핸들을 꺾지 않고 스페이스 간격 맞추려 backup/forward할 필요 없는, 그냥 스트레이트로 편하게 파킹하는 옵션을 선택할 것입니다. (Sorry dear~) 서두가 너무 길었습니다.

교회 생활을 하다 보면 모든 면에서 이런 개인들의 '차이점(Difference)'을 인정 혹은 포용하기 보다는, 내 방식이 옳고 당신 방식은 '틀렸다(Wrong)'라는 쪽으로 생각하시는 분들이 꽤 많음을 보게 됩니다.

강단 위의 십자가를 정 가운데 두어야지 왜 왼쪽이나 오른쪽으로 삐딱하게 두냐?

강대상은 점잖은 나무로 해야지 가볍게 유리나 플라스틱이 뭐냐?

스피커를 양 옆에 달아야지 왜 보기 싫게 천정에 다냐?

찬양팀이 단정해야지 웬 청바지를 입고 나오냐?

본당 카펫 색깔이 묵직해야지 왜 밝은 색이냐?

헌금함을 가운데 둬야지 왜 구석에 두냐?

잔디 물을 저녁때 틀어야지 왜 아침에 트냐?

성가대 곡이 좀 전통적인 성가곡이어야지 왜 가벼운 복음성가 스타일이냐?

목사님이 왜 악수만 하지 교인들에게 포옹을 하냐?

장로가 체통 없이 웬 수염을 기르냐?

장로가 수수한 차 타고 다니지 뭘 자랑하려 BMW 타고 오냐? 등등등…

세상 80억 인구가 다 '차이'가 나게 하나님이 창조하셨는데 당연히 모든 일의 추진과 운영상에 '차이'가 나지 않을까요?

교회의 중진들이라고 성도 개인들의 '스타일'과 '의견'에 딴지를 건다면, 그리하여 성경이나 전통적으로 군말 없이(?) 따라야 할 그런 essential한 것들을 제외한 다른 소소한 면까지도 획일적인 따름을 강요한다면, 그 자체가 다양성을 가지고 태어난 우리 크리스천 정신에 위배되는 것이 아닐까요?

제가 아는 어느 교회는 새 목사님이 부임하셔서 예배 순서를 바꾸었는데(광고를 설교 다음에 하다가, 광보를 먼저 끝내고 설교를 하는), 일부 장로님들이 우리 교회의 전통을 바꾸어선 안 된다 하며 들고 일어나 자기네들끼리 갑론을박 하다가 결국은 목사님이 어이쿠~ 하며 사임하고 돌아가셨다는 실화도 있습니다.

생각해 볼 사항입니다.

바라기는 정말 성경적으로 전통적으로 꼭 우리가 전승하고 지켜야 할 것을 제외한 정말 variety와 color의 조합과 융합도 좋을 그런 분야에서는 넓은 마음과 포용력으로 당신의 방법은 틀렸어(Your way is WRONG!)가 아닌 당신의 방법은 틀리군요(Your way is DIFFERENT!)라는 온유와 배려의 마음으로 approach하심이 어떨지 생각합니다.

여러분은 어떻게 생각하십니까?

수혈을 위한 role player들을 영입하자!

미국의 NBA 농구 팀들을 보면, 주전 스타트 멤버들이 있고 소위 말하는 벤치 플레이어들이 있습니다. 벤치 플레이어들은 일반적으로 볼 때 스타터들만큼 기량이 뛰어나지는 않지만 그들만의 특별한 임무가 있으니 그것을 우리는 Role Playing이라고 말합니다.

이 롤플레이어 가운데는, 투입되어 잠깐동안 격렬한 에너지를 방출함으로 동료들에게 새로운 '케미스트리'를 생성해 주는 선수들도 있고, 외곽주변에서 3점 슛을 쏘아 골밑을 장악하고 있는 상대방 선수들을 외곽으로 끌어내어 post lay를 하고자 하는 목적으로 투입되는 슈터들도 있고, 상대방 득점 플레이어들의 경기 리듬을 끊어 놓기위해 투입되는 수비 위주의 플레이어들도 있습니다.

이 모든 조합을 적재 적소에 잘 활용하는 게 코치의 임무이고 그 결과에 따라 코치의 평판과 대우가 달라지기도 합니다.

자… 우리 교회를 한번 생각해 봅니다.

어쩌면 우리 교회는 서로들 스타팅 멤버들이 되기를 원하는 성도들은 많지만, 벤치를 지키다 적재적소에 묵묵히 롤플레잉을 할 수 있는 성도들은 상대적으로 적지 않나 생각이 듭니다.

어떤 분들은 교회 참석과 활동의 궁극적인 목적을 어떤 직분 획득(장로가 되거나 권사가 되는)에 두는 분들도 꽤 있습니다. 그러나 장로나 권사 직분은 어떤 명예를 위해 얻어질 수 있는 계급이 아니라 성실히 헌신하고 모범을 보인 결과로 주어지는 직분이 되어야겠습니다. 즉, 스타팅 멤버가 되는 것이 NBA 선수들의 "목적"이라면, 우리 교회 성도들은 헌신과 봉사의 "결과"로 주어지는 것이 스타팅 멤버라고 얘기할 수 있겠습니다.

자 그런데 위에서 농구선수들의 롤플레잉 중에 새로운 팀 분위기를 만들어 내는 롤이 있다고 했습니다. 저는 이 '변화'를 생성하는 사람들을 무척 귀중히 여깁니다.

한때 북한의 김일성이 건강과 젊음을 유지하기 위해 매년 "젊은" 피를 수혈한다는 말이 있었습니다. 어느 정도까지 사실인지는 모르겠으나 김일성의 피와 맞는 깨끗한(?) 어린 처녀들을 엄선하여 일정 기간 동안 영양 관리를 통해 피를 채집하여 김일성에게 수혈했다는 것입니다.

요즘 돈 많은 미국의 부자들은 자기의 피를 조금씩 채집하여 여러 해독 및 영양작업 등을 거쳐 저장해 놓고 정기적으로 신체의 오래된 피와 교환한다는 소식도 들립니다. 새 피가 들어가면 확실한 것은 신체에 그 무언가 새로운 '자극'이 생기고 그로 인해 매우 긍정적인 변화가 일어난다는 것입니다.

우리 교회를 살펴보면 때로는 새로운 변화가 절실히 요구되는 시기가 있게 됩니다. 같은 교회에서 거의 2-30년을 같이 신앙생활 하다 보니 두터운 타성도 생기고, 모든게 미지근해지고, 모든 게 소극적으로 변해 버리는 것입니다. 목사님들도 장로님들도 그 행사가 그 행사고, 그 설교가 그 설교고, 그 예배가 그 예배로, 전락해 버리게 되는 것이 자연적인 현상입니다.

그래서 이런 상황에서 제일 먼저 목사님들이 시도해 보는 것이 바로, 새로운 성경 공부나, 새로운 예배 방식이나, 새로운 과외 활동들이 됩니다. 그런데 제일 중요한, 사람이 안 바뀌고 행사와 활동만 바뀌게 되니, 결국 얼마 안 가서 별 효과가 안 보이고 흐지부지해져 버리고 맙니다.

왜 사람 바꾸는 것은 생각 안 하는 걸까요?

골찌에 맴도는 MBA 농구팀에서 코치도 바꾸고 전략도 바꾸어 보지만 반짝 효과에 그치는 것이 일반적인 통례입니다. 그런데 어느 순간 새로운 팀 멤버가 영입되어 들어오면 그 팀의 분위기가 단번에 바뀌어 새로운 도약을 하게 되는 팀들이 꽤 많이 있습니다.

그래서 우리 교회도 어떤 도약과 변화를 원한다면 심각하게 생각하여야 할 것이 바로 '사람'의 변화라는 것입니다. 이 사람의 변화는 새로운 목사님의 영입이 될 수도 있고, 새로운 성도들의 유입이 될 수도 있습니다. 그런데 이것이 정말 단기간 내에 제법 큰 변화를 생성하는 것만은 틀림없는 것 같습니다. (때로는 부정적인 변화를 가져오기도 합니다)

물론 교회의 변화를 위해 목사를 바꾸자는 애기는 아닙니다. 그러나 분명한 것은 다른 기존의 구조적인 변화를 통해서도 못 얻은 어떤 변화를, 교회 내의 사람의 변화가 있음으로 얻어진 케이스들을 저는 많이 보아 왔다는 것입니다.

특히 침체되어 있는 교회에, 젊은 성도들이 들어옴으로써 놀라운 변화가 암암리에 생기는 것을 저는 많이 경험했습니다. 성가대가 그렇고 교회 활동과 행사가 그렇습니다. 새로 들어온 젊은이들의 신선하고(틀에 박힌 모습이 아닌 무언가 새로운…) 추억을 상기시키는(나도 예전엔 저렇게 열정이 있었지 하는…) 모습을 통해 내 자신이 자극을 받게 된다는 말입니다.

이것이 일종의 수혈이 된다고나 할까요. 그리고 그들은 다름아닌 우리 침체된 교회에 새로 영입된 role player들이라고 말할 수 있습니다.

각설하고, 제가 말하고자 하는 점은, 새로운 행사, 새로운 예배, 새로운 활동의 도입에서 교회 성장의 비결과 행운을 찾으려 trial and error 과정을 밟기보다는, 새로운 분위기를 선사할 새로운 "사람"을 통해 찾아보는 것이, 훨씬 효과적이고 또는 훨씬 '성경적'이지 않을까 하는 의견입니다.

결국 저의 결론은 교회 성장은 행사나 구조의 변화가 아닌 사람의 변화 즉 "전도"에 있지 않을까 하는 것입니다. 오히려 교회 성장의 비결은 아주 가까운 곳에 있을 수도 있습니다.

물론 제가 오늘 말씀드린 것은 우리가 변하고 우리의 믿음의 열매가 성장으로 가게되는 정통 원칙을 떠나, 만약 우리가 인위적으로 그 무엇을 할 수 있다면 그 무엇이 가장 효과적으로 교회 성장을 가져올수 있을까⋯에 대한 개인적인 소견이었습니다.

여러분들은 어떻게 생각하십니까?

고속도로 걸인으로부터 배운
새벽기도에 대한 교훈

저는 고속도로 출구 근처에서 돈을 구걸하는 사람들을 무척 부정적으로 보았습니다. 그리고 그 이유도 나름대로 무척 타당하다고 생각했습니다.

제가 실지로 보았던 그들의 이중적 모습 때문인지, 저는 초창기에 잘 하였던 그들에 대한 헌금(?)을 일체 하고 있지 않습니다.

한번은 제가 고속도로 출구에서 어떤 사람이 쩔뚝쩔뚝거리며 돈을 구걸하는 것을 보고, 바로 근처에 있는 월 그린에 들러 물건을 사고 나오다가 조금 전 그 사람이 멀쩡하게 걸어가는 것을 보기도 하였고, 또 한번은 God Bless You라고 쓰여진 보드를 들고 구걸을 하던 사람이, 돈을 조금 모았는지 리커 스토어에 들어가는 것도 보았고, 또 한번은 제 바로 앞에 있는 차의 여 운전자를 향해 (돈을 안 준다고) 욕을 하는 그들도 보았습니다.

그래서, 그들은 진짜 돈을 벌 방법이 없고 먹고는 살아야 하기 때문에 구걸하는 것이 아니라, 나태하고 게으른 사람들로서 쉽게 돈을 벌어 술이나 마약 등에 쓰려는 것이라고 굳게 믿고 있었던 것입니다.

그런데 그런 생각이 오늘 새벽기도 가는 도중에 바뀌게 되었다는 얘기입니다.

무슨 얘기냐면, 오늘 토요일 새벽 5시 조금 넘어 저는 새벽기도를 가기 위해 집을 나섰습니다. 겨울이라 5시 정도면 아직 깜깜한데, 아니 글쎄 프리웨이 출구 근처에 웬 사람이 구걸을 하고 있는 것이 아닙니까? 물론 처음엔 너무한다…라는 생각을 했었는데… 이내 저의 머릿속은 복잡해지기 시작했습니다.

가만있자… 저 사람이 이 새벽에 구걸을 해야 할 정도면 진짜 생존의 급박한 어떤 상황일 수도 있지 않을까? 술과 마약을 위해 구걸하는 사람이라면 지금쯤은 술에 취해 감히 일어날 생각조차도 못 할 것이 아닌가?

이런저런 생각을 하면서 교회에 도착하여 기도하는 내내, 저는 그 걸인에 대한 생각을 해 보고 자연스레… 하나님 혹시 제가 그 사람들에 대한 편견이 있었다면 용서해 주십시오…라고 기도를 하였습니다.

그리고 제가 내린 결론은 다음과 같습니다.

그래… 그들이 술을 살 돈이 필요해서… 그리고 혹시 쾌락을 위해 구걸을 하는 것일 수도 있다. 그러나 정말 하루하루 생존을 위해 구걸하는 것일 수도 있다. 그러므로 전자 때문에 후자들을 외면하지 말자. 이것이 제가 오늘 새벽에 내린 결론입니다.

자… 저의 이런 새로운 변화는 오직… 그들이… 대낮이 아니라… 〈새벽〉에 구걸을 하였다는 사실 때문에 생긴 변화입니다. 순간… 또 다른 변화가 생겼는데… 그것이 오늘의 포인트입니다.

저는 사실 새벽기도에 대해 별로 긍정적이지 않았습니다. 새벽기도만 중요하고 저녁 기도나 밤 기도는 상대적으로 덜 중요하냐. 교회까지 거의 한 시간 걸리는 길을 가서 달랑(?) 30분 기도하고 다시 한 시간 드라이브하여 돌아오는, 즉 30분 기도를 위해 2시간을 새벽에 소모(?)하는 게, 혹시 바리새인 같은 측면에서의 외식이 되지는 않을까.

그시간에 따뜻한 집에서 기도하는 건 너무 사치스런 기도인가? 눈보라 비바람을 거치고 펑펑 돌아가는 빙판 위를 여호수아같이 담대하게 감수하며 교회에 나와 목사와 교인들에게 눈도장을 찍어야 진정한 믿음을 보여 주는 것인가. 왜 집에서 조용히 QT를 하며 기도하는 것은 약간(?) 부끄러운 것이고 교회에 반드시 나와 새벽기도하는 것은 아주(?) 자랑스러운 것인가.

이런 생각들을 가진 저는 물론 새벽기도에 충실히(?) 나오는 사람이지만 성경이나 믿음의 상식의 범주 내에서 완전 공감하는 사람은 아니었다는 말입니다. (제발 주님께서 새벽에 기도하셨으니 우리도 해야 된다고… 그런 주장 하지 마시기 부탁드립니다. 그런 새벽 기도가 필요했던 상황과 때를 이해해야 합니다. 참고로 주님은 '항시' 기도하셨습니다… ㅎㅎㅎ)

자 그런데… 저의 생각이 조금 바뀝니다.

가만있자… 물론 외식적으로 교인들에게 잘 보이려고 새벽기도에 나오는 사람이 있을 수도 있다. 그리고 그래야 진짜 믿음이라고 brain wash 당한 초신자들도 있을 수 있다.

그러나… 그러나 마치 새벽 걸인 중에는 진짜 순수한 목적으로 다급한 마음으로 구걸을 하러 나오듯, 새벽기도에도 많은 대다수 성도들이 순수한 마음으로 하루를 시작하는 조용한 시간에 정말 주님과 은밀한 첫 만남을 목적으로 나올 수도 있다.

집에서 안일하게 기도하는 것 보다는 자신을 영적으로 채찍질하여 믿음의 성도들과 믿음의 성전에서 기도하기 위해 나오는 것일 수도 있다. 그러므로 소수의 외식하는 자들 때문에 순수한 목적으로 모이는 새벽기도 자체를 부정적으로 생각해선 안 된다…라는 생각이 들었다는 얘기입니다.

오해하지 마시기 바랍니다. 제가 새벽기도를 반대하는 사람은 물론 아니나 새벽기도 참석이 어떤 믿음의 척도인양 상식화 제도화되는 것이 못마땅했다는 것입니다.

어쨌든, 오늘 새벽 프리웨이 걸인을 통해, 중요한 교훈을 하나 얻었다는 게 저에게는 무척 귀하고 감사하다는 것을 말하고 싶었습니다. 혹시 그사람이 천사가 아닐는지… ㅎㅎㅎ

여러분들은 어떻게 생각하십니까?

영화 〈조 블랙의 사랑〉

Meet Joe Black이란 영화가 있습니다.

아마 개인적으로 이 영화보다 더 많이 본 영화가 없을 정도로, 저는 문 득 생각이 나거나 기회만 되면 이 비디오를 보곤 합니다.

아마 한국에선 〈조 블랙의 사랑〉이란 제목으로 상영된 것으로 압니다.

제가 이 영화를 좋아하는 이유는, 물론 제가 (무척) 좋아하는 앤쏘니 홉 킨스와 브레트 피트 그리고 (그 당시) 청순했던 클레어 폴라니 때문이기 도하겠지만, 그보다 영화의 소재가 판타지 내용임에도 불구하고 그 전개 와 감동이 무척 현실적이라는 것입니다.

일단 대충 그 줄거리는 다음과 같습니다.

잠을 자던 대기업 회장 패리쉬(앤소니 홉킨스)는 'Yes' 하는 소리에 잠을 깹니다. 65번째 생일을 며칠 앞둔 밤이었습니다. 그는 사업에도 성공을 했고, 두 딸과 큰 사위를 데리고 잘 살고 있었습니다. 그의 죽음을 예고하 는 천상의 목소리를 듣게 됩니다.

한편, 그의 딸 수잔은 커피숍에서 만난 남자에게 첫눈에 반해 깊이 빠지 지만 그는 그날로 교통사고를 당해 세상을 떠납니다. 같은 날 저녁, 패리쉬는 커피숍에서 죽은 남자의 육신을 빌린 저승사자를 만납니다.

지상 구경을 하고 싶어진 저승사자는 패리쉬와 의논한 끝에, 손님으로 며칠간 그의 집에 머무는 대신 저승으로 떠날 시간을 며칠 늦춰 주기로 약속합니다. 패리쉬는 가족들에게 저승사자를 조 블랙이라는 이름으로 소개하고, 수잔은 블랙이 저승사자인 줄 모른 채 그가 자신을 기억하지 못하는 데 놀랍니다. 조는 그 며칠 동안 수잔과 서서히 사랑에 빠지지만, 패리쉬와 함께 저승으로 떠나야 할 시간이 다가오고, 조는 패리쉬가 회사에서 벌어지는 경영을 둘러싼 암투에 깊이 고민하고 곤경에 빠졌음을 알고… (안 보신 분들을 위해 대강 이 정도…)

저는 이 영화를 볼 때마다 좀 이상하게 들릴진 모르지만 마음속에 평안을 느낍니다. 그것은 죽음에 대한 불안이 없음과 동시에 오히려 확신이 있는 데서 오는 평안이라고 생각됩니다. 마치 돌아갈 고향집이 있다고 생각할 때 느끼는 그러한 평안함 말입니다.

그리고 또 한 가지는, 이 세상에서 제가 과욕과 욕망으로 쌓아 두는 그 모든 것들은 브레드 피트(저승사자)가 나를 방문하는 순간 미미한 존재로 변할 수밖에 없다는 사실입니다.

그것을 느끼는 순간 저는 다시 영적인 디멘션을 바라보게 됩니다.

그러다가 현실속의 육적인 모습을 다시 보일 수밖에 없게 되는데, 아마도 그런 무의식 속의 갈등 때문에 가끔씩 이 영화를 일부러 즐겨 보게 되는 것이 아닌지 생각이 드네요.

저는 같은 맥락에서 목사님들의 설교에, 이 세상에서 어떻게 살아야 하는 것에 대한 설교도 중요하겠지만 정말 가끔씩이라도 저승사자 얘기가 있었으면 좋지 않을까 생각합니다.

저승사자라고 말했지만 사실은 죽음에 관한 본향에 관한 설교를 얘기하는 것입니다.

가끔씩이라도 죽음과 본향이라는 '판타지' 소재 속에서 궁극적인 현실감을 일깨워 줄 수 있다면, 우리 성도들의 신앙 관점과 생활 태도는 아마도 달라지지 않을까 하는 개인적인 생각입니다.

때로는 교회 내에서도 우리들 서로 간에 갈등과 이기심 때문에 질투하고 시기하고 험담하기도 하지만, 결국은 우리 모두에게 언젠가는 저승사자가 방문할 것이고, 우리 모두가 (hopefully) 손잡고 같은 고향으로 돌아가게 될, 동지이자 같은 편이라는 사실이 있지 않느냐는 것입니다.

이런 사실을 '자주' 그리고 '많이' 자각하게 될수록 교회 내에서의 성도들 간의 교제는 훨씬 더 부드러워지지 않을까 생각이 듭니다.

우리는 항시 같은 편에게는 관대하지 않습니까. 남편이나 아제가 좀 맘에 안 들어도 다른 사람이 공격하면 당연히 보호해 주고 옹호해 주지 않습니까? 친구에게 질투를 느껴도 그가 곤경에 빠지면 친구라는 그 이유 하나만으로도 우리는 도움의 손길을 내밀지 않습니까?

그러므로 우리 크리스천들은 예수님 안에서 한편이요 같은 가족이라는 의식이 강화될수록 서로 간의 교제가 더 돈독해지고 서로 간의 허물과 실수도 가볍게 넘길 수 있는 '형제애'가 더 증진된다는 사실을 알아야겠습니다.

그러므로 물론 선교도 중요하고 전도도 중요하고 구제도 중요하고 사역 활동도 중요하겠지만, 먼저 우리들 간에 근본적인 동지애 형제애에 대한 자각과 각성도 못지않게 중요하다는 것을 말씀드리고 싶습니다.

또 그러므로 우리는 목사님의 설교 속에 가끔씩 죽음과 내세에 관한 주제와 소재가 있게 되기를 바란다는 것입니다.

　마지막 그러므로, 여러분들 중 혹시 이 영화 Meet Joe Black(조 블랙의 사랑)을 안 보신 분이 계시다면, 저는 무척 실망(?) 했다는 것과, 반드시 이번 기회에 보시기를 권해 드리고 싶다는 것과, 보신 분들도 다시 한번 재탕 삼탕 보실 것을 강력하게⋯ 이 연사⋯ 피력하고 싶다는 것입니다.

처음부터 빨리인가 상황 보며 슬슬인가?

얼마 전 신문기사를 보니 한국의 대형 교회로 청빙되어 간 어느 젊은 목사께서 미주한인교회 시무할 당시 실행했었고 또는 꿈꿔 오던 현대 예배에 대한 여러 가지 포맷 및 예배 방식을 부임 초기부터 급속히 바꾸는 바람에 그것의 역풍이 부정적 결과를 가져와 교회 제적의 반 이상이 줄어들고 결국은 사임하였다는 기사를 본 적이 있습니다.

제가 추측을 하여 보건대 젊은 목사께서 고국의 대형 교회로 청빙을 받아 갔으니 처음부터 무언가 능력을 보여 주어야겠다는 생각과, 일단 성도들의 기대와 당회원들의 서포트가 최고조에 달해 있을 수밖에 없는 초창기에, 모든 예배 시스템과 포맷을 아예 다 바꿔 버린 게 아닌가 하는 생각이 듭니다.

예를 들면, 사운드 시스템을 최신 최고급으로 바꾸고, 단순했던 조명 시스템도 컴퓨터화하여 pre-setup된 모듈 단추만 누르면 용도에 따른 최적화된 조명들이 자동으로 작동되게 하며, 무대 역시 공연과 이벤트를 감안한 디자인과 구조로 바꾸었다는 말입니다.

저 역시 이 분야에 많은 변화/변혁을 주장하며 실지 기획과 실행도 해본 사람으로서 이러한 변화에서 오는 많은 장점들을 잘 알고 있습니다. 또한, 이런 포맷이나 방식의 변화는 가능만 하다면 아예 초반에 Full로 빨리 바꾸는 게 훨씬 효과적이라는 것도 잘 알고 있습니다.

그런데 문제는 다음과 같습니다.

열린예배라고도 하고 현대예배라고도 하는 이 새로운 방식의 예배 포맷과 전통적인 예배 방식은 옳고 그름의 문제가 아니라 "다름"의 시각이라는 것입니다.

즉, 우리가 현대에 살고 있으니까 현대예배의 포맷과 방식으로 예배를 드려야 된다고 말한다면 이보다 더 over하는 말은 없을 것입니다. 또한 중세기때의 전통을 기반으로 짜인 예전 방식의 예배 포맷만을 고집한다면 이 또한 편협적인 시각이 아닐 수 없습니다.

제가 잘 아는 보스턴의 어느 교회는 매우 전통적인 예배 방식을 고집합니다. 그리고 그 교회는 그런 방식을 선호하는 성도들로 가득 차 있습니다. 목사님도 보수적인 설교 스타일이시고 찬양대도 전형적인 성가대 스타일입니다. 찬양 시 드럼도 없이 기껏해야 복음성가 정도입니다. 분위기는 경건하고 성도들도 정장 차림에 단정하게 하고 조용히 앉아서 예배를 드립니다. 그런데도 그 방식이 좋으니 그 안에서 성도들이 은혜받고 기쁜 교제를 나누는 것입니다.

반대로 캘리포니아 어바인의 한 젊은이들이 많이 모이는 N 처치는 전혀 다릅니다. 남녀노소 할 것 없이 반바지에 캐주얼 차림입니다. 각종 악기가 동원됩니다. 무대와 조명이 현란합니다. 친교 시간은 마치 파티에 온 기분이 듭니다. 음악이 흐르고 분위기가 전혀 다릅니다.

이런 반대되는 모습을 옳고 그름의 시각에서 보아선 안 되겠습니다. 다른 스타일이구나라는 시각으로 본다면 편안합니다. 청과물 시장에 널려 있는 똑같은 사과도 사람들은 골라서 사 갑니다. 같은 과목을 강의하는 클래스도 교수들의 스타일에 따라 수강생들이 다릅니다. 이건 전혀 잘못된 것이 아닙니다.

본 주제로 돌아가서, 한국으로 부임해 간 그 젊은 목사께서 미처 몰랐던 것으로 생각되는 것 중에 한 가지는, 자기가 바꾸려던 예배 포맷이 옳고 그름을 떠나 혹은 다름을 떠나, 정작 그 교회 성도들이 어떤 스타일이 편안한지 어떤 포맷을 선호하는지를 먼저 생각하지 못했던 것으로 생각됩니다.

현대예배 방식으로 다 바꾸겠다라는 생각은 그것이 맞고 틀림을 떠나, 지극히 목사 개인적인 생각과 선호가 아니겠습니까. 이것은 어떤 성경적으로 옳고 그름과는 상관이 없는 것인데, 목사인 제가 생각하는 대로 성도들은 그저 나의 방침을 따라오라고 말한다면, 조금 문제가 있어 보인다고 생각되는 것입니다.

다시 말해서, 그 목사님의 급격한 예배 방식의 변화는 올바른 예배로의 성경적인 변혁 추구가 아닌 결국 목사 한 사람의 개인적인 선호 또는 스타일 추구 때문이 아니었는가 하는 생각이 들게 됩니다.

그런 결정에는 분명 목사로서 여러 가지 생각들이 많았겠지만, 무조건 나를 따라오라는 마음보다는, 성도들의 생각이 무엇인지 그들을 먼저 focus하고 감안한 결정이 아쉽다는 말입니다. 일단 성도들과 하모니가 된 다음 변화를 추구해도 절대 늦지 않는다는 말입니다.

솔직히 현대예배이건 전통예배이건 하나님의 말씀이 올바르게 선포되고 건강한 예배의 모습이 실행된다면 무엇이 문제가 되겠습니까.

다만 상기 기사의 내용처럼, 너무 목사의 개인적인 포부와 욕망과 생각이 비중을 많이 차지하게 된다면 전체 교회로서의 문제점이 생길 수도 있다는 사실을 먼저 생각하는 목회자가 되었으면 어떨까… 생각해 봅니다.

일단 환영 추후 판단

제가 초신자였을 무렵 얘기입니다. 그때는 제가 아직 대학생 시절이었고 전체적으로 신앙의 틀이 아직 완전하게 정립되지 않았던 시절이었습니다.

신앙적으로 뜨거운 불이 붙었고 흑과 백이 분명하던 시절… 그러나 개척교회에서 봉사(?)하던 시절이라 새로운 한 명의 성도가 중요한 시절이었습니다.

2-30명이 출석을 하던 교회인지라 한 명이 빠져도 민감하던 중 어느 날 새벽기도에(예, 그때는 새벽기도에도 열심히 참석했었습니다) 웬 허수룩하게 생기신 중년 남자 한 분이 출석하셨습니다.

예배 내내 저분이 누구일까 궁금했고 목사님의 설교 소리가 왠지 그날 따라 우렁찼던 기억이 있습니다. 그런데 제가 그분에 대해 궁금히 생각했던 이유 중에 가장 큰 이유는 분명히 새벽기도에 나오실 정도의 성도라면 신앙이 좋은 분일텐데 사실 제가 거슬렸던 부분은 그분이 허름한 청바지에(그때는 또한 통 넓은 청바지가 유행했습니다) 꾀죄죄(?)한 잠바 하나 걸치고(?) 나오셨기 때문입니다.

그런데 이분이 그냥 하루 잠시 나오신 분이라면 뭐 그냥 넘어갔을 터인데, 얼마 후 이분은 교회에 정식 등록을 하고 정식 교인이 된, 타주에서 이사를 해 오신 장로님이었다는 사실입니다. 교회에 정식 등록을 하고 주일 예배를 나올 때도 이분은 한 번도 양복에 넥타이를 매고 나오신 적이 없었습니다. 성찬식이나 절기 때에도 결코 양복은 착용하지 않으셨습니다.

순진(?) 하고 군기(?)가 바짝 들은 저는 그분을 색안경을 쓴 채 바라보았습니다. 아니 장로까지 되신 분이 양복도 안 입고 거룩한 성전에 예배 드리러 나오고 장로가 본이 되고 덕이 되셔야지 생각하면서 말입니다. 한 걸음 더 나아가 소문에 의하면 그분은 아내와 이혼을 하고 타주에서 도망쳐 나왔다는 것입니다.

얼마 후 그 장로님이 주일 예배 기도를 시작하셨는데 그분의 기도가 이상하게 거슬리게 들려왔고 친교 시 악수하자고 내미는 그 손조차 진심으로 받아들이지 못했던 기억이 있습니다.

그리하여 그분에 대한 나쁜 선입관이 극도에 다다를 무렵, 드디어 목사님께서 그분과의 심방을 통해 그분의 정체와 사정에 대해 자세히 알아내셨습니다.

조장로님은 미국에 60년도 초 국비 장학생으로 유학을 와서 남가주 명문 대학에서 컴퓨터 전공으로 박사 학위를 취득하고 미 동부 국방 관련 (DARPA) 프로젝트에 스카어 근 10여 년간 연구활동을 하던 중 같은 분야의 박사인 백인 아내와 결혼을 하였다 합니다.

모태신앙인 조 장로님은 틈틈히 신학 공부도 하여 Th.M. 학위까지 겸비하고 섬기던 지교회에서 전도사 사역까지 하면서, 개인 컨설팅 사업까지 확장·번창하여 직원을 100여 명까지 고용하였던 성공적인 사업가이기도 하였다 합니다.

그러던 그가 국방부 프로젝트가 중지되어 타 보직으로 옮겨질 즈음 직장을 사직하고 사업에만 매진하려 했지만 그 사업이 도산을 맞게 되고, 설상가상 부인과 재정문제로 옥신각신하던 중 아내에게서 이혼을 당하게 되고, 남은 재산 거의 전부를 전 부인에게 주고, 예전 대학시절 추억이 있는 LA로 혼자 이주하여, 하나님의 은총으로 유명한 JPL 렙에 취직한 다음, 새롭게 신앙생활을 다시 하고자 선택한 교회가, 커서 복잡하지 않은 바로 제가 다녔던 교회였던 것입니다.

이런 속사정을 알고 보니, 조 장로님에게 어떤 하자가 없다는 것은 물론, 이번에는 그분의 기도와 미소와 행동들이 자연스레 이해가 되면서… 간사하게도 그분과 친하게 되었다는 아주 머언 옛날 이야기였습니다. 이 시점 이후, 그분이 캐쥬얼하게 입는 복장 자체도 거부감 없이 받아들여지게 되었고 그분의 언행 역시 부담 없이 이해가 되었습니다.

그러니까 그분 자체에는 전혀 변화가 없었는데, 제가 괜히 지레짐작으로 선입감을 가졌고 그 선입관 때문에 그분의 언행이 전체적인 면에서 부정적으로 느껴졌다는 것입니다.

그리고서 몇십 년이 흘렀는데, 저는 외모 때문에 선입감을 갖지 않도록 노력합니다. 그동안 얼마나 많이, 첫인상이 까탈스럽게 보인 초신자 대학 교수님이 알고 보니 얼마나 털털하고 좋은 분인지, 첫인상은 오만하게 보인 집사님이 얼마나 겸손한 분인지, 첫인상은 무식(?)하게 생긴 등록 교인이 얼마나 성공적인 전문 경영인인지, 첫인상은 날라리(?) 같게 보인 이혼녀 집사님이 얼마나 깊은 기도로 주님과 교제하시는 분인지, 문신에다 링까지 하여 진짜 퇴폐적으로 본 차라리 우리 교회에 안 왔었으면 한 EM 청년이 얼마나 착하고 진실된 사람인지…를 알게 되었습니다.

그러므로 적어도 교회에서만큼은, 에전에 예수님이 높은 자 가난한 자 건강한 자 병든 자 고결한 자 더러운 자 상관없이 오직 그 마음만을 보셨듯이, 우리들도 외모로 판단하는 선입관을 싹둑 잘라 버리고 무조건 두 팔을 벌려 일단 환영하기를 바랍니다.

죄인들이라면 교회가 마땅히 포용하여야 하고, 의인들이라면 교회가 반가워하여야 하지 않을까요.

혹 예수님이 교회를 방문하신다면, 고급차를 타고 근사하게 치장하시고 비서들과 함께 누구나 알아차리게 방문하시지는 않을 것 같습니다. 어쩌면 꾀죄죄하게 어쩌면 찌들어 보이게 어쩌면 문신도 하고 어쩌면 반바지 차림으로 교회를 방문하실 수도 있습니다.

여기서 선입관으로 바라보는 우리들이라면 예수님이 교인 등록(?)하실 수도 있는 황금과 같은 절호의 기회를 놓쳐 버릴 수도 있는 거 아닙니까?

일단은 무조건 환영하고 받아 주고, 자세한 내막은 차차 나중에 알아보자구요!

어떻게 생각하십니까?

초심의 감동

저같이 신앙생활을 꽤 오래 한 사람들은 웬만한 신앙 충격(?)에는 꿈쩍을 하지 않습니다.

왜냐하면 거북이같이 오랜 신앙생활을 하다 보니 산전수전 공중전 다 거치고 볼 것 다 보고 경험할 것 다 경험한 까닭에, 울어야 할 때에도 눈물이 나지 않고 웃어야 할 때에도 웃음이 나지 않는 만성불감증에 걸리기 십상이기 때문입니다.

그런데 최근에 저에게 특별하게 마음을 움직인 사건이 하나 있습니다. 정확히 얘기하자면 저의 마음에 신앙적 감동을 준 한 자매님이 있다는 것입니다.

이 자매님은 제가 다니는 교회에 등록하여 나온 지 1년 정도밖에 되지 않은 완전 초신자입니다. 전혀 교회 문턱에도 가 보지 않고 한국의 최고 기업에서 근무하던 유능한 자매님인데, 또 다른 대기업 회사에서 근무하던 역시 교회완 담을 쌓은 남편이 미국으로 단기 근무차 들어올 때에 다니던 회사를 휴직하고 따라 들어와서 저희 교회에 나오게 된 자매였습니다.

처음엔 (그분들 입장에선) 아마도 미국 생활이 적적하고 심심하고 무료하기에 교민들과 교제도 할 겸 나왔을 것으로 보입니다. 물론 남자분이 먼저 나왔고 뒤따라 멋쩍게 자매님도 등록하셨습니다.

제가 처음 그분을 알게 된 것은, 참신하고 스마트하게 보이는 그분에게 혹시 찬양팀에 조인하여 같이 봉사하시지 않겠냐고 미끼(?)를 던졌던 건데, 얼마 후 그분이 그만 덥석 그 미끼를 물고 만 것이었습니다.

거의 모든(신앙의 헌신이 없는 분들처럼) 사람들이 그러듯, 저는 그냥 그분이 마지못해 시간도 때우고 조금은 새로운 경험을 해 보겠다는 의미로 조인하신 줄 알았습니다.

그런데 시간이 가며 분명히 뭔가 다른 모습이 보였습니다.

전혀 찬양을 불러 보지도 못했다는 그 자매가 다른 찬양팀 멤버들보다 더 자신 있게 그리고 진지하게 찬양을 부르고, 나중에 안 사실이지만, 찬양 리스트를 일주일 전에 보내 주면(카카오톡으로 일주일 전에 찬양 콘티를 보내 드립니다) 일주일 동안 그 곡을 거의 외워 온다는 사실입니다.

처음엔 한국 있을 때 노래 부르는 걸 좋아해서 노래 부르는 모임에 나갔었다는 사실로 미루어 보아 그냥 노래가 좋아서 그러는 것이라 생각했었습니다. 그런데 이 자매는 뭐든지 얘기를 하면 스폰지로 흡수를 하듯 모든 것을 받아들이는 것입니다. 제가 찬양세미나에서 찬양할 때 그 가사를 묵상하라…라고 한 말을 기억하곤 찬양할 때 정말 그 가사 하나하나에 의미를 부여하는 모습을 보았습니다. 그리고 자연스레 찬양에 감명받는 제스처가 보였고 남들보다 더 일찍 찬양연습 시간에 나오는 것은 물론, 가족이 여행을 가더라도 되도록이면 찬양 활동에 지장이 없게 스케줄도 짜는 것입니다.

그러던 그 자매가 얼마 전 교회에서 남편과 함께 세례를 받았습니다.

답례간증을 하는 그녀가 "…오늘 세례 받는 날인데 아침부터 마음이 뭉클했고 눈물이 자꾸만 났다…"라고 간증을 시작했습니다. 그러면서 지금까지 자기는 모든 것에 운이 좋아 일이 잘 되는 줄 알았는데 이제 보니 모든 것이 하나님의 은혜였다는 간증을 했습니다.

신앙생활 불과 일 년도 채 안 된 자매 입에서 이런 하나님의 임재하심에 대한 믿음의 표현과 감사의 간증이 나온 것입니다.

정말 근간에 보기 드문 감동적인 장면이었습니다. 최근에 이토록 가슴과 마음이 뜨거워 본 적이 없었습니다. 유명한 성악가가 찬양할 때도 유명한 찬양사역자가 찬양할 때도 느끼지 못했던 뭉클한 감동을 저는 이 자매님을 통해 느꼈던 것입니다.

아마도 누가복음 15장에서 잃어버린 양 한 마리를 찾은 목자가그 기쁨 마음에 친구들을 불러 놓고 잔치를 벌였다는 주님의 마음을 느끼게 하는 순간이었습니다.

그 자매님은 이제 곧 돌아갈 한국에서도, 귀하게 얻은 이 신앙 잊지 않고 더 열심히 신앙생활 하겠다며 글썽이는 말로 간증을 마쳤습니다.

저는 얼마 전 세례문답 준비 시간에 이 자매님과 남편분에게 장로로서 한 마디 하라는 목사님의 요청에 간단하게 다음과 같이 권면을 하였습니다.

"지금 가지고 있는 주님을 향한 이 마음 이 초심을 잃지 마세요."

세월이 가도 결코 변하지 않는 제가 생각하는 진리 중에 하나라고 생각하는 것은 모든 교회 생활에서의 갈등 그리고 문제들은 바로 이 "초심"이 사라질 때 생기는 것이라고 저는 굳게 믿고 있습니다.

그런 면에서 저에게 다시 한번 귀한 초심의 감동을 환기시켜 준 그 자매님과 남편분에게 저는 정말로 감사의 마음을 전해 드리고 싶습니다.

그리고 저도 무뎌지는 초심을 잃지 않도록… 노력하겠습니다.

가장 쉬운 교회 부흥의 지름길!

어느 조그마한 이민교회에서 교회 성장을 위해 당회원들이 모였습니다. 요즘 자꾸 줄어만 가는 교인 숫자를 어떻게 하면 늘릴 수 있는가 하는 게 당회의 안건이었습니다.

어떤 장로님은 새벽기도회와 금요기도회를 강화하여 기도로서 그 문제를 해결하자고 하셨고, 어떤 장로님은 이 참에 예배 포맷을 현대식으로 바꾸어 젊은 청년들을 많이 흡수하자고 하셨고, 어떤 장로님은 교회가 너무 썰렁하니 역량 있는 찬양사역자를 초빙하여 찬양으로 교회에 열기를 일으키자고 말씀하셨고, 어떤 장로님은 이런 분야에 유명한 부흥 강사를 초청하여 부흥사경회를 통해 온 성도들의 마음을 깨우자고 말씀하셨습니다.

그런데 아까부터 묵묵히 듣고만 계시던 신참 장로님이 손을 들고 다음과 같이 건의하셨습니다.

"지 생각에는요… 우리 교회 점심 친교 음식 메뉴를 좀 다양화하고 그

질도 쪼매 높이면… 교인들이 많이 늘 것 같심더."

그리하여 당회원 전원이 박장대소하며 잠시나마 스트레스를 풀었다는 얘기입니다.

사실 빈말 같지만 교회에서의 점심 친교는 특히 이민 한국 교회의 상황에선 엄청 큰 역할과 효과를 가지고 있는 게 확실합니다.

예전에 제가 섬기던 교회에서, 교인 인원이 거의 200여 명 이상 늘어 가자 부엌일을 맡은 여전도회원들 사이에서 불평불만이 쏟아져 나왔고 결국 점심 메뉴를 간소화하자며 간단한 스낵(빵 종류)과 커피만 제공하기로 시한부 실행에 들어간 적이 있었는데, 거짓말같이 약 3-4주가 지나니까 주일 예배 출석교인 숫자가 거의 25% 정도 줄어들은 것을 보았습니다.

결국 점심 친교가 당당하게 부활(?)했습니다.

예전에 제가 잠시 공부를 할 때 "Table Fellowship"이란 제목으로 리포트를 한 적이 있습니다. 우리들에게 친숙한 '친교'를 제목으로 삼았는데, 그 origin을 거슬러 올라가면 결국 예수님 시절의 친교에 도달하게 됩니다.

예수님께서도 떡을 같이 떼면서 제자들과 친교를 나누시고 말씀을 전하셨으니, 이 역사적인 '친교'의 중요성은 이론적으로나 실제적으로나 엄청 중요한 것임을 우리는 알 수 있습니다.

자 그런데 오늘의 주제는 친교의 유무가 아니라 친교의 범위 즉 scope 입니다. 친교를 어느 정도까지 해야 하는가. 좀 말하기 까탈스럽지만 반찬은 2개면 족한가 아니면 2개 이상인가… 메뉴는 한국인 성인들만을 생각한 메뉴인가, 아니면 한국인 EM까지 생각하여 절충한 메뉴인가, 아니면 교회에 출석하는(소수이지만) 외국인들도 감안한 메뉴인가 등등…

제가 다니던 교회엔 한국인 부인(혹은 남편)들과 사는 미국인들이 꽤 많이 있었습니다. 아시다시피 친교 메뉴는 거의 정해져 있었는데 예를 들면, 김치찌개, 비빔밥, 카레 라이스 등은 그래도 미국인들도 좋아하는 메뉴였지만, 미역국, 된장국, 콩나물밥, 꽁치조림 같은 메뉴는 피하는 미국인들도 많았습니다.

큰 문제는 아니었지만 저는 가끔 EM들이나 미국인들을 위해 핫도그, 햄버거 같은 다른 별도의 메뉴도 준비하면 어떨까 생각을 해 보았습니다.

물론 번거롭기도 하고 별도의 비용이 더 들어가겠지만, 기왕이면 다같이 즐겁게 음식을 즐기는 가운데 더 긴밀한 친교가 되지 않을까 하는 혼자만의 생각이었습니다.

다른 관점이 아니라, 한국인이나 미국인이나 너 나 할 것 없이, 다 같이 한 지체라는 소속감과 융화감을 가질 수 있다면 친교 시 비용이 조금 더 들어가더라도 시도해 보는 것이 어떨지 생각해 보았습니다.

그리고 마지막으로 크게 자신 있게 외칩니다.

"친교야말로 교회 부흥의 큰 지름길이다"…라고! ㅎㅎㅎ

짬뽕 국물을 음미하는 요리사

얼마 전 LA의 대형 교회에서 한인 교회들이 연합으로 초청하여 거행한 CCM 콘서트에 갔을 때의 일입니다. 유명한 호산나 인테그리티 팀의 론 케놀리, 돈 모엔 그리고 슬로터(Slaughter) 등의 역량 있는 찬양 인도자들이 모두 출연했습니다.

약 2시간 정도 진행되었는데, 거의 끝부분에 가서 Ancient of Days라는 곡이 나오면서 분위기는 한층 더 고조되었습니다.

곡의 1절이 Ron에 의해 불리어지고 나서 악기 연주 순서가 있었습니다. 처음엔 봉고를 비롯한 현란한 타악기 연주가 있었고 그다음으로 마치 소프라노가 콜로라투라 창법으로 기교를 부르듯 하는 플롯 연주가 있었고 그다음으로 드디어 오늘의 주제가 되는 베이스 기타 연주가 있었는데 그 광경을 한번 묘사해 보겠습니다.

자메이카에서(옷차림 모습으로 추측) 온 흑인 연주자임에 틀림없는 통통한 사람이 무대 앞으로 등장합니다. 이 친구는 어렵다는 멜로디 듀엣을 환상적인 슬랩(Slap)으로 쳐 대며 몸을 이리저리 움직이더니, 곡의 클라이맥스 부근에선 소위 말하는 신들린 사람이 되어 버렸습니다. 고개를 양옆으로 돌리며 입은 자신도 모르게 크게 벌어졌으며 스텝은 힙합 스텝이 나왔고 눈은 지그시 감겨 있었습니다. 이런 상태의 연주가 약 2-3분간 지속되었습니다.

당연히 박수가 쏟아져 나왔고 잠시 후 노래가 다시 연결되었습니다.

공연이 끝난 후 걸어 나오는데 뒤쪽에서 다음과 같은 대화가 들렸습니다.

"야… 그 친구 너무 오바한 거 아냐?"
"아 그 친구… 약간 그런 면도 있는데 그런 게 음악 아니냐?"
"야… 음악이라도 그렇지… 지가 쇼 하러 왔냐… 하나님이 영광 받으셔야지 왜 지가 기분 내고 그래…"

슬쩍 돌아봤는데 놀랍게도 젊은이들이었습니다. 아마도 교회의 찬양팀 멤버인지 그 밖의 대화 내용도 거의 음악적인 내용이었습니다.

여러분들은 어떻게 생각하십니까?
찬양팀의 악기 주자가 솔로를 할 때 마치 Pop 콘서트 할 때처럼 몸을 흔들고 느기적 느기적 소위 말하는 feel을 받는 듯한 연주.

저의 개인적인 의견에 여러분들이 놀라실 수도 있습니다. 지금부터 설명을 해 보겠습니다.

크리스천 소설가라 함은 소설가가 그의 직업입니다. 그리고 그 사람은 기본적으로 크리스천입니다. 소설가가 그의 직업이라는 얘깁니다. 그가 소설을 못 쓴다면 그는 크리스천일 뿐이지 소설가라고는 불리어질 수가 없습니다. 마찬가지로 크리스천 음악가라 할 때, 그 사람의 음악적 기량 이 없다면 그 사람은 그냥 크리스천일 뿐 음악가는 아닙니다.

저도 경험합니다만(그리고 실수도 합니다만)… 성가대원이 부족할 때 성도님들에게 다가가 다음과 같은 대화를 나눕니다.

"집사님…성가대 좀 봉사하시죠."
"아이고… 난 음치예요…"
"아… 괜찮아요… 믿음으로 하면 되죠."

믿음으로 하면 된다고요? 말은 좋게 들립니다. 그러나 이런 mentality 때문에 솔직히 교회 음악에 문제가 생기는 겁니다.

어떻게 기본적 음악 기량이 없는 사람이 음악기관에 들어와도 전혀 문 제가 없다고 생각하게 되었을까요? 태권도 선교팀에 태권도의 '태' 자도 모르는 사람들이 들어올 수 있을까요? 믿음이면 다 된다고요?

한 단계 더 나아가서… 우리가 모여서 찬양팀을 조직하고 나면 그다음으로 역량을 가진 리더가 생기게 되고 그 리더들은 훈련에 훈련을 거쳐 솔로이스트나 찬양 사역의 길을 갈 수도 있습니다. 악기 연주도 마찬가지입니다. 오히려 악기 연주는 더 전문성이 요구됩니다.

자… 제가 말하려는 골자는 이제부터입니다.

여러분들이 큰 무대 콘서트에서 보는 유명한 팀들의 악기 연주자들은 전문인들입니다. 날고 뛰어야만 하는 전문인들입니다. 그들에게 크리스천이란 이름으로 모든 역량을 제한하지 마십시오. 그들은 미안하지만 악기를 보통 사람 이상 뛰어나게 연주해야만 하는 크리스천들입니다.

결론을 짓기 전에 다음의 예를 하나 먼저 들겠습니다. 어느 유명한 요리사가 있었습니다.
이 사람의 요리가 얼마나 유명했던지 어느 날 왕께서 그 요리사가 만든 짬뽕을 드시겠다고 명령을 내리셨습니다.

자… 이 요리사는 정성을 들여 요리를 만듭니다.
목적은? 왕을 즐겁게 하는 것이죠. 무엇으로? 바로 자신이 만들 짬뽕으로.

그런데 요리가 만들어지는 그 과정 속에서… 이 요리사는 전혀 자신의 미각의 즐거움은 무시해야 하는 것일까요? 다시 말해서, 자기가 만드는 그 짬뽕의 맛을 볼 필요가 없느냐는 얘깁니다. 왜냐면 요리사가 즐기기 위해 짬뽕을 만드는 것이 아니라 왕을 즐겁게 하기 위해 만드는 것이니까 자신의 즐거움은 일체 삼가야 한다··· 이렇게 생각하시냐는 겁니다.

대답은 당연히 아니라는 것이겠지요.

비록 왕의 즐거움을 위해 자신이 요리를 만들지만··· 분명히 그 자신이 그 짬뽕 국물의 맛과 간 등에 먼저 만족해야 되지 않겠습니까? 어떻게 자기가 만드는 음식에 자신이 만족 못 하면서 왕의 입맛을 만족시킬 수가 있다는 말입니까?

음악을 하다 보면 특히 악기 연주를 하다 보면 그 음악에 빠지는 경우가 많이 있습니다. 그때 그것을 즐기지 말고 생둥생둥 연주만 해야 한다면 그냥 MR 테이프를 틀어 놓고 노래 부르라고 하는 게 낫습니다.

연주 도중 feel을 받아 즐기듯 제스처를 하는 연주자들··· 나쁘게만 보지 마시기 바랍니다.

그런 것이 음악의 요소들입니다. 그러기에 그들을 음악가라고 하는 것입니다. 기도 도중 눈 뜨는 것이 좋다고 말하는 사람은 없습니다 그러나 성가대원들은 기도자가 기도를 마칠 즈음 사인을 줄 지휘자를 눈 뜨고 미리 바라보고 있습니다. 왜냐면 그게 그들의 임무이기 때문입니다. 전쟁터에서도 옆에서 전우들이 죽어 가도 사진기자는 사진을 찍고 나팔수는 나팔을 불어야 합니다··· 그것이 그들의 임무이기 때문입니다. 그냥 싸우려면 보병이 되면 됩니다. 나팔수이면서 나팔은 안 불고 총 들고 설친다면 그건 자신의 본분을 망각하는 우스운 사람이 되고 맙니다.

이제 결론은 난 듯합니다.

성숙한 크리스천 연주가라면 찬양 콘서트에서 자신의 showmanship 연주를 나타내려 하지는 않을 것입니다. 그 정도는 신앙적으로도 자제할 수 있어야 합니다. 그 이상은 이제 그들을 놔둬야 합니다. 왜냐면 그들은 음악으로 하나님을 찬양하는 도구들이기 때문입니다. 최고의 예술로 최고의 하나님께 영광 돌리기 위해선 최고의 뮤지션이 되어야 하며, 최고의 뮤지션은 자신의 음악에 미쳐야 된다는 말이 틀린 말은 아닐 것입니다.

설교하는 목사님이 회중을 향한 설교 도중 은혜를 받는 경우가 종종 있습니다. 지극히 당연한 일입니다. 왜냐면 자신도 그 설교 속에 들어가 있기 때문입니다. 연주가들도 그들의 연주 속에 들어가는 경험을 할 수 있습니다.

이럴 때 우리는 그들의 외형적인 거슬림에 너무 민감하지 말고 오히려 그들의 연주속에 같이 동참함으로써 하나님과의 깊은 음악적 교통을 경험할 수 있게 되기를 바랍니다. 여러분 어떻게 생각하십니까?

은퇴장로들이여… 놓아라!

장로가 시무를 하다가 내규에 정해진 은퇴 나이가 되면 은퇴를 하게 됩니다.

어떤 교회는 70살, 어떤 교회는 68살 그리고 어떤 교회는 65살에 은퇴 시기를 정한 교회들도 많습니다. 예전과 달리 사회에서도 이 나이 기준이 점차 상한조절되고 있고, 미국에서는 매년 사회보장 혜택을 위한 은퇴 나이와 보험회사들이 정하는 보험금 계산 기준 나이가 조금씩 뒤로 미루어지는 것을 볼 수 있습니다.

교회에서의 장로 은퇴 나이는 각 교회의 전통과 실정에 의해 잘 정해질 것이고, 오늘 제가 말하고자 하는 것은, 은퇴 후의 장로들에 관한 교회의 바람, 기대, 요구 그리고 장로들의 소신, 생각에 관한 것입니다.

어떤 교회에선, 장로가 공식 은퇴를 한 다음에 오히려 더 '왕성'하게 활동하는 것을 볼 수 있습니다.

이게 과연 바람직한 모습일까요?

모두들 은퇴장로가 예전 못지않게 이곳저곳에서 헌신적으로 활동하는 것을 나쁜 시각으로 보지는 않을 것입니다. 왜냐하면 기본적으로 열심히 헌신하는 것 자체는 미덕이기 때문입니다. 일을 하겠다는데 그것을 말릴 수가 없기 때문입니다.

그런데 말입니다(어조가 누구와 비슷하네요~) 좋다고 모든 게 좋은것은 아닙니다.

사회의 예를 들어 봅니다. 제가 회사에서 정년 퇴직을 한 후에도 계속 제가 일했던 부서에 나가서 서성거린다면, 제가 군대에서 제대를 한 후에도 계속 그 부대에 나와서 고참 흉내를 낸다면, 제가 사업을 접은 후에도 계속 협력회사를 찾아가서 이것저것 간섭을 한다면… 사람들에게 어떤 모습으로 비추어지게 될까요?

은퇴는 은퇴입니다. 모든 것을 놓는 것입니다. 능력이 남아 돌아가도 놓는 것입니다. 하고 싶어도 놓는 것입니다. 할 말이 있어도 놓는 것입니다. 그렇게 해야 할 이유가 분명히 있기 때문입니다.

당사자를 위한 이유도 있지만 한 걸음 더 나아가 다른 사람들을 위해서 모든 것을 놓는 시기가 바로 은퇴입니다. 다른 사람들이 잘 하든 말든, 시간이 걸리든 말든, 맘에 들든 안 들든, 이제 은퇴자는 은퇴하고 모든 것을 놓아야 합니다. 그래야 다른 후배들의 시간이 올 수 있습니다.

교회는 다르다고 말씀하시는 분들이 계신데 뭐가 다릅니까?

자주 사용하는, 죽을 때까지 헌신하라는 말은 지극히 개인 차원에서의 신앙의 태도를 말하는 것입니다. 제가 이 교회 가든 저 교회 가든 나의 신앙이 변하지 않고 하나님이 부르실 때까지 순종하는 삶을 사는 것은, 제가 마땅히 지켜야 할 기본적인 신앙의 기반입니다.

그런데 이 말을 올무처럼 엮어서 은퇴한 후에도 교회서 필요하면, 예전하던 그대로, 하던 일 똑같이 하고, 부르면 가고, 하라면 해야 한다면 왜 '은퇴'라는 것이 있습니까?

예를 들어, 은퇴하기 전까지 거의 매일 교회 plumbing 고치고 창고 수리하던 장로, 은퇴 전까지 성가대 지휘하던 장로, 은퇴 전까지 재정관리 가지고 씨름하던 장로… 이제는 손을 놓고 쉬어야 하지 않겠습니까.

누가 못 쉬게 했냐고 한다면, 그러면 왜 은퇴 후에도 교회 화장실 고장 나면 은퇴장로 부르고, 지휘자 집사 휴가 가면 은퇴장로 부르고, 교회 계좌 문제 생기면 은퇴장로 부르는 것이니까?

이것은 이제 다른 사람들이 해결해야 할 몫입니다. 언제까지 죽을 때까지 한 교회 헌신 강조하며 은퇴한 장로들 부릅니까. 은퇴장로들은 '시무'

를 떠나 일반 성도로서 자리에 앉아 이제는 자신의 페이스로 예배를 드릴 수 있어야 합니다.

그리고 은퇴목사만큼은 아니겠지만, 은퇴장로들이 교회에 버티고 있으면, 담임목사도 그들을 의식하게 되고, 꼭 뭐라도 대우를 해 드려야 예의에 맞는 것 같고(마치 예의상 은퇴목사 설교 시간 할애하듯), 한두 번 그렇게 하게 되면 더 이상 안 하기도 어색하고, 이게 이상하게 돌아가게 됩니다.

도대체 은퇴는 왜 하는 건지.

더 큰 문제는, 은퇴장로들이 이곳저곳 입김을 뿌리고 간섭을 하게 되면, '구관이 명관이네'라는 말이 분명히 나오게 됩니다. 왜냐하면 한평생을 자기 분야에서 헌신한 장로들보다 후배 장로들이 훨씬 나을 이유는 초창기에선 거의 빈약하기 때문입니다. 이 이유 땜에 다시 은퇴장로의 '자문'을 구하게 되는데, 바로 이 이유 땜에라도 은퇴장로들은 100% 손을 놓아야 하는 것입니다.

죽이 되든 밥이 되든 모든 공식사역과 활동에서 손을 놓고 그냥 개인 신앙에만 충실하여야 합니다.

나 아니면 교회 일이 안 돼라는 망상은 은퇴와 동시에 지워 버리고, 니네들이 나 은퇴하니까 거들떠보지도 않는구나라는 아집 또한 없애야 합니다.

그냥 실실~ 못 했던 여행도 다니시고 부부끼리 좋은 시간도 가지시고 여유롭게 은퇴생활을 즐기시기 바랍니다. 이건 정말 보기가 좋습니다. 열심히 헌신하고 은퇴하면, 나도 저런 행복한 시간이 생길 수 있구나라는 좋은 이미지와 Motivation을 후배들에게 심어 줄 수도 있는데, 이것은 돈 주고도 살 수 없는 귀한 mental asset이 되는 것입니다.

여행 도중, 우리 교회 우리 예배에 제가 반드시 출석해야 해… 제가 자리를 비우면 Never 안 돼…라는 교회 중흥의 역사적 사명감으로 새벽열차나 비행기 부리나케 타고 교회에 나오실 필요… 전혀 없이, 여행 가신 바로 그곳에서… 주일 예배 보시면, 여유도 있고 시야도 넓어지시고, 그 교회에서도 새 방문객을 보아 기뻐하게 되는, 은퇴의 기쁜 섭리(?)가 일어나게 됨을 기억하시면 좋겠습니다.

장로들이여… 은퇴와 동시에 놓읍시다! 제가 놓으면 남이 듭니다!

비밀스런 장로들을 눈여겨보라!

장로로서 장로 얘기를 한번 해 보려 합니다. 교회에는 많은 장로들이 있습니다.

그리고 장로들의 스타일과 타입도 다양합니다.

어떤 장로는 근엄하고 어떤 장로는 온화하고 어떤 장로는 보수적이고 어떤 장로는 개방적이고… 어떤 장로는 농담을 잘하고 어떤 장로는 지식이 해박하고 어떤 장로는 큰 테크 사업을 하고 어떤 장로는 구둣방을 하고… 어떤 장로는 골프핸디가 싱글이고 어떤 장로는 색소폰을 기막히게 불고… 등등

그러나 오늘 제가 얘기하려고 하는 주제는 이런 분야의 다양성이 아니라, 개인적으로 가지고 있는 은사에 관한 것입니다. 그리고 어떤 은사가 (제 개인적인 생각엔) 교회생활에서 성도들에게 가장 "유용"하게 그리고 "효과적"으로 쓰이는가에 관한 것입니다.

일단 열거를 한번 해 봅니다.

성경 지식이 해박하여 성경 공부를 잘 인도하는 장로가 있습니다. 이 얼마나 훌륭한 은사입니까. 이 성경 공부를 통해 성도들의 영성과 교회의 영적 수준이 많이 향상될 것입니다.

찬양 전문가 장로가 있습니다. 자신의 음악적 백그라운드를 바탕으로 찬양과 지휘 등을 통해 교회음악과 성도들의 찬양생활에 지대한 영향을 끼칩니다.

그런가 하면 시냇물이 흘러가듯 술술술 그리고 시원하게 그리고 때로는 강력하게 기도를 잘 하는 장로가 있습니다. 많은 성도들이 그의 기도에 은혜를 받고 그의 기도 받기를 원합니다.

재정적으로 막강한 장로가 있습니다. 교회가 어려우면 자진하여 헌물하고 교회 기관과 행사를 도우며 든든한 교회의 디딤돌이 됩니다.

손만 움직이면 뭐든 고쳐내는 관리·보수에 신의 경지에 다다른 장로가 있습니다. 이분이 있기에 겨울철에 오들오들 떨거나 여름철에 땀을 닦으며 예배를 볼 필요가 없게 됩니다.

드물지만 부엌일에 이분이 빠지면 출석교인 반이 준다는 기막힌 요리 솜씨를 자랑하는 장로도 있습니다. 주일 예배의 백미라는(제 말은 아닙니다~) 점심친교 시간이 이분이 있기에 즐겁게 됩니다.

그리고 모든 장로가 원하지는 않지만(?) 궂은일만 골라서 하시는 dirty job 전문가 장로가 있습니다. 이분이 흥얼흥얼 콧노래 부르며 화장실 바닥 청소하는 것을 성도들이 본다면 감동하지 않을 성도가 없을 정도로 은혜(?)가 되는 장로입니다.

여하튼 여러 분야에 달란트를 가지신 장로들이 있기에 교회 운영이 도움이 되지 않나 생각해 봅니다.

그런데 제 개인적으로 생각하는 장로가 있습니다. 이분은 성경 지식이 해박한 것도 아니요, 찬양과 기도를 잘하는 것도 아니요, 배운 것도 별로 없고 가진 것도 별로 없고, 솥뚜껑 만진 적도 없고 고장난 전구 교환조차도 잘 하지 못합니다.

그런데 이 장로가 교인을 만나면, 망아지처럼 날뛰던 교인도, 기차화통같이 소리 지르던 교인도, 당장 짐 싸고 교회 침 뱉고 나가려던 교인도, 억울하다고 눈물 흘리며 시험에 들었던 교인도… 정말 기적같이 되돌리는 신비한 달란트가 있습니다.

그래서 외모도 왜소하고 사회적 신분도 별 볼 일 없는 이 장로에게 성도들이 찾아가는 것입니다. 그리고 위로를 받습니다. 위안을 받습니다.

제가 실지로 이런 장로님을 장로님으로 모신 적이 있습니다.

자동차 수리상을 하시는 김×× 장로님이셨는데, 키도 자그마하시고 촌부같이 생기셨고 말도 어눌하게 하십니다. 도무지 배울 만한 것이 없다고 느껴지는데 그분과 대화를 나누면 마음이 안정이 되고 생각이 정리가 되고 은은한 위안을 받게 되는 것입니다.

아마 그 누구도 이분의 영향력을 기록하고 분석해 보지는 않았겠지만, 이분으로 인하여 교회를 떠나려던 성도들이 마음을 바꾸고, 성이 차서 북북대던 청년들이 순한 양이 되어 버리고 불평불만 볼멘 집사들의 태도가 변하게 됨으로써 교회에 덕과 이득을 끼친 것이 아마도 성경 공부 잘 시키고 기도 잘하고 찬송 잘 인도하고 고장 난 곳 잘 고치고 김치 잘 담그고 헌물 많이 한 장로들의 공헌보다 더하면 더했지 모자라지는 않았을 거라고 생각이 되는 것입니다.

그런 것 있잖습니까.

카리스마와 능력으로 무장한 리더를 볼 때 솟구치는 아드레날린… 그러나 그런 것이 온화한 손길과 부드러운 음성으로 나를 위로해 주는 힘없이 보이는 아버지보다 절대적으로 낫다고는 할 수 없는… 그런 묘한 감정 말입니다.

바벨탑처럼 높이 올라가고 스타디움을 채일 수 있는 수많은 성도들을 가진 능력의 교회들, 동서양을 비행기로 홍길동처럼 활약하고 다니시는 카리스마가 철철 넘치는 목사님들, 막강한 시스템과 프로그램으로 연예 프로덕션 이상의 엔터테인먼트의 진수를 보이는 엘리트 전문가들로 구성된 교회 미디어 사역… 이 얼마나 화려하고 막강하고 강력하고 매력적인 파워란 말입니까.

그런데도 우리는 가끔, 우리 집 보다도 더 작은 예배당에서 울리는 새벽 종 소리와, 오래된 찬송가 선율과, 삶에 찌든 복장으로 고개를 떨군 성도들과, 소망을 가지고 손을 모아 기도하는 목회자들과, 그곳에 모여 예배드리는 힘 없어 보이는 그분들의 모습에서, 오히려 더 강력한 은혜를 체험할 때가 있지 않습니까?

낮아질수록 은혜가 보입니다. 약해질수록 은혜가 충만합니다.

다시 장로 얘기로 돌아가서 끝을 맺습니다.

장로들이 가진 달란트들이 많이 있습니다. 다 필요하고 좋습니다. 그러나 위로의 달란트 가지신 장로님들… 귀하신 분들입니다. 적어도 제 생각엔.

그분들의 보이지 않는 손길이 있기에 교회의 상처가 치유 받습니다. 그리고 그 치유는 비밀스럽게 이루어지고 있습니다.

오늘부터 그분들을(반드시 장로만은 아니지요) 눈여겨보시기 바랍니다.

대표기도는 원고 없이 해야 은혜롭다?

가끔 질문받는 것 중 하나가 대표기도를 할 때 원고 없이 기도를 해야하나 아니면 기도문을 작성하여 읽는 것도 괜찮은가 하는 질문입니다.

먼저 왈가왈부하기 전에 알아야 할 중요한 포인트 한 가지는 "대표" 기도라는 것입니다. "개인" 기도가 아닌 "대표" 기도라는 것입니다.

아마도 집에서, 골방에서, 새벽기도회에서 기도할 때 작성된 원고를 읽으며 기도하시는 분은 없으리라 생각합니다. 이때는 당연히 개인 페이스로 개인 스타일로 기도합니다. 길어도 좋고 짧아도 좋고 사투리를 써도 좋고 개인적인 탄원과 생각과 어조도 좋고 방언도 좋고 영어도 좋고 한국어도 좋고 모두가 OK입니다. 왜냐하면 "개인" 기도이기 때문입니다. 제가 하나님과 대화하는 것인고로 주위 의식할 필요 없이 그저 제가 원하는 방식대로 기도를 하면 되는 것입니다.

그러나 공기도인 대표기도를 얘기하면 문제는 달라집니다.

적당히 정해진 시간도 생각해야 하고, 기도의 형식도 지켜야 하고, 개인이 아닌 대표자로서 중보자로서의 언어와 어조도 생각해야 하고, 훈계도 아니요 개인의 불만 표출도 아니요 회중을 대표하여 기도하는 것임을 생각하여야 하는 것입니다.

어떤 분들은 원고없이 즉흥적으로 강단에 서서 기도하는 장로가 더 장로답다라고 얘기하시는 분도 계십니다. 원고를 읽으며 기도하는 장로는 어딘지 좀 덜 관록이 있어 보이고 수준(?)이 낮아 보인다고도 합니다.

이런 편견… 성경에도 없거니와 지극히 개인적인 선호일 뿐 흑과 백을 가릴 정도의 주제는 전혀 아닙니다. 같은 논리라면 목사들도 설교 시 원고 없이 메시지를 전해야 하는데, 매주 개인 간증하는 것도 아니고, 부흥회에서 닳고 닳은 레퍼토리 재연하는 것도 아니고, 즉흥 초청으로 자신의 신앙 노선 피력하는 것도 아니고, 오히려 정돈된 설교 원고를 기반으로 그 범위 내에서 때론 자유롭게 확장이나 축소해 나가는 방법이 아마도 효과적이지 않을까 생각해 봅니다.

대표기도는 잘 정돈되어 있어야 합니다. 개인의 의견과 스타일보다는 정해진 포맷과 방식을 존중하고 따라야 합니다. 평상시 기도 잘한다고 강단에 올라와서 개인의 순간적인 감정과 생각에 의해 기도 제목들이 변해 가는 즉흥적 대표기도, 다음 말이 막히는지 아무런 의미와 관련성 없는 미사여구나 중언부언으로 시간을 끄는 대표기도, 기도 도중 즉흥적으로 그 무엇이 생각난 듯 교훈이나 책망하듯 불쑥불쑥 터져 나오는 절제 없는 그리고 준비 없는 대표기도…보다는 준비된(적어도 원고 작성을 완료하려면 읽어 보고 교정도 하고 보완도 하는 작업을 통해 준비를 하지 않겠나요) 원고를 읽는 것이 차라리 몇 배 낫다고 말할 수 있습니다.

제 말은 반드시 기도를 원고로 미리 준비해서 하라는 얘기가 아니고, 마음속으로 준비해서 잘 할 수 있는 사람은 그렇게 하고, 원고를 통해 더 잘 준비가 되는 사람은 그렇게 하라는 얘기입니다. 원고 없이도 술술 은혜롭게 기도하시는 분들은 그렇게 하고, 개인 취향이든 사람 앞에서의 대중공포증(?) 때문이든 원고에 의해 기도하는 것이 낫다고 생각하는 분들은 그렇게 하면 된다는 말입니다. 이 방법론에 흑백논리로 맞다 틀리다로 열 올리시는 분들을 저는 이해할 수가 없습니다.

사실 원고로 기도를 하게 되면, 적당한 기도 시간도 잘 맞출 수 있고, 미사여구 중언부언 확실히 없앨 수 있고, 당황하거나 황급한 어조도 조절할 수 있고, 기도 시간의 중압감도 해소할 수 있고, 대표기도에 포함되어야할 기도 사항들도 확실하게 확인할 수 있다는 등등 여러 가지 이점이 있게 됩니다.

반면 원고 없이 기도를 할 때의 이점이란, 회중들에게 보기가 좋고, 기도의 달인 같이 좋아 보이고, 준비가 잘 된 것 같아 보이고, 왠지 신앙의 경륜이 있어 보이고, 부드럽게 감동을 주는 것 같다…라는 점들이 있겠습니다.

그런데 가만히 보면 이런 이점들은 결국 회중들을 향하는 이점들임을 알게 됩니다. 회중들이 보기에 어쩌고 저쩌고…

기도는 하나님에게 드리는 것인데, 하나님의 관점에서도 같은 평가가 내려질 것인지 궁금합니다.

그러나 원고에 의한 기도에 대해 우려하는 어떤 분들의 "우려"는 솔직히 합당한 면도 있습니다. 예를 들면, 기도 원고 작성 시, 정말 진지하게 준비하는 분들도 있는가 하면, 인터넷을 통해 여기저기 짜집기 내지는 통카피를 하여 진정성 없이 그냥 기도를 읽는 경우, 그리고 에전에 했던 기도 원고를 살짝 수정하여 다시 사용하는 경우… 등등이 있지 않겠나 하는 우려입니다. 그럴 수도 당연히 있습니다. 설교도 카피하여 할 수 있는데 기도라고 예외는 없을 것입니다.

그러나 너무 비약하여 예외의 경우를 보편화하지 않았으면 합니다.

어쨌든, 원고 없이 기도를 하건 원고를 가지고 기도를 하건, 기도 자체에 진정성을 가지고 기도를 하면 되는 것입니다.

하나님의 말씀도 쓰여진 자체는 로고스지만, 그 말씀이 개인의 믿음을 통해 나타나면 레마가 되듯, 원고가 있든 없든, 대표 기도자의 입으로 통해 나오는 고백이 진정으로 행해지는 기도라면 하나님은 그 내용에 기쁘게 귀를 기울이실 것이라고 생각해 봅니다.
여러분들은 어떻게 생각하십니까?

신비로운 성가대원

　성가대 지휘를 하다 보면 참 재미난 일들이 많이 생깁니다. 성가대원들을 군이 재미삼아 분류를 해 본다면 저는 다음 세 가지 그룹으로 나눌 수 있겠습니다.

　첫째 그룹은 반드시 있어야 할 대원들.

　둘째는 있음으로 인해 어느 정도 전체 소리에 도움은 되나 일반적으로 있으나 없으나 별 지장이 없는 대원들.

　셋째는… 말하기 좀 뭣하지만… 없으신 게 도움(?)이 되는 대원들입니다. 신기하게도 대부분 경우, 대원들은 자신이 어느 그룹에 속한지 잘 알고 있습니다.

　첫째 그룹의 대원들은 암암리에 음악적인 자긍심과 개인적인 의무감이 충만한 대원들이고, 둘째 그룹은 딸리는(?) 음악적 역량을 신앙적 헌신과 변함없는 봉사감으로 성실히 메꾸어 나가려는 대원들이고, 셋째 그룹은… UFO 같은 신비스런(?) 대원들입니다.

　그런데 제 경험으로 볼 때 이 세 번째 그룹의 대원들이 생존(?) 해 나가는 데는 그들만의 특별한 노하우가 있다는 것입니다. 이들은 그 어느 누구도 흉내 낼 수 없는 립싱크(lip sync)의 기술을 소유하고 있습니다. 경험 없는 지휘자라면 이들의 신기에 자칫 속을 수도 있습니다.

자신 없는 소절에 도달하면 이들은 얼굴에 기묘한 감정을 듬뿍 넣음으로써 마치 카멜레온이 보호색을 만들어 내듯 성도들이 보기에 멋진 performance를 창출해 냅니다.

그리고 소리는 거의 내지 않습니다. 이렇게 넘어간 다음 자신 있는 반가운(?) 소절이 나오면 소위 말하는 오버(over)를 하게 되는데… 바로 이것 때문에 그동안 감추어 놓았던 자신의 비밀이 드러나게 되는 것입니다.

또 한 가지 신비스런 사실은, 이 분들은 옆에 누가 앉느냐에 따라 자신의 실력이 좌우된다는 사실입니다. 한 걸음 더 나아가 이분들은 성가대에 들어서는 동시에 한가지를 신속하게 파악합니다. 그것은 다름 아닌, 내 파트너(항상 옆에 앉았던)가 있는가 없는가… 하는 사실입니다.

있다면 미소를 지으며 그 파트너 옆에 자연스레 앉게 되지만… 만일의 경우… 그 파트너가 안 보인다…라는 불상사가 발생한다면… 그날은 소위 말하는 죽 쑤는 날이 될 수도 있습니다.

아시겠지만 이분들은 사실상 악보를 보면서 노래를 하는 게 아니라 옆 사람의 음을 들으며 노래를 하고 있습니다. 지휘자 입장에서 보면 좋은 대원은 결코 아닙니다. 옆사람이 틀리면 똑같이 틀리게 됩니다.

옆사람이 크게 나가면 자신도 크게 나가고 옆사람이 주춤하면 자신도 주춤하게 됩니다.

실지로 이런 대원들에게 개인적으로 악보를 읽게 해 보면(피아노 반주와 함께)⋯ 이제는 옆사람이 없으니까 자연스레 피아노음을 따라하는 것을 보게 됩니다. 누구(또는 피아노)의 음을 듣고 노래하는 버릇이 습성이 되어 이제는 옆에 누가 없으면 초긴장 내지는 아예 소리를 안 내는 단계에까지 가는 분들도 있습니다.

한가지 더 지휘자를 괴롭게(?) 하는 대원들은 〈발음〉을 이상하게 하는 대원들입니다.

예전에 휴가 기간 중 켄사스의 어느 조그마한⋯ 주로 나이 드신 분들이 대부분인⋯ 어떤 교회에서 예배를 드린 적이 있었는데 제가 놀란 것이 하나 있었습니다.

그날 회중이 부른 찬송가는 〈믿는 사람들은 군병 같으니〉였는데⋯ 저는 잠시 딴생각하다가 무심코 들려오는 찬송가 가사에 깜짝 놀라고 말았습니다. 제가 듣기로는 분명히 〈믿는 사람들은 굼벵이 같으니〉라고 들렸기 때문입니다. 누군가가 '군병' 을 '군뱅'이라고 발음하신 거죠⋯ 혹시 경상도 분? (죄송합니다)

아무튼 이 가사의 발음(diction)도 무척 중요한 것인데 우리는 일반적으로 음정 박자는 철저히 지키면서도 가사 발음에는 느긋한 것이 사실입니다.

또한 지휘를 하다 보면 처음부터 끝까지 한 번도(?) 지휘자를 안 쳐다보고 악보만 죽으라고 쳐다보며 끝내시는 분들도 있습니다. 참 신비하신 분이죠. 왜냐면 지휘자의 템포 변화 내지는 강약조차도 전혀 쳐다보지 않고도 알 수 있으니 말이죠. 사실… 초보자들은 지휘자를 잘 쳐다봅니다. 자신이 없기 때문에 지휘자라도 보면서 적어도 틀리지는 말아야겠다는 갸륵한(?) 생각 때문인데… 맞습니다!

그런데 조금 성가대 생활을 하신 분들 중에는 이제 어느 정도 자신이 붙고 습관(?) 이 생긴 덕에, 지휘자의 지시 없이도 무난하게 찬양을 할 수 있다는 분이 있게 됩니다. 이런 분들 때문에… 지휘자가 찬양 중간에 갑자기 (큰 변화는 아닙니다만) 스타일을 바꾸고 싶어도 이분들이 틀릴까 봐 그냥… 소극적으로 지휘를 하는 경우도 있습니다. 찬양대원들이 지휘자를 따라와야지 지휘자가 찬양대원을 따라가게 되면 그 찬양은 테크니컬한 면에서 볼 때 죽어 있는 찬양이 될 수도 있습니다.

음악의 생명 중에 dynamics라는 요소가 있는데, 이 역동적인 요소를 영적인 감흥과 그때그때 잘 조화를 이루게 하는 지휘자 그리고 그 지휘자의 조그마한 변화까지도 감지하여 민감하게 반응할 수 있는 성가대야말로 최고의 성가대라고 생각이 듭니다.

그리하여 우리의 신비로운 대원님들의 협조가 절실히 필요하다고 보는 것입니다.

여러분들은 어떻게 생각하십니까?

〈편안〉이라는 물고기인가
아니면 〈평안〉이라는 낚시인가?

〈편안〉과 〈평안〉은 글자 한 자 차이입니다. 그러나 그 원리와 결과에는 많은 차이가 있습니다.

일단 편안을 생각하면 "Easy"가 떠오르고, 평안을 생각하면 "Peaceful"이 떠오릅니다.

Easy work, easy schedule, easy life…

편안은 solution을 제가 아닌 내 주위의 환경과 사람으로부터 바라는 마음입니다. 내 life에 어려운 일이 생기지 않고 '편안'하게 살기를 원합니다. 내 주위의 사람과 환경이 나에게 easy하게 다가올 때 나는 행복해집니다. 그런데 만일 돌발상황이 발생한다면 나는 스트레스를 느끼고 불행해집니다.

Easy work… 일이 좀 쉬웠으면 좋겠다는 말입니다.
Easy schedule… 스케줄이 좀 빡빡하지 않았으면 좋겠다는 말입니다.
Easy life… 삶이 좀 쉽게 쉽게 갔으면 좋겠다는 말입니다.

그런데 어떡하나… 인생은 절대 easy하지 않습니다. 그래서 인생을 많이 살아 보신 아버지는 배고프다는 아들에게 쉽게 물고기를 잡아 먹여 주지 않았고 대신 낚시하는 법을 가르쳐 줬습니다. 낚시하는 법을 알고 나니 아빠가 없어도 배고픔을 채울 수 있게 되었습니다.

군대 갔다 온 사람이 다르다고 간혹 말하는 것은 여러 이유가 있겠지만 자신의 한계가 어딘지 어느 정도 감을 잡고 나오기 때문이기도 합니다. 뛰다가 포기할까 해도 예전에 군대에서 거의 기절하기 일보 직전까지 가 본 그 한계를 알기 때문에 견딜 수 있다는 걸 압니다.

엄청난 스트레스 받는 회사, 팍 때려치고 나오려다가도 예전에 고참에게 받았던 그 누구도 모르는 그 스트레스 생각하면 못 견딜 것은 아니다라며 자리에 다시 앉게 됩니다. 이런 과거의 경험은 인생살이에 엄청 큰 자산이 됩니다. 포기하는 사람은 어디가 자신의 한계인지를 몰라 자신도 모르게 이른 지점에서 두려움에 포기를 할 수밖에 없습니다.

그런고로 이런 경험들은 환경과 다른 사람과의 관계에서 자신을 어떻게 운영해야 하는가를 알려 줍니다. 환경이 easy하고 좋은 일들만 생긴다고 반드시 행복한 건 아닙니다. 그리고 그런 패턴은 절대 오래가지 못합니다. 그러나 환경이 아닌 자신을 다룰 줄 아는 사람은, 내 안에서 행복을 찾을 수 있습니다. 어떤 환경이건 반드시 그 해결책이 생긴다라고 믿는 사람은 마음이 peaceful해집니다. Been there, done that입니다. Déjà vu인 것입니다.

그러므로 어려운 일이 생기지 않게 기도하는 것은 영적으로 볼 때 매우 어린아이 같은 생각입니다. 어려운 일을 두려워하지 않고 잘 해결할 수 있다는 믿음을 달라고 기도하는 것이 더 성숙한 태도입니다.

어려운 일은 반드시 생깁니다. 쉬운 일만 바라는 것은 인생을 가지고 도박을 하는 것이나 매한가지입니다. 딸 때는 기쁘나 잃을 때는 슬퍼집니다. 다 잃으면 다 망할 것 같습니다.

어려운 일이 생기나 쉬운 일이 생기나 내 마음에 "평안"이 있으면 결국 해결책이 생기게 되고 마음이 "편안"해집니다. 군대 경험처럼 견뎌서 극복한 한계를 아니까 어려움이 닥쳐도 그리 마음의 요동이 없다는 것입니다.

그러므로 올바른 순서는 평안 다음에 편안입니다. 편안하면 평안해지는 건 아닙니다. 환경이 편안해도 오만가지 걱정 근심으로 마음이 평안해지지 않을 수 있습니다. 그러나 마음이 평안하면 제가 어디에 있든지 모든게 편안하게 느껴질 수 있습니다.

고린도전서 10장 13절에서 말씀하시는 "… 시험 당할 즈음에 또한 피할 길을 내사 너희로 능히 감당하게 하시느니라"에서 말하는 "피할 길"은 어떤 환경의 해결책 이전에 내 마음으로 먼저 주시는 하나님의 '평안'을 내포하고 있다고 나는 생각합니다. 환경이 해결책이 아니라는 걸 아시는 주님께서 그냥 환경의 변화만을 주실 리가 없습니다. 오히려 그 이전에 마음의 평안을 주신 다음 환경의 변화를 덤으로 주실 것이라고 생각합니다.

마지막으로, 평안은 하나님을, 편안은 세상을 향하게 합니다. 제가 편안해지면 질수록 더욱 세상을 찾게 됩니다. 왜냐하면 그 편안함의 본거지는 돈과 권력과 쾌락이 있는 바로 세상이기 때문입니다. 그러나 제가 평안해지면 질수록 더욱 하나님을 찾게 됩니다. 왜냐하면 그 평안함의 원천은 바로 하나님이기 때문입니다.

그러므로 우리는 편안을 위해 기도하는 것이 아니라 평안을 위해 기도해야 할 것으로 저는 생각합니다.

잊지 말았으면 합니다. 물고기를 가진 자가 반드시 낚시를 할 줄 아는 건 아닙니다. 그러나 낚시를 할 줄 아는 자는 물고기를 낚을 수가 있습니다.

교회 종소리와 아이 웃음소리

언제든 다음 두 가지 소리는 나를 멈추게 합니다.
교회 종소리와 아기 웃음소리입니다.

교회 종소리는 내 마음을 깨끗하게 하여 주고, 아기 웃음소리는 내 마음을 단순하게 하여 줍니다. 나의 마음이 깨끗하고 단순해지면 행복한 거 아닌가요.

그런데 안타깝게도 종소리와 아기 웃음소리가 점점 사라지고 있습니다. 교회가 있는데도 가정이 있는데도 종소리와 아기 웃음소리는 듣기가 힘들어집니다.
분명히 무언가 문제가 있습니다.

종소리가 안 나는 것은 종 치는 사람이 없기 때문이고 아이 웃음소리가 안 나는 것은 아이를 웃게 만드는 사람이 없기 때문일 것입니다. 종 치는 사람과 아이를 웃게 만드는 사람은 다 우리들입니다.

우리들이 문제입니다.

종과 아이들은 죄가 없습니다.

그런데 지금 우리는 종을 만져 보고 아이를 이상스럽게 쳐다보고 있습니다. 교회도 그렇고 가정도 그렇습니다.

누군가가 새벽에 일어나서 그 종을 쳐야 종이 소리가 납니다.

누군가가 아이를 기쁘게 해 줘야 그 아이가 웃습니다.

수많은 이론가들이 교회 안팎으로 있습니다. 그들은 형이상학적 신학 교리적 더 나아가서는 정치외교적 이론으로 왜 그 종이 안 울리는가를 깊이 연구하고 있습니다.

자기가 새벽에 일어나 그 종을 울리면 되는 걸 가지고.

수많은 엄마아빠가 있습니다. 그들은 전문적 능력과 세상적 수완을 가지고 집안에 물질과 편안함을 가지고 오는데도 안 웃는 아이를 이상하게 쳐다봅니다. (I'm bringing home the bacons, so why not smile?) 자기가 아이를 웃게 만들면 되는데.

모두 다 자기는 쏘옥 빠져 있고 결과만 바라봅니다.

기독교에서 말하는 구원의 원리는 하나님의 은혜로 믿음을 통해 구원 받는 것입니다.

구덩이에 빠진 사람 앞에 나타나는 구원자는 은혜입니다. 그리고 그 구원자가 던져 주는 밧줄은 믿음입니다. 구원이라는 현실이 눈앞에 지금 기다리고 있지만 제가 그 밧줄을 내 손으로 잡지 않으면 그 구원을 얻을 수 없습니다.

우리는 지금 행복이라는 포텐셜을 앞에 두고 있습니다. 그러나 보고만 있으면 그것을 가질 수 없습니다. 제가 나의 무거운 엉덩이를 들고 발걸음을 옮겨 내 손으로… 제가… 바로 제가… 그 행복의 *끄나풀*을 잡아야 합니다.

0이란 숫자의 나에게 수천 수만의 가능성을 곱해 봐야 그 결과는 항시 0입니다. 작으나마 제가 1이란 숫자가 된다면, 수천 수만이 곱해지게 되면 그때의 결과는 엄청납니다.

우리는 Talker가 아닌 Doer가 되어야겠습니다.
우리는 Analyzer가 아닌 Performer가 되어야겠습니다.
우리는 Designer가 아닌 Deliverer가 되어야겠습니다.

우리 교회에는 너무나 많은 사람들이 제가 아닌 남을 바라보고 있는 듯합니다. 문제나 이슈가 일어나면 남을 분석하고 관찰하고 해부합니다. 나는 쏘옥 빠져 있습니다.

제가 남에게 읽어 보고 생각하고 묵상하고 그렇게 하라고 들이대는 그 성경구절은 사실은 나를 위함입니다. 제가 그렇게 해야 되는데 나는 남을 바라보고 있습니다.

그렇게 신앙생활하면 하나님에게 큰 질책 받을 거라며 훈계하는 그 장면은 대상이 바뀌었습니다.

모두가 나는 빼고 남만 쳐다봅니다. 종 치는 사람도 아이 엄마 아빠도. 박 집사도 정 권사도 이 장로도 신 목사도… 모두가 남만 바라봅니다… 나는 쏘옥 빼고.

다시 교회에서 그 종소리와 가정에서 아기들의 웃음소리를 많이 듣게 되는 그날이 빨리 왔으면 좋겠습니다.

그것들을 듣게 된다면 나는 깨끗하고 단순한 마음으로 인생을 더 행복하게 살아 나갈 수 있을 것 같은 마음입니다.

제가 외롭고 지칠 때 들리는 교회 종소리와 아이들의 웃음소리는 제가 다시 힘차게 일어날 수 있는 필요충분 조건이 될 것입니다.

교회에 연출과 엔터테인먼트적 요소가 필요한가?

"예배는 연출, 목사는 엔터테이너, 목회가 사라졌다"라고 어느 유명한 원로 목사님께서 고백 겸 하신 말씀입니다.

100% 공감하면서도 놀랍습니다. 놀라는 이유는 그동안 제가 〈현대 예배〉를 기획하고 관련 세미나를 하면서 방법론적으로 제시한 요소 중에 바로 이 Production 과 Entertainment 기능이 포함되어 있었기 때문입니다.

물론 이 연출과 엔터테인먼트는 목회자가 아닌 예배를 기획하고 매니지하는 Staff들을 위해 제시한 것들입니다.

만일 이 연출(production)과 엔터테인먼트(Entertainment)를 목회자들이 수행해야 되는 것이라면 나는 100% 그 원로목사님의 고백에 공감할 수밖에 없습니다.

결론적으로 목회자가 이런 기능적 방법론(functional methodology)을 자신의 목회 전반에 스스로 사용하고 기반으로 삼는다면 이는 당연히 목회자의 본분에 어긋날 수도 있다고 생각합니다.

그러니까 목회자는 (자신의) 인위적인 방법과 수단에 의해 성도들을 감동시켜야 되는 것이 아니고 오직 말씀 그 자체와 도우시는 성령님의 역사로 감동과 은혜가 일어나게 예배를 영적으로 인도해야 한다는 것입니다.

그렇다면 이 연출과 엔터테인먼트적 요소는 누가 어떻게 활용을 해야 하는 걸까요?

어떤 예배건 예배 운영에 '기능'의 요소가 빠질 수 없습니다. 기능이란 즉 방법론입니다. 방법론이란 연출을 말합니다. 연출의 최종 목표는 최대한의 목적 성취에 있습니다. 여기서 목적이란 예배를 통한 하나님의 임재, 말씀의 역사, 개인적인 인터액션, 역동적인 교제 등을 말함입니다.

그런데 일단 사람들이 모이는 그리고 순서가 있는 이벤트는 무조건 "연출"이 필요합니다. 일반 회사에서는 Project Management라고 불리는 이 포괄적인 기능이 교회에서는 연출을 포함하여 '기획'의 기능이라고 보면 됩니다.

그러므로 일반 회사의 Project Manager는 교회에서는 기획자·인도자·리더 등으로 불리는 연출가(Producer)가 될 것입니다. 전문기술을 가진 일종의 project leader인 셈입니다. 그러니까 이 연출은, 정해진 시간 내에 정해진 리소스로 체계적인 방법으로 목적을 극대화하기 위해 꼭 필요한 기능인 셈입니다.

전통적으로 이런 연출의 최소 기능은 '순서' 즉 포맷이라는 Liturgy 속에 이미 포함되어 있었습니다. 그러므로 연출이라는 별도의 기능 수행이 없이도 기본적인 연출이 이미 진행되고 있었음을 알 수 있습니다. 그러나 다양하고 역동적인 예배를 필요로 하고 추구하는 현대예배에서는 포맷/순서 이상의 그 무엇이 필요합니다.

찬양팀과 성가대를 어떻게 배합·조합할 것인지, 설교 시 audio-visual support를 어떻게 할 것인지, 파워포인트를 어떻게 구성할 것인지, 광고와 공지는 어떤 방법으로 어떻게 언제 present할 것인지, 게스트 스피커나 싱어 세션은 언제 어떻게 포함시킬 것인지, 각 순서의 시작과 맺음을 위해 어떻게 효과의 극대화를 가져올 것인지, 예배 시 무대와 조명은 어떻게 셋팅해야 할 것인지, 사운드·음향은 어떻게 언제 in/out하며 effect 처리할 것인지, 예배 실황을 스트리밍할 것인지 리코딩할 것인지, 각 옵션당 카메라 웍은 어떻게 할 것인지, 거기에 맞는 조명 음향 sync와 cue up은 어떻게 할 것인지, 실사되는 대형 화면 속의 예배 실황 콘텐츠와 관련된 subtitle, effect 등의sync는 어떻게 할 것인지 등등등…

아마 일반 성도들은 상상할 수도 없을 만큼 복잡한 작업들이 필요하게 됨을 알게 될 것입니다. 그리고 이 모든 요소들은… 다 '연출'된 진행과 운영을 반드시 필요로 하게 됨을 알게 될 것입니다.

이해를 좀 더 쉽게 하기 위해 우리가 잘 알고 있는 찬양 세션을 예로 들어 봅니다.
백조가 물 위에서 우아하게 떠서 가고 있는 듯하지만 사실은 물 속으로 끊임없이 두 발로 물장구를 치고 있듯이, 멋지게 은혜롭게 진행되는 찬양 세션의 뒤에는 힘들고 혹독한 연출이 있게 마련입니다.

물론 어느 정도 대형 교회의 예가 될 것입니다.

연출가(여기선 음악 디렉터로 불린다)를 비롯한 모든 악기 및 보컬 세션자들은 in-ear monitor를 끼고 있습니다. 그리고 채널 하나는 처음부터 끝까지의 메트로놈을 켜 둔다. 그러므로 모든 찬양 세션자들은 연출가가 정해 놓은 메트로놈 비트를 듣게 됩니다. 중간중간에 "드럼 비트가 떨어져요… keep it up!", "기타… 서플 비트로 바꿔요!", "건반, 피아노 멜로디 둡(dup) 하지 말고 코드로 하이 섹션 비트 하도록!", "보컬, 연습 때 안한 이상한 화음 만들어 넣지 마세요.", "인도자, 기타 fake로 치지 말고 아예 치지 말고 보컬리드에 집중하도록!", "베이스… 여기서 스케일 들어가면 어떡합니까… 스트레이트 워크인으로 하세요!" 등등의 연출 지시(instruction)를 끝날 때까지 지겹게 듣게 됩니다.

자 과연 이런 '연출' 없이 High Quality 프로덕션이 나올 수 있을까? 이런 연출 기능이 없다면, 높은 경지의 음악 수준은 고사하고라도, 예배 자체를 체계적으로 드릴 수 없음은 물론이고, 실제적으로 정말 도떼기시장 같은 예배 분위기가 되고 말 것입니다.

그러므로 교회에서도 이 '연출'의 필요성과 전문성은 100% 타당하다고 인정해야 합니다. 다만 이슈가 되는 것은 목회자는 이런 기능에서 100% 손을 떼고, 연출 전문가에게 이런 기능을 전적으로 맡겨야 한다는 것입니다.

목회자 자신이 영적인 목회를 벗어나 기술적인 수단과 방법으로 인위적인 설교와 예배를 수행하려고 하기 때문에 문제가 된다는 것이지, 이런 '연출'의 기능이 일반 세상에서만 필요하고 교회에서는 필요하지 않다는 얘기는 전혀 아니라는 것을 이해해야 합니다.

그렇기 때문에, 소위 말하는 '간사'라고 하는 전문 Staff들이 필요한 것이고, 요즘은 신학교에서도 '예배사'라는 전문 리더십 과정을 offer하기도 하는 것입니다.

또한 이런 예배사나 연출가들은 예배 과정 중 어느 정도의 Entertainment 기능에 민감해야 할 수도 있습니다. 백조도 물속으로 부단히 물장구를 쳐야 앞으로 나아갈 수 있듯이, 회중 전체의 은혜로운 예배 체험과 영적 임재와 교감를 위해, 부분적인 entertainment 기능이 필요할 수 있고, 또한 우리들은 기능적인 면에서 그것을 예배 수행의 과정으로 충분한 이해를 할 수 있어야 할 것입니다.

이것이 이해가 안 되면, 대표기도자가 기도 마칠 즈음 (기도도 안 드리고) 미리 일어나 성가대원들과 반주자에게 pre-signal 주는 행위도 경건한 예배 행위로 볼 수 없게 될 것입니다. 그러나 그들은 회중들의 경건한 예배와 은혜로운 감동을 위해, 백조처럼 끊임없이 기능을 수행하고 있다는 걸 알아야 할 것입니다.

결론적으로, 우리는 연출과 엔터테인먼트의 기능적 요소들을 인정하고 전체적인 맥락에서의 새로운 인식과 이해를 가져야 할 것입니다.

무조건적인 경건과 형식과 영적인 면만 강조한다면, 예배의 다양성과 역동적인 감동과 효과적인 은혜는 더 이상 확장될 수 없게 될 수도 있음을 인식하고, 대 회중적 이해와 전문 연출가 배출에 좀 더 민감해지는 우리들이 되기를 바랍니다.

말씀은 목회자에게, 연출은 전문가에게… 파이팅!!!

조엘 오스틴과 레이크우드 처치

매주 5만 명이 출석한다는 휴스톤 소재 레이크우드교회의 1년 예산이 9천만 달러라고 합니다. 장로로서 말을 아껴야 하겠지만… 할 말을 해 봅니다. 담임목사 조엘 오스틴에 관해서는 긴 얘기는 하고 싶지 않지만…

음악계를 돌아보면 '대타'로 스타가 된 지휘자들이 꽤 있습니다. 주빈 메타가 20살 중반쯤에 유명한 유진 오먼디들 대신해 '대타'로 이스라엘 필하모닉 오케스트라를 지휘해 단숨에 유명 지휘자 자리에 올랐고, 우리가 너무나 잘 아는 전설적 지휘자 카라얀도 푸르트뱅글러의 '대타'로 베를린 필하모닉 오케스트라의 미국 공연을 성공적으로 이끌어 다음 해 상임지휘자로 추대된 사실을 알고 있습니다.

본인도 (이참에 웃기는 얘기 하나 하자면) 1980년 초에 캘리포니아 주로 이주해와 모 교회 성가대에서 테너(대원+솔로이스트)로 활약(?)하던 중 갑자기 사임을 한 전 지휘자의 공백을 '대타'로 메꾸다가… 지금까지 성가 지휘를 하는 걸로 보아… 이 대타가 하늘이 주신 기회인 것만은 확실한 것 같습니다. ㅎㅎㅎ

조엘 오스틴은 신학교를 나오지 않았습니다. 신학교 다닌 것하고 영성하곤 아무런 상관이 없습니다. 그러나 근본적인 자격요건엔 영향이 클 수 있습니다.

조엘은 자기 아버지가 시무하던 교회에서 예배 프로그램 프로듀서였던 것으로 압니다. 이 프로듀서라는 기능은 어떤 콘텐츠를 어떻게 하면 가장 효과적으로 미디어를 통해 대중에게 어필하게 전달하는가에 대한 전문가라고 보면 됩니다.

그가 아버지 John Osteen의 설교를 긴 세월 동안 프로듀싱을 했으니, 어떤 기획(plan)으로 어떤 매체(medium)와 기교(skill)를 통해 효과적으로 전달해야 하는지 분명히 그리고 가장 확실히 알고 있었다고 나는 생각합니다.

아버지가 갑자기 죽고 어머니가 잠시 설교를 하다가 (신통치 않으니까) 나중엔 아버지의 '대타'로 조엘 오스틴이 드디어 설교를 시작했는데, 그 반응은 놀라웠다고 합니다.

말하자면 콘텐츠 전달은 예전 아버지랑 거의 같은데, 그 전달 방법과 기교가 직설적도 아니요 강하지도 않고 '모'가 안 나는 마치 모든 것을 포용하듯 동의를 구하듯, politically correct하면서도 깊은 issue는 피해 가는, 그의 언변과 스타일에 사람들이 반해 버린 것입니다.

마치 엄하게 다루던 선생이 전근 가고 포근하게 억누르지 않는 유도리

(?)가 있는 선생이 새로 왔을 때의 그런 묘한 분위기라고나 할까요.

조엘 오스틴은 절대 구원의 기준이나 구속의 원리 같은 기독교에서의 절대적으로 선포되어야만 하는 교리를 결코 다루지 않습니다. 그가 예전에 Larry King 쇼에 나왔을 때(나도 시청했었다) 레리가 직설적으로 물었습니다. "당신을 향해 많은 기독교인들이 다원론적인 사상을 가지고 있다라고 말합니다. 묻건대 누가 천국에 갈 수 있는가"라는 질문에… "I don't know… I really don't know… God only knows, I guess"라고 즉답을 회피했습니다.

제기랄… 딴건 몰라도 목사가 기독교 교리 중 가장 중요한 것 중에 하나인 〈구원〉에 관한 확신이 없다는 게 말이 되는 것입니까?

성경에 분명히 나와 있는 말이지만 자기 자신이 일단 확신이 없을 수도 있고 또한 교회 운영 및 자신에 대한 이미지 관리 차원에서 즉답을 피한 것일 수도 있지만, 제가 보기엔 근본적인 영성과 믿음이 없는 것으로 보입니다.

이정도로 개인 bash는 끝내기로 하고, 레이크우드 교회의 일 년 예산인 9천만 불 중 선교비는 딸랑(?) 120만 달러라고 합니다. 계산기를 두드려 보니 전체 예산의 약 1.3%입니다.
10%도 아니고 1.3%가 뭔가요? 결국 교회 운영, 프로그램 운영, 담당자들 보수로 거의 다 소비한다는 얘기입니다.

우스운 게 매달 한 번씩 교회에서 진행되는 〈Night of Hope Event〉라는 행사 때에는 미국 전역에서 온 이들로 스타디움이 가득 차는데, 이 행사의 참가 티켓이 1인당 15달러라고 합니다. 이게 교회입니까 이벤트하는 엔터테인먼트 회사입니까?

또한, 그가 저술한 여러 권의 책은 미국에서만 850만 권 이상 팔렸다고 합니다. 심심해서 계산해 보았습니다. 한 권에 약소하게 그리고 계산하기 편리하게 4불 정도의 개인 수익이 들어온다고 가정하면 3천4백만 달러의 개인 수익이 들어온다는 얘기입니다. 책은 계속 팔리고 또 쓸 테니까 이런 수입은 계속 들어올 것입니다. 이게 뭡니까?

이런 사람이 아골골짝 빈들에도 복음 들고 갈 것인가요? 멸시천대 십자가도 자기가 지고 갈 것인가요?

잘들 합니다. 잘들 해요.
그날이 거의 가까워지긴 했나 봅니다.
냉수나 한잔 마셔야겠습니다.

더 이상 흥분하기 전에 여기서 끝냅니다!

예술과 인격

예전에 Baggy Pants가 한창 유행했을 때가 있었습니다.

한국에선 〈똥바지〉라고 불리기도 했을 만큼 제가 보기에도 민망한 스타일의 바지였습니다. 질질 끌고 다니는데 달려가서 끌어 올려 주고 싶은 충동을 들게 한 한 시대의 유행물이었습니다.

레깅스라는 옷도 있습니다. 이걸 어떻게 설명해야 할지 난감하지만 잠옷 같기도하고 수영복 같기도 하고 운동복 같기도 하고 암튼 묘한 옷입니다. 여자들은 편하고 느낌이 좋다고 좋아하고 남자들은 시각적 예술미(?)가 충만하다 하여 좋아합니다.

둘 다 개인적인 의견들은 다르겠지만, 한 시대의 유행의 물결이라는 점에선 그리 부정적으로만 볼 필요는 없는 듯합니다. 즉, 제가 싫어해도 나의 취향과 다른 스타일이 존재하는 것이 나에게 그리 큰 문제가 되지는 않는다는 것입니다.

그런데 요즘 보면 〈예술〉을 빙자(?)하여 해괴망측한 행위나 개념들을 공공연하게 강요하는 사람들이 있습니다. 그래 맞습니다. 예술을 하려면 남들보다 색다른 시각과 개념이 필요한 것은 맞습니다. 남들과 동일한 시각이나 insight로 무슨예술을 할 수가 있겠습니까.

그러나 일부 자칭 예술가라는 사람들은 예술이라는 미명 아래 변태적 퇴폐적 비정상적 사고를 거침없이 표현하고 한 걸음 더 나아가 강요(?)하기도 합니다.

몇 가지 예를 들어 보자면, 영국을 대표한다는 포스트 모더니즘 예술가인 마크 퀸은 자신의 피(4.5리터 정도)를 모아 냉각시켜 두상 모양을 만들어 'Self'라는 제목으로 미술관에 전시한 사람입니다.

사그 마이스터라는 포토 아티스트는 조수로 하여금 자신의 온몸을 칼로 긁어 글자를 새긴 것을 찍어 전시한 사람입니다. 예술 창작적 고통에 대한 은유적 표현이라고 합니다.

충격적 퍼포먼스 아트스티인 마리아 아브라모비치는 행위예술장에 모인 사람들에게 자신의 몸을 마음대로 학대하고 치장하게 하는 행위예술을 선보였습니다.

이상은 그래도 거장으로 인정받은 예술가들의 행위들이고 이것은 어느 정도 '선'을 지킨 예술 행위인 것으로 볼 수 있습니다. 그러나, 행위의 제한도 윤리적 가이드라인도 없는 수많은 예술 행위들이 분명히 존재하고 있습니다.

많은 사람들이 너무 심한 행위가 아니냐라고 물었지만 〈예술〉이라는 든든한 방패가 항시 있었습니다. 그리고는 사람들은 그런가… 했습니다.

예전에 시사고발 프로의 타깃이 되고 있는 모 영화감독이 있었습니다. 세계가 인정한 감독이라고 합니다.

어쨌든 만드는 영화가 기존 영화 기법과 많이 다르고, 몰입도와 어필성과 작품성이 강하다고 합니다. 그래서 많은 사람들이 〈거장〉이라고 부릅니다.

그런데 영화의 거장이라고 해서 그의 인생과 인격이 거장이라고는 말할 수 없습니다. 영화와 인격은 전혀 다른 별개체이기 때문입니다. 영화 촬영 시 행해지는 방법과 스타일은 감독 고유의 특권이라고 할 수 있습니다. 그 자체에 딴지를 걸 수는 없습니다. 그만의 스타일이 있다고 인정할 수밖에 없습니다.

그런데 아무리 괴짜 감독이라 연출 기법이 특이하고 다르다고 하여도 예술이라는 이름하에 범법행위가 정당화될 수는 없는 것입니다. 배우들이 감독의 장남감은 아니지 않습니까? 배우들은 영화를 위해 존재하는 사람들이지 감독의 개인적 소유물이거나 욕구 표출의 대상자들은 아닙니다.

연출가들은 때로는 연출을 통해 자신의 욕구의 대리만족을 얻기를 원합니다. 비교할 수준의 경험은 아니지만 저도 예전에 2-3편의 연극과 뮤지컬을 연출해 본 적이 있습니다.

정신을 안 차리면 때로는 내 자신이 한도 끝도 없이 요구하는 때도 있었습니다. 제가 요구하는 이상한 연출을 출연자들이 이해를 못 했지만 그들은 그것이 연출가의 '특이성'이라고 여기고 거의 100% 순응하고 말았습니다. 이것은 엄밀히 얘기해서 예술의 갑질입니다. 어디까지의 요구가 예술이고 어디까지부터가 개인적 욕망·망상·장난·시험인지 나 말고는 출연자들은 알 길이 없습니다.

위에서 얘기한 감독은 분명 선을 넘어선 요구를 많이 했을 것이라고 추측이 갑니다. 그것은 때로는 보다 나은 것을 향한 Push라고 연출자들은 자기최면에 빠지기도 합니다.

글로는 차마 쓸 수 없는 연출 행위를 많이 요구했다고 하는데, 그것은 그렇다 치고 예술가라서 그런지 아니면 그 사람 자체의 고유 속성이 그런지, 출연 배우와 스텝들을 성적 타깃으로 본 정황들이 많이 보입니다. 그것이 사실이라면 우리는 또 한 번 혼동에 빠지고 맙니다.

교회에서는 엄청 은혜롭게 설교를 하나 집안에서의 행동은 경악스런 목사와, 교회 설교는 잼뱅이나 집안에선 정말 좋은 남편이고 아빠인 목사… 이 둘 중에 당신은 누구를 택할 것인가…라고 묻는다면… 당신의 선택은 무엇이겠습니까?

교회를 운영하는 장로들은 아마도 전자의 목사를 선택할 것입니다. 은혜 받는 사람이 많고 개인일은 개인이 알아서 해야 하니까라는 관점에서 일단 개인 상황은 뒤로 미루어 두자고 할 것입니다.

그런데 교회 운영과는 관계없는, 그러나 오랜 신앙생활을 한 성도들은 아마도 후자의 목사를 택할 확률이 높을 것입니다. (우스갯소리다) 그놈이 그놈인데 무능해도 속과 겉이 다르지 않은 목사가 낫지 않겠냐는 생각일 것입니다.

영화감독이 연출할 때와 일상생활이 100% 동일할 수는 없습니다. 그건 우리 모두가 다 인정하는 우리들의 모습이기 때문입니다.

그러나 인격의 스탠다드가 반듯한 사람이라면 어느 정도 어느 곳에서 어느 상황이라도 자신의 인격이 반영되는 행동을 할 것이라고 믿습니다.

그러므로 모든 일에 비즈니스는 비즈니스고 개인 일은 개인 일이라는 논리는 설득력이 없다고 저는 생각합니다. 개인의 인격은 비즈니스에서도 묻어나기 마련입니다.

비즈니스에서 개 같은 스타일이 항시 보인다면 그의 은밀한 사생활에서도 분명 그런 기질은 보여질 것입니다. 비즈니스이니까… 연출이니까 그런 언행을 한 거지…라는 말은… 설득력이 없다는 얘기입니다.

그러므로 어느 분야이건 어떤 일을 하건 그 행위의 결과엔 자신의 모습이 드러나게 마련입니다. 제가 아무리 가리고 자제하고 은폐하려 해도, 결국 드러나는 게 인생이 아니겠습니까?

그래서 하나님은 겉모습은 안 보시고 마음의 중심을 강조하시는 것 같습니다.

그 감독님도 예술이니 연출이니 오해니 하는 말 대신에 이번 기회에 정말 자신의 속마음을 한번 들여다보고 궤도 수정이 필요하다면 그것부터 수정하는 게 올바른 방향이 아닐까 생각하여 봅니다.

기회가 허구장천 오는 것은 아니다!

나는 용감하게 거리에서 전도하는 타입은 못 됩니다. 믿지 않는 자들에게 먼저 하나님 얘기를 꺼내지도 못하고, 남들이 침을 튀기며 종교에 관해 설전을 벌일 때도 쉽사리 끼어들지 않는 타입입니다.

그러나 어떤 계기가 되어 이런 주제로 debate가 시작되면 내 기억으론 뒤로 내뺀 적은 한 번도 없습니다. 일단 제가 직접 개입이 되고 흑백 설전이 시작되면 나는 한번 물면 놓치지 않는 승냥이(?) 같은 기질이 있는 것 같기도 합니다. (잘한다는 얘기는 아닙니다… ㅎㅎㅎ)

예전 회사에서 남침례교 목사 아들이었고 그 자신 목사였던 남묘호랭개교에 빠진 한 동료와 수일간debate한 적도 있고, 마하리쉬 마헤시 요기에 심취해 위험한 관상기도에 빠진 어느 청년을 건져낸 적도 있습니다.

우리 집에 찾아온 여호와의 증인을 집으로 들게 하여 점심까지 먹이며 스스로 "선약이 있어서" 둘러대며 황급히 가게 한 적도 있고, 몰몬교의 신혼부부와 어느 날 신앙 얘기를 하면서 "그건 몰랐네요"라는 말을 그들로

부터 들으며 그들을 위해 기도를 해 준 적도 있습니다.

환청과 환상을 보고 태국 주술사에게 치료까지 받았다는 요상한 멕시칸 친구와 위험한 접전을 벌인적도 있고(사실은 겁이 났음), 사람 안에 모든 신이 있고 자연이 모든 신이라는 pantheism 신봉 작곡가와 설전을 벌인 적도 있고, 과학적인 진화론은 왜 안 믿고 허구인 하나님은 왜 믿냐는 자신만만한 벤처 기입인을 설득시킨 경험도 있습니다.

그런데… 결론은 심플하고 매우 명확합니다.

이 모든 영적인 know how, 영적인 comprehension, 영적인 결론은, 영적인 그 누군가의 개입 없이는 절대 불가능하다는 것입니다.

개미떼들이 줄지어 가는 앞에 조그마한 물두덩이 있습니다. 그들에겐 바다 같을 것입니다. 앞선 개미떼들이 어쩔 줄 모르고 활로를 찾지만 인간인 제가 내려 보기엔 돌아가려고 해도 (개미들에겐) 시간과 수색 작업이 엄청 필요한 상황입니다.

제가 그냥 조그마한 나뭇가지 하나를 그 물두덩에 놓아 주었더니 개미들이 그것을 타고 줄줄이 그 넓은 바다를 건너 버렸습니다. 개미는 과연 제가 그런 기적을 만든 장본인이란 걸 알까요? 개미 입장에선 자기네들 논리로 이해가 절대 불가한 기적인 셈입니다. 그러나 그 기적은 개미들에겐 기적이지만 인간인 나에게는 별 일 아닌 과학이니 미신이니 종교니 따질 필요가 없는 엄연한 '사실'일 뿐입니다.

그런데 명심할 것은, 개미나 사자나, 코끼리나 인간이나… 모두 다 똑같은 피조물입니다. 즉 만들어진 창조물이라는 말입니다. 같이 창조된 피조물 사이에도 이런 어머어마한 이해의 간격이 있는데, 하물며 모든 만물과 우주를 창조한 하나님과 우리 사이에는 더 엄청난 이해와 논리의 '간격'이 있지는 않겠는지… 솔직히 인정해야 되지 않을까요?

그래서 성경은 욥기 38장에서 그냥 간단히 우리에게 말하십니다. "제가 땅의 기초를 놓을 때에 네가 어디 있었느냐 네가 깨달아 알았거든 말할지니라" 속된 말로 번역을(?) 해 보자면 암것도 모르면서 나대지 말라는 얘기입니다.

인간의 지식과 지혜는 인간을 창조하신 분에 의해 그 한계가 이미 그어져 있습니다. 그 이상은 모두가 상상이고 망상이고 인간이 지어낸 허구일 뿐입니다.

요즘 AI가 스스로 배우고 생각한다…라고 말합니다. 아는 사람은 다 압니다. 이것은 축적된 지식의 응용과 적용일 뿐 절대로 AI는 엄밀하게 얘기해서 창조적 능력은 없습니다.
배우고 그것을 바탕으로 새로운 것을 시도하는 것이 새로운 창조 액션일 것 같지만, 사실은 주어진 테두리 안에서의 응용적 시도일 뿐입니다.

AI가 가진 리소스 그 한도 내에서 어마어마한 계산력과 무한의 논리 확장 능력을 바탕으로 천문학적으로(쉽게 말해 노가다식 계산으로) 계산해 내고 그 결과를 로직과 알고리즘에 맞추어 필터링을 하고 통하는지 적용을 해 볼 뿐입니다. 결과가 틀리면 또 이런 과정을 수없이 되풀이하면 됩니다. 그가 가진, 그에게 주어진 리소스 그 이상의 영역은 미안하게도 AI 씨는 아무리 애써도 왜 애쓰는지도 모른 채… 그냥 모를 뿐입니다. 그래도 결론을 생성하라고 버튼을 push하면 AI의 공상과 망상이 나올 뿐입니다.

AI 가 반드시 인간의 '개입'이 필요하듯이, 우리 인간사도 하나님의 '개입'이 필요합니다.

인간이 컴퓨터에 필요한 논리와 정교한 알고리즘을 정하고 효율적인 프로그래밍을 통해 완벽 작동의 모듈을 만들듯이, 우리들의 인생사와 또한 깔려 있는 이 모든 우주의 운영도 그 누군가가 그 원리와 운영체제를 만들어 놓은 것이라는 걸 우리는 종교니 하나님이니 그 유무를 제쳐 놓고라도 솔직하게 인정해야 할 것입니다. 세상에 free lunch가 없다고 말하듯이, 세상에 저절로 작동되는 것은 아무것도 없습니다. 너도 알고 나도 압니다. 그냥 솔직하게 인정합시다.

사람들은 이 다음 단계 때문에 어떤 존재의 '개입'을 인정 안 하는 것입니다. 인정하고 나면 그다음으로 과연 그 무엇이 그런 '개입'을 했느냐라는… '신'의 존재에 대한 문제에 당면하기 때문입니다.

단도직입적으로 얘기해서, 하나님이 이 모든 미스테리의 주인공이다라고 말하면, 그걸 어떻게 증명하느냐라며 강하게 반박을 합니다. 일리가 있는 말입니다. 증명을 해야 믿을 수 있다는 말은 거짓은 아닙니다. It's fair.

여러 가지 증명할 방법이 있습니다. 그런데 가장 비논리적일 것 같으면서도 가장 효과적이고 간단한 방법은 "성경 말씀에 쓰여 있다"라는 것입니다. 그러면 100% '웃기고 있네…'라고 코웃음칩니다. 너희들이 쓰고 너희들이 믿는다는 그 성경이 어떻게 증거가 되느냐라고 가소롭게 처다보는데 이것도 맞는 말입니다. 어떻게 성경을 믿을 수 있는가. 성경은 절대로 영적인 '개입'이 없이는 절대 절대 이해 불가는 물론 하늘이 두 쪽 나도 믿을 수가 없습니다. 이것이 인간의 한계입니다.

그래서 Divine Intervention이 필요한 건데 이 '개입'이 시도 때도 없이 아무 때나 아무에게나 임하면 좋으련만 불행하게도 짓궂은(?) 하나님은 그리 쉽게 허락을 안 하십니다. 나도 뭐라고 할 입장이 못 됩니다. ㅎㅎㅎ

자… 이런 영적인 한계에 봉착한 사람들에게 '그냥 믿어라', '믿다 보면 안다', '기도해 봐라'라고 소리쳐 보는 것은, 솔직히 딴 방법을 몰라서 그렇게 소리쳐 보는 거지, 정말 좋은 방법이나 시도는 결코 아닙니다.

제한된 지면에 다 설명할 수는 없습니다. 그러나 하나님은 최소의, 최후의 통로인, 좁은 '합리적' 접근을 허락하셨습니다. 이 말은 한 방에 훅 가 버릴 영적인 '개입'이 불가능하다면 그래도 우리 모든 인간이 가진(하나님이 심어 놓으신) 공통 합리적 논리로 접근해 볼 방법이 있다는 얘기입니다.

예전에 초신자/비신자 청년들에게 〈당신은 알고 믿습니까〉라는 세미나를 몇 번 해 본 경험이 있습니다. 간단히 예를 들어 보기로 합니다.

나: 성경에 그렇게 쓰여 있습니다.

청년: 성경을 어떻게 믿어요?

나: 그러면 당신은 어떻게 모든 것을 믿죠?

청년: 저는 과학적으로 증명된 것이나 제가 직접 보고 안 것은 믿습니다.

나: 모든 것을요?

청년: 예. 그게 현대를 사는 지식인들이 가져야 할 마인드셋이라고 생각합니다.

나: 음. 그러면 이순신 장군이 실지 인물이라는 것도 믿겠군요?

청년: 당연하죠.

나: 어떻게 그걸 증명하죠?

청년: 그거야… 역사책에 쓰여 있으니까요.

나: 그 역사책을 어떻게 믿죠?

청년: 아니 역사책을 못 믿으면 어떡해요. 정확하게 기록한 건데요.

나: 그러면 아브라함 링컨, 케네디, 이승만 대통령 등도 형제가 보지는 않았어도 그걸 기록한 역사책을 믿기 때문에 의심 없이 믿는다는 얘기군요?

청년: 맞습니다. 그건 엄연한 사실입니다.

나:　알겠습니다. 그런데 그것은 '과학적' 증명은 아닙니다. 과학적 증명이란 100원짜리 한국 주화가 크냐 25전짜리 미국 quarter가 크냐를 알려면 실제로 두 주화를 비교해 보면 안다거나, 아이보리 비누가 따뜻한 물에 뜨냐 가라앉냐를 알려면 실지로 따뜻한 물에 집어넣어 보면 알 수 있는 방법이 바로 '과학적' 증명법입니다.

청년:　그렇군요.

나:　이 세상은 이런 과학적 증명법보다 몇 배 더 많게 다른 방법으로 믿는 것들이 있습니다. 예를 들면 조금 전 얘기한 이순신 장군 같은 케이스입니다. 우리가 보지도 듣지도 못했지만 우리는 역사책에 의해 조금의 의심도 없이 믿습니다. 조금 전 거리에 파킹해 놓은 차가 거기 있을 것이라는 그 믿음도 과학적 믿음은 아닙니다. 그냥 믿는 것이죠. 제가 내 아버지 아들이라는 거 의심합니까? 제가 태어난 거 제가 본 것도 아닙니다. 동사무소 가면 호적에 그렇게 나와 있고 또 그렇게 아버지라고 부르면서 의심치 않고 살고 있습니다. 모든 것이 과학적으로 증명해야 제대로 된 증명은 아니라는 것입니다.

　너무나 긴 대화가 될 수도 있기에 여기서 그칩니다. 그런데 그 발견된 책 숫자나 어느 정도 사건 시기에서 가깝게 발견되었냐 등 신빙성을 결정하는 측면에서 보더라도, 성경은 일반 역사책과는 비교할 수 없을 정도로 그 신빙성이 뛰어납니다.

그 성경에 하나님에 대한 신빙성 100%의 기록들이 있습니다. 그리고 그 책의 저자는 하나님입니다. 일반 저자가 하나님의 영감으로 성경을 썼다는 것을 믿으라는 것은 무척 어려운 요구입니다. 그러나 사실은 사실입니다.

그 성경 속에 온 우주의 기원과 운영의 기록들이 즐비합니다. 세계사에서 의지할 수밖에 없는 기록들이 성경에 다 기록되어 있습니다. 파헤쳐 조사하고 검증하면 할수록 성경에 기록된 고대사나 사건들 인물들 그리고 민족들, 문화들, 건축물들이 기막히게 증명이 됩니다. 별건 아니죠. 원래부터 사실의 기록이기 때문입니다.

지나가는 사람을 일부러 붙잡아 놓고 이런 얘기를 할 수는 없습니다. 그렇다고 우리가 아는 이 사실들을 덮어 놓고 가만히 앉아 벙어리가 되어 버릴 수는 더더욱 없습니다.

인간이 어디서 와서 왜 이곳에 살다가 어디로 가는지. 어떻게 해야만 죽은 다음에 천국에 갈 수 있는지 등등 인간이 serious하게 알아야 할 정보들이 성경에 다 있습니다.

아니야. 아닐 거야. 죽으면 아무것도 없어. 그냥 잠자는 것 같을 거야. 이것은 AI가 리소스 한계 때문에 우리들에게 들려주는 허구와 같습니다.

우리보다 계산력이 수백 수천억 빠르고 뛰어난 AI가 아니라고 말한다면 모든 게 아닌 것입니까? 또 그것을 믿는 우리들이라면 얼마나 어리석은 도박이 되겠습니까.

미안하지만, 죽고 나면 한 수 물리는 것은 불불불불가합니다.

죽은 다음, 생생히 알 수 있는 그 사실이 정말 정말 자신에게 도래한다면… 그때는 아무런 방법이 없습니다. 무조건 믿으라는 말은 결코 아닙니다. 그러나 적어도 한 번쯤은 진지하게 내 마음속의 양심의 소리에 귀를 기울이고 제가 태어나기 전에 burn-in 되어 있는 나라는 존재의 Firmware에 각인된 그 '소리'에 귀를 기울일 필요가 반드시 있다는 얘기입니다.

아무리 얘기해도 기회가 와도 '못' 믿는 게 아닌 '안' 믿는… 그런 사람이 되지 않기를 정말 정말 바랍니다.

마지막으로 다음 얘기를 하면서 끝내겠습니다. (지어낸 얘기입니다 물론)

미국 중부지역에 홍수가 엄청 크게 와서 온 마을이 지붕까지 물이 올라왔습니다. 사람들이 죽어 가고 가축들이 떠 내려가고, 이제 급기야 산 위에서 산사태를 동반한 엄청난 양의 물이 쏟아져 내려온다는데, 많은 사람들이 지붕 위에서 발을 동동 구르며 구명 보트 나타나기를 학수고대하고 있습니다. 갑돌 씨도 지붕에 있습니다.

조금 있자 보트 한 척이 나타났습니다. "빨리들 타세요" 사람들이 보트를 타는데 갑돌 씨는 "나는 하나님이 반드시 직접 나를 구해 주실 손길을 펼치실 것이니 걱정 마시고 먼저들 가시요" 하며 사양했습니다.

조금 있자 보트 한 척이 또 나타났습니다. 나머지 사람이 또 탔는데 갑돌 씨는 또 사양했습니다. 그리고는 자기에게 기적을 보여 달라며 계속 기도를 했습니다.

조금 후에 3번째 보트가 나타났습니다. "마지막 보트입니다 타세요!" 했지만 "걱정 마세요" 하며 갑돌 씨는 버텼습니다. 잠시 후 산사태를 동반한 거대한 물살에 갑돌 씨는 죽고 말았습니다.

죽은 다음 하나님 앞에 선 갑돌 씨.

갑돌:　하나님요~ 와 그렇게 쎄가 빠지게 기도하고 기다렸는데, 저를 구해 주지 않았능교?
하나님: 먼 소리여?
갑돌:　왜 구원의 손길을 저에게 펼치지 않았냐는 말 아입니까 마!
하나님: 이놈의 시키가… 얌마~ 제가 세 번이나 보트 보내 줬으면 나도 할 만큼 한 거 아니냐?

여러분들, 여러분들이 생각하는 그런 기회는, 여러분들이 직접 보고, 만지고 증명되는, 그런 기회는 결코 안 올 수도 있습니다.

그러니 남들이 말할 때 한 번쯤 귀를 기울여 보심이 어떻겠습니까.

이상입니다.

Purpose-driven 전략을 사용하신
이동주 선생님

아직도 기억합니다. '이동주' 선생님. 중학교 때 우리 영어 선생님이셨다. 들리는 소문에 의하면 오래전에 미국으로 이민 오셨다고 하는데 전혀 알 길이 없습니다.

외모가 특이하셔서(서양인처럼 눈이 깊이 들어가셨고 각진 얼굴을 가지셨다) 말하기 죄송하지만 친구 애들이 "해골"이라고 별명을 붙였는데 별 반응은 없으셨습니다.

제가 외국어(특히 영어)에 취미(?)를 붙인 것은 순전히 이동주 선생님 때문이었습니다. 그 당시 선생님은 모르셨지만(담임이 아니기에) 제가 영어를 다른 애들보다 조금 잘하게 된 이유가 있긴 했습니다.

나의 이복형님이(나이 차가 거의 20여 년 됩니다) 오래전에 미국 유학을 하여 박사학위를 따고 그곳에서 미국 여자랑 결혼하여 조카 애들이 4명이나 되었는데, 한국에서 회사를 차리면서 전 가족이 얼마간 우리집에서 같이 살게 되었습니다. 그때 나는 초등학생이었고 조카들이 나보다 거우 3-4살 어릴 적이었으니 그저 친구같이 지내게 된 것입니다. 아마도 그렇게 2-3년 생활을 같이했으니 분명히 advantage가 있었을 것입니다.

내 친구들이 영어 알파벳을 배우기도 전에 나는 제한된 범위 내였겠지만 영어의 입과 특히 귀가 뚫린 것으로 생각됩니다.

중학교 들어가 영어 시간이 되었는데 다른 애들보다 확연히 다른 나의 영어 실력(?)을 이동주 선생님이 알아차리셨을 것입니다. 그리고는 유심히 관찰하셨을 것입니다.

그 당시 나는 소위 말하는 악동(?) 두목이었습니다. 공부 자체는 (말하기 쑥쓰러우나) 톱 클라스였지만 장난이 심하고 주의가 산만하고 끈기가 없고 노는 데만 온 신경이 집중된 아이였던 모양입니다.

학교 전 학생들이 내 이름 석 자를 모르는 애들이 없을 정도로, 남의 도시락 도적질해서 먹기, 여자애들 고무줄 자르기, 선생님들 골탕먹이기(교실 입구 문 위에 물병을 놓아서…), 실없는 질문을 해서 정숙한 교실을 난장판 만들기… 등등 못된 짓만 하던 시절, 한번은 (기억이 안 나지만) 큰일을 저질러 모종의 벌을(정학?) 받아야 하는 상황이 온 것입니다.

그러나 그일이 잘 무마(?) 가 되었는데 나중에 알고 보니 그 배후엔 이동주 선생님이 계셨던 것입니다. 자기가 책임지고 애를 선도할 테니 한번만 넘어가자고 설득을 하신 거였습니다.

그 후 어느 날 이동주 선생님이 저를 불렀습니다. 머리를 쓰다듬으시며 이것저것 물어보시면서, 나의 마음을 뜨겁게 만드셨습니다. 난 그 당시 무뚝뚝하셨던 아버지로부터 그 어떤 advice나 inspiration이나 encouragement를 듣지 못했었는데, 이동주 선생님은 나의 마음에 불을 지피신 것입니다.

너는 영어도 잘하고 쾌활하고 리더십도 있고 창의력이 뛰어나니까 지금부터 목표를 잡고 열심히 하면 나중에 큰 인물이 될 거다. 영어를 잘하니 외교관이 될 수도 있고, 앞에 나와서 부끄럼없이 장기자랑도 잘하니 배우나 오페라 가수가 될 수도 있고, 기발한 창의력이 뛰어나니 소설가나 영화감독도 될 수 있을 것이다…라고 자신감과 희망을 심어 주셨는데, 그것이 그대로 나의 장래 목표가 되어 버린 것입니다.

사람은 이상합니다. 누가 나의 어떤 부분을 칭찬해 주면 적어도 그 부분만은 필사적으로 방어하고 더 뛰어나려고 노력합니다. 그래서 그런지 사회, 자연, 국어 등과 같은 분야는 등한시했지만, 이 영어(나중엔 불어까지) 하나만은 이동주 선생님을 실망시키지 않으려고 부단히 노력했던 것 같습니다.

일단 노력해서 탑에 오르면 그 position과 명성(?)을 지키기 위해 갖은 노력을 다 하게 됩니다. 이 논리/이론은, 물론 나는 실제적으로 터득하였지만, 지금의 아동 심리학에서도 가장 효과적인 methodology 중에 하나로 활용되고 있습니다. 한 아이의 재능을 발견하고 그 분야에 encourage

와 꿈을 심어 주고 칭찬해 주면 아이는 자연스레 그 '인정'을 유지하기 위해 자신도 모르게 부단히 노력하여, 대부분 그 분야에서 한 몫을 하게 된다는 아동교육심리학의 principle입니다.

이동주 선생님 덕분에 나는 심리적으로 안정도 찾고 꿈도 가지고 좋은 길로 가게 된 것으로 믿습니다. 그로 인해 미국으로 유학도 오게 되고 지금의(큰 볼품은 없지만) 제가 만들어진 것으로 믿습니다. 이렇게 한 사람의 관찰과 칭찬과 인도함이 한 사람의 인생에 지대한 영향을 끼치게 됨을 새삼 느끼게 됩니다.

다른 토픽이지만, 나는 우리 교회도 이런 기능을 담당하는 목사님들이 많이 생기기를 바랍니다. 하나님의 말씀을 전달하는 가장 큰 기능이 있지만, 사실 교회는 예배만이 전부라고 말할 순 없습니다. 교회의 기능 중 하나는 '교육'이기 때문입니다. 전인교육도 염두에 두어야 합니다.

목사는 교인들의 사정과 형편을 잘 '관찰'하고, 그분들이 어려움을 겪고 방황할 때 찾아가 다독거리며 그분들의 포텐셜과 달란트를 '칭찬'하고, 하나님의 선한 길로 '인도'해야 하는 기능이 당연히 있음을 재삼 자각했으면 합니다.

성도들은, 특히 초신자들은, 이렇게 자신에게 꿈과 인정을 주는 목자를 잘 따르게 됩니다. 그리고 그 인정을 유지하고 향상시키기 위해 자연스레 노력하게 됩니다. 그 결과는 믿음의 열매들이 아닐까 생각합니다.

왜 우리 교회는 성도들이 안 옵니까.

어떤 프로그램을 시도해야 교회가 알려지고 북적북적할까요.

왜 우리 교인들은 적극적이지가 못하고 참여도가 없을까요.

왜 그들은 은혜받지를 못할까요.

이런 것들만 생각하기 이전에, 교인들에게 꿈과 목표를 심어 주는 방법은 무엇일까를 생각하는 목자가 되었으면 합니다.

Rick Warren 목사의 Purpose-Driven을 마지막으로 얘기해 보겠습니다.

예전에 IBM이 세계 top 회사였을 때, 일단 IBM이 어떤 '기술'을 개발하면 모든 비즈니스는 그 기술을 사용하는 비즈니스로 개발이 되곤 했습니다. 그러다가 세상이 바뀌었습니다. 더 이상 Technology-driven이 아닌, Market-driven으로 비즈니스 페러다임이 변했습니다.

이 말은 기술이 아무리 좋아도 시장에서 '필요성'이 없으면 그 기술은 아무런 market value가 없다는 것입니다. 그러므로 마켓에서 무엇을 요구하는가에 의해 기술이 개발되어야 한다는 것입니다. 그래서 지금은 100% Market-driven이 비즈니스 모델이 되고 있습니다.

교회도 마찬가지입니다.

성도들이 왜 교회에 와야 하고 그들이 결국 무엇을 이루어야 하는가 하는 그 목적, 즉 그 'Purpose'에 의해 교회의 모든 방향이 steer 되어야 한다는 것입니다.

IBM이 신기술 가지고 써먹던 Technology-driven은 이제 옛것이 되었습니다. 이제는 '시장'의 요구에 따라 기술이 적용되는 'market-driven'이 대세입니다.

우리 교회도 예배 형식이나 예배 시스템이나 예배 프로그램으로 성도들을 attract하던 때는 지나갔습니다. 네비게이토, 커피브레   , 목장, 두 날개 등등 technology-drive는 이제 그리 효과적이지 않습니다.

이제는 성도 개개인에게 동기의식을 주고 아픈 부분을 치유해 주고 결국 성도 개개인의 열정과 꿈과 목표를 심어 주는 목회… Purpose-driven이 이 시대에 plug-in 된 좀 더 효과적인 approach가 아닐지 생각해 봅니다. 꼭 맞는 말은 아닐 것입니다. 그렇다고 일리가 없는 말도 아닐 것입니다.

왜냐하면 이동주 선생님의 purpose-driven 전략이 저에게는 적중했기 때문입니다.

이동주 선생님 감사합니다.

개미 장로와 베짱이 장로

개미와 베짱이 우화를 잘 알 것입니다.

개미는 먼가 열심히 '몸'을 움직여 부단히 노력하고 애쓰고 준비합니다. 반면에 베짱이는 편안하게 '몸'을 쓰지 않고 그냥 노래만 부르고 릴랙스하는 것 같다…라고 주장하는 게 개미 편에 선 사람들의 주장입니다.

개미 당원들은 땀 흘리는 것 = 미덕이라고 생각합니다. 틀린 말은 아닙니다. 인정합니다. 그러나 오늘은 불쌍하게 매도당하는 우리 베짱이 당원들을 변호할 마음입니다.

먼저 coming out 하자… 나도 베짱이 당원입니다. 다음 얘기는 실화지만 절대로 상대방을 폄하하거나 나쁘게 희화화하려는 의도는 전혀 아닙니다. ㅎㅎㅎ

교회생활을 하다 보면 당연히 교회 내에서도 노동(?) 분업이 분명히 있습니다. 아니 있어야 합니다. 교회 재정을 담당하는 재정에 달란트와 능력이 있는 사람들이 필요합니다. 교회 건물이나 장비들을 관리하고 보수 유지하는, 뚝딱뚝딱 잘 고치는 사람들도 필요합니다. 그리고 음악이나 예술문화 분야에서 능력을 발휘하는 사람들도 필요합니다.

제각기 자기 전문 분야에서 소신껏 능력껏 봉사하고 헌신하는 것입니다. 그런데 말입니다. 그렇게 생각 안 하는 사람들도 제법 있습니다.

제가 출석하는 교회에서, 교회관리를 도 맡아 하시는 한 장로님이 계셨는데, 이분은 집안 일이나 교회 장비 수리에 관해서는 그저 눈감고 하시는 분입니다. 심심하면 집안 마루를 후다닥 대리석으로 바꾸기도 하고, 그 넓은 뒷마당 Deck도 뚝딱 만들고 증축하기도 하고, 보일러, 에어컨도 가볍게 고치고, 교회 swamp cooler도 그냥 한나절에 다 끝내고, 지붕 수리, 벽 대들보 만드는 것, 화장실 보수하고 증축하는 것, 자동차 고치는 것 등등… 모든 repair가 가능한, 한마디로 Master Handyman입니다.

그런데 이분이 여름철에 교회 스왐쿨러와 에어컨, 겨울철에 교회 보일러 등등을 밤까지 고치고 보수유지하는 데 그만 화가 나신 모양이었습니다.

슬쩍 돌려 말하기를 ㅎㅎㅎ… 어느 베짱이 장로는(나를 지칭함이렷다) 제가 밤낮 기름 때 묻혀 가며 머슴처럼 힘만 쓰고 있을 때에, 밤낮 노래만 (찬양팀/성가대) 부르고 실실 손만 휘젓고(지휘), 재미난 장난감(음향기기/미디어 장비)이나 만지고 사람들 앞에서 재미만 보면서(청중 앞에서 공연/세미나) 교회생활 한다…고… 불평한 적이 있습니다.

(다시 말하지만 이 장로님과 나는 엄청 친하다. 그리고 언중유골 뼈대가 있는 말이지만 결코 남을 폄하하려는 의도가 아님을 나는 안다. 그러니 안심하시라… ㅎㅎㅎ)

자, 과연 이런 시각이 합리적인 시각인가? 지금부터 베짱이 장로의 변론이 시작됩니다.

일단, 교회 수리하고 보수하는 것은 worst case 외부 서비스맨을 부르면 돈은 들지만 언제든 가능합니다. 같은 맥락으로 교회 지휘나 찬양 리드는 매 주일마다 외부에서 전문가(?) 불러다가 하려면 돈도 돈이지만, 영적으로도 바람직하지 못합니다.

몸으로 때우니까 힘이 당연히 들지만, 교회 장비 교체나 보수는, 미안하지만 최악의 경우에 비용만 지불하면 모든게 가능합니다. 그런 비용을 소비 안 하려 하니까 교회 자체 내에서 관리부원들을 통해 해결하려는 것이 아닙니까.

교회 행사 기획은 겉으로 보면 전혀 별거 아닙니다. 베짱이처럼 슬슬 누워서 펜으로 *끄적끄적*하면 되는 듯합니다. 천만의 말씀입니다. 일단 전체 기획을 짜려면 정말로 치밀하고 멋진 기획성이 필요한데, 이것은 몸으로 때우는 게 아니라 번뜩이는 창조력이나 경륜에서 나와야 하는 것이고 이것을 만일 전문가를 고용하여 해결하려면 엄청난 비용이 드는 것은 당연합니다.

주일 찬양곡 고르는 것도 베짱이 짓 같이 보입니다. 그러나 절기와 설교 제목까지 반영하고 성가대원 역량과 그날 출석 현황까지를 감안한 곡 선정 작업은 결코 쉬운 작업은 아닙니다. 곡 뽑고 그 곡 성가연주 들어 보고, 반주 파트 편곡 골라 보고, variation 집어넣어 이번 주는 모 집사를 솔로 시켜야지, 이번 곡은 장고 치고 해금 다루는 모 집사 조인케 해서 협연해야지… 드럼도 집어넣을까… 메시지를 내레이션으로 도입부에 넣어서 새로운 분위기로 해 볼까 등등… 이 머리 쓰는 작업도 힘들게 에어컨 고치는 작업 못지않게 '노동'임을 알았으면 합니다.

저는 교회 내에서 뮤지컬 드라마도 해 보고, 미니 영화도 만들어 보고, 성탄절 같은 절기에 1-2시간 프로그램도 많이 제작해 보았습니다. 모든 게 베짱이 작업 같이 보일 수 있습니다. 그러나 몸으로 작업하는 것이 머리로 작업하는 것보다 더 힘들고 머슴짓 하는 거다…라고 생각하는 마인드셋은 이제 정말 바뀌었으면 합니다.

현대는 시간과 실력이 돈입니다. 몸과 땀만이 돈이 아닙니다.
관리부나 재정부나 예배부나… 다 동일하게 수고하고 힘드는 작업입니다.

저는 개인적으로 어떤 장비나 부품 수리에 젬병입니다. (컴퓨터나 미디어 장비를 제외하곤)
남들이 화장실 고치고, 에어컨 고치고, 워터 히터 뚝딱 고치는 것 보면 신기하고 부럽습니다. 내 와이프도 그런 사람들을 부러워합니다. ㅎㅎㅎ

집안일 뚝딱 하는 것이 와이프 입장에선 더 유용하다고 생각하기 때문일 것이며 나같이 컴퓨터에 앉아서 회사 일 그리고 교회 일 기획하는 작업은 아무 쓰잘머리 없는 베짱이 놀이로 생각할 수도 있을 것입니다.

그런데 다른 사람들이 제가 작·편곡하고, 악기 연주하고, 뮤지컬 만들어 내고, 방송 프로 제작하고, 교회 행사 기획하는 것을 보면(회사일은 얘기 안 합니다) 그들도 나를 자랑스럽게(?) 쳐다봅니다. ㅎㅎㅎ

그러니 교회 일에 개미파 베짱이파 만들지 맙시다.

개미파는 개미파대로 헌신하는 것이고 베짱이파도 나름대로 헌신하는 것입니다. 힘으로 땀으로 뭔가를 해야만 수고하는 것이라는 생각은 솔직히 전근대적 비합리적인 이미 버려졌어야 할 사고방식입니다.

전문분야인 집안일 서비스맨의 시간당 charge는 일반급($40)에서 초전문급($80)입니다.

비슷한 예로 프로젝트 메니지먼트나 음악 작·편곡, 미디어 제작, 예술 행사 기획 용역은 시간당 최소 $100에서 초전문가급의 $500+입니다.

돈으로 따지는 것은 물론 아니지만, 가만히 앉아서 컴만 들여다보고 하는 것 같아도 그 공헌하는 level은 베짱이파들이 더 클 수도 있다는 것을 제발 알아주었으면 좋겠습니다. ㅎㅎㅎ

개미파 사고방식으로 치자면, 뭐 목사님들 직업은 진짜 고위급 베짱이 직업일 것입니다. 화장실 청소를 하시나, 교회 지붕 수리를 하시나, 음향 기기를 고치시나, 쓰레기를 갖다 버리시나, 찬양·성가대 작업을 하시나, 드라마 연출을 하시나? 그저 개미파들이 볼 때는 사무실에 앉아서 주야장 천 컴퓨터를 가지고 뭔가(?)를 하는 것밖에 안 보일 것입니다.

그런데 교회에서 제일 중요한 작업을 하고 있지 않은가요.
그러므로 제가 (교회에서) 뭔 일을 하든지 그저 맡은 바 소임을 충실히 감사하며 묵묵히 하는 것이 중요한 것이라고 생각합니다.

그런데 아까 말한 그 장로님 사실은 기타와 봉고도 나에게서 배우고 집에 음향기기들도 많고 노래도 잘하십니다. 뭐 나도 말은 안 해서 그렇지 스프링클러도 고치고 화장실 고장 난 거 교체도 하고 뭐 어느 정도 집안일 할 건 합니다. 나보다 더 전문가가 있으니 제가 나서지 않고 제가 더 잘 하는 분야가 있으니 제가 하는 것일 뿐입니다. 사람은 다 자기 달란트가 있기 마련입니다.

가끔 그 장로님과 농담조로 얘기하곤 합니다.
제가 교회 관리부장 하고 그 장로님이 지휘하면 어떨까 하는 끔찍한(?) 상상을…

"생긴대로 살자. 남이 하는 것… 몸으로 하든 머리로 하든… 개미같이 하든 베짱이같이 하든… 힘들게 보이든 쉽게 보이든… 그저 제가 맡은 책임과 소임만 충실히 성실히 수행하자."

누가 하든 결과를 만드시는 분은 하나님 아니겠습니까?

인박출명이요 저박장이라… 엥???

저는 한자를 많이 모릅니다. 그러나 어떨 땐 그 속에 담긴 뜻이 너무나 귀중한지라 애써서 외우곤 합니다. 〈인박출명 저박장〉이라는 뜻은 〈사람은 이름이 알려지는 걸 두려워해야 하고, 돼지는 살찌는 걸 두려워해야 한다〉라는 뜻이라고 합니다.

웬만한 사람이라면 고개를 끄덕일 얘기입니다. 중국의 〈황광위〉라는 사람은 9조 원이라는 천문학적인 돈을 번 중국 재벌 1위이며, 세계적으로도 상위권에 드는 갑부였습니다.

그러나 자신의 이름이 세상에 알려지기 시작하고 돈이 눈덩이처럼 불어나기 시작하면서부터 그의 인생이 변하더니만 기어이 중국 정부로부터 불법대출·뇌물 등 혐의로 체포되고 회사는 곤두박질하는 인생 몰락의 상황에 처해 버리고 말았습니다.

많은 사람들이 처음엔 〈초심〉이라는 걸 가지게 됩니다. 이것을 성경에선 〈First Love〉라고 말씀하십니다. 예수님이 승천하시고 주님으로부터 사명을 받은 사도들과 크리스천들은 이 〈초심〉으로 사역을 시작했습니다. 이 초심에 불이 붙으니 120문도들이 마가의 다락방에서 불같은 성령 세례를 받는 기적을 체험했습니다.

신학을 마치고 사역에 들어가는 많은 젊은 목사들이 이 초심을 가지고 믿음의 행진을 시작합니다. 그런데 〈황광위〉의 이름이 세상에 알려지듯, 시무하는 교회와 사역이 많은 교인들에게 알려지면서부터 자신의 몸은 살이 찌기 시작합니다. 초심으로 무릎 꿇고 바삐 움직이던 그 거동이 불편해집니다. 그다음 사건들은 생략합니다.

본론으로 들어갑니다. 우리들 교회의 찬양대와 찬양팀의 모습을 한번 비교해 봅니다.

처음엔 지휘자도 없고 반주자도 없고 낡고 튜닝이 안 된 피아노뿐이었습니다.

그래도 감사하고 열심히 주님만을 생각하고 찬양을 불렀습니다.

그러다 인원이 늘고 재정 상태가 좋아지고 피아노 전공한 반주자가 들어오고 급기아 지휘 전공한 지휘자가 지휘를 맡게 됩니다.

곡의 질이 눈에 보이게 좋아지고 대원들도 오디션을 보고 들어올 만큼 찬양대와 찬양팀이 발전을 합니다. 연합성가대에 나가서 기량을 선보입니다. 찬양제에 나가서 화려한 모습을 보입니다. 무슨 교회 성가대 무슨 교회 찬양팀 하면 이제 교계에선 알아줍니다.

지휘자의 목이 뻣뻣해집니다. 딴 교회로 옮긴다면 〈프리미엄〉이 붙어서 사례비도 제법 짭짤하게 더 올려 받게 됩니다.

어떤 교회는 아예 파트 연습만 따로 연습시키는 성악 전공한 파트장까지 두는 지휘자들도 있고 지휘자는 연습이 다 된 상황에서 지휘봉을 들고 전체 스타일을 몇번 확인하고 곧바로 예배에 들어가기도 합니다. 이런 상황에서 〈초심〉을 운운하기란 거의 불가능합니다.

물론 어떤 교회 성장에는 이런 〈초심〉이 별 영향을 안 끼치는 듯하게 보이기도 합니다.

그런데 〈저박장〉, 즉 돼지가 살이 찌는 것을 두려워하랬다고… 언젠가는 살찐 돼지는 도살장으로 가게 마련입니다. 그 시간이 언제인지는 모르지만 그렇게 될 것이라는 건 모두들 알고 있습니다. 그러나 그래도 안 그런 듯 살찌는 작업을 계속 합니다.

직접 관계가 없는 것 같아도, 성가대의 살찐 모습 혹은 교회 전체의 살찐 모습들이 결과적으론, 교인끼리의 충돌이 있다든지, 교회의 지도자들의 스캔들이 생긴다든지, 이단 사설에 휩싸인다든지 하는 면으로 나타날 수도 있습니다.

영적으로 진단해 보면 바로 이 〈초심〉이 없어지고 〈인박출명 저박장〉의 교훈에 대한 무서운 결과라고도 볼 수 있습니다.

과거 한국 CCM계의 유명했던 찬양사역자도 그랬고, 찬양모임들도 그랬듯이, 우리는 이름이 알려지게 되면 그 맛에 찬양을 하게 됩니다. 그 이름을 의식하며 더 나아지려고 기술적으로 기교적으로 노력을 하게 됩니다.

이것은 솔직히 아무리 변명을 해도 하나님을 더 사랑하며 찬양하는 것하곤 거리가 멉니다.

모인 청중들에게 최면 걸듯 엄청난 음향 장비와 싸이키델릭한 조명 시설과 웅장한 무대 배치를 통해 기막힌 〈감동〉을 먹일 수는 있어도 그게 하나님이 기뻐하시는 바로 그 장면이라고 단언할 수는 없습니다.

우리의 하나님은 예수님께서 우리에게 가르쳐 주셨던 그 〈초심〉을 원하십니다.

그 초심만 있다면 기타 하나 가지고 부르는 찬양팀이건 튜닝이 안 된 피아노로 뗏소리로 부르는 성가대이든 하나님은 그들의 진심을 받아 주실 것이라고 생각합니다. 그러나 겉모습은 웅장한 오케스트라라도 돼지같이 살찐 우리들의 모습이라면 그 기교와 기량만으로 하나님을 기쁘시게 할 수 있을지는 의문입니다.

〈인박출명이요 저박장이라〉~ 사람은 이름이 알려지는 걸 두려워해야 하고, 돼지는 살찌는 걸 두려워해야 합니다. 조금 변경해서… 〈찬양대는 이름이 교회 밖으로 알려지는 것을 두려워해야 하고, 성가대원들은 살찌는 것을 두려워해야 한다〉

그런데 살찌는 것을 두려워한다는 것을 뚱뚱한 성가대원이 싫다~라는 뜻으로 오해하시는 분은… 없으시겠죠? ^^

성량이 풍부하려면 살이 좀 찌는 것도… 좋~습니다. 어떻게 생각하세요?

솔직한 기도를 하자?

정치인들의 발언을 자세히 관찰해 보면 공통적인 특징들이 있습니다. 이것들만 잘 지킨다면 너도 나도 꽤 성공적인 정치 생활을 할 수 있을 것입니다.

첫째, 자기에게 불이익으로 돌아올 수 있는 발언은 그것이 옳다고 하더라도 총대를 먼저 매지 말고 일단 추이를 관망합니다. 예를 들어 본다면, 동성애에 관한 발언일 것입니다. 개인마다 제각기 견해가 분명히 있을 것입니다. 그런데 자신의 신념에 근거한 발언이라도 그 발언이(e.g., 반 동성애) 자기의 정치 생명에 부정적인 영향을 끼칠 것 같다면 거의 대부분 정치인들은 침묵하거나, 다음에 열거하는 두 번째 세 번째 특징대로 행동할 것입니다.

이것이 정치인들의 특징입니다. 정치인은 선과 악, 진리와 거짓을 초월한 사람들입니다. 모든 관점은 '정치적'인 관점일 뿐입니다.

둘째는, 원칙론적인 발언만 하는 것입니다. 일단 원칙론적인 발언을 내

뱉고 난 다음, 돌아가는 상황과 반응을 살피고, 자기에게 유리하게 일이 진행이 되면⋯ 내 말이 바로 그 말이다⋯ 나는 이미 원칙적으로 그렇게 얘기했다⋯라고 말합니다.

북한과의 대화를 보면 거의 모두가 원칙론적인 합의들입니다. 한반도의 평화가 공통 목적입니다. 비핵화가 이루어져야 합니다. 같은 민족끼리 통일해야 합니다. 모든 게, 초딩들도 말할 수 있는 원칙론적 립 서비스입니다.

NBA 팀 코치가, 우리는 Offence 적중률을 좀 더 높여야 하고 Defense를 더 강화해야 한다⋯라고 말한다면⋯ 그게 코치가 할 말인가요? 볼 보이도 그 말은 하겠습니다. 구체적인 action plan이 확실하게 나와야 합니다. 그리고 그 Plan을 과감히 실행시켜야 하는 게 코치에게 거금의 연봉을 주는 이유입니다.

셋째는, 매우 애매모호한 단어를 골라서 표현합니다. 코에 걸면 코걸이 귀에 걸면 귀걸이 전략입니다. 이 전략은 여차하면 자기에게 유리한 부연 설명의 여지를 남겨 두는 전략입니다.

"그렇게 생각할 수도 있습니다"⋯라고 말하면 그게 OK라는 건가 아니면 NO라는 건가? "보는 관점에 따라 다른 해석이 나올 수 있습니다"⋯라고 말하지 말고 네 관점에서의 해석만 명쾌하게 얘기하면 됩니다.

하여간 이건 정치인들의 일상이고 그들에 관한 얘기입니다.

그런데 교회 내에서도 이런 모습들이 많이 보입니다. 여러 분야, 특히 행정적인 면에서 이런 practice를 많이 볼 수 있는데, 오늘 나는 간단히 〈기도〉 얘기만 하고 싶습니다.

까 놓고 얘기해서 기도를 하는데 왜 원칙적인 기도만 하는가? 왜 간구할 내용들을 주저주저 하는가? 왜 애매모호하게 한 말 또 하고 미사여구로 기도하는가?

가장 많이 사용(?)하는 기도 방법은, "내 뜻대로 마옵시고 주님 뜻대로 하옵소서"라는 비겁하게 요용되는 귀절에 근거한 기도입니다.

예수님처럼 인류의 역사를 가름할 죽음이냐 생존이냐…라는 상황이 아니라면 "주님 뜻…"이라는 말 제발 아끼고 조심해서 사용합시다.

지금 아들이 교통하고 나서 생사 갈림의 수술을 하고 있는데… "주님 뜻대로"… OMG… 그냥 솔직하게 "우리 아들 살려 주세요" 이렇게 외치십시오… 그게 하나님이 원하시는 겁니다.

결혼하는데 "주님 뜻대로…" 두루뭉술 기도하지 말고 "갑순이랑 알콩달콩 잘 살게 해 주세요"라고 마음에 원하는 기도 제목 그대로 까발려서 간구하십시오. 그게 뭐 그리 어려운 말입니까.

실직되어 수개월간 실업자 생활 하다가 이제는 집도 날린 판국인데 "주님 뜻대로…"라는 정말 애매모호한 기도 하지 말고 "직장 빨리 주세요…"라고 정말 필요한 말을 솔직하게 하세요… 직장 달라고 하는 게 뭐 챙피한 얘깁니까… 그것을 주님 뜻대로… 하고 몇 시간씩 무릎 꿇고 열 올리며 중얼중얼대고 있으니 하나님도 짜증이 나실 것입니다. 그만 중언부언하고 뭘 원하는지 말해라 인마…라고 역정 내실지도 모릅니다.

내 아이가 있으면 그 애가 뭘 원하는지 나는 압니다. 아주 잘 압니다. 그런데 이놈이 "아빠, 닌텐도 사 줘!"라고 말하지 않고, 계속해서 "아빠 마음대로 해 주세요"라고만 지껄인다면… 이게 정상적인 대화냐는 것입니다.

원칙적으로 드릴 기도가 당연히 있습니다. 그리고 하나님의 뜻을 정말 간구하며 드리는 기도도 물론 있습니다. 그러나 우리의 인생사의 일상은 하나님과의 casual한 대화가 그 기본 골격이 됩니다.

이 말은 제가 개인적으로 하나님과의 교제와 대화를 정립하지 못한 상태에서, 공적으로 교회 나가서 예배드리고 기도하는 것은, 그저 형식적이고 원칙적인 "임무" 수행에 지나지 않을 수도 있다는 얘깁니다. 그러니 제발 개인적으로 집에서나 차 안에서나 직장에서나 spontaneous하게 드리는 기도만큼은 제발 솔직해지고 제발 clear하게 합시다.

제발 "주님 뜻대로…"라는 말을 오용하지 말자는 얘깁니다. 주님 뜻대로라는 말은 궁극적으로 '하나님의 선'이 나의 기도 응답의 '원칙'이 된다는 기본 신념입니다. 그것은 정확히 맞는 말입니다.

그러나 우리의 일상에서 제가 갈망하는 기도 제목들은 제가 정확하게 그 내용을 말해야 되지 않겠나요?

하나님은 정해진 범위 내에서 우리에게 무엇을 구하고 갈망할 수 있는 특권을 주셨습니다. 그게 자녀된 권세 아닌가요? 그게 아니라면 우리는 모두가 로보트에 불과하고 전능하신 하나님이 모든 걸 다 아시고 그의 뜻대로 군말 말고 그저 따라만 가면 되는 것입니다.

이게 사실이라면 아담과 이브에게 보여 주신 "선악과" 자체부터 이슈가 될 수 있습니다.

하나님 뜻대로만, 인생사가 자유의지나 자유갈망 추구 없이 살아야 되는 것이라면, 소요리문답 제1문 "사람의 제일되는 목적"에 대한 답인 "하나님을 영화롭게 하는 것과 영혼토록 그를 즐거워하는 것이다"라는 그 자체가 강요된 형식적인 일방적인 요구가 될 수 있습니다.

하나님은 우리가 우리의 자유의지를 통해 "자발적"으로 그분을 영화롭게 하고 또 그분을 즐거워하기를 바라고 계십니다.

두루뭉술하게 원칙적으로 "하나님 뜻대로…"라고 하며 자신을 형식의 울타리에 가두어 둔다면 그것은 불쌍한 신앙생활입니다. 바리새인들도 원칙적으로 살았던 사람들입니다. 그들은 경건했고 경건하게 살기를 평생 노력했던 사람들입니다.

그런데 그들의 기도를 왜 예수님께서 책망하셨을까요. 그들은 타인에게 보이려는 행동으로(예를 들면, 거리에서 크게 소리치며… 마치 골방에서 몇 시간씩 기도하다가 나온 것처럼 보이려고 머리칼과 옷차림도 흩트리고), 전통적 그리고 원칙적인 기도 형식으로만 중언부언… 율법대로 하옵소서… 어쩌고… 하며 기도하였던 것입니다.

예수님의 눈에 보이는 그들의 기도는 정말 자신의 갈망과 소망과 간구를 솔직하게 표현하지 않은 무책임한 그리고 형식적인 기도였을 것입니다.

우리는 솔직한 기도를 했으면 합니다.
정치인들처럼, 할 간구 감추고, 원칙론적인 기도만 하고, 애매모호하게 하나님이 알아서 해석하시겠지… 하는 그런 태도의 기도는 과감히 버리고, 정말 제가 필요한 것 제가 원하는 것 제가 간구하는 것을… 그냥 기도합시다. 얼마나 솔직합니까. 제가 원하는 걸 기도하는 게 뭐가 나쁜 건가요.

그게 기도입니다. 기도하다 보면 내 개인적 간구도 결국 주님의 뜻 안에서 간구하게 되는 성숙이 옵니다. 그건 솔직한 기도 다음의 순서입니다. 처음부터 "주님 뜻대로…" 월권 행위 하지 맙시다.

아이면 아이답게, 하나님의 자녀면 자녀답게, 원하는 거 간구합시다. 직장 좋은 데 옮기고 싶으면 그렇게 간구하십시오. 가게에서 돈도 벌고 싶으면 그렇게 기도하십시오. 건강해지고 싶으면 그렇게 기도하면 됩니다. 뭘 가리고 돌리고 애매모호하게 "하나님 뜻대로…" 운운합니까.

하나님 뜻대로를 운운할 시기와 때는 따로 있습니다. 그것이 아니라면 나의 갈망을 나의 간구를 하나님께 있는 그대로 구하는 게 진실된 기도라고 나는 생각합니다.

죽음에 관한 소찰

예전에 영화배우 신성일 씨가 돌아가셨는데, 나는 사람의 임종을 몇 번 가까이 지켜본 적이 있습니다.

그때마다 저 사람이 얼마나 고통스러울까라는 생각은 들지 않았다. 그러나 제가 매번 임종을 앞둔 사람들을 보며 느낀 것은… 저 사람이 얼마나 두려울 수 있을까…라는 점입니다.

임종을 앞둔 사람들은 우리들의 예상과는 달리, 큰 고통을 느끼지 못한다고 합니다. 가쁜 호흡과 그르렁 가래 끓는 소리, 신체의 떨림과 경직, 다리 팔 같은 신체에 나타나는 반점 현상, 얼굴에 나타나는 황달기, 초점없이 천정을 바라보는 눈, 말리기 시작하는 혀 등등… 임종 직전의 징조들이 우리들의 눈에는 매우 고통스럽게 느껴질 수도 있겠지만, 현대의학의 발전과 많은 Pain Reliever 옵션들 때문에… 걱정할 만큼의 큰 고통은 없다고 합니다. 그냥 신체의 기능들이 급작스레 저하되며 All Stop으로 향하는 현상일 뿐이라고 얘기합니다.

하나님은 우리가 태어날 때 Ironical하게도 우리에게 직접 고통을 주시지 않으시고, 우리를 낳아 주시는 사랑하는 어머니에게 그 고통을 주셨다. 그리고 우리가 죽을 때는, 우리의 사랑하는 가족·친구들에게 그 고통을 느끼게 하시고, 죽는 우리에겐 역시 마지막 길을 편하게 인도하시는 듯합니다.

그런데 임종을 맞이하는 사람을 한번 생각해 봅시다.

어느 날 제가 눈을 떠 보니 어두운 밤인데 제가 어디론가 향하고 있습니다. 뒤를 바라보니 나의 사랑하는 남편과 아내와 자식들과 친구들이 함께 모여 즐겁게 식사를 하며 대화를 하고 있는 장면이 보입니다.

아~ 나도 저기에 남고 싶다…라고 생각하지만 어디론지 가야 합니다.
살 만치 산 제가 두려운 건… 나에게서 나의 가족·친지들이 누리고 있는 그 즐거움의 박탈이 아닐 것입니다. 그들이 즐겁게만 지낸다면 나는 만족한다고 말할 수 있습니다.

그런데 제가 어디로 가는 것인가…라는 질문에 답이 없다면… 이것이야말로 극도의 불안과 공포가 될 것입니다.

사람들은 애써 의도적으로 이 질문에 대한 답을 피합니다. 아예 생각 자체도 안 하려고 합니다. 그리고는 "죽으면 한 줌의 흙으로…"라는 거짓말로 위안을 합니다.
정말 죽으면 완전 끝인가… 그냥 잠자듯 존재가 없어진다는 게 맞는 말인가?

그건 거짓말입니다.

제가 크리스천이기 때문에 크리스천 관점으로 할 얘기는 무궁무진하다. 그러나 굳이 그런 각도로 설명을 하지 않아도 자연인의 논리로도 충분히 얘기할 수 있습니다.

만일 제가 죽었는데… 정말… 정말… 나의 존재가 끝난 것이 아니고… 새로운 시작이 기다리고 있다면… 그리고 그 시작은 죽기 전에 제가 택했던 그 선택에 의해 시작된다면… 나는 무엇을 할 수 있을까요.

이 상황에선… 불공평하다… 억울하다 분하다…라는 변명은 존재하지 않습니다. 세컨드 찬스도 존재하지 않습니다. 그리고 그 선택의 결과는 영원하다…라고 한다면… 솔직히 한 번쯤 다시 생각해 보아야 할 가치가 있는… 주제가 아닐까 말하고 싶습니다.

믿지 못하겠다와… 믿고 싶지 않다는 엄청난 차이가 있습니다.
믿지 "않는 것"은 결국 자신의 자발적인 선택입니다. 믿지 않는 것은 증거나 설명의 유무에 관계없이 그것에 동의하기 싫다는 나의 의지적 선택입니다.
죽으면 모든 것이 끝난다고 했는데… 그 믿지 않겠다는 "오기"는 얼마나 엄청난 "도박"이 될 것인가?

절대로 물릴 수 없는… 물릴 방법이 없는 그런 도박입니다.

그래도… 아닐 거야…라고 용감하게 말하고 싶다면, 임종을 앞둔 자들 앞에서 겸허하게 자신의 마음을 비우고 생각해 보라고 권하고 싶습니다.

나의 죽음은 필연적으로 언젠가는 도래할 것이고 그 죽음은 새로운 영적 현실의 시작을 의미한다는 것에 대해 우리는 깊이 생각해 보아야 합니다.

이 중요한 현실 앞에서 기독교적 신념을 얘기하지 않을 수 없습니다.

때로는 거짓 기독인들 때문에, 개독교라고 손가락질 받아도 이런 말이, 무신론자들에게 죽기 전 인생의 어느 순간에… 하늘의 별을 바라보든지… 임종을 앞둔 사랑하는 이들의 모습을 본다든지… 광활한 바닷가에서 보트를 타고 가며 생각을 해 보든지… 사업에 실패하여 머리털을 움켜쥐고 한탄하며 생각을 해 보든지… 적진에서 총탄에 맞아 피를 흘리며 생각을 해 보든지… 한 번쯤 진지하게 생각해 볼 수 있는 기회가 주어지는 불씨가 될 수 있다면… 천금보다 더 귀한 말이 될 것입니다.

죽음은, 생명으로 우리를 이 땅에 탄생하게 하신 하나님이 우리를 다시 부르시는 소리입니다.

긴 여정을 이 땅에서 보냈으니 이제 본향으로 돌아와서 편히 쉬라는 부름입니다.

기원을 따라 올라가고 올라가면 왜 그런 말이 나왔는지 알 수 있을 것입니다. 우리는 사람이 죽는 것을 "돌아가셨다"라고 합니다.

돌아간다는 말은 그 돌아갈 곳이 분명히 있음을 말합니다. 그게 본향입니다. 그게 천국입니다. 그게 우리를 부르시는 하나님이 우리를 위해 마련해 놓으신 영원히 거할 처소라는 말입니다.

때로는 "가셨습니다" 혹은 "떠나셨습니다"라고도 합니다. 가셨거나 떠나셨다면 "어디로"라는 분명한 행선지나 목적지가 있기 마련입니다. 만일 길거리를 헤매듯 무작정 걷는 것이라면 "그는 걸어가셨습니다"라고 해야 할 것입니다. 왜 굳이 행선지 없이 걸어간다면 "떠나셨습니다"나 "가셨습니다"나 "돌아가셨습니다"라고 할까요?

기원을 따라 올라가 보면 어느 시점이든, 하나님의 말씀과 사상이 자연스레 전래되어서 내려온 흔적이 보이기 마련입니다. 우리가 기원을 따라 올라가 보면 결국 아담과 이브라는 두 사람으로부터 인류가 기원되었음을 알듯이.

또한 숨을 거두었다라고 합니다. 죽는 자가 숨을 더 쉬었으면 쉬었지 왜 거두겠는가. 코를 힘껏 막아 보아라… 그대로 받아들이고 결국 자살하는 사람은 없습니다. 자살은 거두려 해도 거둘 수 없는 방법을 쓰기 때문에 자살이 가능할 뿐입니다. 사람은 본능적으로 숨이 막히면 별짓을 다 해서라도 숨을 쉬려고 합니다. 그게 하나님이 심어 놓으신 본능입니다.

그러므로 숨을 "거두었다"라는 말은 그 누구가 숨을 중지시켰다 혹은 그 누구가 숨을 가져겼다…라는 말입니다. 그분이 누구신가. 바로 하나님이

시다.

이것을 아예 따져 보지도 깊이 생각해 보지도 않은 채… I Don't Believe~ 라는 무책임한 말 한마디로 결론지어 버릴 만큼 우리의 인생을 가볍게 생각해서는 안 될 것입니다.

만일… 만일… 백에 하나… 이 말이 사실이라면… 그때는 나는 무엇을 할 수 있는가?
Nothing!

죽은 다음에 제가 할 수 있는 것은 미안하지만… 아무것도 존재하지 않습니다.
그러므로 죽기 전까지가… 나의 마지막 가질 수 있는 기회가 됩니다.

경솔하게 세상 다 아는 것 같이 고양이 낯짝만큼 작은 자기 아집으로 마음을 닫아 버리고, 나중에 정말 나의 생명이 다한 다음, 거대한 진실의 순간 앞에서… 통곡하지 말고… 정말 한 번쯤은 진지하게 희죽거리지 말고 거만하게 오만방자하지 말고… 영겁을 결정지을 그 사실에 관해… 한번 진지하게 알아보고… 연구해 보고… 따져 보고… 반박해 보고…별짓을 다 해 보아야 할 것입니다.

왜냐하면 이 사실은 너무나 너무나 중요하고 엄청나고 거대한 결정사항이기 때문입니다.

압니다.

영적인 은혜 없이는 하나님 말씀인 성경을 이해하기는 불가능합니다. 레마와 로고스로 구별되는 이 말씀은 문학적 로고스가 영적인 레마로 변해야만, Said Word가 saying Word로 변해야만, 영적인 눈이 뜨이게 됩니다. 그런데 일반인이 이런 영적인 눈이 뜨이게 되려면 성령님의 역사가 필요합니다.

어떤 이는 이런 영적인 역사가 두렵다고 합니다. 마치 사탄에게 영적으로 올가미를 쏘이게 되는 상황이 두렵듯이… 마치 이단 사이비의 세뇌 공작에 말려드는 게 두렵듯이, 나쁜 최면사에게 자기의 마음을 빼앗기는 게 두렵듯이… 맞는 말입니다.

신앙은 정말 잘 선택해야 합니다. 그래서 제가 말하는 거다… 열심히 조사해 보고 분석해 보고 반박해 보고 알아보라는 것입니다. 그 대신 가만히 앉아서 "아니다"라고만 하지는 말라는 얘기입니다.

무조건 믿으라는 것이 아닙니다.

Due Diligence를 해 보라는 것입니다. 비즈니스나 프로젝트를 하기 전에 정상적인 사람이라면 그 프로젝트의 배경과 사실 등에 관해 알아보고 조사해 보는 노력을 해 볼 것입니다.

나의 영원한 진로를 결정하는 이 영적인 미스테리도 철저하게 조사해 보고 알아보라는 것입니다.

세계 기독교 인구가 약 30%가 넘습니다. 이 인구가 다들 허구나 엉터리가 아닐 것이라는 생각을 해 본 적이 있나요?

기독교인들이 외치는 예수가 정말 허구로 지어낸 인물이라면 과연 최면술에 빠져, 선동에 빠져, 망상에 빠져, 음모에 빠져… 일부러 자기네들끼리 허수아비를 만들어 놓고 그 허수아비 때문에 목숨까지 저버리며 순교한 수많은 기독교인들은 그럼 무슨 목적으로 무슨 이익을 위해서 자기 목숨까지 희생하는지… 아니면 정신병자들인지… 어니면 진짜 바보들인지… 나를 포함한 수많은 사람들의 믿음에 대한… 명확한 대답을 할 수 있어야 할 것입니다.

신화로만 생각하는 구약시대의 사건들이 혹시 정말 사실적 역사는 아닌지… 생각은(연구나 조사나) 해 보고 엉터리라고 하는 것인가요? 구약에 나오는 사건들이 이미 고고학 등을 통해 증명되지 않은 것들이 있는지… 소돔과 고모라 성의 존재, 소금기둥, 바벨탑과 느부갓네살 대왕, 여리고 성의 무너짐, 요셉과 7년 풍작과 7년 흉년 사건, 출애굽 사건, 예수님 돌아가실 때의 지진과 천지현상 등등등… 오히려 이제는 고고학이 성경의 기록을 의지하며 위대한 고고학적 발견을 하고 있는 사실을 알고나 있는지.

우리는 역사책을 믿습니다. 이순신 장군이나 알렉산더 대왕을 우리가 보았기 때문에 믿는가요? 우리는 역사책에 기록되었기 때문에 의심 없이 믿는 것입니다.

그렇다면 세상에서 가장 오래되고 많은 사본을 가지고 있는 믿어 의심치 않는 역사책보다, 그 (사건에 가까운) 연대 및 사본 숫자에서 수십 수백 배 신빙성과 권수를 자랑하는 신약에 나오는 예수의 "역사"가 그저 신화와 허위라고 말한다면⋯ 이건 합리적 논리를 믿는 지성인으로서의 올바른 비평 태도가 아닐 것입니다. 즉, 이것은 증거가 없어서 못 믿는 것이 아니라, 증거에 관계없이 그냥 안 믿겠다⋯는 것입니다.

그리하여 알렉산더 대왕이나 이순신 장군의 역사 기록보다, 예수에 대한 기록이 성경을 비롯해서 일반 역사서에 더 많이 더 자세하게 기록이 되어 있다면, 이 또한 Fair하게 생각해 보아야 할 것이 아닌가라는 말입니다.

이것도 I Don't Want To⋯로 끝날 문제인가? 참 쉽게도 결론 냅니다.

그러면서도 죽은 다음에⋯ 모든 것을 알게 되는 그때에⋯ it's not fair⋯ I didn't have a chance to know⋯ Nobody told me about that⋯이라고 변명을 할 수 있을 것인가?

죽음 앞에선 모두가 엄숙해집니다. 모든 게 끝난다는 사실 앞에선 거짓말을 할 시간도 여유도 이유도 없습니다. 그런 마음으로 우리가 죽은 다음의 사실들에 대해 한 번쯤은 생각해 보아야 할 것입니다.

마지막으로 톨스토이와 키케로의 명언을 말하고 마칩니다.

"이 세상에 죽음만큼 확실한 것은 없습니다. 그런데 사람들은 겨우살이는 준비하면서도 죽음은 준비하지 않는다" (톨스토이)

"나는 나의 집을 떠나듯이 인생을 하직하는 것이 아니라, 여인숙을 떠나듯이 인생을 하직한다" (키케로)

이순신 장군이 천국 갔냐 못 갔냐?

며칠 전 저녁때 오랜만에 Netflix 영화를 재미있게 보고 있는데, 나와 오랜 친분이 있는 어떤 친구가 뜬금없이 나에게 전화를 걸어와, 연말 연시 이런저런 얘기를 나누다가 대뜸 질문을 합니다.

"장로님, 그러면 의인이자 영웅인 이순신 장군은 천국에 못 갔어요?"라고…ㅎㅎㅎ

그놈의… 진부할 수도 있고… 민감할 수도 있는… 이순신 장군 질문… 여기저기서… 진짜 진짜 많이 들었습니다.

골자인즉, 분명히 이순신 장군은 예수를 몰랐을 터인데, 기독교에서 허구장천(?) 주장하는 "예수 안 믿으면 천국에 못 간다"고 하는… 성경적인 논리대로 따져 보자면, 이순신 장군은 천국에 못 갔다는 얘기냐…는 것입니다.

그것도 (전화선상이지만) 무척 억울하다는 듯… 억양이 날카로워지면

서… 따지는데… 아니… ㅎㅎㅎ 제가 뭔 놈의 죄가 있다고… 제가 하나님
도 아니고… 왜 화를 내는지… ㅎㅎㅎ

우선 이 친구는 이순신 장군이 〈의인〉이라는 것과 한국의 〈영웅〉이라
는 것을 매우 강조합니다. 그것을 부정할 (한국) 사람은 없을 것입니다.
그러면, 성경적으로 얘기하기 전에 몇 가지 common sense로 먼저 얘기
해 봅시다.

이순신 장군이 의인인가? 나는 그렇다고 생각합니다. 그런데 이 의인이라
는 말은 누구의 관점에서 〈의인〉인가? 한국인 입장에선 이순신 장군은 분명
의인입니다. 그러나 일본인 입장에선 한 치 양보하여서… 마음에 없는 찬사
(?) 까지 보내더라도 그냥 '용감한' 그리고 '유능한' 적장일 뿐입니다.

듣기로는 이순신 장군과 싸운 일본 적장은 함기에다 십자가 문양까지
그릴 정도로, 오히려 부모 대대로부터 내려온 가톨릭 신자였다는데… 그
러면 논리적으로 따져 보면 그의 천국 갈 확률이 이순신 장군보다 더 높
다는 얘기인가?

이순신 장군이 영웅인가? 나는 그렇다고 생각합니다. 그러나 한국의 영
웅일 뿐입니다. 일본의 영웅은 아닙니다.

그러므로 〈의인〉을 들먹이며 천국에 갈 '자격'을 논하려면 이 의인이 누
구의 관점에서의 의인인가를 먼저 알아야 합니다.

디즈니랜드에 착하고 용감한 의인들과 나라를 이끈 영웅들은… 공짜로 들어가는가? 미안하지만 사기꾼들도 거지들도 테러리스트들도 일단 〈티켓〉만 가지고 있다면 두말없이 들어갈 수 있습니다.

그러므로 의인이라는 두루뭉술한 논리로는 결론을 낼 수가 없습니다. 성경적으로 한번 얘기해 봅시다. 〈의인〉이라는 term은 사실상… 정확한 자격조건을 말해 주고 있습니다.

쉽게 얘기해서 더러운 거지도 잔칫집 주인 아들이 선물로 준 이 〈의〉라는 두루마기만 입는다면 잔칫집 하인들이 그를 들여보낼 수밖에 없다는, 잔칫집 주인의 〈명령〉인 셈입니다.

아이러니컬하게도, 거지의 속옷은 더럽겠지만 이 〈의〉의 옷만 입는다면, 잔칫집에선 그냥 그 의의 옷만 본다는 것입니다. 의의 옷이 사람을 〈의인〉으로 만드는 셈입니다. 이것이 기독교에서 말하는 〈이신칭의〉의 casual한 설명이 될 것입니다.

그러므로 의인이면 천국에 간다는 건 맞는데, 그 의인의 기준과 자격을 누가 정하느냐… 누구의 관점이냐가… 관건인 셈입니다.

그러므로 이순신 장군이 우리가 보는 관점에서 〈의인〉이라고 해서 그가 하나님의 자격요건에 부합한 〈의인〉이 되는 것은 아니다라는 말입니다.
여기에서 갈등이 파생되는 것입니다.

그러면 ㅎㅎㅎ 이순신 장군은 지옥에 갔는가?

그건 제가 나중에 죽은 다음에 알아보고 알려 주겠습니다. ㅎㅎㅎ

그러나 하나님의 섭리와 은혜는 우리 인간의 고양이 얼굴만 한 두뇌로는 이해할 수 없고 단정적으로 결론지을 수는 없다는 게 나의 생각입니다.

사실 성경적으로 본다면, 예수님 이후의 사람들은 일단 예수를 구주로 영접하느냐 안 하느냐에 따라 정확히 구원의 판가름이 납니다.

그러면 예수 이전의 사람들과, 현 시대에도 예수에 대해 들어 보지도 못한 사람들은 어떻게 되는가… 하는 게 실제적인 debate가 됩니다.

이 말을 조금 다르게 표현해 보자면… 그래 좋다… 결론이 있다는 것은 인정한다… 그러나 그 결론 이전에 모든 사람들이 공평한 기회… 즉, 진리 (구원)에 대한 "공평한" 기회가 주어졌는가… 하는 점입니다.

다시 말하자면, 그래 너희들이야 성경이 주어졌고 목사들의 설교를 통해서 천국과 지옥에 대해 애기를 수없이 들을 수 있었겠지만… 우리같이 오지에 살거나 전혀 들어 보지 않은 사람들에겐… 이것은 너무나 "불공평"하고 "독단적"인… 그리고 일방적인 '조건' 이다…라는 것입니다.

그러므로 이 구원에 관한 〈공평성〉만 주어진다면… 일반 자연인들도 논리적으로는 (오직 한길이라는 기독교의 구원론에) 어느 정도 공감을 할 수도 있을 것이다…라는 관점이 가능합니다.

잠깐 화제를 바꾸어, 예전에 제가 Fuller 신학교에서 Christian's Worldview 강의를 들었을 때 Caveman 비유를 한 교수의 설명이 생각납니다.

한 동굴에 여러 명 사람들이 갇혀 있습니다. 아무것도 안 보이기 때문에 움직일 수도 없습니다.

자 그런데 갑자기 어떤 외부인(?)이 나타나서 그중에 몇 명한테만 조용히 "나를 따라오라"며 그들만을 이끌어 그 동굴을 빠져나간다면… 그것은 공평인가 불공평인가? 하는 질문이 있었는데, 학생들 전부가 "it's not fair!"라고 했습니다.

그러면 똑같은 상황입니다. 어둡고 아무것도 안 보입니다. 그런데 갑자기 저쪽에서 빛이 들어옵니다. 그 말은 출구가 있다는 얘깁니다. 몇 사람이 그 빛을 보고 그쪽으로 움직입니다. 그러나 아직도 빛을 안 보고 움직이지 않는 사람들이 많이 있습니다. 빛 쪽으로 움직인 사람들은 결국 그 동굴을 빠져나갔습니다.

질문입니다. 그러면 이 상황에선 모두에게 다 공평한 기회가 주어졌는가?

대부분 학생들의 대답은 "Yes, it's fair!"였습니다.

왜냐하면 첫 번째 scenario에선 아무도 모르게 어떤 외부인이 몇 사람에게만 "불공평"하게 접근하여 그들(만)을 데리고 나갔지만(= 구원), 두 번째 상황에선 모두에게 똑같이 "공평하게" (구원에 이르는) 빛을 보여 주었고, 그들이 동굴을 빠져나갔는지 "안" 빠져나갔는지는 100% 개인의 선택이었다는 것입니다.

성경적으로 보면, 구원에 이르는 "계시"에는 두 가지 옵션이 있습니다. 하나는 일반 계시고 또 하나는 특별 계시입니다.

일반 계시는(제가 정리해 본 acronym은) C, C, L, S입니다.
C(Cosmos), C(Conscience), L(Logos), S(Seeking)입니다.

Cosmos는 창조된 온 우주에 널려 있는 하나님에 대한 정보들입니다.
Conscience는 인간이 태어날 때, 마치 인간이 PC의 ROM/Firmware 속에 critically important한 기본 정보를 만들어 놓듯이, 하나님이 우리의 마음속에 박아 놓으신 하나님과 하나님의 원리에 관한 정보(양심)입니다.

Logos는 성경 즉 하나님의 말씀입니다. 이 성경 안에 (믿음이란 암호로 알 수 있는) 구원에 이르는 원리와 방법이 고스란이 담겨 있습니다. 이걸 가진 우리들은 당연히 그만큼 advantage가 있는 셈입니다.

Seeking(갈망)은 하나님에게 보여 달라고 매달릴 때 기도를 통해 믿음을 주시는데 그 믿음이 구원의 통로가 되는 것입니다.

이상은 자연인들이 하나님에게 접근할 수 있는 일반 계시들이고, 그러면 특별 계시는 무엇인가요.

CCLS 그 자체로도 충분히 FAIR한 기회가 주어집니다. 그러나… 고집불통(?) 인 인간들을 위해 하나님은 때로는 〈직접적〉으로 특별 계시를 허락하시기도 합니다.

한 가지 생각해 볼까요.

자, 구원을 알려면 이전에 말한 대로(의인 얘기할 때…) 그 주체자가 누구인지를 알아야 합니다. 주체자는 바로 하나님입니다. 그러므로 하나님을 알아야 하는데, 여기서 "안다"라는 말은 Knowledge가 아니라 Wisdom입니다. 지식은 데이터일 뿐입니다. 아무리 데이터를 모아도 그것을 적용 못 하면 말짱 꽝입니다. 그래서 지혜가 필요한 것입니다.

마침 시편 9편 10절에 보니 "주님을 경외하는 것이 지혜의 근본이요…"라고 나와 있습니다.

즉, 하나님을 알고 싶으면 "지혜"가 있어야 하는데, 그 지혜를 가지려면 주님을 "경외"하라고 한 것입니다. 그러면 주님을 경외한다는 게 무엇인가요.

그것은 영어로 분명히 나와 있습니다.

"The fear of the Lord…"

하나님을 두려워하는 마음입니다.

정리하자면 다음과 같습니다.

제가 술 먹고 간음하고 마약하고 나쁜 짓만 하다가… 어느 날… 어느 기회에… 다음과 같이 고민합니다. "제가 이렇게 살면 안 되지… 하나님에게 벌받지… 이렇게 살면 안 되지… 도대체 하나님이 계신 걸까?"

이게 지혜 간구의 〈첫걸음〉이라는 것입니다.

이것을 추구하면, 하나님에 대한 지혜의 추구가 생긴다는 말입니다. 이 과정을 통해 지혜가 생기면 하나님의 특별 계시가 가능해진다는 말입니다.

이 말은 예수에 대해 생전 들어 보지도 못한 아프리카 밀림의 추장도, 북한의 오지에서 노동하는 사람도, 이상한 무속신앙이나 타 종교를 날 때부터 추종하던 사람도… 진리에 대한 추구… 끊임없는 간구와 갈망과 기도를 통해… 하나님에 대한 접근이 가능해질 수… 있다는 말입니다.

접근 방법은 다양하지만… 이 경우 대부분 성령님이 간섭을 하게 됩니다. 개인적으로 하나님을 찾는 사람들에게 하나님은 주권적으로 자신을 보이실 수도 있다는 말인데, 이것을 우리는 특별 계시라고 말하는 것입니다.

이 경우는 〈믿음〉이라는 특별 '낙하산' 특권을 주시므로, 일반 계시 때와는달리 성경을 읽고 자연을 보고 양심에 귀 기울이고 기도로 간구해 보지 않아도, 직방으로 통하는 〈믿음〉을 통해 구원에 직접 접근이 가능하다는 말입니다.

참고로 제가 말하는 이 직방 계시는 신사도권에서 말하는 (현시대에도 존재한다는) 사도와 선지자에게 직접 내린다는 그 〈직통 계시〉의 오류와는 전혀 다른 말입니다.

그러므로, 간략하게 얘기해 보자면, 이 세상 모든 사람들은 그들이 어디 있든지 언제이든지, 이런 일반 계시와 특별 계시를 통해, 누구나가 "공평한" 하나님에 대한 접근 기회를 가지게 된다는 말입니다.

이것을 적용해 보자면, 이순신 장군이 구원을 얻었느냐 하는 것은… 그 아무도 모르지만… 그에게 하나님이 분명히 공평한 기회를 주셨을 것이라는 것은… 명백한 사실이라는 점입니다.

결론은 이것입니다.

성경적으로, 누구든 예수를 통해서 구원에 이를 수 있다는 게 진리입니다. 우리에게 해당되는 말입니다. 제일 쉬운 방법입니다. 그냥 믿고 따르면 되는 손바닥 뒤집기 정도의 쉬운 방법입니다. (물론 그것조차 안 하려는 사람들이 즐비하지만…)

그러나 동과 서가 다르고 하늘과 땅이 멀듯, 우리가 이해할 영역 이상의 하나님의 구원 섭리가 있을 수 있다는 점을 우리는 인정해야 합니다. 예수가 없었던 구약시대의 사람들 전부가 지옥에 갔다는 어거지 논리는 하지 않았으면 합니다. 구약 때에는 하나님 기준에 맞는 "의인"들에게 하나님은 분명히 천국을 하락하셨을 것으로 보입니다.

그리고 어느 시대라도 하나님과 예수님에 대한 지혜와 접근법이 없는 사람들에겐, 위에서 말한 일반과 특별 계시들의 옵션을 통해 다 같이 공평하게 기회를 주시는 분이 하나님이라고 나는 생각합니다. 그러므로 빈정거리며… 불공평하다…라는 말은 이제 제발 안 하기를 바랍니다.

천국에 가면 세 번 놀란다고 합니다.

첫 번째는 분명히 올 사람인데 안 와서 놀라고,
두 번째는 못 올 사람인데 천국에 온걸 보고 놀라고,
세 번째는 바로 제가 와서 놀란다는… 말이 있습니다.

그러므로 첫 번째도 두 번째도 세 번째도… 그저 감사하게 생각할 뿐입니다.
그리고 이순신 장군 천국 갔냐 지옥 갔냐… 이제 그만 질문했으면 합니다… Mr. Kim! ㅎㅎㅎ

기타를 치며 혼자 고군분투하시는 찬양 리더

옛날 옛날에 어느 교회에서 찬양을 리드하시던 전도사님이 있었습니다.

너무나 작은 교회여서 건반주자도 없었고 베이스기타도 없었고 드럼은 말할 필요 없이 없었습니다.

그러다 보니 찬양의 처음부터 끝까지 혼자서 기타를 치며, 박자와 리듬을 잡아 주고, 상단 현을 살짝살짝 튕기면서 베이스 음도 내어 주고, 울림통 쪽으로 클로스 코드를 잡아 살짝살짝 고음 애드립도 코드톤을 이용해 내어 주는 등… 정말 정말 땀을 뻘뻘 흘리시며 노동 아닌 노동을 매주마다 하고 있었던 어느 날!

교인 수가 점점 늘어나면서 어느 날 한 청년이 교회에 들어왔는데, 이 친구가 베이스 기타를 할 줄 아는 형제였습니다. 이제는 이 베이스 주자가 낮은 음부를 맡아 주니, 전도사님은 일부러 기타의 낮은 루트음을 낼 필요가 없어졌으므로 이제는 중간음역과 가끔 높은음역 그리고 리듬 등에만 신경을 쓰게 되었습니다.

그러다가 어느 날 건반을 다루는 자매가 교회에 들어오고 그 자매가 하이음역에서 애드립과 멜로디 등을 쳐 주기 때문에 전도사님은 이제 중간음역과 박자 등에만 신경을 쓰면 되기에 찬양 인도가 훨씬 쉬워지고 능률

적이 되었습니다.

그러던 어느 날 어느 청년이 교회에 들어왔는데 이 청년이 드럼의 달인입니다.

그리하여 드럼이 박자를 거의 맡아 주므로 이 전도사님은 예전처럼 리듬에 신경을 쓰실 필요가 없게 되었고, 이제는 중간음역대 코드를 치면서 가끔 하이노트를 애드립도 하시고, 낮은 음역을 튕기기도하시고, 리듬에 변화를 주어 악센트도 줄 수 있는 여유가 생기게 되었습니다.

그러던 중 어느 날 어느 청년이 찬양팀에 조인을 했는데, 그 친구가 기타 주자입니다.

그리하여 이 전도사님은 기타 연주를 그 청년에게 넘겨주시고, 진짜 진짜 워쉽 리더로서 보컬에 충실하게 되었다는 얘기입니다.

이게 진짜 워쉽밴드의 Full Music이고, 찬양 리더의 본모습이여야 하지 않나 생각합니다.

자… 자… 그런데 얼마 후… 이 전도사님이 다른 교회로 가시고, 스펙이 빵빵한 어느 찬양사역자가 이 교회로 오시게 되어 찬양 리드를 맡았습니다. 물론 처음이니까 뭔가를(?) 보여야 한다는 중압감도 있었겠지요. 이 찬양사역자… 처음부터 찬양 끝까지 기타를 들고 멜로디도 치고, 고음부 파트, 저음부 베이스 노트, 중간부 코드, 그리고 박자, 리듬을 쉴 사이 없이 치면서 거기다가 보컬까지… 땀을 뻘뻘 흘리며… 매주 하였다는 얘기입니다.

그림이 보이십니까? 전도사님이 그간의 '과정'을 겪어 가까스로 진짜 워쉽밴드의 악기 분담의 노하우를 터득하고, 자기 담당 악기가 언제 빠지고 언제 들어와야 할지를 이제서야 알게 되었는데… 새로 들어온 찬양 리더는 그 수년 전의 그 전도사 모습으로 또다시 돌아갔다는 슬픈 얘기라는 것입니다.

저 역시 찬양 사역을 합니다만, 기타를 치지 않습니다. 악기는 악기 연주자 담당입니다. 저는 워쉽 리더로서 워쉽과 보컬에 집중하면 되리라 생각합니다. 앞에서 기타를 그저 멋지게 아무 의미(?) 없이 흔들어 대는 찬양 리더는 되고 싶지가 않습니다. 전체 워쉽을 미리 생각하고 리드하고 이끄는 게 찬양 리더의 기능이라고 생각합니다.

그렇다고해서 리더가 기타를 치지 말라는 법은 없습니다. 그러나 기타도 같은 코드, 피아노도 같은 코드, 베이스도 같은 루트음… 이건 마치 100명의 성가대원이 Unison으로 중창하는 거나 같습니다. 100명이면 25명씩 파트를 나누고 가끔은 이 파트는 쉬고 듀엣도 나가고 솔로도 나가고 그러다가 합창이 나가고… 이것이 Full Music입니다. 처음부터 같은 멜로디를 100명이 끝까지 부른다면… 이게 음악입니까.

두서없이 얘기했지만 포인트는 간단합니다.

워쉽밴드는 악기 자랑하는 곳이 아닙니다. 오케스트라의 팀파니 주자가 4-50분 기다려 자기 파트에서 간단하게 퍼커션 연주하는 그 모습이야말로 자기 임무에 충실한 모습입니다. 우리 찬양팀도 처음부터 끝까지 자기 악기로 모든 공간을 채우려 하지 말고, 악보에 음표도 있지만 쉼표도 있다는 것을 명심하고(사실 쉼표가 없으면 음악이 안 되죠)… 적재적소에 연주를 하여 저음부, 고음부, 에드립, 코드 베리에이션, 베이스, 리듬 등등의 혼합을 통해 멋진 사운드의 full music을 만들자는 얘기입니다.

마찬가지로 찬양 리더는 자기의 장기를 자랑하는 세션이 아니라, 정과 성을 다하여, 팀을 리드하고 영적인 흐름을 재치 있게 밀고 당길 수 있는,

절제와 음악성을 겸비한 자여야 함을 기억했으면 합니다.

여러분은 어떻게 생각하십니까?

곱하기와 더하기 법칙

좀 Delicate한 질문일지도 모르지만, 가짜가 진짜의 언행을 했을 때 그것이 좋은 결과를 가져올 수 있는가 하는 질문입니다. 콩 심은 데 콩 나고 팥 심은 데 팥 난다…라며 원척적으로 그 가능성을 일축하는 사람들도 많습니다.

호박에 줄 긋는다고 수박이 되고, 삼벙(Samvung)이 삼성(Samsung)이 되는 것은 아닙니다. 실제로 초창기 중국에선 삼성 휴대폰 짝퉁인 삼벙이 거의 100% 싱크로율을 자랑하며 불티나게 팔린 적이 있다고 말하는 사람도 있습니다.

가짜와 진짜는 같은 방향으로 가는 것 같아도 언젠가는 U-Turn도 할 수 없는 저점이 생긴다며 가짜의 선한 작용에 대한 가능성을 아예 인정 안 하는 사람들도 많습니다. 틀린 말이 아닙니다. 그러면 거짓말은 절대적으로 나쁜 것인가요?

교회에서도 남을 속이고 거짓말하는 것을 죄악으로 가르칩니다. 당연히 성경적입니다. 그러므로 어느 순간에도 거짓말은 허용될 수 없고, 그런 거짓말은 절대적으로 선한 결과를 가져올 수 없을까요?

예전 일본 강점기 시절, 독립군으로 암약하던 어떤 사람이 일본 순사들에게 쫓기어, 마지막으로 아내와 아이들을 보고 가려고, 한밤중에 자기 집에 잠깐 들렀다가 일본 순사들의 급습을 받았다고 합니다.

다행히 기지를 발휘한 아내 덕분에 그 독립투사는 장독 뒤에 숨게 되었는데, 한 일본 순사가 어린 아이를 붙잡고 다정한 어조로 물었습니다.

"얘야~ 너 거짓말하는 것은 나쁜 짓인 거 알지? 니네 아빠 지금 이 집에 있지?"

이 상황에서 이 아이가 무엇이라고 대답해야 되는가? 거짓말은 절대적 악이다…라고 배운 대로… 우리 아빠 저기 장독대 뒤에 있어요…라고 사실대로 얘기해야 하는가… 아니면… 우리 아빠 여기 없어요…라고 거짓말을 해야 하는가?
어느 것이 옳은 것인가?

아마도 나를 포함한 모든 사람들은… 망설임 없이… 거짓말을 할 것입니다. (나만 그런가?)

거짓말을 하는데도 양심에 거리낌이 없다? 이것을 어떻게 설명해야 하는가?

　어떤 이는 White Lie 어쩌고 저쩌고 하며 상황에 따라 허용되는 거짓도 있다…라는 것을 설명하려고 애를 씁니다. 우습게 들리겠지만, 우리의 일상을 자세히 관찰해 보면 이런 White Lie 투성이입니다.

아내:　여보~ 이 된장찌개 맛이 어때?
남편:　어~ 기막힌데. (그런데 이게 된장찌개냐 된장국이냐?)

여친:　자기야~ 오늘 나 이뻐?
남친:　당근이지… 김태희가 울면서 도망가겠다. (그게 화장이냐 분장이냐?)

고객:　이 중고차 진짜 사고도 안 났고 새것과 다름없다고요?
판매원: 제가 보장해 드립니다. (에~ 한번 크게 뒤집어지는 사고가 났고, 아마도 2달 안에 자동분해될 겁니다만…)

환자:　제 몸속의 암 상태가 심각한 건 아니라구요?
의사:　걱정하지 마세요. 심각한 상태는 아닙니다. (죄송하지만 아무런 손쓸 방법이 없네요~)

　약속 시간에 늦은 친구에게 몇 번 전화하니… 첫 번째도 두 번째도 세 번째도… 거의 다 왔답니다. 그게 30분 전 얘기입니다. 이것도 엄밀히 따저 거짓말입니다.

방 뺀다고 다그치는 집주인에게⋯ 이제 곧 돈이 들어온다고 무마하지만 돈 들어올 길이 없는⋯ 세입자의 말은⋯ 이것도 엄밀히 따져 보자면 거짓말인 셈입니다.

이렇게 따져 보면⋯ 이 세상에 거짓말 없이 진행되는 일이 없을 정도로 이 거짓말은 선의건 악의건 우리들의 매일매일의 습관 속에 숨겨져 있습니다.

어느 교회에 젊은 목사가 있었습니다. 젊으니까 모든 분야에 열정이 뜨겁고 말씀도 뜨겁게 외칩니다.
선과 악을 성경대로 곧이곧대로 선포합니다. 이런 목사를 성도들은 좋아합니다. 이것저것 눈치 안 보고 무엇보다도 겉과 속이 다르지 않은⋯ 위선이 없는 목사라고⋯ 침이 마르도록 칭찬을 하고 주일 예배 때 은혜를 듬뿍 받습니다.

그런데 어느 주일날, 아파트에서 교회로 향하는 차 안에서 이 젊은 목사 부부가⋯ 그들도 인간인지라⋯ 사소한 일로 그만 말다툼이 벌어졌습니다. 고성 언쟁이 오가고 아이들이 울고 급기야 이 목사는⋯ 에이⋯ 제가 이런 상태로 설교를 하냐⋯ 하며 마치 드라마 속의 장면처럼 차를 끼이이익~ 유턴시켜 버렸습니다.

그제서야 사태에 당황한 아제가 울며 불며… 그래도 목사가 주일예배를 빠지면 어떡하나…며 간신히 간신히 어르고 달래고 해서… 시간에 가까스로 맞추어 교회에 도착했습니다. 무슨 정신이 있겠는가… 그 상태 그대로… 허겁지겁 강단에 올라섰습니다. 이판사판 심정으로… 주여~ 삼창을 했을 것입니다.

그런데 그날 대박이 났습니다.

설교 도중 여기 저기서 흑흑~ 하는 울음소리가 들리더니… 아멘 소리가 높아지고… 눈들이 여느때완 달리 반짝반짝이며 설교에 집중합니다.
예배 마치고 입구에 서서 성도들과 악수를 하는데, 모두들 다가와서… 오늘 너무 은혜받았어요 목사님… 하며 끌어안고… 엄지척을 보이며… 힘 있게 악수를 하고들… 야단입니다.

아이러니컬하게도… 말하기 좀 뭣하지만… 그의 아내는 뒤쪽에 앉아 남편의 설교를 들으며… 속으로 다음과 같이 작은 목소리로… 한마디 내뱉었다고 합니다.

"너나… 잘하세요~"

암튼… 이게 어떻게 된 것일까요.

그러면 (진짜다 가짜다… 악이다 선이다라는) 상황에 관계없이… 독립적인 '선'이라는 결과가 가능하다는 얘기일까요?

자세히 살펴보면, 그날 그 젊은 목사가 차 안에서 저지른(?) 언행은 분명… 하지 말아야 할 '악'에 속합니다. 그런데 속이야 어떻건, 강대상 위에선 분명히 '선'한 성경말씀을 전했습니다. 그랬더니… 그 결과는 일반적으로 보아… '선'의 결과가 나왔습니다.

여기서 나의 개똥 철학(or 신학)이 나옵니다. ㅎㅎㅎ

이것이 '곱하기'의 원리이고, 여기서 Multiplier는 0(zero)이며, (개똥) 신학에선 이 Multiplier가 '선'으로 해석된다는 것입니다.

뭔 말이냐… 하실 분들을 위해… 설명해 보자면.

$123 \times 0 = 0$에서

앞의 123은 Multiplicand(피승수)라고 하고, 0은 Multiplier(승수)라고 합니다.

그런데 피승수 값에 관계없이… 승수가 0(제로)이면… 그 결과는 항시 0(제로)이 됩니다.

그리고 여기에서 0(제로)은 위에서 말한 대로 '선'이라고 나는 정의합니다.

눈치채셨겠지만, 이 말은 어떤 피승수든(어떤 상황 = 싸웠든, 거짓이든,

화가 나든, 우연이든…) 그것이 0(제로 = '선')이라는 승수를 만나서 곱해지면… 그 결과는 신기하게도 언제나 0(제로 = '선')이 된다는… 개똥 철학입니다. ㅎㅎㅎ

약간 조크 비슷하게 말한, 이 말이 100% 맞는건 아니지만… ㅎㅎㅎ 상당히 일리가 있을 수도 있습니다.

이게 어느 정도 맞기에 그래도 우리 교회가 은혜 받고 잘 운영이 되는 것입니다.

정말 티끌만큼도 악이 없는 선한 마음으로 설교를 해야 '은혜'라고 하는 선의 결과물이 나오는 것이라면, 그 어느 목사가 은혜를 끼칠 수 있겠습니까.

인간이기에, 어질러진 마음, 준비되지 않은 마음, 나쁜 마음, 분한 마음… 여러 가지 환경의 마음으로 전하는 설교도… 설교 자체가 선한 것이기에… 선한 열매가 분명히 있을 수 있다는 것입니다.

물론 성경적으론, 히브리서 4:12절의 "하나님의 말씀은 살았고 운동력이 있어…"에 기반하여, 설교자의 '재량'과는 관계없이 말씀 자체의 '능력'을 우리는 강조하기도 합니다.

당연히 맞는 말이지만, 이 말씀을 또 오용하여 성의 없이 준비 없이… 그저 말씀만 투욱~ 던져 놓고 은혜는 각자의 믿음의 '몫'이다라고 하시는 목사님들도 있음이… 조금 아쉬운 대목입니다.

그러나 어쨌든… 사실은 사실입니다.

그런데 곱하기 원리만 믿고, 피승수에 대한 노력을 안 한다면, '곱하기' 원리가 '더하기' 원리가 될 수가 있습니다. ㅎㅎㅎ

곱한다는 것은 어떤 숫자가 승수에 '직접적'으로 영향을 받아 그 승수화 됨을 말하는데, 더한다는 말은 자기 숫자는 안 변하고 뒤에 오는 숫자가 그냥 더해진다는… 혼합된다는… 말입니다.

자기는 안 변하고 뒤에 오는 숫자가 그냥 자기 숫자에 더해진다는 것인데, 군이 얘기하자면, 자기 버릇 자기 악행을 고치지 않은 채, 선한 거룩한 것들과 혼용하여 공존한다는 말입니다.
이 경우엔 더하기 원리가 적용되어, 악 + 선 = 선이 되지가 않는다. 짬뽕이 될 뿐입니다.

위에서 예로 들은 젊은 목사는, 그분이 주일 아침에 잠시 무너진 모습을 보였었지만, 그분의 일반적인 삶 자체가 이미 선한 삶이었기에, 곱하기의 법칙이 적용되어, 선의 결과물이 나올 수 있었겠지만… 만일 제가 매일 악한 언행을 일삼다가, 어느 날 선한 말을 한다고 해서 곱하기 법칙이 적용되기는 어렵다는 말이다… 이 경우엔 오히려 더하기 법칙이 적용되어… 그 결과물은 예측할 수 없는… 짬뽕 상황이 될 것으로 보입니다. ㅎㅎㅎ

요즘 이슈가 되고 있는 몇몇 대형 교회들… 그 교회들도 이런 시각으로 볼 수 있습니다.

편법을 쓰고 거짓말과 불투명한 운영 방법들이 분명히 보이고, 정말 고칠 것들이 많은데도, 그런데도 그 안에 은혜가 분명히 있는 것은 바로 이 곱하기 법칙 때문이 아닐까 생각해 봅니다.

적어도… 이 '승수'가 참된 하나님의 말씀이라는 가정하에선… 감사하게도 그 결과는 선의 결과가 충분히 가능하다는 게… 저의 생각입니다.

우리 모두의 피승수는 너무나 고칠 게 많습니다. 우리들 자체가 악과 거짓과 위선투성이들이기 때문입니다.

그러나 가장 중요한 〈승수〉를 절대적 진리에 기반을 둔다면, 더럽고 추악하고 악한 〈피승수〉의 모습과 상황과는 관계없이, 선한 결과를 가져올 수도 있다는… 가능성은 우리에겐 정말 하나님이 주신 큰 축복이라고 생각됩니다.

그렇다고 해서 매일매일 거짓말만 하고 위선적으로 생활하다가… 주일날 교회에서만… 하나님 말씀 붙잡고… 선한 것을 기대하자고… 말하는 것은… 당연히 아닙니다.

선한 삶이 원칙이 되고 그것을 많이 축적해 놓을수록, 혹 나중에 제가 넘어지고 흔들릴 그때에도 변함없이 '선'을 생성할 수 있기 때문이라는 것입니다.

결국 콩 심은 데 콩 나고 팥 심은 데 팥 나는 셈입니다. 선을 심어 놓아야 잠깐 흔들려도 선이 계속 나올 수 있다는 말입니다.

그러므로, 부지런히 하나님의 선을 심어 놓는 생활을 합시다!

샬롬!

칵테일 파티 효과

오래전 얘기입니다. 한국의 깡촌 마을에서 농사를 지으며 때로는 산에 올라가 나뭇가지를 모아 파는 한 청년이 있었습니다. 하루는 마을 사람들이 다들 땡볕에서 땀을 흘리며 논을 가꾸고 있었는데, 일 하기 싫어 꾀가 난 이 청년이 시원한 나무 그늘에서 쉬고 싶어 슬그머니 산속으로 올라갔습니다.

한참을 쉬고 난 다음 은근히 미안한 마음이 들어, 산속에서 칡뿌리라도 캐어 가야 변명을 할 수 있을 것 같아, 근처를 두리번거리다 보니 운 좋게도 칡뿌리가 나무둥지 밑에 보이는 게 아닙니까.

옳다구나 하며 칡뿌리를 힘껏 잡아당겼는데… 아뿔싸… 그것은 칡뿌리가 아니라 호랑이 꼬리였습니다.

갑작스레 꼬리를 당기니 이 호랑이가 놀라서 어흥대며 달려들 기세입니다. 이 청년 순간적으로 기지를 발휘하여 슈퍼맨 같은 괴력으로 나무 위로 뛰어올랐습니다.

227

화가 난 호랑이가 나무에 오르려고 애쓰다가 안 되니까 나무를 흔들기 시작했습니다. 그 힘이 어찌나 셌던지 그만 그 청년이 떨어지고 말았습니다.

그런데 다행인지 불행인지 그가 떨어진 곳은 바로 호랑이 등이었습니다. 이 청년은 어쩔 수 없이 호랑이 등에 납짝 엎드려서 떨어지지 않게 호랑이 몸을 꽉 잡아 버렸고, 놀란 호랑이는 갑자기 달리기 시작했습니다.

숲속을 이리저리 달리다가 드디어 호랑이는 마을 쪽을 향해 달리기 시작했습니다.

그 모습은 가관이었을 것입니다. 사람이… 마치 타잔처럼… 이상한 소리(도와 달라는 비명 소리겠지만…)를 지르며 호랑이 등에 타고 달려가는 모습… ㅎㅎㅎ

같은 시각, 불만불평을 내뱉으며   볕에서 힘들게 땀을 뻘뻘 흘리며 일하고 있던 마을 청년들이 이 광경을 보았습니다. 그 청년 중 하나가… 잡고 있던 삽을 공중으로 홱~ 던지며 다음과 같이 소리쳤다고 합니다.

"제기랄… 어떤 놈은   볕에 땀 뻘뻘 흘리며 죽을 고생 하고 있는데, 어떤 팔자 좋은 놈은… 호랑이 등짝에 앉아… 마실 가네 그랴… 에이 씨이~~"

이 웃을 수도 울 수도 없는 광경을 보며… 우리는 묘한 감정을 느낄 수밖에 없습니다.

같은 상황이라도 사람들에게 동일하게 이해되고 동일하게 느껴질 수는 없다는 것입니다.

각자, 다 자기 나름대로의 시점이 있고 견해가 있고 생각이 있기 마련입니다.

그러므로 어떤 사건이 벌어졌을 때… 제가 보는 그 상황만이 다 가 아니다…라는 점을 염두에 두어야 할 것입니다.

하는 김에 조크 한 가지 더…

독일에는 오토반이란 무제한 속도의 고속도로가 있습니다.

어떤 벤츠를 탄 사람이 오토반 위를 한참 가고 있는데, 저 앞에 어떤 차가 멈추어 있는 것입니다. 도와주려고 친절하게 그 옆에 서고 보니, 어떤 한국인이 포니 액셀을 몰다가 차가 고장이 난 것입니다.

그래서 이 친절한 사람이, 그 포니를 자기 벤츠 차 뒤에 밧줄로 묶고 그 한국인 보고 핸들을 잘 잡고 따라오라고 했습니다.

포니에 탄 한국인이 벤츠에 끌려가다가 벤츠가 너무 속도를 내니까, 무서워서 조금 느리게 가라고 빵빵~거리며 손을 흔들어 보였습니다.

그런데 그 순간이 공교롭게도, 그 벤츠가 바로 앞쪽 옆 차선에서 조금 느리게 가던 포르셰를 피해 마악 왼쪽 fast lane으로 옮기던 바로 그 순간이었고, 이 기막힌 순간… 독일의 어떤 신문사 기자가 그 광경을 사진에 담았습니다.

그리고는 그 사진이 다음 날 사회면에 대문짝 만하게 기사와 함께 실렸습니다.

그 헤드라인은 다음과 같았다고 합니다.

"독일 오토반에서 한국 포니의 성능이 입증되다. 벤츠가 포르셰를 가로지르며 옆 차선으로 빠져 달려가는데, 그 바로 뒤에서 한국의 포니가 바짝 따르며… 길을 비켜 달라고… 경적을 계속 빵빵 누르며 벤츠를 따라붙었다!"

ㅎㅎㅎ 이거 웃어야 합니까 울어야 합니까.

포니가 무서워서 slow down하라고 빵빵 한 것인데… 다른 사람의 시각에선 앞에서 달리는 벤츠가 너무 늦다고 더 빨리 달리든지 비켜 달라고 하는… 상황으로 보여진 것입니다.

이런 시각 차이에서 오는 에피소드들이 우리들 주위에선 너무나 많습니다.

어떤 사건이 터졌을 때, 맨 먼저 들려오는 사건 개요에 우리는 일단 All In을 하고 흥분을 합니다. 그 사건의 진짜 배경이 어떻건, Other side of the coin이 어떻건 간에… 몰아붙인다… 가십에 동참합니다… 마녀사냥에 광분합니다.

나중에 그 사건의 내막이 그 반대였다고 드러나면… "Oh Well~", "So What?", "That's Life"라고 너무나 쉽게 "아니면 말고"식으로 넘어가는 게… 우리들 아닌가요.

작년에 나는 교회 관련의 false information을 듣고 나에게 연락하여 화를 내던 성도 두어 명을 경험했습니다.

무척 화가 난 어조로 나에게 따지듯이 물어 왔는데, 한 케이스는, 제가 직접 그 사건(?)의 내막을 처음부터 다 알고 있던 사람으로서, 난감할 수밖에 없었습니다.
나 자신 화가 났지만 가라앉히고 도대체 누구에게 들었냐고 물어보니… 얘기를 안 하다가 결국 그 route를 대는데… 한 사람 건너뛴 것도 아니고… 두어 사람 건너뛴 '정보'였습니다.

결국 경솔하게 판단했다고 사과 비슷한 말을 듣고 마무리가 되긴 했지만… 왜 이렇게 교회 내에서 이런… "아니면 말고"식 가십들이 많은지 궁금합니다.

굳이 얘기하자면, 그 이유 중 하나는… 우리는 듣고 싶은 말만 듣고 싶은 본능이 있기 때문이 아닐까 생각해 봅니다.

이것을 심리학에선 칵테일 파티 효과(Cocktail Party Effect)라고 합니다.

이 학설은 우리가 칵테일 파티에 가면 제가 관심 있는 사람들과… 관심 있는 말만 들리고 찾아 어울린다…라는 심리학설인데, 2012년도에는 UCSF 대학의 Edward Chang 교수진에 의해 두뇌와의 연관이 입증되었다는… 꽤 신빙성이 있는 학설입니다.

예전에 교회 레크리에이션 시간에 5명으로 구성된 세 팀을 뒤로 세워 놓고, 맨 앞 사람에게 종이에 쓰인 단어를 보여 주고, 그 뒤 사람에게 제스처로 전달하라고 하면… 맨 마지막 사람은 처음 단어와는 전혀 다른 엉뚱한 단어를 말하게 되고 우리는 그것이 재미있다고 웃은 적이 있습니다.

한번은 '×× 장로'를 보여 주었더니, 맨 마지막 사람이 '도둑놈'이라고 해서 크게 웃은 적도 있습니다.

이런 '연상' 퀴즈 같은 생활은 이제 하지 않았으면 합니다.

제가 직접 듣고 보았으면 몰라도, 이 사람 저 사람을 통해 들었다면, 위에 들은 두 가지 조크에서도 보듯이 coin에는 양면이 있다는 것을 먼저 생각했으면 좋겠습니다.

야고보서 3장에 나오는 "혀를 다스리는" 기술을 배우는 2019년도가 되었으면 좋겠습니다.

우선 나부터.

선을 쌓아야 한다!

위험한 상황에서 어떤 사람이 나를 이해해 주고 제가 도움을 받았을 때의 기분을 아십니까?

인터넷에 공유된 어떤 포스팅을 보며 문득 나의 과거의 한 에피소드가 생각납니다.

제가 30대 초반이었을 때… 그 당시 IBM에 근무했습니다. 제가 속한 팀은 CBX(Computerized Branch Exchange)라고 하는 ISDN(Integrated Services Digital Network)의 파일럿 기술을 개발하는 부서였는데, 그곳에서 나는 Jeff라고 하는 흑인 동료를 만났습니다.

난 그 친구랑 급격히 친해졌습니다. 난 왠지 흑인들이랑 잘 어울렸습니다. 그들은, 적어도 제가 느끼기엔, 마음이 단순했고 착했고 숨기는 게 없는 듯했습니다. 그리고 그들의 (인간적, 음악적) 정서가 나에게는 맞기도 했고.

제프와 나는 같이 출장도 가고 Lab에 남아서 같이 일도 하고… 가끔 같이

LA 한인타운에 가서 육개장과 갈비찜을 먹기도 할 정도로 친해졌습니다.

한 가지 그 녀석의 흠이라면 ㅎㅎㅎ 좀 말하기 뭣하지만… 이쁘고 날씬한 여자만 지나가면… 진짜 노.골.적.으로 고개를 휙 돌려 쳐다보는 이상한(?) 습성이 있어서 제가 당황한 적이 한두 번이 아니었습니다.

어떨 땐 한술 더 떠서 회액~ 하며 휘파람까지 불어 제끼는데, 나는 창피해서 모른 척 떨어져서 재빨리 걸어가는데, 슬쩍 뒤를 돌아보면 어느 틈엔가 제프가 그 여자랑 마치 오랫동안 알고 지내던 친구인양 다정스레 웃으며 얘기를 나누고 있는 불가사의한 그 연애 달란트(?)에 놀란 것이 한두번이 아니었습니다. 여자 꼬시는(?) 건 저렇게 과감하게 해야 하나… 하고 나 나름대로 심각하게 생각해 보기도 하였습니다.

그때 우리 팀은 Brick이라고 별명이 붙은 무선통신 연락기기를 가지고 다니며 팀원끼리 연락을 하곤 했습니다. 생각해 보라… 그때가 30여 년 훨씬 전이었는데… 그때는 스마트폰도 없었고…
다른 지역의 사람들과 대화를 할 수 있는 방법은 전화를 하든지 아니면 무전기를 이용하는 방법밖에 없던 시절입니다.

그러나 그 당시 세계 기술의 상징이었던 IBM의 우리 팀들은 Brick(벽돌 같이 생겼다고 해서…)이라는 첨단 통신 기기를 사용했었는데, 이 장비는 미국 어디서나 쌍방 대화가 가능한 것은 물론, 기기를 통해 본부의 데이터베이스에 연결하여 여러 정보를 retrieve할 수도 있고, 파트도 오더하고 트래킹할 수 있고, 지금 우리가 자유롭게 하는 (그 당시에는 혁신적인) 문자까지 할 수 있는 기능도 있었습니다.

제프와 나는 친했기 때문에 농담까지 스스럼없이 하곤 했습니다.

어느 날 퇴근 후 저녁 무렵… 출장 간 제프와 제가 브릭을 통해 (문자) 대화를 나누다가, 진한 농담이 시작되었고 제프가 나보고… 너희들 한국 인들은 왜 눈이 그렇게 작냐~로 시작된 장난에… 나는 너희들은 왜 그렇게 입술이 두껍냐~로 대응이 되었고… 재미난 듯 설전이 한동안 진행되었습니다.

다음날 회사로 가 보니… HR로 오라는 메시지가 와 있었습니다. 이상한 느낌이 들었지만 HR로 갔습니다.
그곳에는 HR 매니저와 보안감찰부 매니저가 나를 기다리고 있었습니다.

결론적으로 말해 보자면 ㅎㅎㅎ IBM에선 자체 (통신) 내부 감사를 random하게 실시하는데 당연히 이 브릭 통신 메시지도 가끔 무작위로 capture하곤 하는데(난 그 당시 몰랐음)… ㅎㅎㅎ… 마침 제가 제프에게 "너희들은 왜 그렇게 입술이 두껍냐~"라고 한 바로 그 챗 대목이… 캡쳐가 되어 버린 것입니다.

아시는 분은 아시겠지만, 미국 회사에선 성희롱과 인종차별의 언행은 즉시 해고당합니다.

제가 그 상황이 되어 버린 것입니다.

눈앞이 까맣게 변하고 두려움이 닥쳤습니다. 제가 미국까지 유학 와서 열심히 공부해서 감사하게도 많은 지원자들을 제치고 IBM에 입사를 하여 동료들도 부러워하는 최신 기술팀에서 잘 근무하고 있는데… 이게 웬 날 벼락이란 말인가 등등… 별의별 생각을 다 해 보았습니다.

나름대로 변명을 해 보았습니다.

이것은 단순히 친한 동료들 간의 농담입니다. 그리고 가능하면 그 챗 로 그를 한번 책업해 보라… 제프도 나에게 같은 농담을 했다… 그것도 먼 저… 등등 변명을 했지만, 일단 캡처된 부분이 이슈가 되기 때문에… 곧 제프랑 연락해서 그의 느낌과 의견을 듣고 참고로 해서… 최종 결정을 하 겠다…라고 통보를 했습니다.

잘 모르실 분들이 많으실 것입니다. 이때의 감정은… 정말 세상이 무너 지는 듯한 느낌입니다.
빡세게… 당연히… 기도를 했습니다. ㅎㅎㅎ 제프에게 슬쩍 연락을 시 도해 보았지만… 당연히… 나의 communication은 일시 disable되어 있었 습니다.

일이 손에 안 잡히던 점심 무렵… 회사 phone으로 출장 간 제프에게서 전화가 왔습니다.

받자마자 제프가 하는말… "C'mon bro~ You owe me a big one!"

오 주여~

제프가 감찰원들에게 그날의 상황을 잘 설명해서… 그냥… 없던 일로… 된 것입니다.

그리고 그다음에 안 사실이지만 그 감찰원이 그날의 dialogue를 다 확인한 결과… 그냥 단순한 동료들 간의 농담 섞인 대화였음…이라고 결론을 내렸다는 것입니다.

또 한 번 빡센 감사의 기도를 드린 것은 물론입니다.

무지 무지… 소중한… 교훈을 나는 그날… 얻은 것입니다. 말 한마디에 나의 career가 사라질 뻔했던 사건이었습니다.

만일 제프가 그때 조금이라도 (나의 농담에) 나쁜 감정을 느꼈었다고… 얘기했었어도…나는 즉시로 Fire당했을 상황이었습니다. Oh My God!

이틀 후 제프가 출장을 마치고 돌아왔고, 나는 그를 모시고(?) 그가 잘 먹는 육개장을 마치 왕에게 바치는 수라상처럼… LA 한인타운의 근사한 레스토랑에서… 극진히 대접하였습니다.

모든 일은 즉시 효과를 보는 게 아닙니다. 효과를 보기 위해선, 열매를 맺기 위해선, 그 전에 물밑작업이 필요합니다. 그 전에 시간과 노력이 필요합니다. 제가 누구의 도움이 필요하다고 해서, 그 즉시 그가 나를 믿고 나를 위해서 도움을 줄 확률은… 무척 희박합니다.

오랫동안 우정을 쌓고 오랫동안 대화를 나누어 신뢰를 쌓아 놓아야만, 어려울 때 더 이상 설명과 변명을 하지 않아도, 그 사람들은 나를 도와줄 것입니다.

쌓은 대로 거두는 법입니다. 쌓지 않고 거두는 법은 없습니다.
베드로 전서 3장 13절에 "또 너희가 열심으로 선을 행하면 누가 너희를 해하리요"라는 귀중한 말씀이 나옵니다.

우리 크리스천들이 두루두루 나의 이웃과 나의 동료들에게 선을 쌓아야 하는 이유가 될 것입니다.

그래서 그런지 나는 크리스천으로서 가장 중요한 한 가지를 들라면, 울고 불고 기도하는 것도 좋고, 박수 치며 그리고 손을 들고 열정적으로 찬양하는 것도 좋고, 눈보라 맞으며 새벽기도 나가는 것도 좋고, 철야 기도로 밤을 새는 것도 좋고, 교회를 위하여 큰 헌금하는 것도 좋고, 사업 정리하고 선교 나가는 것도 좋지만, 그저 우리의 주위에 있는 가족들, 친구들, 이웃들 그리고 거리에서 만나는 모르는 사람들에게… 화난 듯한 인상 쓰지 말고 웃으며 다가가고, 바쁜 듯이 모른 척하지 말고 기쁜 듯이 어려움을 도와주고, 뒷전에서 눈치만 보지 말고 적극적으로 이웃들과 어울려서 나의 선한 모습을 보여 주는 것이… (적어도 내 생각으론) 가장 중요한 첫 걸음이 아닌가 생각해 봅니다.

그리고…
그리고…
더 중요한 것은…

요놈의 "입"… 재갈을 잘 물려야 한다는 것입니다!

모두들 합죽이가 됩시다… 합!!!

랜디를 통해 배운 감사함!

얼마 전 제가 살고 있는 Broomfield 시에서 Mail이 하나 날아왔습니다. 다름이 아니라 Water meter를 새걸로 upgrade해야 하니까 appointment 를 하라는 것입니다.

여러 사정상 예약도 안 하고 미루었더니 두번째 Notice가 오면서 이것 은 선택사항(Optional)이 아니고 반드시 해야 하는(Mandatory) 작업이라 는 것입니다.

뜨끔하여(?) 예약을 하고 바로 어제 그 작업이 있었습니다.

작업이래야 ㅎㅎㅎ 겨우 30분 정도 걸리는 간단한 교체 작업입니다. 그 런데 그 전날 눈이 펑펑 온 데다가 기온이 거의 (화씨) 4-5로 내려가서, 혹 시 이 친구들이 Cancel하려나 했는데, 정확하게 10시 조금 넘어서 온 것입 니다.

땡동~ 해서 문을 열어 주니 작업복을 입은… 제가 보기엔 50살이 넘어 보이는 아저씨가 보였습니다.

들어오라고 하니, 눈이 묻은 신발을 (정성껏) 탈탈~ 터는데… 차마… take off your shoes라는 말을 할 수가 없어서… 헌 수건을 주며 이걸로 한 번 더 닦았으면 좋겠다…라고 하니… Sure thing! 하며 잘 닦았습니다.

장비를 들고 지하실로 내려가… Water Main(상수도 본관?)이 있는 방으로 안내했습니다.

우리집은 지하실에 방이 3개가 있습니다. 두 방은 bed room이고, 한 방은 Multi-purpose 방으로 만들어 자질구레한 악기들(드럼, 봉고, 잠베이, 색소폰, 건반, 기타 등)과 미디어 기기(믹서, Post-editing workstation, Mic, PC 등)들이 있는데, 한쪽 코너에 조그마한 door를 만들어 밖에서 상수도가 들어오는 Water Main 컨트롤하는 미터가 위치하게 만들어졌습니다.

일단 작업하는 동안 심심치(?) 않게 이 얘기 저 얘기 일부러 하면서 그 아저씨 옆에서 하는 과정을 지켜보았습니다.

이 사람이 속한 회사는 미국 내에 여러 주와 contract를 맺어, 전문요원들을 각 주로 보내어 미터기 교체를 하는 것인데, 이 Randy라고 하는 사람은 뉴저지에 원래 사는데 이 job을 하기 위해 여러 주를 돌아다니는 중이었다고 합니다.

새로 교체되는 water meter는 놀랍게도 정기적으로 RF 시그널을 공중으로 쏘아 올리는데, 이것이 정기적으로 Satellite에 의해 intercept가 되어, 한 달에 이집이 얼마나 물을 썼는지를 collect하게끔 만들어진 최신 기술이라고 합니다.

이런 기술에 대해 전혀 문외한인 척하며… 때론 놀라운 표정을 지어 가며 물어보니, 기세가 등등(?)하여 speech를 시작했습니다.

이 기술은 첨단 기술로, 이제는 더 이상 인력이 차를 타고 동네를 돌아다니며 meter를 Scan하는 옛날(?) 방식에 혁신적인 변화를 가져온다며… 마치 CIA 국장이 트럼프에게 심각하게 설명하듯… 나에게 브리핑을 합니다.

나도 연기파 배우(?)인지라 때론 고개를 끄덕이며, 때론 놀라는 표정과 제스처를 지어 가며, Hollywood Action과 과장된 연기를 보이며… 그가 자랑스럽게 기쁘게 작업을 깔끔하게 자알~ 마칠 수 있도록, 나름대로의 작전 아래 그와 30여 분을 같이 보냈습니다.

일을 다 마치고 점검까지 끝난 다음, 그 방을 나오려는데 그가 뜬금없이 물었습니다.

"Are you a musician?" 오 마이 갓~ 드디어 일이 벌어졌습니다.
원 작업은 30분에 끝났는데… 그 이후의 우리들의 대화는 약 1시간 이상 더 진행되었기 때문입니다.

이 친구 원래는 밴드에서 활약하던 Musician이었는데, 밴드 활동이 뜸해지고, 생계는 유지해야 해서, 잠깐 이 분야 training을 받고 나서, Meter

Technician이 되었다는 것입니다.

  이 친구의 전공(?) 은 일렉 기타인데, 자기 말로는 베이스, 건반, 드럼까지 한다고 합니다.

  놀라는 표정을 제가 지으며, 나는 조그마한 교회에서 성가대 지휘하며 찬양팀 리드하는 정도의 약소한 기본 기량밖에 없다고 겸손한(?) 모습을 보이자… 다시 또 근자감이 솟구치는지… 왕년의 자기 활동을 얘기하기 시작했습니다.

  상황을 보니, 찬물은 끼얹을 수 없고, 계속 띄워 주자니 앞으로 1시간 이내에 끝날 것 같지가 않고 해서… 일단 그에게 자랑을 통한 만족감을 줘야 일이 빨리 끝날 것 같아서…

Wow… Awesome… you're a musical genius… would you kinda show me some of your skills if possible?

  했더니만, 단박에 곁에 있던 기타를 집어들었습니다.

  (제가 아마추어와 프로의 차이점 중에 하나가 바로 이것이라고 생각하는데… 그는 놀랍게도 기타 연주 전에… 내 기타를 간단히 튜닝하기 시작했습니다. ㅎㅎㅎ He's a Pro!!!)

그런 다음 약간 준비를 하더니만 기타를 치기 시작하는데, 어디서 많이 들던 곡이라고 생각하는 순간… 노래까지 부르는데… 제가 좋아하는… Eric Clapton의 Layla였습니다.

ㅎㅎㅎ 노래는 별로인데… 기타 솜씨는 뺑이 아니다, 손가락 놀리는 솜씨가 장난이 아니다… 아직 녹슬지 않았어! 저 정도 실력이면(연습 없이 노래까지 하며 연주하는)… 쌓아 놓은 내공이 엄청 깊다는 것입니다.

그러니까 사람은 겉모습으로 판단해선 안 되는 법입니다. 허수룩한 모습에 덥수룩한 수염과 뺑모자까지 쓴 그를 누가 이 정도 실력을 갖춘 뮤지션으로 생각하겠습니까… 그저 생계를 유지하러 나온 평범한 테크니션으로 알지.

연주 도중… 드럼까지는 거창할 것 같아… 곁에 있던 봉고로 제가 협주(?)를 거들었더니… 고개를 끄덕이며 더 신나게 연주를 합니다.

연주를 끝내더니… 슬쩍 눈치를 보고는 나보고… 곁에 있던 색소폰을 가리키며 불 수 있냐고 했습니다.
색소폰 손 놓은 지가 10년이 넘기에 자신이 없어서… Sorry, maybe next time 했더니… 실망한 듯 포기합니다.

이게 웬 말입니까. 미터 교체하러 온 사람이 작업은 딸랑 30분 하고 나랑 session을 한 시간째 하고 있으니… 아마도 제가 계속 협조(?)를 해 줬으면 아마… 그날 그 지하실 미디어 방에서… 거대한 잼 세션이 진행되었으리라 생각합니다.

계단을 올라가며 제가 물었습니다.

Do you go to church?

그가 잠시 걸음을 멈추었습니다.

My father was a pastor.

이상합니다. 제가 만난 많은 음악 분야 종사자 특히 연주자들이 거의 다… PK들입니다.
Pastor's Kid.

그러면서 교회 안 나간 지 오래되었다고 합니다.
그러면서 나보고 Music Pastor냐고 어이없이 묻습니다… ㅎㅎㅎ 어딜 봐서 제가 Pastor 같았는지.

문 앞에서 작별을 하며, 제가 한마디 했습니다.
You should now use your musical talent for the Lord!

그가 고개를 끄덕인다. 돌아서 나가는데 왠지 측은해 보였습니다. 적지 않은 나이에 이 추위에 이 Job을 위해 타주를 돌아다니며 궂은일을 하는데… 왠지 (제 생각에) 혼자 사는 것 같고… 자기가 좋아하던 음악도 계속할 수 없고… 얼굴에 미소가 없는 걸 봐선… 분명 행복한 삶은 아닐 수도 있다는 생각 때문입니다.

그가 고개를 끄덕인 게… 이제 다시 교회에 나가겠다는 것인지 그냥 고맙다는 것인지는… 나는 모릅니다. 그러나… 그가 교회에 나가서 신앙을 다시 회복을 하고… 자신의 탈랜트를 주를 위해 기쁘게 행복하게 쓸 수 있다면 얼마나 좋을까… 생각해 보았습니다.

그것에 비추어 보니… 나는 얼마나 행복한 남자인가…라는 생각이 들었습니다.

솔직히 크게 내세울 것이 없는 제가… 나름대로의 나의 여러 달란트를 값지게 그리고 행복하게 주를 위해 사용할 수 있다는 건… 너무나 감사할 제목이 됩니다.

우리가 장례식에 가면 그것을 계기로 마음에 평안과 위안을 얻고 제가 더 진실되게 살아야겠다는 다짐을 하게 되듯이, 어제 Randy라는 친구를 통해, 다시 한번 나의 나 됨… 나의 현재의 모습을… 하나님께 감사하게 된… 값진 episode의 하루였습니다.

그래서 하나님은 때로는 사람들을 통해서… 제가 가진 감사의 제목들을… 깨닫게 하시는가 봅니다.

Thank you, Lord!

이열치열의 정신(?)

〈이열치열〉이란 말이 있습니다. 열은 열로써 다스린다…라는 말인데 매우 일리가 있습니다.

승진 시험에 떨어진 사람에게 기분 풀자며 밖으로 데려 나가 신나게 놀아 준다.

헤어진 연인을 잊으라며 새 사람과의 만남을 주선해 준다.

가족이나 친구를 사고로 잃은 사람에게 기분 풀자며 클럽에 데려간다.

우울증에 빠져 있는 사람에게 신나는 음악이나 록 뮤직을 틀어 준다. 등 등등.

한마디로, 처해진 상황의 반전을 목적으로 그 상황과 정반대인 상황을 '인위적'으로 만들려는 시도들입니다. 이것은 일시적인 효과는 있을 수 있지만 거의 대부분 공허함을 덤으로 남기며 실패로 돌아갑니다.

승진 시험에 떨어진 사람에겐 "제기랄 너 같은 사람이 떨어지면 우리는 어떻게 하라는 말이냐"며 대신 울분을 토로해 주어야 합니다.

248

연인과 헤어진 친구에겐 "에이씨… 너같이 자상하고 잘해 주는 사람이 싫어서 간 걸 보면 원래 인연이 아니었나 보다"라며 오히려 잘됐다고 같은 편에 서 주어야 합니다.

가족이나 친구를 잃은 사람에겐 "이게 웬일이냐"며 소리내어 꺼억~ 꺼억~ 같이 더 슬프게 울어 줘야 합니다. 우울증에 빠져 있는 사람에겐 모차르트의 레퀴엠 7번 라크리모사(눈물의 날)나… 차이코프스키의 비창을 듣게 해서 더 "우울"하게 만들어 주어야 합니다.

그러면 〈이열치열〉의 놀랍고도 신비로운 힘이 나오기 때문입니다.

아이러니컬 하게 들릴지 모르지만 "초상집에 가는 것이 잔칫집에 가는 것보다 낫다"라고 성경(전 7:2)이 말하고 있습니다. 물론 이 말은 모든 사람들이 결국 이와 같이 죽을 것을 알고 이 초상집에서 교훈을 얻으라…라고 하는 말이지만, 슬픈 상황에 자진하여 들어가 보는 것도, 이득이 있을 수 있다는 말로도 해석해 볼 수 있습니다.

때로는 새로운 힘과 반전의 동기를 얻을 수 있으니 이것이야말로 이열치열의 파워가 아닌가 싶습니다.

우리는 슬프거나 아프거나 처지가 나빠지면… 그 자체가 불행이고 그 자체가 화가 나고 그 자체가 나쁜 것으로 압니다. 그러나 이것은 우리 〈인간〉의 시각에서 본 관점입니다.

하나님의 관점은 전혀 다릅니다. 인생사의 이모저모는 당연히 좋고 나쁜 것들의 Mix가 될 수밖에 없습니다. 그게 인생이고 그것을 우리는 바꿀 수 없습니다.

오직 바꿀 수 있는 것… 제어(Control)할 수 있는 것이 있다면…그것은 인생사를 대하는 우리의 "마음" 혹은 "자세"일 것입니다.

한 걸음 더 나아가 우리는 걱정 근심의 노예들입니다. 잘 알듯이 모든 걱정 근심의 95% 이상은 걱정해도 해결할 수 없거나, 일어나지 않을 수도 있는 것들입니다.

거기다가 예전에 이미 벌어져서 지나간 사건까지 기억해 내며 걱정, 근심, 통탄, 후회하는 것이 우리 인간들입니다.

운동 선수들이 슬럼프에 빠질 때면 유능한 코치들이 어김없이 거치게 하는 과정이 있습니다.

바로 "기본기" 훈련입니다. 기본기를 다시 훈련한다는 것은 불난 데 부채질하는 것이나 다름없습니다.

꼭 집어서 슬럼프의 원인을 빨리 가려내고 그것만 교정해 주면 될 텐데… 정말 이열치열인지… 불난 집에 부채질하는 건지… 아예 더 내려가게 해서… 맨 밑바닥에서부터… 〈기본기〉로 다시 훈련을 시키는 것입니다.

그런데 그것이 정말 효과가 있습니다. 마음도 자신감을 회복해야 하고 몸도 다시 혼동되었던 기본기를 확인할 시간이 필요하기 때문입니다. 그러다 보면 자연적으로 자신의 기량이 회복되게 됩니다.

미국 속담에… "Keep a low profile"이라는 말이 있습니다.
여러 상황에 쓰이는 말이지만… 상황이 안 좋을 때나 위험할 때… 나서지 말고… 가만히 몸을 낮추고 다음 기회를 기다리라는 말입니다.

당구 칠 때도 "한 큐"에 잡는다며 폼잡고 설치는 것보단, 한 점 한 점 착실히 점수를 올리는 게 낫습니다.
여름철에 덥다고 설치며 냉동실에 들어갔다가 바깥에서만 여는 문이 잠겨 실지로 동사한 사람들도 있습니다. 찜질방에서 불가마에 지가 들어가서 폼잡고 앉아 있다가 지가 후다닥 나와서 몸이 탄다고 얼음물에 들어가는 순간 심장마비로 병원에 실려간 사람도 실지로 있습니다.

더울 때 땀 흘리며 조깅하거나, 추운 겨울에 겨울 바다 구경하러 나가는 사람들이 마냥 '미친' 사람들만은 아닐 것입니다. 더울 때 에어컨 밑에서 빙수 먹는 사람과 추울 때 따뜻한 아랫목에서 고구마 먹는 사람들이 가진 이유만큼이나 더 근사한 이유가 〈이열치열〉하는 사람들에게도 있을 수도 있다는 점을 생각해 보았으면 합니다.

인생을 살다 보면 가끔 〈이열치열〉의 자세가 필요합니다.

이열치열은 결국 자신을 다스리는 기술입니다. 자신을 낮추고 채찍질하는 자세입니다. 이열치열 다음엔 반전이 옵니다.

제가 알던 예전에 유명했던 가수 모 집사께서 같이 활동했던 모 합창단 시절에 저에게 자신의 부끄러운 부분을 얘기하시면서, 자기가 실수로 불륜을 저질렀는데 교회에서 알고 근신 처리를 했다는 것입니다. (이 같은 경우 대부분 교회를 즉시 떠납니다)

그런데 치욕의 과정이겠지만, 그는 그 교회에 남아 있기로 결단을 했고, 회개하고 밑바닥까지 내려가서… 2년을 근신한 결과… (들리는 말에 의하면) 지금은 신앙을 완전히 회복하시고 존경받는 장로로 시무하신다는 얘기를 들었습니다.

이런 사람이 몇 사람이나 되겠냐마는, 때론 자신을 오히려 더 채찍질하고 더 낮추고 하는 가운데 놀라운 인생 반전의 역사를 보여 준 사람들이 분명히 있다는 것을 얘기하고 싶습니다.

우리가 살다 보면 때론 어렵고 힘든 상황에 닥칠 수 있습니다. 도망가지 말고 꾀 부리지 말고 변명하지 말고 약은 수 부리지 말고 요행 바라지 말고, 끝까지 나의 마음 속에서 이열치열로 더 내려가 보았으면 어떨까 합니다. 분명히 그 바닥이 있을 것입니다. 그다음은 오직 다시 올라갈 일밖에 없습니다.

바닥에 내려가서 다시 올라가는 그 치욕과 어려움이 싫어서 우리는 이것저것 묘수를 생각해 내고 수단 방법을 다해 상황을 모면하려고 할 것입니다.

그러나 정말 때로는, 예수님께서도 보여 주신, 자신이 절대 딴 맘 안 먹게… 아예 자신을 빠져나올 수 없게… 밑바닥까지 떨어지게 하셔서 〈이열치열〉의 정신(?)을 보여 주신 것같이… 우리도 한번 이열치열 정신을 시도해 본다면… 깜짝 인생 반전이 있을 수도 있지 않을까… 생각해 봅니다.

언행일치

몇 가지 버전이 있지만 제가 들은 에피소드는 다음과 같습니다.

미국 서부시대 때 한 남자가 한 여자를 사랑하여 드디어 결혼식을 올리는 날이 되었는데, 그날 아침 누구에게서인가 전보(telegram)를 받게 되었습니다.

지금이야 전화도 있고 텍스트 문자도 자유롭게 주고받을 수 있지만, 1800년도에는 그래도 제일 빠르고 경제적이고 효율적인 communication 방식이 telegram이었던 모양입니다.

사연인즉슨, 이 남자와 오랫동안 대화를 끊고 있었던 남자의 아버지가, 망나니처럼 방황하던 아들의 결혼 소식을 전해듣고 마음속으로 고민을 많이 하다가, 그래도 아들인데 하며, 큰 맘을 먹고 아들의 결혼을 축하하고 축복해 주려는 마음으로, 가장 빨리 메세지를 보낼 수 있는 telegram을 이용해 메시지를 보냈던 것입니다.

아버지는 독실한 크리스천이었는데, 성경구절의 내용을 다 보내면 telegram 값이 너무나 비싸기 때문에 그냥 그 구절의 장과 절만 보내기로 하고, 담당자에게 1 John 4:18(요한일서 4장 18절)을 보내 달라고 요청했습니다.

알다시피 요한일서 4:18절은 "사랑 안에 두려움이 없고 온전한 사랑이 두려움을 내쫓나니…"로 시작하는 사랑의 힘을 강조하는 아름다운 구절인데, 담당자가 성경 지식이 없어서인지 그만 John 앞에 붙는 "1"을 생략하고 1 John(요한일서) 4:18 대신 John(요한복음) 4:18로 보내 버렸습니다.

식장에서 하객들 앞에서 아버지의 축사를 낭독하려고 성경을 펴서 요한복음 4:18을 읽어 보니… "너에게 남편 다섯이 있었고 지금 있는 자도 네 남편이 아니니…"로 시작하는 기막힌 구절이 나왔습니다.

식장이 묘한 분위기로 변하였다는… 아마도 그냥 지어낸 조크 일 것입니다. 글 한 자 차이도 이렇게 중요하지만 말 한마디 차이도 이에 못지않게 중요합니다.

옛말에 "말 한마디로 천 냥 빚을 갚는다"라는 속담이 있습니다.
말 한마디에 살고… 말 한마디에 죽는 케이스도 수두룩합니다.

밤에 자다가 실수로(?) 잠꼬대 중에 딴 여자 이름 불렀다가 결국 이혼한 부부도 있고 뒤에 사장이 서 있는 줄도 모르고 동료들에게 영웅심(?)을 자랑하듯 사장 욕 하다가 잘린 직장인도 있습니다.

반대로 어렵지 않은 말 한마디 때문에 큰 이득을 본 사람들도 저는 많이 봤습니다.

〈삶을 바꾼 말 한마디〉라는 좋은 글 모음을 우연히 읽어 보니 다음과 같은 말들이 적혀 있습니다.

'수고했어'라는
말 한마디가 피곤함을 씻어 주고,

'고마워'라는
말 한마디가 새 힘을 얻게 하며,

'괜찮아'라는
말 한마디가 부담을 덜어 주고,

'사랑한다'는
말 한마디에 무한한 행복을 느끼고,

'고생한다'는
말 한마디에 힘든 줄 모르고,

'잘한다'는
말 한마디에 어깨가 으쓱해지고,

'행복하다'는
말 한마디에 자부심이 생깁니다.

좋은 말 한마디… 비싸지도 않은데… 많이 자주 해 보도록 했으면 합니다.

그런데 이왕이면 말을 할 때 상대방과 같은 마음으로 같은 처지에 서서… 말을 해 준다면 그 효과는 더 클 것입니다.

옛날 이조 시대에… 남자와 혼인을 한 지 겨우 3년도 안 되어 과부가 된 여인이 있었습니다.
그 당시는 과부가 된 여인이 큰 이변이 없는 한, 평생을 과부로 수절도 하는 풍습이 있었는지라, 이 여인의 절망은 말할 수 없이 컸을 것입니다.

몇날 며칠을 식음을 전폐하고 주위에서 "시간이 지나면 다 잊어진다", "애도 없으니 큰 걱정은 없지 않느냐", "남편이 물려준 돈으로 걱정없이 살 수 있지 않느냐", "우리가 도와줄 테니 아무 걱정 말아라" 등등… 그 어떤 위안과 위로의 말을 해도 듣지 않던 이 여인이… 웬일인지 인근에 사는 어떤 할머니의 말을 듣고 나서… 마음에 평온을 찾고… 정신을 차렸다는 얘기가 있습니다.

나중에 물어보니 그 할머니가 딱 한마디 했다고 합니다.

"니 3년 만에 과부 되었다고 슬퍼한다고 했다지… 이것아 나는 혼인 3일 만에 청상과부 되어 지금까지 50년 수절했어~"

나랑 아무 연관되어 보이지 않는 사람이 아무리 듣기 좋은 말로 나를 위안해도 그 말은 형식적으로 그냥 흘러가 버리는 〈남〉의 말처럼 들릴 수 있습니다. 그러나 나와 같은 처지의 사람이 하는 말 한마디는… 나에게 결정적인 영향을 끼칠 수가 있습니다.

그래서 과부에게는 과부를 보내야 하고, 신세타령하는 전과자에겐 전과자 과거를 딛고 일어난 사람이 가야 하고, 가난한 서민에겐 가난한 서민 출신 국회의원의 말이 먹히는 법입니다.

교회 전도도 비슷한 맥락으로 생각해 볼 수 있습니다.
복음에 대해 아무것도 모르는 사람들에게 어떤 교리와 이론이 들리겠습니까?

무조건 우리 쪽으로 오라며 파워풀한 메시지만 던져 주는 것보단, 과부가 과부를 찾아가듯 우리가 그들의 처지를 이해하며 행동으로 보여 주는 것이 중요할 수도 있습니다.

Powerful한 메시지인 "예수천당 불신지옥"이 그 어느 시기엔 통했습니다. 그 통한 이유가 뭐라고 생각하십니까?

그때에는 아무리 개망나니 깡패들이나 꼭지가 돌아간 술주정뱅이나 세상 불만 충만한 반사회적 인간들이라도… 교회 근처에 가면 자연적으로 몸을 추스리고 언행에 조심하던… 때였기 때문입니다.

비록 복음을 이해 못 하고 하나님의 존재를 믿지 않았어도, 교회 지도자들에게 거만하게 대드는 사람이 드물었던, 성도들의 언행이 일치하고 복음의 명령과 실행이 일치하던 때였습니다.

지금은 어떤가요?

전철에서 두 아줌마가 쌍욕을 하며 싸우니까 어떤 할아버지가 견디다 못해 일어나서 나가며 하신 말씀이랍니다. "예끼 이 사람들아… 여기가 무슨 교회인 줄 아나 소란 피우며 싸우게"

교회의 인격적 윤리적 신뢰도가 땅에 떨어진 시기에 우리가 살고 있습니다. 물론 사탄의 차근 차근한 〈전략〉 덕분입니다.

이 시기에… 우리는 아직도 〈예수천당 불신지옥〉으로 승부를 걸 수 있을까요?

그 말을 강력하게 담대하게 할 수 있을 정도로 그 말을 외치는 사람의 생활 속에서의 그의 언행이 그의 믿음과 일치할까요?

한때 강력했던 그 말은… 이제는 이론적인… 상투적인… 형식적인… 말로밖에는… 세상 사람들에게 들리지 않을지도 모릅니다.

그 이유는 그렇게 하라는 '말'과 그렇게 하라는 사람의 '행동'이 일치하지 않기 때문입니다.

Where is the Beef?

1984년도에 유명한 Fast Food 체인인 Wendy's에서 시작된 이 Catch Phrase는 이내 미국 전역에서 강력한(정치적인) 메시지가 되었습니다.

이 말의 Hidden Message는 "Where Is the Substance of Your Statement?"입니다.

즉, 당신이 말하는 그 아름답고 훌륭하고 멋진… 그 생각이나 말의… '눈에 보이는' 증거는 무엇인가라는 말입니다.

전도하는 자들의 언행이 일치하는가? 교회에선 거룩한 성도, 집에선 세속적인 사람… 교회에선 선량한 장로, 집에선 무절제한 사람… 교회에선 솔선수범하는 집사, 집에선 나태한 사람… 교회 일엔 희생적인 성도, 집안 일은 나 몰라 인간…

Who are these people? Do we call them Christians??

과부가 과부를 찾아가는 Relate된 삶… 그것은 행동이 말을 찾아가는 삶입니다. 말과 행동이 같이 일치하는 삶입니다.

그런 곳이라면, 한마디의 말이… 한마디의 위안이… 한마디의 전도가… 큰 결과를 낳을 수 있는 곳이라고 생각됩니다.

그것이 상실된 이 시대에, 이제 다시 시작해야 할 일은… 〈언행일치〉를 회복하는 것입니다.

특히 크리스천들의 언행일치!

Living Faith

저는 저의 〈믿음〉이 절대적으로 변치 않는다고… 말할 수 없습니다.

여기서 제가 말하는 믿음이란 하나님에 대한 믿음을 말하는 것이 아닙니다.

그 자체가 흔들린다면 믿음이라는 주제에 대해 논할 자격조차 없을 것입니다.

말씀을 "Said Word of God"라는 Logos 와 "Saying Word of God"라는 Rhema로 설명할 수 있듯이, 믿음에는 "Saving" Faith와 "Living" Faith가 있습니다.

일단 관문은 Saving Faith입니다.

이 관문을 통과해야 목적지로 향할 수 있습니다. 이 관문 밖에 있는 모든 사람들은 그들이 무슨 일을 하든… 어떤 다른 믿음을 가지고 따르든, 우리가 향하는 그 목적지에 갈 방법은 없습니다.

많은 관문 밖의 사람들은 우리가 가는 그 목적지에 도달할 수 있는 다른 길들이 허다하다고 열변을 토하고 있습니다.

실지로 그 말을 듣고 관문 바로 앞에까지 왔던 사람들이 다시 다른 길을 택하여 가는 사람들도 많이 있습니다. 그러므로 이 관문을 통과하는 것은 생과 사를 가르는 일임이 분명합니다.

그런데 참 오묘하신 하나님은… 들어온 이 관문 안에 목적지를 바로 두지 않으시고, 멀찌감치 목적지를 두시고 이 관문을 통과한 성도들에게 이제 "진짜" 여정을 다시 시작하라고 하십니다.

이 여정 속에서 하나님은 우리들의 Living Faith를 한번 보시겠다는 것입니다.

기대 반 호기심 반으로 이 관문 안에 들어온 사람들 중 일부는 실망과 의문을 품게 됩니다.

그러나 어쨌든 우리는 이 여정을 계속해야 합니다.

이 여정을 계속하면서 제가 어떤 생각을 하든 어떤 행동을 하든… 이 여정의 무리들을 제가 따라만 간다면 나는 목적지인 그곳에 무사히 도달할 수 있습니다.

그런데 이 여정이 무척 복잡합니다. 절대 만만치 않습니다. 목적지에 대한 확신이 빵빵해도 제가 가는 길이 맞는 길인지 헷갈리기도 하고 내 생각대로 방황하기도 합니다.

가끔 우스갯소리로 "당신에게 누가 총을 들이대고 예수 믿냐? 믿는다고 하면 너를 죽일 것이고, 안 믿는다라고 하면 그냥 살려 줄 것이다!"라고 한다면 어떤 대답을 하겠느냐라는 질문을 들을 때가 있습니다.

성경에 베드로라는 제자가 나옵니다. 예수님의 부르심에 즉각 가족과 생업을 버리고 주를 따라 나선 12제자 중의 수제자입니다.

그의 이름을 예수님께서 직접 '게바'라고 개칭하여 주실 정도로 믿음의 반석이었던 제자입니다.

그는 주님의 말 한마디를 믿고 바다 위를 걷기도 했고 병든 자를 고치는 등 이적과 기사의 능력도 보여 주었던 믿음과 능력의 수제자였습니다. 그리고 우리와는 다르게, 그는 예수님을 직접 보고 만지고 경험했던 '확실한' 증거를 본 사람입니다.

그런데 주님께서 잡히시기 직전, 어떤 일이 있어도 나는 주님을 배신하지 않을 것이라고 맹세까지 했던 그가, 웬일인지… 어떻게 되었는지… 주님을 부인하고 배신을 하였습니다. 그것도 세 번씩이나 저주까지 하며.

이것을 어떻게 해석해야 할까요. 관문 안에 일착으로 당당하게 들어왔던 베드로가, 여정길에서 실족을 한 것입니다.

하나님이 일찌감치 선택하여, 하나님이 주신 능력으로 골리앗을 물리치고, 하나님의 은혜로 이스라엘 2대 왕이 되어 하나님의 마음에 꼬옥 들었던 다윗, 그가 일순간에 밧세바에 빠져 불륜과 살인을 저질렀습니다.

이것을 어떻게 해석해야 할까요. 관문 안에 모범생으로 들어와 정도만 걷던 그가, 여정길에서 실족을 한 것입니다.

그러면 우리는 다윗과 베드로보다 더 굳건한 믿음을 가지고 있을까요?

그 대답이 NO라면, 우리 모두는 역시… 언제나… 쉽게… 무너질 수 있는 존재들입니다.

예수님과 같이 동거동락하던 수제자도 무너졌습니다.

하나님이 강한 손을 직접 펼치셨던 의인 다윗도 일순간에 무너졌습니다.

이거 진짜 큰일입니다. 우리는 바람만 휘익~ 불면 무너지게 되어 있습니다. 게런티입니다. 그래서 저는 저의 믿음을 믿지 않습니다.

제가 생각하는 Living Faith의 실족에 대한 가장 큰 원인으로는… 나의 삶의 모습이 상황과 조건에 따라 변한다는 사실에 기인한다고 생각합니다.

나의 모습이 조건과 상황에 관계없이 동일해야겠지만 우리가 알다시피 그것은 불가능합니다.

그러므로 나의 다른 모습을 최소화하는 것이 제가 할 수 있는 최선책이라고 생각합니다.

예를 들어 교회에서의 나의 모습과 집안에서의 나의 모습에는 어떤 차이점이 있는가입니다.

나를 따라 주는 사람을 대할 때와 제가 껄끄럽게 여기는 사람을 대할 때의 나의 모습은 어떤 차이점이 있는지. 제가 이익을 볼 상황에서의 나의 모습과 제가 손해를 볼 상황에서의 나의 모습은 어떤 차이점이 있는지 말입니다.

이 차이점이 작으면 작을수록 제가 '실족'할 확률은 당연히 줄어들 것입니다.

그래서 일단 '초심'을 잃지 않으면 '실족'할 확률은 줄어든다는 말이 맞는 말입니다.

초심을 회복하고 상황에 관계없이 (하나님께서 나에게 주신) 나의 모습을 변함없이 유지하려는 제가 되기를 노력한다면, 기쁘고 행복한 여정이 되지 않을까 생각해 봅니다.

두고 볼 일이지만… ㅎㅎㅎ

박수 칠 때 떠나야지

장로 제도에 관해 한마디… 아니… 투정을 해야겠습니다.

언제부턴가…잠을 자고 났더니… 장로의 '종류'가 갑자기 많아졌습니다.

재미 삼아 한번 열거를 해 보자면,

무임장로,

협동장로,

피택장로,

시무장로,

사역장로,

증경장로,

은퇴장로 그리고

원로장로입니다. ㅎㅎㅎ

때가 되어 장로로 피택받아 교인들의 투표로 시무를(시무장로) 하다가
은퇴(은퇴장로)하는 게 기본 골격인데, 한 교회 안 지키고 (이런저런 타당

한 혹은 웃기는 이유로) 여기저기 둥지 틀 교회를 쇼핑하듯 옮기는 장로들을 배려하여 '협동장로'를 만들고, 어떤 연유인지 거시기한 상황에 빠진 장로들을 배려하여 '무임장로'를 만들고, 그간 수고했으니 이제 조용히 개인 신앙생활에 충실하라고 '은퇴장로'를 만들고, 아무래도 그냥 보내자니 거시기하여 뭐 하나 기억에 남을 거시기를 머리에다 얹어 주어야겠으니 생긴 게 '원로장로'고, 은퇴시키자니 아직도 제법 생생하게 써먹을 거시기가 남은 장로들을 위해 '사역장로' 만들고, 은퇴했지만 기념으로 이름이라도 교인들이 기억하게 해 주자고 만든 '증경장로' 등등…

참 다양하고도 구구절절한… 미국 교회에서는 없는… 한국인들만의 기발한… 그리고 정이 듬뿍 넘치는… 사랑의 면류관이 아닌 사랑의 감투(?)들입니다. ㅎㅎㅎ

일단 먼저 생각해 보시죠.

이 모든 제도들은 결국 교회 행정의 유익성을 위해 만들어진 것이고, 나 개인의 신앙과 하나님과의 관계와는 상관없는… '열매'가 아닌 '꽃'들입니다.

제가 장로 시무를 하다가 은퇴를 하면, 당연히 나의 '이름'과 '업적'은 그냥 기억에서 사라져 버려야 합니다. 그게 "은퇴"입니다.

은퇴를 했는데 왜 또 '증경'을 붙여서 또 기억하게 하고, '원로'를 붙여서 또 머리를 굽신거리게 하고, '사역'을 붙여서 또 개입시키는가 말입니다.

그냥 싸악~ 잊어버리게 해야 합니다.

장로까지 하셨으니 신앙이 없으신 분들도 아닐 거고, 이제부터 자기 신앙은 자기가 얼마나 자알~ 지키시며 남은 여생을 보내실 테니… 제발 제발 오바(?)하지 말았으면 합니다.

딱 끊어 버려야 합니다!

제발 뒤에서 눈치 보고 있는 젊고 역량 있는 후배들이… 이제는 좀 두각을 나타내고 소리도 좀 내고 의견도 좀 발표하고… 제발 그네들도 뭐 좀 하게 해 줘야 합니다. 왜 늙은 장로들을… 죽어라~ 죽어라~ 연결시키고 기억하게 하고… 잡아 놓고… 그 사람들의 '그림자' 속에서만 살게 만드는가요?

일할 사람이 부족해서 '사역'장로를 만든다고요? 아이고… 아이고… 일할 사람이 없다고라고라고라?? 사람 없으면 사람 옵니다. 그래도 안 오면 하나님이 하늘에서 떨어지게 하십니다. 걱정 붙들어 매세요. 사람 보내는 전문가가 우리 하나님 아니시던가요?

수고한 장로님들이니 '증경'이란 타이틀로 이름을 기억하고 존경해야 된다고라?
이제 그분들은 하나님이 기억하시고 축복 내리실 차례입니다. 여러분들이 상관할 문제가 아닙니다.

차에서 내렸으면 그냥 집으로 가세요. 이제부턴 이런저런 교회 평계로 안 했던 집안일도 거들고 부인이랑 여행도 다니시고 오붓하게 시간 좀 보내세요… 그래도 정 뭔가를 하셔야겠다면 교회 내에서 또 존재감 쌓기 작업 하시지 말고… 보따리 싸서 안 가 본 오지에 선교라도 한번 가시든지요.

아니… 은퇴했으면 끝이지… 웬 '원로'장로?? 일단 세상 정치나 우리 교회는 이 '원로'가 멀찌감치 사라져서 일체 손을 떼는 게 진짜 진짜 교회와 성도들 도와주는 것입니다.

옛말에 장모댁과 헛간(Rest room ㅎㅎㅎ)은 멀리 있을수록 좋다고 했는데, 한 가지 추가합니다!
은퇴장로도 멀리 있을수록 좋다. 물리적으로 '멀리' 떠나라는 말은 아니다… 그의 '입김', '영향력', 그리고 '존재감'을 멀리 떠나보내라는 말입니다.

그러나 한 걸음 더 나아가 나의 개인 생각으론… 물리적으로 떠나는 것도 나쁘지 않다고 봅니다.

이 교회에서 은퇴하신 장로님이 이 교회를 떠나신다구요…라고 반문들을 합니다. 이 교회에서 "뼈"를 묻으셔야죠…라고 무서운 협박(?)을 하는데, 성경 어느 구절에 그런 말이 있는가요? ㅎㅎ

이제 직장도 교회도 은퇴를 했으니, 따뜻한 주로 이주할 수도 있고, 아이들 있는 타주로 이사를 갈 수도 있고, 미국 교회도 가 보고, 장로교인은 순복음교회도 가 보고, 그동안 듣고 싶었는데 우리 교회 눈치 보느라 못 가 본 그 교회도 한번 가 보고… 여행 가서 그곳 교회도 가 보고… 이게 나쁜가요?

'뼈'를 기냥… 사그리 묻어야… 직성이 풀리는가요? ㅎㅎㅎㅎ

나의 요점은 이것입니다. 은퇴는 나를 버리는 것입니다.

나의 업적(있다면 ㅎㅎㅎ), 나의 명성(있다면 ㅎㅎㅎ), 나의 이름(있다면 ㅎㅎㅎ), 나의 영향력(있다면 ㅎㅎㅎ)을 과감히 버리고, 뒤돌아보지 말고, 미련 두지 말고, 누가 붙잡나 힐끗 돌아보지 말고… Just Let it go…!

비슷한 맥락의 얘기지만… 나이가 많이 든 사람들이 찬양팀으로 앞에 서는 것에 대해… 나는 손가락질 받을 '관점'을 가지고 있습니다. ㅎㅎㅎ 성가대는 백발이 성성한 대원들이 더 은혜롭게 보일 수 있습니다만, 찬양팀은 미안하게도 특성상 성가대를 보는 관점에서 보면 안 됩니다.

까놓고 얘기해서 늙으면 보기가 안 좋다. 미안하다. 그러나 사실입니다.

삼빡하고 신선한 젊은이들이 깔끔한 차림으로 이쁘게 표정을 지으며 율동하는 그… 자리에… 60 넘은 늙은… 그분께서… 구겨진 누런 바지와 7080시대 거시기한 양복을 입고… 죄송하지만 빈 머리숱이 휑하게 보이시며… 돋보기 안경은 흘러내려 콧가에 걸쳐 있고… 옛 군대 차렷 자세로 악보만 뚫어지게 내려다보는… 그런 모습은… 제가 달란트만 있으면… 믿음만 있으면…모든 성도들이 은혜를 받을 수 있다…라고 하는 생각을 합리화시킬 수 없습니다.

그건 착각(?)일 뿐입니다.

2년 전… 나는 그동안 기획하고 훈련시키고 인도해 왔던 금요 그리고 주일 찬양팀 활동에서 동시에 중단/사퇴했습니다. (성가대 지휘는 은퇴까지는 계속할 것이라고 했습니다)

목사님이 놀라셔서 왜 그러시냐고 물으셨습니다. 위와 같은 얘기를 드렸더니, ㅎㅎㅎ 장로님은 아직 젊어 보인다고 계속 좀 하라고 하셨지만 속으로는 흔쾌히 이해하신듯 했습니다. (더한 칭찬도 하셨는데 낯간지러워서 생략합니다… ㅎㅎㅎ)

그러나 일언지하에 저는 찬양팀에서 손을 뗐습니다.

지금은 어떤가요? ㅎㅎ

제가 가끔 치던 드러머도 역량 있는 젊은이.
싱어들도 젊은이.
악기 주자들도 젊지요.
리더도 이제 젊은 목사님입니다.

앉아서 보고 있노라면… 신선한 느낌이 화악~ 듭니다.

제가 아무리 찬양을 잘하고 인도를 잘해도… 나이 든 나의 모습은 감출 수 없습니다.

그러므로 제가 알아서 물러나야 합니다.

늙은 곰이 찬양팀 싱어로 버티고 있으면, 젊은 리더가… '감히' 매정하게… 비켜 달라고 절대 말 못 합니다. 늙은 곰이 지가 알아서 비켜 줘야 합니다.

자기가 알아서 물러나야 하는데… 늙은 곰들이 아직도 서성거립니다…
ㅎㅎㅎ

교회의 모든 직책이 그렇습니다.
열심히 할 때가 있고 물러날 때가 있는 법입니다.

그 시기가 지났는데도
줄기차게…
끈질기게…
악착같이…
있는 힘을 다해…
독립투사 같은 정신으로…
꽈악~ 매달려 있는 것은… '충성'의 모습이 아니라… '집착'의 모습입니다…

ㅎㅎㅎ 내 표현이 거시기 해서 미안하다만 사실입니다.

미국 말에…

There's a time to stand and there's a time to 'walk'…

떠날 때… 물러날 때가… 있는 법입니다!

누가 그랬습니다… "박수 칠 때 물러나자"라고.

먼지만도 못한 나에 대한 과학적인 접근법

우리는 가끔 "먼지만도 못한 제가…"라는 말을 하곤 합니다.

그런데 먼지만도 못한 나…라는 말이 사실입니다.

엥?

과학적으로도 사실이라는 말입니다. 킥킥거리며 (속으로) 웃으실 분들을 위해… ㅎㅎㅎ 한번… 설명을 해 보도록 하겠습니다.

하나님이 만들어 놓으신 우주 전체는 말할 것도 없고… 특히 우리 인체는 참으로 오묘하게 만들어졌음을… 생각을 한 번이라도 해 본 사람은 잘 알 것입니다. 그런데 우리들은 겉만 그럴듯한 형상으로 보이지만 사실 이것저것 허상을 제외하고 '진짜' 우리들의 실체만 모아 본다면… ㅎㅎㅎ 진짜 먼지 하나에 불과합니다.

이게 뭔 뚱딴지 같은 공상 망상적 발언인가… 할 수도 있겠지만… 과학적인 근거로 한번 얘기해 보겠습니다!

우리 인체를 구성하는 세포를 계속하여… 확대하여 들어가고… 더 들어가고… 들어가다 보면… 더 이상 쪼개질 수 없는 최소 기본 단위에 도달하는데, 이것을 우리는 원자(Atom)라고 합니다… agree?

세상의 수많은 물질들은 그들 특유의 원자를 가지고 있습니다. 그런데 이 원자를 가만히 들여다보면(No no no… I have NOT personally looked into this atom) 이 원자를 구성하는 요소들이 있는 것을 알게 되는데, 그것이 바로 전자(Electron) 와 원자핵(Atomic Nucleus)이 됩니다.

그리고 이제 마지막 단계 끝판왕으로, 이 원자핵은 우리가 자주 들어 본 양성자(Proton)와 중성자(neutron)로 구성되어 있습니다. 끝!

그리하여 이 우주의 모든 만물들은 이 중성자, 전자, 양성자의 숫자와 형태에 따라 제각기 특유한 '특성'을 나타내며, 나무가 되기도 하고, 쇠가 되기도 하고, 물고기가 되기도 하고, 사람이 되기도 합니다.

이제부터 재미난 사건이 벌어집니다.

일단 원자를 비롯한 전자와 원자핵 등의 크기를 한번 비교해 봐야 합니다.
가장 단순하고(수소 전자는 한 개다) 작다는 수소 원자의 크기는 25피코미터, 즉 400억분의 1미터라고 하고, 원자 크기의 단위는 10의 -10승 단위라고 합니다. 더 이상 스트레스 주지 않고 쉬운 한국말로 풀이해서 애기해 보자면…

원자핵은 원자 전체 크기의, 크게는 23,000분의 1(우라늄)에서 작게는 145,000분의 1(수소) 정도가 된다고 합니다.

좀 감을 잡기 위해… 유치한 비유로 축구장을 한번 생각해 보자면, 나는 미국 LA에 있는 로즈볼 스타디움이 생각나는데, 무려 9만 명 이상을 수용할 수 있다고 합니다.

그런데 이것보다 더 큰, 아마도 크기로는 세계에서 1등 먹을… 스타디움이 있으니 그것이 다름아닌… ㅎㅎㅎ 북한이 자랑하는 (그러나 거의 쓰지 못하는) 능라도 5.1 경기장이라는 곳이 있다고 합니다. 15만 명의… 애미나이들과 동무들을 수용할 수 있다고 합니다.

자 주제는 누가 누가 큰가~가 아니므로, 일단 이 축구장을 예로 들어 보기로 합니다.

이 초대형 축구장 전체가 원자(Atom)라고 한다면, 원자핵(Nucleus)은 축구장 중앙에 놓인 축구공과 같고, 전자(Electron)는 경기장에서 축구공 근처에 떠돌아다니는 먼지 정도에 불과하다고 비유할 수 있습니다.

좀 더 현실적으로 말해 보자면, 원자는 텅텅~ 비어 있다고 생각해도 될 것입니다.

그 넓디넓은 초대형 축구장 가운데 축구공이 하나 놓여 있을 뿐 나머지 축구장 공간은 전부 다 비어 있는 것입니다. 사실입니다.

이렇게 허무(?)하게 비어 있는 공간인데도 어떻게 원자 자체가 찌그러들지도⋯ 압축되지도 않고⋯ 원자들 위에 다른 원자들 그리고 그 위에 그 옆에 다른 원자들이 모여⋯ 물질을 만들고 있냐는 의문이 들 것입니다.

그 이유는 ㅎㅎㅎ "우연히" 모든 것이 만들어졌다는 진화론으론 도무지⋯ 어떻게⋯ 죽었다가 살아나도⋯ 결코 설명될 수가 없는⋯ 마이너스 전극의 전자(Electron)와 플러스 전극의 양성자(Proton) 그리고 중간에서 또 다른 역할을 하는 중성전극인 중성자(Neutron) 간의 오묘~하고도 신비~롭고도 기막힌⋯ 그리고 울어도 웃어도 도무지 알 수가 없는⋯ 그 어떤⋯ '분'께서 기획하시고 디자인하신⋯ 생명과 질서와 운용의 〈원리〉가 있기 때문입니다.

ㅎㅎㅎ 한 단계 더 나가 볼까요.
아까 우리가 얘기한 것처럼, 초대형 축구장만 한 원자 안에는 99.9999999% 가 빈 공간입니다. 전자는 먼지 같고 핵도 축구공만 한 크기일 뿐입니다.

이 말은, 실제로 우리 몸을 구성하고 있는 모든 원자들로부터 〈공간〉을 모조리 없애고 실지로 존재하는 전자와 원자핵만을 모조리 모아서 우리의 실체를 한번 쌓아 본다면⋯ 우리는 눈으로도 볼 수 없는 작은 〈먼지〉 하나밖에 되지 않을 것이라는 것입니다.

생각해 보세요. 공간을 반만 줄인다면, 우리 몸은 반이 됩니다. ㅎㅎㅎ 20배 정도만 우리 몸을 잘라 간다면, 아마도 손톱 크기 정도로 줄어들 것입니다. 그런데 위에서 말했다시피 원자핵은 원자 전체의 평균 100,000분의 1밖에 안 됩니다. 20배 줄이는 게 아니라, 십만 배로 우리 몸은 줄어들 것입니다.

그런데 원자와 원자들 간에도 공간이 있기 때문에, 이런 것을 다 감안한다면 우리들의 실제 부피는 먼지보다도 훨씬 더 작아질 수가 있습니다. ㅎㅎㅎ 이러니… 〈먼지 만도 못한 제가…〉 하는 게 빈말을 하는 게 아니라는 것입니다.

그러니 이제 우리… 제발… 까불지 맙시다! 잘났다고 해 봤자… 먼지만도 못한 우리들인데… 진짜 도토리 키 재기입니다.
하나님이 보시기엔 정말 웃기는 녀석들이라고 생각하실지도 모릅니다.

그런데 참 희한한 사실이 또 있습니다. 이렇게 공간을 비우면 우리 같은 존재가 먼지같이 작아지는데, 혹시 그 반대로 생각을 해 본 적이 있으십니까? 여기저기 허점이 있지만서도, 과학의 최고봉으로 꼽히는 Big Bang Theory를 생각해 보면… 일리가 있게도 보입니다.

즉, 우주 같은 무한대 넓은 존재도 위에서 말한 것처럼 〈공간〉을 없애 버리면 어쩌면 제가 살고 있는 집 크기 정도가 될 수도 있습니다.

반대로 진짜 〈점〉만 한 초밀도… 초집약… 무공간의… 그 '거시기' 물체가 어느 날 갑자기 팽창을 하며 공간에 공간을 확대하며… 이 우주를 만들(이론적) 수도 있다는 게… ㅎㅎㅎ 한마디로 거두절미하고 Big Bang 이론입니다. 그럴듯하지 않습니까?

하지만… 이 이론은 역시 그럴듯해도… 너무나 많은 가설과… 특히 그 original cause에 대한 답이 전혀 없기에… 하나의 학설로만 이해해야 할 것입니다.

이 모든 것에 대해… 한 걸음 더 나아가 하나님의 손길에 대해 얘기해 보고 싶지만… 배가 고파서 여기서 관두어야겠습니다. ㅎㅎㅎ

어쨌든… 이 허공 같은 내 몸의 원자들을 유지하고 운영해 주는 자력… 어마어마한 우주의 별들을 유지해 주고 운영해 주는 인력… 이거… 그저 우연히 시간이 흘러가다 보니까… 저절로 만들어진 신비하고 교묘한, 우연히 형성된 원리란 말입니까?

이걸 저절로 만들어진… by chance의 산물이라고 믿는다면… 당신은 정말 큰~~~~~~~~ 믿음의 사람입니다. 우리가 하나님을 믿는 것보다 적어도 십만 배 이상의… 더 큰 믿음이 있어야 믿을 수 있는… 기적적인 믿음을… 당신은 가지고 있는 것입니다.

그렇습니다.
정말 자신만만하게 … 하나님이 없다… 나는 우연히 생겼다… 이 모든 비밀 다 아는 듯이 얘기하지 말고… 정말 먼지만도 못한 내 자신을 보며… 겸손의 고개를 떨구고… 진리를 향한 간구를 해 보기를 권합니다.

이러나 저러나… 너도 나도 죽는다. 죽은 자식 불알 만지기라고… 죽은 다음에… 아차~ 해 봤자… 되돌릴 수 없습니다.

기고만장하지 말고… 자신의 양심과 솔직한 대화를 통해… 이 모든 우주와 이 모든 인간의 신비를 바라보며… 진리를 향해 끊임없는 질문과 탐구를 해 보는 것이야말로, 지성인의 올바른 인생에 대한 자세일 것이라고 생각합니다.

죄송합니다… 이 먼지만도 못한 인간이… 이런저런 말만 해 놓아서~

못 믿는 건가 안 믿는 건가?

예전에 어느 집사님께서··· "예수님의 말씀은 그래도 교훈으로 받아들일 수 있는데, 그분이 행했다는 기적들은 도무지 믿어지지가 않는다"고 나에게 말한 적이 있습니다.

그래서 제가 "어떤 이유로 기적을 믿지 못하시겠느냐"라고 물었더니 간단히 "비과학적이기 때문이다"라고 대답을 하였습니다.

제가 다시 묻기를 "그러면 집사님은 철학은 과학이라고 생각하시냐" 했더니 머뭇거리시더니 "글쎄요~"라고 대답했습니다.

그래서 제가 "철학도 인문과학에 속한다"라고 했더니··· 머쓱해하는 표정을 잊을 수가 없습니다.

우리는 '과학'이라고 하면, 만지고 보고 느끼고 실험하고 증명하고 확인할 수 있는 '자연과학'을 주로 생각하게 됩니다. 망원경으로 별을 보고 천체를 연구하는 천체물리학은··· 뭐 그래도 뭔가 과학적인 요소들이 많은 것 같아 보인다.

조금 더 나아가 사람의 심리나 정신세계를 연구하는 심리학이나 정신의학도… 뭐 원자폭탄을 만들고 스펠스기를 만드는 정도의… 그럴듯한 과학 같게는 보이지 않을 수 있어도, 그래도 '과학'이라고 합니다.

그런데 이제 "인간은 어디서 왔느뇨", "인간은 어디로 가느뇨", "신은 있느뇨" 등의 철학적인 영역에 들어가면… 왠지… 왠지… 과학적인 느낌이… 안 든다는… 것입니다. ㅎㅎㅎ

이유는 간단하다. 마음이 불안하기 때문입니다. 비유를 들자면, 내 통장에 돈이 떨어져 가면 불안합니다. 산길을 가다가 길을 잃어버리면 불안합니다. 시험문제를 받고 쓰윽 보니 어려운 문제들 같으면 불안합니다. 누가 나에게 법적 고소를 해 오면 불안합니다.

마음이 불안한 이유는… 일단 제가 해결할 수 없을지도 모르기 때문일 수도 있습니다.

내 통장에 돈이 두둑하면 불안하지 않습니다. 매번 가는 등산로는 불안하지 않습니다. 제가 다 아는 문제가 나오는 시험지에는 불안하지 않습니다. 제가 변호사인데 누가 법적으로 딴지 걸면 불안하지 않습니다.

즉, 사람은 해결할 수 있는 일, 해결할 수 있는 상황이라는 것을 인지하면… 불안하지 않습니다.

반대로 자기가 이해하지도 못하겠고 해결하지도 못하겠고 방법도 모르겠으면… 슬슬 불안해지기 시작합니다.

그래서 손으로 만져 보고 느껴 보고 실지로 확인과 검증이 가능하지 않은 '비'과학적인 영역에는 극히 민감해질 수밖에 없습니다.

그리하여 이런 비과학적이라고 생각하는 영역에 관해서는… 본능적으로 '허구', '거짓말', '신화', '상상' 등으로 구분지어 버립니다.

과학은 진리 자체가 아닙니다.
과학은 주체가 아닙니다.
과학은 '수단'이며 '방법'입니다.

과학은 이미 존재하고 이미 작동되고 있는 어떤 원리나 현상에 대한 '이해'와 '해석'과 '정리' 작업일 뿐입니다. 한 걸음 더 나아간다면… 그 발견한 Know-How를 '적용'하는 작업일 뿐입니다.

과학이 만유인력을 창조하였나요? 과학은 그것을 발견했을 뿐입니다.
과학이 단백질을 창조하였나요? 과학은 그것을 발견했을 뿐입니다.

문제는 우리 인간은 우리가 신봉하는 과학의 힘으로 이해와 해석과 정리가 안 되는 그 어떤 현상이 생길 때면… 똥 마려운 강아지처럼 어쩔 줄

을 몰라 합니다. 그리고 그런 과학 영역 밖이라고 생각하는 것들에 대해
선… 항상… 방어적이고 또한 공격적이 됩니다.

개미떼가 줄을 지어 길을 가고 있습니다. 가다가 보니까 길에 홈이 파여
서 물이 가로질러 흐르고 있습니다.
난관입니다. 그 물길이 개미들의 관점에선 수십 마일 이상 연결되어 있
습니다.

방법이 없습니다. 그러므로 불안합니다. 그런데 지나가던 한 등산객이
옆에 있던 나뭇가지를 꺾어 다리를 만들어 줬습니다.

이건 기적입니다. 이해가 되지 않습니다.
과학적인 방법으론 도무지 이해도… 해석도… 정리도… 안 됩니다.

아니 청천하늘에서 웬 커다란 다리가 처억~ 하니 내려오더니만 그 급한
물살 위로 처억~ 하니 내려져서… 자기들이 모두 다 무사히 그 무시무시
한 강물을 건너가게 되었지만… 그리하여 정말로 정말로 고맙지만… 이
해가 안 되는 건… 어쩔 수가 없습니다.

개미 입장에선… 개미가 '이해'를 해야… 그게 '과학'이 됩니다.
등산객 입장에선… 불쌍하기도 할 것이고… 우습기도 할 것입니다.

그렇다고 등산객이 아무리 고래고래 소리쳐 봐야 개미가 이해를 하겠

습니까?

바닥에 아무리 그림을 그려 이해시키려 해도 개미들이 이해를 하겠습니까?

어쨌든… 아직도 그 개미족은… 그때 자기들의 머리로 이해를 못 했었기 때문에… 옛날의 그 사건을 그냥 일종의 〈미스테리〉로 분류해 놓았습니다.

우연히 그냥 벌어진… 어쩌면 허구일 수도 있고… 어쩌면 잘못 본 걸 수도 있고… 일단 과학적인 사건은 아닌 걸로… 자기네들 자손들에게… 대대손손… 그렇게 교육시키고 있다는 소문입니다. ㅎㅎㅎ

개미와 사람은… 피조물입니다. 같은 레벨입니다. 같이 만들어진 피조물이라는 것입니다.

같은 피조물 사이에도 이런 '이해'의 간격이 상상을 초월하게 큰데, 개미와 인간 및 모든 우주를 창조하신 하나님과 우리와의 간격은… 어떻겠습니까?

우리가 하나님을 이해할 수 있을 것 같은가요? 수억 번 다시 태어나도 그분이 우리에게 알려 주신 자신에 대한 정보 안에서만 이해가 가능할 뿐입니다.

그런데 그 정보를 믿지 못하겠다며 거절하면서, 갖은 상상을 다 동원해

봐도 하나님이 이해가 안 되니… 결국 신에 관한 모든 것을 '비과학적'이라고 땅땅땅~ 못을 박아 놓은 게 우리 인간들입니다.

어떤 (그 당시) 아직 하나님을 믿지 않던 친구가 그랬습니다.
나는 내가 만지고 보고 느끼고 과학적으로 검증이 가능한 것들만 믿는다고.
나는 속으로… ㅎㅎㅎ 웃기고 있네…라고 마구마구마구마구 비웃었습니다.

설명을 해 볼까요. 미국 동전 Quarter가 더 크냐 한국 돈 100원 동전이 더 크냐…라는 질문은 지극히 간단한 '과학적'인 방법으로 증명이 됩니다. 실지로 비교해 보면 됩니다. 끝!

아이보리 비누가 더운물에 뜨냐 가라앉냐…도 실지로 비누를 더운물에 담가 보면 증명이 됩니다. 끝! 이게 세상 사람들이 말하는… 〈과학적〉인 검증 방법입니다. ㅎㅎㅎ

그런데 말입니다. 이 세상의 모든 것들이… 다 이런 과학적인 방법으로… 증명이 되냐고요!!!

제가 그 친구에게 물었습니다.
"미스터 박… 이순신 장군이 실지 인물이야?"
"뭔 얘기세요… 당연히 실존한 인물이시죠."

"그걸 어떻게 알아? 같이 살아 보지도 않았고 만져 보지도 얘기해 보지도 않았잖아?"

"에이~ 장로님… 역사책에 기록되어 있잖아요… 역사책에!" 하며 나를 가소롭게 쳐다봅니다.

제가 또 물었습니다.

"그래? 그러면 예수님은 실존인물인가… 아닌가?"

"예수요? 그거 그냥 예수를 따르던 제자들이 지어낸 얘기잖아요…"

"그래? 예수님도 역사책에 기록되어 있는데? 그러면 공평하게 믿어야지?"

"에이~ 그 기록이 기독교인들만 믿는 자기네들 성경에만 기록되었지… 세상 사람들이 믿는 역사책에 기록된 건 아니잖아요?"

그래서 성경은 아예 제외시키고, Non-Christian 일반 역사가인 타시트스, 수에토니우스, 요세푸스 플레비우스, 율리우스 아프리카누스, 플라이니 더 영거, 사모사타의 루시안, 마라 바르 세라피온, 그리고 예수를 배척했던 (예수에 대한 좋은 말을 할 리가 없는) 유대인이 쓴 탈무드까지 열거하며… 예수의 행적이 쓰여진… 역사적 기록을 얘기했더니.

"그ㄱㄱㄱㄱㄱ… 그럴 리가요~ 그ㄱㄱㄱㄱ게 정말인가요?" 하였습니다.

원 더듬기는… ㅎㅎㅎ

내친김에 다음 정보를 곁들여 설명해 주었습니다.

신빙성의 최고봉 중에 하나라고 공인하는 역사책 중에 하나인, 일리아드는 그 사본의 수가 640개 조금 넘게 있고, 최초의 사본은 (사건 이후) 500년 후인 기원전 400년에 기록되었고, 책과 책 사이의 오류가 5%입니다.

그 반면에 신약성경은 사본의 수가 24,600권이 넘고 원본이 만들어진 AD100년에서 최초 사본이 나타난 것은 불과 25년 후에 바로 나타나게 되었습니다. 그리고 사본 사이의 오류의 정도는 0.5%에 불과합니다.

그래서 결국 일리아드의 정확성과 신약성경의 정확성을, 사본의 숫자와 원본과의 시간 차이들을 감안하여, 수학적으로 비교해 보면, 일리아드를 정확도 1로 잡았을 때 신약성경은 8000배나 더 정확한 책이라는 것을 알 수 있습니다. 성경 내용에 대한 정확도는… 우리가 잘 알고 있는 셰익스피어의 희곡에 비해서… 더욱더 정확한 책으로 검증이 되어 있습니다.

이것은 사람들이 그렇게 입이 닳도록 주장하는 그 '과학적'인 그리고 객관적인 검증을 통한 결과입니다. 그런데… 이런 사실을 설명해 줘도… ㅎㅎㅎ 예상은 했지만… 반응은?

"그래? 뭐 아니면 말고…" 참 간단하고도 쉬운 대처법입니다.

"이갑식 장로 사람 패고 깜방까지 갔다 왔대~"라는 소문 퍼트렸다가… 나중에 헛소문인 것이 밝혀지면… "그래요? 음… 뭐… 아니면 말구요~"… 라는 요 한마디로 빠져나가려는 사람들과… 어떻게 합리적이고 논리적이고 객관적이고… 그리고 그들이 즐겨 찾는 '과학적'인 대화를 할 수 있겠습니까?

이것은 Fact를 보고도 '못' 믿는 게 아니라… Fact를 에베레스트 산만큼 갖다줘도 '안' 믿겠다는 것입니다.

결국 결론은… 지성인답게 모든 정보와 증거를 토대로 객관적인 합리적인 논리적인 추리를 하여야 함에도, 일단 〈하나님〉이라는 거대한 영역에 관해서는 이랬든 저랬든… 안 믿겠다는 것입니다.

그 이유는 간단하다.
I don't want to be ruled!

하나님의 간섭과 개입이 싫다는 것입니다.
제가 내 마음대로 내 인생을 내 생각대로 내 방식대로… 오블라디 오블라다~ 살겠다는 것입니다.

이눔아… 하나님이 너 인생에 이래라 저래라 하시겠다는 게 아니여~ 그저 방향이나 잘 잡고 나중에 집으로 들어오라고 하시는 거여 이눔아! 니가 하나님 믿는다 해도 결국 니 맘대로 할 거라는 거 제가 잘 알어 이눔아. 그래서 한 대 쥐어박고 싶고… 가다가 쌤통으로 꼬꾸라지는 꼴도 보고 싶지만… 그래도 같이 집에는 가야 혀니까 제가 이러는 거여…뭐 너 이뻐서 이러는 줄 알어…라고 말해 주고 싶었던 적이… 한두 번이 아닙니다. ㅎㅎㅎ

어쨌든… 바라는 것의 실상이고… 보지 못하는 것의 증거인… 이 〈믿음〉을 가진 우리들은… 억만 기가바이트 정보를 갖다줘도 '안' 믿는 사람들도 수두룩한데… 진짜… 얼마나 축복받은 사람들입니까.

맹신은 나쁜 것이지만, 일단 믿어 보는 것도 괜찮습니다.

떠들썩한 성 안에 들어가 봐야지 뭐가 뭔지 알지, 들어가 보지 않고 성 밖에서 백날 맴돌면 그 인생 맴돌다가 맴맴하고 사라진다. 어디로 갈 건지는 자명합니다.

세상 인구 80억 육박에 크리스천 인구 25억이 넘습니다.
아무리 크리스천들이 바보 멍청이라고 해도 25억이 가는 길이라면, 뭔가… 뭔가가 있지 않을까 생각도 해 보고… 이런저런 가치도 없는 상투적인 Anti-Christian 말들만 듣고… 아무 생각 없이 따라만 가지 말고… 용기를 내어서 실지로 자신이 한번… 그 좋은 머리로 연구를 한번 해 보고 조사를 해 보고 검증도 한번 해 보고… 그리하여 진정한 결론을 내어 보기를 바랍니다.

하나님이 욥기 38:4절에 뭘 안다고 대드는 욥에게 다음과 같은 말씀을 하셨습니다.
"내가 땅의 기초를 놓을 때에 네가 어디 있었느냐. 네가 깨달아 알았거든 말할지니라."

당신이 태어나기도 전에 당신에 대해 완벽하게 계획을 세워 두신 하나님이… 대드는 당신을 향해… 하도 어이가 없으셔서… 물으시는 겁니다… 야~ 너 내가 우주를 만들 때 너는 어디 있었냐?

대답할 수 없으면… 경청해 보는 것도… 좋은 방법입니다.

시편 14:1에는 다음과 같은 말씀도 있습니다.
"어리석은 자는 그 마음에 이르기를 하나님이 없다 하도다…"

1,000명 들어가는 호텔에 타이거 우즈가 투숙했는지 알아보려면, Room #1에서부터 문을 열고 조사해 보다가 Room #10에 있는 것을 확인하면… 그 확인 작업은 거기서 멈추면 됩니다.

그러나 타이거 우즈가 투숙 안 한 것을 증명하려면, Room #10에서 그치면 안 됩니다.
Room #1,000까지 다 확인을 한 다음에서야 비로소 그가 투숙을 안 했다고 〈결론〉을 내릴 수가 있을 것입니다.

같은 맥락으로, 당신이 하나님이 없다는 것을 증명하려면… 이 온 우주를 다 뒤져 보고 난 다음에야… 그때… "없다!"라고… 말하는 게… 논리적인 태도일 것입니다.

뭐 그렇다고… 온 지구를 다 돌아다니면서 하나님을 찾아보라는 것은 아닙니다.

　뒤에서 지금도 물끄러미 당신을 쳐다보고 계실 수도 있습니다.

　멀리서 찾지 말고… 가까운 당신의 〈양심〉 안에서부터 찾아보는 게 좋을 듯싶습니다.

　겸손하게 사는 하루가 됩시다!

Politically Correct?

Politically Correct라는 말이 있습니다. 이게 '계륵'같이 묘하게 우리들 인생에 깊이 관여되어 있습니다.

"Politically"라는 단어가 들어가니 정치 분야에서만 쓰이는 용어인가 할 수도 있겠으나 이 Politically Correct라는 말은 세상사 모든 면에 오지랖 넓은 사람처럼… 깊숙하게… 관여되어 있습니다.

우스갯소리에… 세상엔 세 가지 Way가 있다고 합니다.
첫 번째 Way는 Right Way다.
두 번째 Way는 Wrong Way다.
세 번째 Way 가 있다고?
있습니다!

그것은… Women's Way라고… 농담 삼아 얘기들을 합니다.

이 말은 세상에 Right or Wrong을 초월한 방법이 있으니… 이것이 바로

"여자들의 방법"이라며… 어떤 경우에서도 이 방법이 Right Way를 이긴다는… 무서운 statement입니다. ㅎㅎㅎ

그런데… 이것조차 고개를 숙이게 만드는 제4의 옵션이 있으니… 그것이 바로 Politically Correct Way라는 것입니다. 우리같이 평범하고 남의 눈치 안 보고 살 수 있는 사람들은 이 Politically Correct라는 말에 별로 신경을 쓸 필요가 없을 수도 있습니다.

그러나 어느 정도 사회 속으로 자신의 활동 영역이 들어가는 사람이라면 그것이 사업이든, 학문이든, 정치이든… 이 Politically Correct의 올무에 빠지게 됩니다.

내뱉는 한마디 말… 그것이 자신의 소신이든, 신념이든, 신앙이든… 이 세상이 레이다 같은 눈으로 쳐다보고 있는 그 "그물에 걸리지 않는" 말이… 바로 Politically Correct한 말이 됩니다.

주관적 신념에 의해 반 동성애 발언을 하면 동성애 옹호 단체로부터 집단 언론 공격을 받거나 한 걸음 더 나아가면 명예훼손 소송을 당합니다. 좋은 취지라도 여성들의 약한 신체적 능력을 얘기하면 여성인권 단체로부터 질타를 받습니다.

꽤 유명하신 모 목사는 한국 경주에서 지진이 일어난 것을 정부의 탓으로 돌린 모 국회위원에게 "무당이냐~"라는 발언을 했다가 대법원 소송까지 가서 가까스로 무죄 판결을 받았습니다.

공중연설 중 '중이 고깃집에 갔다'는 예화를 들었더니 스님들이 들고 일어났습니다.

인생 세미나 중에 '제가 밑바닥 인생 길에서 쓰레기 줍는 알바도 해 보았다'고 말했다가 전국 미화원 연합으로부터 우리가 쓰레기 인생이냐며 집중 공격 받은 사람도 있습니다.

이래도 걸려… 저래도 걸려니까… 뭔 말을 할 때… 걸리는 이것저것 다 피해서… 그냥 두리뭉실 애해모호하게 얘기하는 사람들이 많이 생겼습니다.

그래서 그런지 요즘 매스컴에서 얘기하는 것을 듣고 있노라면 무슨 의도를 가지고 말을 하는 것인지… 그렇다는 것인지 아니라는 것인지… 당최 감을 잡을 수 없는 화법이 유행하고 있습니다.

젊은 커플이 TV 프로그램에 나왔는데 MC가 여친에게 물었습니다.
"남친이 어때요?"
"넹~ 좋은 것 같아요!"

원… 좋으면 좋았지… "좋은 것 같아요"가 뭡니까?

"니 이름 뭐니?"

"네… 이갑식인 것 같아요~" ㅎㅎㅎ

이갑식이면 이갑식이지… 이갑식인 것 같다니… 이게 뭔 소립니까?
이게 정상적인 말투인가요?

뭐 직접 관계는 없지만 다음과 같은 대화는 어떻게 이해를 해야 하나요?

"네 고객님… 그 옷은 50만 원이 되시겠습니다."
'옷' 님에게 존댓말을 쓰자는 건가, 아니면 '돈' 님에게 경어를 쓰자는 건
가요?
웃깁니다.

한 가지만 더 생각 해 봅시다.

이 Politically Correct란 말은… 자기 주위 사람들이 가지고 있는 〈공감
대〉에서… 멀어지고 싶지 않다는 말입니다.
이 말은 제가 무엇을 결정해야 하는 상황이 되었는데, 그 결정이 '옳고'
'그름'의 기준 혹은 선택에 의한 결정이 아니라, 많은 다른 사람들이 이미
형성한 어떤 〈공감대〉에 자신도 편승하여 Feel Comfortable하겠다는…
우유부단 내지는 Play Safe 하겠다는 말입니다.

교도소에 가서 감방에 들어가면 먼저 오신 분들이 팔짱을 끼고 새로 들
어온 나에게 눈을 내리깔고 쳐다봅니다. 긴장감과 불편감 그리고 공포를

느끼게 됩니다.

그런데 시간이 지나 나도 그들과 함께라는 공감대가 형성되면 마음이 편안해진다. 그리고 신입이 들어오면 어느새 나도 감방 동료들처럼 그들의 위치에서 신입을 째려봅니다.

소속감이 주는 위력입니다.

모세가 십계명을 받으러 시내 산에 올라간 사이에 아론이 그 대행이 되었습니다. 기다려도 기다려도 안 내려오는 모세를 향해 이스라엘 민족들이 불평을 토로했습니다.

아론은 슬슬 그들의 눈치를 보기 시작하고 급기야는 그들 사이에서 형성된 〈공감대〉 속에 자신도 속해야만 Politically Correct할 것같다는 결론을 내리고… 드디어 금송아지를 만들게 하여 그 우상에다가 제사를 드리게 했습니다.

공감대 참여는 내 마음의 평안을 제공하지만 대부분 '타협'을 요구합니다. 'Right or Wrong' way라는 판단 기준에서 'Politically Correct'라는 판단 기준으로의 타협이 생기는 것입니다.

드디어 Politically Correct라는 기차를 타게 되면 이제는 더 이상 선과 악, 진리와 거짓, 옳은 것과 그른 것의 정류소에 내릴 필요가 없다… 아니

내리고 싶지 않게 됩니다.

예전에 한국의 유명하신 목사님께서 모 대학 강단에 초청을 받아 구원에 대해 얘기를 하시던 중 지극히 '종교 다원론'적인 발언을 하셔서 구설수에 오른 적이 있습니다. 나중에 그걸 해명하느라 고생고생한 사건을 기억합니다.

성경에서 가르치는 그 기준에 의해 얘기하면 되는데, 청중들 대부분이 불교 신자이고 불교 대학이다 보니, 여기에 Politically Correct한 공감대 편승이 작용한 것 같습니다.

미국의 유명한 레이크우드 처치의 조엘 오스틴 목사도 비슷한 경우입니다.
제이 리노 쇼에 나와서, 구원으로 가는 길이 예수 한 길이냐…라는 단도직입적인 질문에 당황하여(?) 그만 Politically Correct한 길을 택합니다. "Well… I don't know… God is a god of love…" 어쩌고 저쩌고… 수백수천만 여러 종교의 시청자들이 보고 있으니… 제 4의 옵션인 Politically Correct옵션을 택한 모양입니다.

미국 대통령 선서식엔 성경에 손을 얹습니다. 많은 공공기관엔 십자가가 걸려 있었고 중고등학교에선 기도와 성경 공부와 신앙모임으로 자유롭게 모일 수 있었던 게 엊그제 같습니다.

미 건립 초기 때부터 Christian Spirit으로 지켜져 왔던… 이 모든 것들이… 이제는 Women's way를 넘어… 드디어 Politically Correct way로 다 바뀌고 있습니다.

"목소리가 크면 이긴다. 숫자가 크면 이긴다."
맞고 틀리고 간에… 숫자 많은 쪽이 더 크게 소리 치면… 그쪽으로 향하는 게 요즘 시대의 우리들입니다.

정치인들은 당연하고… 소수이겠지만…목사들도 성도들 눈치 살피고… 공감대가 어디 있는지 살피고… 큰 소리가 어디서 나오는지 살펴서 Politically Correct한 정치에 편승하는 분들이 있습니다.

저는, 이런 Politically Correct를 선택하는 우리 크리스천들의 타협적인 그리고 공감대 편승적인 사고방식이야말로, 기독교가 점점 힘을 잃어 가는 이유 중 가장 큰 이유가 아닐까… 감히 생각 해 봅니다.

원래대로 돌아가야 합니다. 모든 생각과 가치관을 원래대로… 성경대로… 돌려 놓아야 Christianity가 Revival하고 우리들 모두가 다 영적으로 Sound하게 됩니다.

스포츠 선수들이 슬럼프가 오면, 아무 소리 않고 다시 기본기 훈련으로 돌아가듯이, 우리 크리스천들도 이런저런 소리 말고… 제5의 옵션… 제5의 방법인… Jesus' Way로 다시 돌아가기를 고대합니다.

부화뇌동의 능력(?)

인간에겐 이상한 능력이 있습니다. 우리가 일반적으로 말하는 인간의 능력은 우리 인간이 정상적인 상황과 조건 속에서 발휘할 수 있는 능력을 말합니다.

한 가지 먼저 알아야 할 것이 있습니다. 우리가 잘못 알고 있는 '가설' 중 하나는… 우리 인간은 뇌의 10% 정도밖에 활용을 못 하고 있다는 속설입니다. 그리하여 나머지 90%를 다 쓸 수 있다면 우리의 능력은 거의 슈퍼맨 레벨까지 올라갈 수도 있을 것이다…라는 호들갑입니다.

실제로 이런 가설을 바탕으로 예전에 'Lucy'라는 영화가 만들어진 적도 있습니다.

이런 속설의 근원은 1890년대 하버드 대학교의 심리학자인 윌리암이 주장한 "잉여능력"이 그 기반이 되었고, 1936년도에 미국의 작가인 토마스가 이 학자의 가설을 근거로 하여 "10%"라는 숫자를 임의로 만들어 냄으로써… 마치 과학적으로 입증된 사실인양 쓰이고 있는 것입니다.

만약 우리가 10%밖에 뇌를 사용하지 않는다면, 나머지 90%에 어떤 손상이 일어난다 할지라도, 종합적인 견지에서의 우리의 뇌는 별 영향을 받지 않아야 할 것입니다.

그러나 우리가 뇌에 손상을 입었을 때, 뇌 능력의 '상실'을 가져오지 않는 영역은 없습니다. 즉, 뇌는 작은 부위에 미세한 손상을 입더라도 전체적인 큰 "심각한" 장애를 얻게 되는 것입니다.

다시 말해 우리가 10%의 뇌만 쓰고 있다면, 아홉 배나 아직 더 많이 '남은' 뇌를 사용하면 그 손실은 거의 영향이 없어야 한다는 말입니다.

또 한 가지 생각해 볼 것이 있습니다.
우리의 뇌는 몸무게의 2% 정도의 무게밖에 되지 않지만 인체에서 소비되는 에너지의 20%를 필요로 합니다.

만약 뇌의 90%가 일반 생존에서 불필요하다면, 진화론이 그토록 주장하는 '자연선택'이라는 원리에 의거하여 90%의 비효율적인 뇌는 당연히 배제(도태)되어야 할 것입니다.

이 말은, 진화 과정에서 그렇게 낭비가 많은 뇌가, 계속 발달되어 올 가능성도 희박하거니와, 그냥 쓰지도 않는 90%의 뇌가… 아무런 목적이나 기능 없이, 아직까지 남아 있을 가능성은 매우 매우 매우 낮다는 말입니다.

그러므로 인간은 뇌 전체를 다 쓰지 못하는 것이 아니라, 뇌 전체를 "동시에" 다 쓸 수 없다라고 말하는 게 옳은 말일 것입니다. 자 그러면 인간이 가진 '이상한' 능력은 무엇인가?

이상하게 들릴지 모르지만… 제가 주장하는 새로운 학설(?)입니다… ㅎㅎㅎ "부화뇌동"입니다.

이 말은 "천둥번개 소리에 맞춰 함께 움직인다"라는 뜻으로, 다시 풀어보자면 "자신의 생각은 없이 주위의 눈치만 보고 움직이는 것"을 말하는 것입니다.

그런데 이게 엄청난 위력과 신비로운 능력을 생성합니다.

인간은 나 혼자 있을 때 발휘할 수 없는… 아니 시도조차 할 수 없는 것들을, "같이" 있을 때 혹은 누구로부터 "Suggest"를 받을 때… 훨씬 더 능력 있게 과감하게 발휘할 수 있게 된다는 것입니다.

주위 사람들이… 와와~ 하며 응원을 하거나… 잘한다 잘한다 하며 부추기거나… 유언 무언의 압력을 가하게 되면… 나도 모르게 나의 생각과 관계없는 행동을 과감하게 그리고 기대 이상의 능력으로 발휘할 수 있게 된다는 것입니다.

이것은 이미 운동 시합이나… 군중심리학 등에서 입증된 사실입니다.

능력 있는 리더로 보이지만 사실은 교활한(?) ㅎㅎㅎ 지휘관들이 이런 '심리' 기술을 이용하여, 전쟁터의 병사들에게⋯ 응원과 사명감과 숭고한 압력을 투여하여⋯ 그들로 하여금 신비로운 능력을 발휘하게 합니다.

이것이 나쁘다는 취지의 얘기가 아니라⋯ 사실이 그렇다는 얘기입니다.

수많은 적군을 제가 혼자 대하고 있다면 나는 당장 도망갈 궁리만 할 것입니다.

그러나 위에서 말한 지휘관의 명령과, 같이 나열해 선 동료들이⋯ 와와 ~ 하며 피차간에 선동을 한다면⋯ 즉 ㅎㅎㅎ 부화뇌동을 한다면⋯ 나는 과감히 이런저런 생각 없이 즉각적인 행동을 할 수 있을 것입니다.

이런 분야의 얘기는 여기서 관두고⋯ 우리 생활에서의 얘기를 마지막으로 해 봅니다.

우리는 이런 '부화뇌동'의 전술을 교묘하게 쓰고 있는 우리 주위의 그런 사람들을 조심하고 민감하게 관찰할 필요가 있습니다.

예전에 LA에 있을 때, 치유의 능력의 종이라는 모 부흥사 집회에 참여한 적이 있습니다.

집회 마지막 부분에, 치유받기 원하는 자들을 앞으로 초대하는 시간이 있었습니다.

　당연히 치유의 능력을 믿는 나였기에 그 집회에 참여한 것입니다.
　참고로 나는 거의 벙어리였던 내 한 조카와, 태어날 때부터 심장에 구멍이 나 있어서 아슬아슬했던 다른 조카 둘이 치유받는 것을 내 두 눈으로 목격한 사람입니다.

　나는 외람된 말일진 몰라도 성령의 역사인지 아니면 인간적인 Manipulation인지를 구별해 내는 능력(?)이 신앙 초창기부터 있었습니다. 당연히 자랑거리가 아니라… 이런 분야에 조금 더 남보다 민감한 판단 능력이 있었다고나 할까요.

　부흥사가 손으로 성도들의 이마를 칩니다. ㅎㅎㅎ 사실은 거의 장풍(?)을 이용하듯 쓰러뜨립니다.
　100% 뒤로 넘어집니다.
　한 성도에게 부흥사가 당신은 이제 암에서 나음을 받았다라고 선언합니다.
　제가 아는 이 성도… 평시에 그렇게 Shy하고 남 앞에 나서길 꺼려하던 이 성도가 갑자기 윗도리를 벗으며 그것으로 마치 고전무용을 하듯, 강대상 앞쪽으로 발레를 하며 돌아다닙니다… 눈은 감고… 손을 든 채… 많은 사람들 앞에서 자신의 믿음을 보라고 하는 것인지 아니면 감사해서 그러는 것인지.

이 성도… 불행하게도 치유받지 못했습니다. 제가 알기론 그 해에 다른 곳으로 암이 전이되어 한국으로 나가서 돌아가셨다는 소식을 들었습니다.

우리 교회 내에서도 이런 '부화뇌동'은 수두룩합니다.

천둥번개에 움직이는 부화뇌동이 아니라, 성과 령에 의해 움직이는, 말을 지어내자면, "성화영동"이 되어야 할 것입니다.

초신자 젊은 청년들에게 무조건 교회 나와서 교회 일과 각종 봉사에 헌신하는 것이 신앙의 척도인 양 부화뇌동시키는 것보다, 그들에게 하나님의 말씀을 공부시키고 제자 훈련이라는 내실을 통해 그들 스스로 성화영동이 되게 한다면, 굳건하고 확실한 믿음을 바탕으로 그들 스스로 봉사하고 헌신하는 Sound한 행동이 나올 것입니다.

남들이 하라니까… 남들이 와와! 해 주니까… 남들이 "야… 정말 열심히 교회 일 하니 얼마나 신실한 청년이야" 이런 식으로, 기초 믿음을 쌓을 기회를 안 주고, 순전히 공중누각을 세우는 비어 있는… 형식적인… 그리고 겉으로 보이는 행동만을 장려한다면… 그것은 믿음의 힘이 아니요 인간이 만든 부화뇌동의 힘이 아니겠는가 하는 말입니다.

다른 성도들에 대한 가십을 Filtering도 하지 않은 채… 다른 성도들에게 부화뇌동한다면, 그 butterfly 효과는 엄청나게 될 것입니다.

부화뇌동 당한 자들은 마치 독립투사인 양 진리를 걸머지고 희생하는 숭교자인 양… 다른 사람들의 부화뇌동에 속아… 그들의 재미난 엔터테인먼트의 연기자들이 되고 있음을 알아야 합니다.

정말 부화뇌동의 강렬한 재미를 느끼고 싶다면… 자신이 자신을 부화뇌동하여 자신이 직접 무대 위를 용감하게 휩쓸어 감이 어떨까… 제가 부화뇌동해 보고 싶습니다.

부화뇌동의 원흉이 되지 말자. 전적인 성령의 부화뇌동이야말로 진정한 부화뇌동이요 우리가 가지고 싶은 부화뇌동이 될 것입니다.

그리고 성령이 주시는 부화뇌동이야말로… "인간에겐 이상한 능력이 있다"라고 말한 나의 말 속에서 의미하는… 진정한 Driving Force가 될 것입니다.

찬양팀은 〈기쁨조〉가 아니다!

제가 콜로라도주에 살았을 때의 이야기입니다. 지금까지 항시 마음에 걸리는 사건이 하나 있습니다. 그 당시 저는 독립된 찬양팀으로선 콜로라도주에서 최초로 조직되었던 〈헵시바〉 찬양팀을 구성하여 팀원들을 훈련시키고 있었습니다.

2-3달의 훈련을 마친 다음에 정식으로 찬양팀 활동을 시작하려는 계획이었습니다.

그런데 마침 콜로라도주에 또 하나 최초인 CBMC(기독실업인협회)가 조직되게 되었습니다.

공교롭게도 저는 이 단체의 창립 임원으로 곧 있을 출범 행사 때문에 이중으로 바쁘게 지내게 되었습니다.

그러던 중 우리는 아예 CBMC와 헵시바가 공동으로 출범 행사를 가지는 게 어떻겠냐는 의견을 놓고 잠시 토론을 하다가 드디어 그렇게 하기로 결정을 하였습니다.

장소는 덴버에서도 고급 호텔에 속하는 메리아트 호텔이었고 큰 Ball Room을 빌려 500여 명 게스트가 들어가는 축하 이벤트를 거행하기로 하였습니다.

덴버 지역 일간지와 주간지 등에 큼지막한 광고가 나갔고, 행사 당일 연회장은 발 들일 틈도 없이 꽉 찼습니다. LA 등지에서 CMBC 간부들을 비롯해서 타주 손님들이 많이 초청되어 온 큰 행사가 되었습니다.

여러 순서가 있었지만 저희 찬양팀들은 시간도 절약하고 효과도 높이자는 취지로, 일련의 순서가 끝난 다음 저녁 만찬 때에 무대로 나와서 약 30-40분간 찬양공연을 하기로 하였습니다.

순서가 계획대로 잘 진행되고 드디어 저녁 식사 시간이 되어 분위기 또한 마음껏 고조되어 갈 즈음 저희 찬양팀들은 500여 명의 하객들 앞에 있는 무대 위에 서게 되었습니다.

이미 음식들이 테이블마다 서브가 되고 있었고 사람들은 화기애애하게 대화를 나누며 즐거운 시간을 보내게 되었습니다. 저희는 곡을 10곡 정도 준비했습니다.

처음엔 솔로/듀엣 등 조금 부드러운 곡으로 시작해서 점차 빠른 템포의 힘찬 찬양곡들이 연결되었습니다.

그런데 어느 순간까지는 악보 보랴 악기 연주하랴 팀원들에게 사인 주랴 정신이 없었는데, 어느 정도 시간이 흘러간 다음, 저는 너무나 이상한 느낌이 드는 것을 주체할 수 없었습니다.

마치 그것은 제가 나이트 클럽 밤무대 위에 서서 디너를 즐기고 있는 사람들 앞에서 그들을 Entertain하는 듯한 느낌이 든 것이었습니다.

〈내가 지금 여기서 무엇을 하고 있는 건가?〉

찬양의 대상이 하나님일진대 나는 지금 식사를 즐기고 있는 사람들을 기쁘게 하는 디너쇼 엔터테이너인가? 이런 생각이 드는 순간 그 자리를 박차고 나가고 싶은 마음으로 가득 차게 되었습니다.

지금에서야 고백하는데 그 순간 아마도 사인도 못 주었고 찬양 리드가 아마도 엉망이었을 거라고 생각합니다. 기억나는 것은 그때 그 곡이 끝나는 부분에서 repeat할 때 드럼 스타일이 바뀌어야 하는데 제가 그때 적절하게 사인을 못 주어 드럼 transition이 엉성하게 되었습니다. 그 드럼 주자(김 집사님 ^^), 죄송합니다. 그때 그 부분에서 망친 건(?) 지금에서야 고백하는데 제 잘못이었습니다. 아직도 김 집사님이 잘못한 것으로 알고 계시죠. 이제 그 진실이 밝혀졌습니다… ^^

저는 그 사건 이후… 절대로 사람을 엔터테인하는 요소가 들어간 이벤트에는 참석을 안 하는 것을 원칙으로 삼고 있습니다. 좋은 교훈을 배운 셈입니다. 물론 우리가 이벤트를 하다 보면 때로는 Entertainment의 요소들을 무시할 수는 없습니다.

그러나 그것이 잠시 잠깐의 과정에서 생기는 것이라면 몰라도 저의 경험같이 대놓고 사람들 식사할 때 〈기쁨조〉같이 그들에게 즐겁게 〈풍악〉을 울리는 역할이라면 〈찬양팀〉이라는 이름은 전혀 어울리지가 않게 됩니다.

같은 맥락에서 〈자리를 정돈하는 동안 우리 찬송가 부릅시다~〉라고 하시는 분들이 꽤 많이 계신데 이것 역시 올바른 찬송의 이해라고 생각하지 않습니다. 찬송을 회중질서를 위한 하나의 수단으로 생각한다면 지극히 잘못 이해하는 것입니다.

찬송은 성도들 마음의 표현입니다. 그 대상자는 하나님입니다. 그 대상자와 나와의 사이엔 그 아무것도 있어서는 안 됩니다. 혹자는 그게 그럴 수도 있지 하기도 합니다.

그러나 이런 것들이야말로 원칙을 고수해야 한다고 생각합니다.

이제 마지막으로 한 가지 더 고백합니다. 그날 제가 찬양을 리드하고 있을 때에, 앞에서 둘째 자리 테이블에 앉으셔서 맛있는 스테이크를 짭짭 드시며 옆에 계신 친구분과 침을 튀기시면서(실례!) 깔깔 웃으시며 잡담하시던 아주머니~

즐거우셨나요? 그런데 저는 너무 비참했습니다. 제가 누님들(?) 즐겁게 하기 위해 무대에 선 것은 아닌데 말이죠.

그 순간 그분이 무척 미워졌습니다. 그리고 나니 그분 얼굴이 너무 못생기게(?) 느껴졌던 점… 이 자리를 빌려 용서를 구합니다…^^ 이제 앞으로 그럴 날은 없겠죠??

이제는 다 같이 그분만을 생각하며 두 손을 높이 들고 감격의 찬양만을 드릴 테니까요.

찬양팀은 〈기쁨조〉가 아닙니다! 여러분들은 어떻게 생각하십니까?

Nothing is something?

예전에 닭이 먼저냐 달걀이 먼저냐로 사람들과 농담 비슷하게 얘기를 나누다가 결국 진화론에 대해 열띤 토론이 된 적이 있습니다.

그중에는 한국에서 교환교수로 온 물리학(Physics)을 전공한 무신론자 교수도 있었고, 아직도 확신이 없는 게 분명한 초신자 학생도 있었고, 나 같이 교회에 오래 다닌 사람들도 있었습니다.

중간쯤 가다가, 더 이상 진행했다간 치고 박는(?) 싸움이 벌어 질까 봐 급히 화제를 돌린 기억이 있습니다.

오래전에 한국으로 귀국한 그 물리학 교수가 한 말이 아직도 나의 뇌리에 맴돕니다.
그가 가라사대 "Nothing is something"··· duh?

Nothing이 Something이라고라????

이런 분들이 제법 많습니다.

많은 무신론자들이 즐겨 사용하는 표현 중에는 이런… 정상인의 뇌를 비탈길로 내모는(off the guard) 지극히 "의도적"인 말들이 많습니다.

일단 이런 말을 내뱉으면 절대로 밑져야 본전이다… 아니… 절대로 손해 보는 말은 아닙니다.

이 말을 들은 일반인들은… 엥? 이게 무슨 뜻인가? 하며 그 뜻 자체를 이해하려고 머리를 굴리거나, 그 말이 (자기보다 더 많이 배운 것 같은 사람에게서 나왔으니) 무언가 과학적인 혹은 철학적인 포인트가 있을 것이라고 아예 위축되어 빨려 들어가는 경우가 많습니다.

그리스의 괴짜 철학자 제논은 다음과 같은 말을 했답니다.
"날아가는 화살은 정지해 있다."

이 무슨 빈대 타고 강물 건너가는 소리인가요? ㅎㅎㅎ
물론 이 철학자는 수학적 패러독스를 제시하고 있는 것이지만, 우리 같은 일반인들은 그게 뭔 뜻인지 어떻게 알겠냐고요!!!

그런데 상대는 유명한 철학자이기에 우리는 급히 우리의 태도를 (비굴하게) 바꿉니다.

음… 분명히 심오한 뜻이 있을 거야… 저렇게 박식한 철학자의 입에서 나온 말인데 말이야~ 하며.

Nothing is something도 이런 허점을 노린 수입니다.

무신론자들은 허구장천 과학적 검증 얘기를 하면서도, 자기네들도 보지도 못했고 검증할 수도 없고Replicate할 수도 없는… 아주 오래 오래 오래 오래 오래 전에 일어난(봤냐?) Big Bang을 신봉합니다.

그렇다 칩시다.

그런데 그 빅뱅이 무에서 나온 거냐 유에서 나온 거냐… 반드시 물어볼 것을 알기에… 그것을 염두에 두고서인지는 모르겠지만… 유명한 무신론자 아버지 격인 Richard Dawkins 같은 분은… 이런 식으로 희한한 말을 던지는 겁니다.

Nothing is something!!!

와우~ 그럴듯합니다. 철학적으로 심오하고 뭔가가 있는 듯한 말 같습니다.
이 말을 빅뱅에다 살짝 접목시켜 보면… ㅎㅎㅎ 그 의도가 살짝 보이는 것 같습니다.
결론적으로 이런 모든 Atheist들의 의도는… 100% 신의 존재를 부정하기 위한 논리책일 뿐입니다.

세상의 모든 사물과 원리를 아무리 연구하고 뒤집고 계산해 봐도… 결국 그 끝에는 "그 누구" 혹은 "그 무엇"의 존재가 항시 거대한 암초처럼 버티고 있기 때문에, 무신론자들은 이러한 자료와 증거가 명백히 그 무엇을 가리키고 있음에도 불구하고, 아예 그것을 처음부터 배제하고 다른 방법으로 solution을 찾으려 하는 것입니다.

아까 말한 그 유명한 무신론자인 Richard Dawkins는 기독교 변증가와의 Debate에서… Noting is something이라는 뉘앙스의 말을 자기도 모르게 하여… 청중들이 와아~ 하며 웃으니까 순간 당황하여 어쩔 줄 몰라 하던 비디오 클립도 있습니다.

도킨스 박사는 2006년에 발표한 그의 책 '만들어진 신'에서 초자연적 창조자가 거의 확실히 존재하지 않으며 종교적 신앙은 굳어진 착각에 불과하다고 주장했습니다.

"거의"라는 여지를 남겨 둔 것은 무척 ironical합니다. ㅎㅎㅎ

그의 말에 의하면 크리스천들은 허구를 기반으로 생성된 〈믿음〉이라는 착각 속에 살고 있는 사람들이라는 것입니다.

어마어마한 직함과 경력과 백그라운드를 가지고 있는 그를 설득(?)시킨다는 것은 아마도 불가능할 것으로 보입니다.

합리적인 논리를 제시한다고 해도 그가 마음을 열 리가 없습니다.

그래서 우리 선조들이 "니가 콩으로 메주 쑨다 해도 안 믿는다"라는 말을 만들어 냈나 봅니다.

우리는 수많은 진화론의 모순을 말 할 수 있습니다. 그중의 재미난 한 가지는 다음과 같습니다.

예를 들어 쥐가 살다 보니까… 필요에 의해… 없던 날개가 생겨 나서 (진화) 박쥐가 된 걸 보면, 우리의 인체는 모든 부분이 한꺼번에 다 함께 같이 진화되지는 않았다…는 게 진화론의 진행 과정입니다.

즉, 팔이 다리보다 먼저 혹은 후에 진화되었을 수도 있고, 귀가 눈보다 더 먼저 진화되었을 수도 있다는 것인데.

그러면 우리 인간은 눈이 아직 진화가 안 되었을 적도 있었다는 얘기인 즉, 그러면 눈이 생기기 전까지 눈 없이 인간은 어떻게 걸어 다녔을까나? 일찍 진화된 친구가 옆에서 진화될 때까지 도와줬남?

귀도 아직 진화가 안 되었을 적도 있을 텐데 그러면 덤벼드는 짐승들 소리도 못 듣고 꼼짝없이 죽었을 텐데 어떻게 생존했을까나?

심장이 혈관보다 늦게 진화될 수도 있었지 않을까나? 그러면 심장 없이 피가 어떻게 혈관 속을 움직일까나? 심장이 더 일찍 진화되었다면… 그게 뭔 소용이 있남… 피가 없는데…그땐 물을 펌프질했남?

비양거리며 얘기하는 것 같지만… 나의 포인트는… 우리의 인체는 수백억 년의 오랜 시간을 거쳐 진화된 게 아니라… 한날 한시에 지금 보는 이 모양으로 모든 신체기관이 다 동시에 생성·발육되어 태어났다는 지극히 기본적이고 부정할 수 없는 사실이라는 점입니다.

우리 인체는 모든 부분이 다 직접 간접으로 연관되어 있습니다. 만일 한두 부분만이라도 (진화 과정 중이라) 없거나 한다면, 당장에 몸에 이상이 생길 것입니다.

또 비양되는 것 같지만, 만에 하나 진화론이 맞다면, 그 진화가 모든 인간에게 동시에 다 같이 일어나는 것이 아니기 때문에(우연이라는 확률이 우연이 아니라 필연으로 정확히 모든 사람에게 동시에 떨어질 확률은… 거의 희박하니까) 지금까지 시간이 엄청 엄청 엄청 흘렀으니… 진화가 다 된… 진화 중인… 진화가 덜 된… 그런 다양한 인간들이… 이 지구상에 함께 공존하여야 한다는 얘기입니다.

예를 들면, 아직 귀가 진화 덜 된 인간들, 아직 눈 한쪽이 진화 중인 인간들, 꼬리뼈가 아직 나와 있는 인간들, 팔이 필요에 의해 넷이나 되는 인간들, 빨리 달려야 하는 부족에서 태어난 인간은 심장이 2-3개 정도 되는 인간도 있어야 할 터이고, 뭐 확률적으로 보면 암수 기관 없는 중성 인간도 태어날 확률도 다분할 것이고, 바나나와 열매 따 먹던 인간들은 키가

기린만큼 진화된 인간들도 있음직도 합니다.

그런데… 인간은 천편일률적으로 똑같습니다. 조금 이쁘고 조금 뚱뚱하고 조금 작고 조금 크고 조금 영리하고 조금 멍청해도… 남이 가진 기능과 신체기관은 나도 다 가졌습니다.

당연합니다. 하나님이 자기의 형상으로 그렇게 인간을 최적의 상태로 세팅하셔서 세상에 내보내셨기 때문입니다.

아담과 이브도 우리가 가진 신체 기관과 똑같은 상태로 창조되었습니다. 진화된 것이 아닙니다.

제발… 자기 최면에서 벗어나세요. 뭣도 모르고 세뇌하는 가설과학을 믿지 마세요.

진화론을 믿으면, 하나님의 존재에 대해 걱정을 할 필요가 없고 하나님의 간섭을 안 받아도 된다는… 거대한 〈바람〉의 허구 속에서 살지 마세요. 그런 바람은 바람일 뿐입니다.

마음을 열고 자신이 직접 모든 증거와 사실의 자료들을 살펴보고 직접 결론을 내려 보아야 할 것입니다.

이상!

십자가가 우상인가?

십자가에 대한 찬반 논쟁은 예로부터 있었습니다.

한쪽에서는 십자가는 예수님의 죽음을 상징하는 거룩한 상징물로서 성도들에게 감사의 징표가 된다고 옹호를 하고, 다른 쪽에서는 십자가는 인간이 만들어 낸 우상물이기에 우상물을 만들어 놓거나 그것에 절하고 경배하면 안 된다고 반박을 합니다.

이쪽 저쪽 말을 들어 보면… 둘 다 다 나름대로 일리가 있습니다.

각설하고, 가장 중요한 포인트는 십자가가 예수님을 "대신"(Replacement)하는 형상이냐, 아니면 예수님을 "상징"(Symbol)하는 형상이냐 하는 것입니다.

대신하는 것에 절을 하면, 하나님을 대신하는 이방 신상이나 하다못해 돼지머리 같은 우상에게 절하는 것과 다를 바 없습니다.

상징하는 것에 절을 하면, 그 상징물 자체가 아닌 상징물을 통한 그 원체인 그리스도를 생각하며 경배하는 것이라고 볼 수 있습니다.

예전에 제가 알던 중절모를 즐겨 쓰시던 모 장로님은 놋으로 된 오래 된 회중시계(Pocket Watch)를 주머니에 항시 넣고 다니셨습니다.

더 좋고 가볍고 편리한 손목시계(Wrist Watch)가 있는데 왜 그리 무겁고 오래된 회중시계를 가지고 다니시냐고 물었더니, 그 시계는 장로님의 아버님께서 6·25 때 부득이 가족과 헤어지면서 외동 아들인 자기에게 준 사랑의 증표라고 하였습니다.

그 장로님은 그 시계 자체를 사랑한게 아니라 그 시계가 가지고 있는 자신만이 알고 있는 그 깊은 연유 땜에 그 시계를 아끼고 항상 포켓에 지니고 다녔던 것입니다.

그 시계 속에 담긴 그 기억을 사랑한 것이라고 해도 될 것입니다.

네거리에서 교통경찰이 호루라기를 불며 교통정리를 합니다.
놀랍게도 산만 한 큰 트럭들이 그 경찰의 손 시그널에 고분고분 따르고 있습니다.

그 경찰관 남자의 힘이 트럭보다 세기 때문이 아닙니다.
그 경찰관 제복 뒤에 숨어 있는 공권력이 세기 때문입니다.

경찰복과 경찰봉은 공권력의 상징입니다. 상징 자체에도 Power는 있습니다.

왜냐하면 나라가 그 Power를 그 경찰관에게 주었기 때문입니다.

영화를 보면, 그리고 실제로 엑소시즘을 하는 목사/신부들을 보면, 발악하고 컨트롤이 안 되는 귀신 들린 자에게 십자가를 들이대면 마치 포승줄 받는 사람같이, 질겁을 하고 후퇴를 하는 장면을 볼 수가 있습니다.

그 손바닥만 한 십자가가 무슨 그 자체에 힘이 있겠는가.

그러나 그 십자가가 상징하는 그 십자가 뒤에 있는 그분의 능력을 마귀들도 인정하고 굴복하는 것입니다.

그러므로 여기서도 어떤 물건 자체의 특성보다는 그 물건의 상징성이 더 중요하고 의미가 있음을 알게 됩니다.

루터를 이어 종교개혁을 이어받았다는 쯔빙글리는 십자가를 교회당 안에서 금지시키려 했습니다.

바로 이 쯔빙글리가 더 나아가 성직자 가운 착용 그리고 교회 음악도 폐지하려고 개혁을 단행한 사람입니다.

개혁 Mind가 있고 신학적 깊이가 있는 사람도 과유불급의 실수에서 자유롭지는 못한 모양입니다.

우상과 상징을 구별해야 합니다.

만일 당신이 하나님을 섬긴다면서 성도들이 모일 때 깃발에다 각종 동물 그림을 그려서 들고 다닌다면 이것은 우상숭배 행위인가요, 아니면… 일종의 예술/치장 행위로 보아야 할까요?

실제로 이스라엘 각 지파의 깃발에는 각종 동물들의 그림들이 그려져 있었고(예: 유다 지파의 사자), 성막이나 성전 안에 있는 기구들도 여러 가지 "형상"을 수놓거나 조각해서 만들어 놓았습니다. 그러면 이것이 우상숭배 행위인가요?

구약 성경을 보면 하나님께서 이스라엘 백성들이 자기에게 계속 불순종하게 되자, 모세에게 구리뱀을 만들라고 지시하신 적이 있습니다. 구리뱀… 그것도 우상숭배와 관련된 것인가요?

우상숭배와 상징을 혼동하지 말아야 합니다.

이럴 줄 알고, 주님은 후에 니고데모에게 이 놋뱀이 자신을 〈상징〉하는 것이라고 말씀하셨다.

상징을 볼 수 있는 지혜를 가져야 합니다.

예전에 독실한 크리스천인 모 탤런트가 주말 연속극을 찍으면서 극중에서 돼지머리를 놓고 절을 하고 굿도 하고 부처상에 합장하는 장면을 찍으면서 매우 극심한 스트레스를 받았다고 합니다.

왜냐하면 자기가 출석하는 교회의 담임목사가 손해를 보더라도 그런 우상숭배 행위는 과감하게 관둬야 한다고 다그쳤기 때문이라고 훗날 고백하였습니다.

드리마에서 무당같이 돼지머리에 절하고 스님같이 부처상에 합장하는 것이 우상숭배인가요?
연기와 우상숭배를 그렇게 구분할 수 없는가? 그러면 최악의 케이스인 사탄 역할을 하면 그건 완전 100% 구원을 잃고 마는가요?

연기는 연기일 뿐입니다. 제발 Common Sense를 가집시다.

나도 들은 얘기인데, 어느 부흥사가 어떤 교회에서 부흥회를 인도하다가, 무엇에 기분이 나쁘셨는지, 강대상 뒤에 걸려 있는 십자가가 우상이라고 장로들을 올라오게 해서 당장 치우게 했다고 합니다. (그 담임목사님 표정이 어땠을까 매우 궁금하다.)

대부분 교회에 걸려 있는 십자가들은 평범하다. 반짝반짝 빛나고 네온 사인같이 색깔이 바뀌고 금 도배를 했거나 어마어마하게 큰 십자가는 보지를 못했습니다.

적당한 크기에 재질도 평범하다. 어떤 가난한 교회 십자가는 플라스틱입니다.

우상숭배하는 자들이라면 그 우상을 볼품없는 플라스틱으로 만들어 걸어 놓을 리 없습니다.

그리고 그것을 대개 한쪽 벽에 걸거나 가운데 걸려면 (프로젝터 화면 때문에) 좀 작은 십자가로 걸어 놓았습니다. 그것은 우리가 예수님의 죽음에 감사한다는 상징적인 표증이기도 합니다.

정체가 드러나면 죽는 그 시절, 크리스천들은 땅에다 물고기 표시를 하며 서로를 확인했습니다.

그것이 우상물이라고 우기는 자는 없을 것입니다.

빵집은 빵을 그려 놓고 우리가 빵집이라고 합니다.

우리는 십자가를 걸어 놓고 교회라고 합니다.

So, what's wrong with that?

십자가를 크게 만들어 놓고 주일날 와서 그것에 뽀뽀하고 그것을 껴안고 그것만 만지다가 돌아가는 성도들은 없을 것입니다. 만일 그런 사람이 있다면 우상 어쩌고를 떠나 근처 병원에 먼저 데리고 가야 할 것입니다.

그런 비정상적인 범주를 벗어나지 않는 테두리에서 십자가를 만들어 걸어 놓고 그분이 십자가에서 피를 흘리시고 우리를 위해 희생하신 그 사랑과 소망을 확인하고 감사드리는 우리들의 행위가 정말 〈우상숭배〉에 가까운 것이란 말인가요?

Common Sense를 가집시다.

누구는 교회에 음악 없이… 그래서 오직 예배에만 집중하는… 예배를 드리자고 주장하였지만 그래도 교회에서 찬송가 소리가 흘러나오는 게 더 교회답습니다. 찬송도 예배의 일부분이기 때문입니다.

교회에 아무 것도 장식하지 말고 그냥 예배만 드리자고 하지만, 크리스마스 때 누구에게는 유치하게 보일지 모르지만 아기예수 장식도 하고 크리스마스 트리도 만들어 놓는 게 더 교회답지 않은가요? 절간에 크리스마스 트리 장식하는 것 보았는가요?

쥐 죽은 듯 조용한 것보다 시끄러워도 방언이나 박수 소리나 아멘 소리가 그래도 터져 나오는 것이 훨씬 교회답습니다.

그런 맥락에서 교회에 십자가가 보이는 것은 안 보이는 것보다 훨씬 자연스럽고 크리스천적입니다. WWJD를 적용하여, 예수님이 교회를 방문하신다면, 십자가를 우상이라고 화를 내시며 걷어 치우시겠는가 아니면… 그래도 너희들이 나의 죽음을 항상 생각하고 있다는 거지…라고 생각하실 것인지… 궁금합니다.

문제는 과유불급… 너무 지나치면 나쁘다는 것을 빼놓고는요.

그것이 아니라면, 교회에서의 십자가는 우리의 정체성의 상징물입니다.

갈보리산 위에 십자가 섰으니… 주가 고난을 당한 표라~ "표"라고 합니다… 증표입니다… 우상이 아닙니다.

마지막으로 찬송가 150장 "갈보리산 위에"(Old Rugged Cross)를 한번 들으며 마음을 달래 봅시다.

그것도 여러분들이 좋아할 Elvis Presley의 부드러운 목소리로…!

금가락지냐 러브레터냐?

예전에 중국에서의 실화가 신문에 크게 보도된 적이 있습니다.

중국의 어느 마을의 노총각이 펜팔을 통해 도시에 있는 여자랑 연애를
하게 되었습니다.
사진도 교환하고 그랬나 본데 거의 매일 편지를 썼다고 합니다.

약 1년 후 이 여자는 드디어 결혼을 하게 되었습니다. 짝짝짝!!!
다만, 그 상대 남자가 시골 청년이 아니라 그 청년의 편지를 매일매일
배달하였던 우체부였다고 합니다.

내 앞에 눈으로 보이는 실상이 편지 속의 허상보다 나았던 모양입니다.
그래서 우리말에도 〈먼 친척보다 가까운 이웃이 낫다〉는 말이 있습니다.

한번 따져 봅시다. 원래의 당사자들은 시골 청년과 도시 아가씨입니다.
우체부는 시골 청년의 Love Letter를 도시 아가씨에게 전달하는 수단일
뿐이었습니다.

그런데 언젠가 부터는 그 편지의 〈내용〉보다는 그것을 전달하는 〈사람〉에게 관심이 더 끌리게 되었습니다. 나중에는 편지는 뒷전이고 우체부가 주인공이 되었습니다.

이게 원칙적으로 보아 잘못된 것임을 우리는 알고 있지만… 이런 일이 드물게 일어나는 일은 아닙니다. 어쨌든 이런 현상은 우리들의 삶에 부작용을 많이 파생케 합니다.

한국에서 7080 시대에 대학 다니면서 데모에 한두 번씩 가담해 보지 않은 남자는 드물지 않을까 생각합니다.
나도 고등학교 3학년 때 얼떨결에 데모에 가담한 적이 있습니다.

한번은 수업이 끝나고 보충수업 시간을 기다리고 있는데, 이미 졸업하고 대학에 다니고 있는 선배 몇 명이 교실에 들어오더니만, 인쇄된 종이를 나누어 주면서… 우리들이 들고 일어나야만 하는 이유를 조목조목 설명해 주었는데, 정치에 관심이 없던 나도 그만… 꽂히고 말았습니다.

그의 논리와 이유에 대한 설명이 너무나 타당했고 멋졌기 때문입니다. 그래서 함께 어울려, 철없는 고3이 정치에 뭘 알겠느냐만, 거리로 나아가 구호를 외치며 거리를 한번 돈 적이 있습니다.

그런데 그 다음부턴… 그 이유가 무엇이건… 논리가 무엇이건… 일단 그 선배가 주동하는 데모에는 거의 자발적으로 참석하게 되었습니다.

그 당시 그 선배의 "선동적" 의도에 대해 이런저런 말이 많이 돌았지만, 이미 나는 그의 의도나 목적이나 논리가 중요한 게 아니라, 이제는 그 선배 그 자체의 "매력"과 "카리스마"에 빠졌기에… 다른 소리는 귀에 들리지 않았고… 누가 뭐래도 그 선배를 따를 각오까지 되어 있던 것입니다.

정치만 그런 것이 아닙니다. 음악도 그렇습니다.

처음엔 어떤 가수가 부른 노래에 매료됩니다. 그 가사가 마음에 와닿고 그 가수의 창법에 매료됩니다.
그러다가 그 가수의 앨범을 더 사서 듣게 되고 드디어 팬이 되고 마니아가 됩니다.

이제 마니아 경지에 이르면, 그의 음악을 사랑하는 게 아니라 그 가수 자체를 숭앙하게 되는 것입니다.

가수가 추구하는 음악… 그리고 우리가 좋아하는 그 음악의 매력은 이제 뒷전이고, 내 눈에는 이제… 그 가수만 보입니다.

세계의 많은 사람들이 처음엔 소문으로 듣고 BTS의 음악을 들어 보고 그들의 음악에서 희열을 느끼고 매력을 느꼈을 것입니다.

그들이 자랑하고 있는 아미(Army)도 그 과정을 거쳤을 것입니다. 그러나 그들도 똑같은 과정을 반복하고 있습니다.

이제 그 아미들은, 더 이상 BTS의 음악 때문에 결집되어 있는 게 아닙니다. 그들은 이제 BTS라는 그 아이돌 가수 그 자체에 관심과 열정이 있습니다.

BTS가 어떤 앨범을 가지고 나오더라도 그들은 환호할 것이다… 왜냐하면 음악의 내용이 더 이상 중요한 게 아니라 BTS라는 거대한 실체가 그들을 지배하고 있기 때문입니다.

이것은 세상의 Entertainment계에서 뛰고 나는 흥행사들이 즐겨 사용하는 Strategy입니다.

주위를 둘러보기 바랍니다. 사람들이 환호하는 연사들… 엔터테이너들… 정치인들… 종교인들을 보십시오.

그들이 처음엔 개념 있는 연설을, 매력적인 내용을, 국가를 살리는 민족 중흥(?)의 공약을 그리고 초심의 메시지를 전달했었습니다.

그러다가 인기가 높아지는 것을 느끼며 인기 유지 또는 증진을 위해 개인기에 힘을 싣게 됩니다… 그러다가 지지자들의 관심이 그 목적이나 내용에서 "사람"이라는 자기 자신에게 옮겨지는 것을 알게 되면, 그들도 당연히 바뀌게 됩니다.

당연히 성취감을 느낄 것이고, 자만감 그리고 보상심리가 생기게 됩니다.

보상심리란⋯ 제가 이 정도 했고 제가 이제 이 정도 위치에 올라와 있으니 응당한 대우와 인정과 보상을 받아도 당연하다는⋯ 초심과 원래의 의도와는 전혀 다른 '욕심'이 생기는 것을 말합니다.

사람이란 묘한 존재이기에, 일단 이런 욕심이 생기게 되면, 자신도 모르게 예전의 초심은 희미하게 사라져 버린다. 초심을 없애 버리자⋯라고 아예 작정하는 사람들은⋯ 아마도⋯ 없을 것입니다.
개구리 올챙이 적 생각 못 한다고, 자연스레 그 초심을 잃게 되는 것입니다.

여기에서 극소수의 진정한 Hero나 leader들은 정신을 차리고 초심을 회복하려 마음 속의 욕망과 사심을 Control하려고 노력합니다. 그러나 실지로 자신을 그렇게 돌아보고 채찍질하고 방향을 다시 바꾼 사람은 얼마나 있을까⋯ 의문스럽습니다.

관중석에서 무대를 쳐다볼 때와 무대 위에서 스포트라이트를 받으며 관중석을 쳐다볼 때가 다르듯이, 그들은 이미 Control Phase를 넘어선 것입니다.

이 상황에선 그들이 관중석으로 내동댕이 쳐지거나, 관중들이 외면하거나, 하늘에서 벼락을 맞아, 정신이 순식간에 다시 돌아오지 않는 한⋯ 그들은 영원히 초심으로 돌아오기 어려울 것입니다.

그런데… 말입니다. 중국의 실화에서 과연 누가 나쁜 사람인가를 생각해 본다면… 시골 청년일 수도 있고 도시 여자일 수도 있지만, 적어도 우체부는 아닐 것이다라는 생각이 듭니다.

아마도 도시 여자가 손가락질 받을 확률이 제일 높을 것입니다.

마찬가지로, 정치가나 예술가나 종교계 리더나… 그들이 초심을 잃고 사욕에 가득차게 된다면, 당연히 그들의 잘못이 크지만, 그들을 그렇게 만든 우리들도 공범이라는 책임을 회피하진 못할 것이라고 생각합니다.

작금의 교계를 보면, 과연 저분들이 왕년에 그토록 신실하고 희생적이고 오직 예수만 알던 그분인가… 눈을 의심하게 됩니다.

그런데 문제는 우리들에게도 있습니다.

손가락으로 무엇을 가리키면, 가리키는 그것/곳을 바라보아야 합니다. 그 손가락을 보고 있으면… 바보입니다.

강대상에서 목회자가 메시지를 전하면 그 메시지를 보아야 합니다.

매력적인, 카리스마한, 지적인, 유머러스한, 멋진… 목사의 모습에 매료되어 버린다면 우리는 손가락이 가리키는 그 방향을 보는 것이 아니라, 손가락을 바라보고 있는 것입니다.

그것은 복음과 예수를 쳐다보는 것이 아니라 그 메시지를 전하는 전달자를 보고 있는 것입니다.

전달자라고?

아… 생각나는가?

그렇다… 바로 그 우체부 아저씨 얘기입니다.

시골 아가씨가 Love Letter의 그 내용을 보고 기뻐해야 하는데 그것엔 관심이 없고, 그 Love Letter의 전달자인 우체부를 사랑한다면… 무언가 이상한 그림이 되지 않냐는 말과 동일합니다.

목회자들의 perspective가… 나는 전달자다…라는 것이라면… 우리들의 perspective는… 우리는 전달자를 보지 말고 그가 가리키는 그것을 보아야 한다는 것입니다.

이것만 유지되면 어느 교회도 별 문제가 없을 것입니다.

문제는 목회자가 전달자가 아닌 spot-light 받는 대상이 되고, 우리는 그가 가리키는 메시지를 보는 것이 아니라, 그의 손가락을 바라본다는 것입니다.

제가 아는 몇몇 목사님들은 성도들의 시선이 자기에게 집중되기 시작하면 목회를 접고 reset하여 다시 새로운 사역을 시작하시는 분들도 있습니다.

그분들이 그렇게 하는 걸 보니까, 그 일이 어렵긴 하지만 결코 impossible한 일은 아닌 듯합니다.

한국의 대형 교회 목사님들… 왕년에 명성이 자자하셨던 원로목사님들… 자기만 바라보게 교인들을 바보로 만들어 놓으신 분들도 많습니다.

그 많은 바보들이 지금도, 어디를 쳐다볼지를 몰라, 아직도 그 손가락만 바라보고 따라다니고 있습니다. 그게 목표물인 양… 진짜 과녁은 따로 있는데 말입니다.

이것은 바보들이 스스로 못 고칩니다.

손가락 소유자들이… 그 방향을 정확하게 가르쳐 줘야 합니다.

그리고 되도록이면, 손가락에 번쩍거리는 금가락지는 끼지 말아야 합니다. 그 명예와 부의 금빛 가락지 때문에 바보들이 그것만 쳐다보고 있기 때문입니다.

시험에 들었다고?????

나는 교회 다니는 분들에게서 〈시험〉 받았다는 말을 자주 듣는다.
목사님들에게서 이런 말을 들은 적은… 다행히(?)… 없습니다. ㅎㅎㅎ
그러나 장로 권사 집사들이 이런 말 하는 것은 수없이 들어 왔습니다.

그래 〈시험〉에 들었으니 어떡하라는 거냐…라고 속으로 생각은 하지
만, 일단은 그들의 말을 끝까지 한번 들어 봅니다.

그 말 듣는 재미도 쏠쏠하니까. 결론적으로 얘기하자면, 시험에 들었다
는 것은 결국 자기가 자기 자신을 시험에 들게 '허용'했다는 것입니다.

이 말은, 같은 시험이라도 어떤 사람은 그것을 그냥 넘기는 반면, 어떤
사람은 기어이(?) 그 시험 속에 자신을 집어넣을 수 있다는 말입니다.

시험을 '받는' 것하고 시험에 '드는' 것하고는 천지 차입니다.

예수님 자신도 시험을 받으셨다. 그러나 시험에 "드신" 것은 아닙니다.

어쨌든 인간이 시험을 받는 것은 당연한 일일지도 모릅니다.

나 혼자 사는 세상이 아니기에, 교회 안이건 교회 밖이건… 매일매일의 생활 속에서 사람들과 부딪히며 살아가야 하기에 시험을 받을 수밖에 없습니다.

그런데, 시험 받는 게 무슨 큰 영광스런 일인가요. 웬 광고는 그리도 크게 하는지요.

"김 집사 요즘 기분이 왜 그래"라고 물어서 시험 받았다고 말 하는 것과, 스스로 한밤중에 전화를 걸어 와서 다짜고짜 "이봐 이 집사… 나 요즘 시험 받았어~" 하는 것하고는 큰 차이가 있습니다.

아니… 나 같으면 시험 받으면… 창피해서라도 내 선에서 그것을 먼저 처리하려 할 것입니다… 그리고 기도하면서 혹시 나에게 원인은 없는지도 성찰해 보고요.

그런데 이건 말 그대로 온 동네에 광고를 하고 돌아다니는 겁니다.

제가 지금 시험을 받아 기분이 나쁘니 나에게 사과할 사람은 알아서 사과를 하고, 위로해 줄 사람은 빨리 위로를 하고, 에이~ 그러지 마세요~라고 내 소매를 붙잡고 마치 VIP 손님이 매점에 들어와 그냥 나가려 할 때 간곡히 붙잡듯… 제가 이 교회에서 안 나가게 붙잡아 달라는… 어떻게 보면 정말 치사유치찬란한 표현이 아닐 수 없습니다.

이것이 초신자 입장이라면 이해가 간다. 세상 돌아가는 규칙대로 살다가 교회 안에서의 낯선 갈등은 초신자들에겐 이해하기 어려울 수도 있습니다.

그러나 30년 40년 신앙생활했다는 직분자들이 시험에 들었다며… 하루 아침에 초신자들보다 더한 믿기 어려운 모습을 보이는 것은 정말 이해하기가 힘듭니다.

더 이해하기 어려운 것은, 마치 동성애자들의 커밍아웃(Coming-Out) 같이, 또는 무슨 위대한 독립투사의 정체를 밝히는 양 "나 시험에 들었어"라고 아주 당당하게 담화문 발표하듯… 말하는 사람들의 태도입니다. 그래서 도대체 어떻게 해 달라는 말일까요.

얼마 전 세계의 교계 특히 경배와 찬양 분야에서 독보적인 존재감을 자랑하는, 호주의 그 유명한 힐송 처치의 CCM 밴드 리더인 마티 샘슨은… 자신이 시험에 빠졌다고… 미디어를 통해 마치 대통령이 시국선언문을 발표하듯 고백해… 교계를 놀라게 하였습니다.

그의 말 중에는
"나는 진심으로 믿음을 잃었고…"(genuinely losing faith),
"기독교는 나에게 또 다른 종교…"(Christianity is another religion),
"성경은 모순 덩어리인데, 아무도 이에 의문을 제기하지 않는다"(full of contradictions)

등등의 말을 한 것으로 보아, 그가 중생한 신실한 크리스천이었는데 어찌어찌하여 시험을 받았다기보다는, 아예 그는 처음부터 진정한 의미에서의 크리스천이 아니었을 수도 있다는 생각이 듭니다.

그가 perform(그렇다 나는 일부러 worship 대신 perform이라는 단어를 쓴다)하는 예배인도를 보면, 그는 용모가 멋지고 기타 연주와 보컬이 매력적입니다.

Jesus! Jesus! 외치며 손을 들고 예수님을 찬양하듯 눈을 감고 Perform을 합니다.
많은 성도들은 그가 진실되게 예수를 찬양한다고 볼 수밖에 없습니다.

저렇게 눈을 감고 감격과 은혜를 느끼며 영이 충만한 찬양을 부르는 그는 얼마나 신실하고 깊은 믿음을 소유한 하나님의 사람일까… 성도들이 존경하며 부러워하며… 그의 찬양 속에서 그를 영적인 모델로 삼았을 수도 있습니다.

그의 진실 어린 제스처와 그의 입으로부터 선포되는 고백적인 가사에 은혜를 받고 그의 음악과 함께 깊은 영의 감동 속으로 빠지는데… 실지로 그 자신은 worship이 아니라 perform을 하며, 〈예배〉가 아닌 〈공연〉을 하고 있었다면, 우리들은 이것을 어떻게 설명을 해야 하는 것일까요.

이것을 이제서야 알았습니까…라고 나는 되묻고 싶습니다.

수많은 거짓 선지자들과 Fake 찬양인도자들과 사이비 스피커들이 이미 이렇게 해 온 지 오래되었습니다.

Where were you?

베니힌, 케네스 코플런드, 케네스 헤이건, 모리스 세룰로, 라드니 하워드 브라운, 프레드릭 프라이스… 그리고 정말 아까운 그리고 제가 사랑했던 주옥같은 곡 "오 나의 자비로운 주여"를 비롯한 수많은 영성이 충만한 곡들을 작곡한 존 웜버 등등등…

한국은? 정명석(10), 이재록(16), 김기동(3)… ㅎㅎㅎ 괄호 안 숫자가 뭐냐구요?

교회와 성도들에게 황령하고 강간하고 사기하다가, 교회 비리에 관대한(?) 세상 재판소에서까지… 결국 판결받은 형량입니다.

정말 창피합니다.

마틴 샘슨으로 다시 돌아가 봅니다.

만일 그가 미디어를 통해… "나는 신앙을 잃었다"라고 말하는 저의가, Publicity(자신의 인지도를 높이려는 일종의 세속적인 의도)나 자신을 너무 높게 여기는 Narcissism(나르시시즘)이 아니라면, 그는 그 이전에… 먼저 무릎을 꿇고 자신과 하나님과의 대면을 먼저 선행했어야 할 것입니다.

안 믿기면 coming out… 자기 뜻에 안 맞으면 "시험 받았다" 그리고 "고백한다"… 이런 태도가 과연 진정한 크리스천의 태도가 되겠는가 말입니다. 더군다나 리더급에 있다는 사람이 말입니다.

그런데 이보다 더 슬픈 사실이 있습니다.
심슨의 예에서 명확히 보듯이, 겉으로 보이는 은혜와 진정성은… 얼마든지 Fake할 수 있다는 것입니다.

제가 예수를 안 믿고 하나님을 주인으로 모시지 않아도, 나의 음악성 나의 전문성 나의 말빨(?)로 얼마든지…기회만 주어진다면… 교회 안에서 "Perform"을 얼마든지 할 수 있다는 것입니다.

너무나 위험한 사실이다… 그리고 이것이 시험 받았다는 그 사실 보다도 더 위험하고 더 괘씸한 우리들의 Vulnerability(취약점)가 됩니다.

그래서 각종 악기를 천재같이 다루고, 심금을 울리는 목소리를 가졌고, 겸손하고 따뜻한 용모를 가졌고, 경배와 찬양을 철철 넘치는 카리스마로 인도를 한다고 해도, 그가 영성과 은혜 속에 거하지 않는다면… 우리는 불행하게도 그저 그의 재능적인 Performance에 놀아난 것과 다름이 없게 됩니다.

이것은 마치, 속마음이 어떻건, 멋지게 생긴 남자의 그 용모에 빠져, 벼락 시집을 가 버린 처녀와 다를 바 없습니다. 이 경우 미안하지만 궁극적인 책임은… 그 처녀에게 있습니다.

마찬가지로 교회의 비리 그리고 사역자들의 실망스런 진면목… 그것에 대한 최종 책임은 사실은 그런 재능과 겉모습을 추구하는 우리들에게 있다는 데에… 그 누구가 반대 의견을 피력할 수 있을까요.

카리스마가 충만하고, 키도 크고, 몸집도 건장하고, 목소리도 중후하고, 강단을 치며 호령하는 모세 같은 목회자가, 우리 교회 담임목사가 되어야 대형 교회 레벨에 맞는 목사이지, 키는 작고, 목소리는 기어 들어가고, 노래도 못하고, 말빨도 없고, 돋보기 안경 쓴 볼품없는 목사는 우리 교회 수준에 안 맞아…라고 하는 게 솔직히 우리들이지 않은가요.

선호(Preference)의 자유는 자칫하면 그 본질(Requirement)의 중요성을 망각하게 합니다.

마지막으로 크리스천들의 따가운 시선에 대한 샘슨의 소식을 update하며 맺습니다.

다행히… 샘슨은 come back(이번엔 coming out이 아니라)의 여지를 보여 주고 있습니다.

그는 "만약 진리가 참이라면, 그것에 대한 나의 이해가 어떻든지 진리로 남을 것입니다. 제가 만약 진리를 찾는다면, 내게 훨씬 더 분명히 보여질 것이다"라는 말을 남겼습니다.

또 한마디 더 하기를 "난 여전히 살아 있기 때문에 여전히 배우고 있다"
라고 덧붙였습니다.

"배우고 있다"라는 말은 "솔직한" 말이며 "좋은" 의도의 말입니다.
이미 자신을 낮추고 자신이 모르는 그 "진리"를 더 공부하고 배워 보겠
다…라는 말입니다.

두고 볼 일이지만 부디 그가 다 내려놓고 가장 중요한 하나님과 자신과
의 관계부터 정립해 보기를 바랍니다.

끝으로 우리가 배운 Lesson 하나는… What you see is not everything입
니다.

특히 교회 리더를 채용이나 임명할 때, 관계자들은 그 사람의 재능이라
능력을 보기 이전에, 깊은 신앙의 내면을 관찰하고 믿음의 진실성에 민감
해져야 할 것입니다.

Why? Because we're talking about spiritual projects!

수없이 보아 왔지만, 이 세상에는 재능을 가진 Performer들이 수없이
많습니다.
그리고 우리는 가끔 그 Performance를 믿음의 증표라고 여기기까지 한
다는 사실입니다.

그러니… 처음부터… 아예 철저하게 검증과 검증을 거쳐… (예를 들면) 경배와 찬양 인도자 같은 리더들을 임명해야 할 것입니다.

교회는 Perform하는 곳이 아니라 Worship하는 곳이기에, Performer가 아닌 Worshipper가 있어야 되는 게 당연합니다!!!

원천과 결과를 착각하지 말자!

어느 젊은 부부가 있었습니다. 웬일인지… 언제부터인지… 둘 사이가 소원해지고 별거 아닌 일에도 부딪치고 영 사이가 좋지 않았습니다.

그래도 한때는 목숨을 걸 정도로 사랑했던 사이라, 도대체 어떻게 해야 관계를 회복할 수 있나 여러 방법을 모색하고 있던 중… 바로 옆집에 사는 같은 나이 또래 부부가 생각났습니다.

매사에 의견일치를 할 수 없었지만, 옆집 잉꼬부부를 참고하여 우리도 비슷하게나마 시도해 보면 좋은 결과가 나올 수도 있지 않겠느냐…하는 데엔 의견이 모아졌습니다. 그리하여 옆집 부부를 관찰하기 시작했고, 다음 몇 가지 눈에 보이는 것들을 그들도 시도해 보기로 했습니다.

첫째, 매일 아침 남편이 출근할 때, 문 앞에서 남편이 아내를 껴안고 '저녁때 봐~' 하며 뽀뽀를 합니다. 아내는 손을 흔들며 '좋은 하루 돼요 여보~' 하며 미소로 배웅합니다.

둘째, 남편이 돌아오는 길에 가끔 아제가 좋아하는 통닭이나 만두를 사 가지고 들어옵니다. 그러면 아내는 이미 준비한 음식과 함께 상을 차려 남편과 함께 오손도손 먹습니다.

셋째, 저녁을 먹고 선선해지면 아내와 남편은 산책을 나갑니다. 남편은 강아지를 끌고 가고 아내는 콧노래를 부르며 남편의 팔짱을 끼고 걷습니다.

넷째, 주중에 가끔 남편이 연장을 들고 나와 집 안팎을 수리합니다. 아 내가 가끔 과일이나 쥬스를 들고 나와 남편에게 건넵니다.

다섯째, 주말이 되면 남편은 아내를 차에 싣고 어디론가 외출을 가는 듯 합니다. 남편과 아내는 커플 룩 차림으로 패션 감각이 뛰어난 듯합니다.

Ok, Ok… 너무 현실과는 동떨어진 묘사라고?… ㅎㅎㅎ 인정합니다… 하여간 그렇다고 칩시다!

이 부부… 거의 똑같이 2주 정도 해 보았다고 합니다.
처음엔 가능성을 보고 (속마음이야 어떻든) 열심히 흉내를 내었는데, 3 주째 들어가자… 이게 뭔 짓인가 하며… 에이~ 씨~ 관두었다고 합니다.

아니… 저 집 부부들은 되는데 왜 우리 부부는 안 되냐고? 진짜 왜 그런 가? ㅎㅎㅎ 우리는 그 이유를 알고 있습니다.

비슷한 시나리오가 교회에서도 벌어집니다.

교회가 영 부흥이 안 됩니다. 오라는 젊은이들은 안 오고 요단강 건너가기 일보 직전 고령자들이 가끔 교회를 찾아옵니다. 일꾼이 없으니까 열정이 없고 도무지 일을 추진할 수가 없습니다.

결과적으로 성도들이 많이 없으니까 기존 성도들도 시들해지고, 같이 싸늘하게 식어져만 갑니다.

어느 날 목사님께서 결심하셨다. 그리고는 보따리를 싸서 조금 떨어진 기도원에 들어가셨습니다.

일주일 내내 기도하며 콧물 눈물 다 짜시고… 고군분투했는데… 확답이 없습니다.
마음속에는 "요나서"만 생각납니다. 거창한 이유는 없고 그냥 "요 나 땜에~"라는 생각이 들기 때문입니다.

마지막 날… 그래도 뭔가를 건져 가야 하시기에… 정말 진지하게 생각해 보았습니다.
아 그런데… 아까 그 옆집에 사는 젊은 부부같이… 인근에서 부흥되는 교회 생각이 납니다.

그래 맞아~ 일본도 미국 copy해서 경제강국이 되었고, 우리나라 삼성도 일본 copy로 시작했어!

그래서 그 목사님 가만히 하루 종일 도대체 그 교회가 성장하는 이유가 무엇인지 적어 보았더니 다음과 같은 결론이 나왔습니다.

첫째, 주일날 찬양과 경배 시간에 젊은 청년들이 찬양을 리드하고, 예배 포맷을 현대예배로 Open Worship으로 드립니다.

둘째, 목사님 설교 시간에 가끔 목사님이 찬양을 솔로로 곁들이고, 이야기식 설교를 하시는데 예화는 웃음을 유발하는 소재를 많이 사용합니다.

셋째, 예배가 끝난 뒤 다양한 Interest Group을 만들어 과외 활동같이 동아리 비슷한 모임을 만들어 운영합니다.

넷째, 지금 한국에서 억세게 유행한다는 모모 성경 공부 프로그램을 장로님들과 안수집사들을 독려/강권하여 시행합니다.

뭐 이 정도가… 그렇게 부흥한다는 그 교회의 특징인 것 같기도 하여… 하산하신 그 주일에 강단에서… 〈선언〉을 해 버렸습니다.

제2의 도약기를 가지자고!
마누라만 빼고는 다 바꾸자고!

그래서 시작했습니다. 처음엔 뭣도 모르고 목사님이 해야 한다니까 따라갔는데, 한 달이 넘어가자… 뭔가 꼬이기 시작합니다.

젊은이들 찬양은… 무조건 젊은이들만 갖다 놓으면 뭐 하는가… 경험도 없고 신앙 연륜도 없고 실력도 없는 친구들이 그냥 흉내만 내고 전문적으로 교육받은 리더도 없이… 기진맥진할 뿐입니다.

오픈 워쉽? 그러면 지금까지는 Closed Worship이었는가?
오픈 워쉽이 어떻게 왜 생겼는지도 모르시는 목사님이 구도자 예배를 기반으로 한 오픈 워쉽을 어떻게 효율적으로 기획·운영을 하시겠는가?

설교 시간에 찬양 솔로? 한두 번은 그냥 은혜로 성도들이 감안하고 듣습니다.
기막힌 세상 음악에 젖어 있는 그들의 귀를 음정 박자 다 무시한 그 목사님 찬양이 효력을 발휘하겠는가?

이야기식 설교? 개그맨은 아무나 하는 것이 아닙니다.

다양한 과외활동? 전문가가 있나? 리드할 수 있는 구심점이 있나?

유행한다는 새로운 성경 공부? 그게 그거다. Been there, done that…

결국, 새 프로그램 시행 두 달 만에… 목사님이 두 손 두 발 다 들고… 그동안 "이거 뭐야?" 하며 교회를 나간 성도들을 빼면… 예전보다 반이나 줄었다는… 물론 지어낸 얘기지만… 우습기도 하고 씁쓸하기도 한… 남 얘기가 아닌… 우리 자신의 교회 이야기입니다.

왜… 딴 교회는 같은 프로그램을 이용해 부흥을 하는데… 우리 교회는 똑같은 프로그램, 똑같은 예배 포맷을 사용해도… 별 효과가 없는가?

우리는 답을 알고 있습니다.

좋은 프로그램이 교회를 부흥하게 만드는 것이 아니라, 부흥하는 교회를 보니 좋은 프로그램이 생겼네… 이것이 정답입니다. 젊기 때문에 청바지에 하얀 티 하나 걸쳐도 이쁜 것이지, 너도나도 청바지에 흰 티 걸치면 다 이뻐 보이는 것은 아닙니다.

유명한 PGA Golfer 디셈보(Bryson DeChambeau)가 코킹을 거의 사용 안 하고도 멋지고 강력한 스윙을 한다고 해서, 아무나 코킹 없이 스윙을 하면 디 보같이 멋진 스윙이 될 거라는 생각은… 착각이다… 디 보니까 그런 스윙이 가능한 것입니다.

한마디로 얘기해서… 부흥하는 교회는 딴 이유가 분명히 있습니다.
그 교회를 통해 돋보이는 여러 요소들(그 교회가 사용하는 프로그램들, 포맷들, 활동들)은 그 부흥의 결과물들일 뿐, 그(부흥의) 이유는 아닐 수도 있다는 것입니다.

이것을 이해 못 하는 많은 사람들이, 주위에서 잘되는 교회가 있으면 이유불문 그 교회에서 실행하고 있는 프로그램에 눈독을 들입니다.

그런데 어떤 교회는 또 그런대로 그 프로그램을 통해… 잘됩니다. 그러나 그 잘되는 이유는 100% 그 프로그램 때문은 아니라는 것이다… 분명히 딴 이유가 있을 것입니다.

옆집 부부를 따라한 그 부부도… 착각을 한 것입니다.

그 옆집 부부는 매일 그런 잉꼬부부 같은 행동을 즐겁게 한다… 왜냐하면 원래 잉꼬부부이기에 그런 행동들이 자연스레 나오는 것입니다.

그러나 근본적인 마음이 합쳐지지 않은 부부가 아무리 그 잉꼬부부 행동들을 따라한다고 해서… 반드시 잉꼬부부가 된다는 보장은 없습니다.

교회도 동일하다. 부흥을 하려면… 그 부흥의 원리를 알고 그 부흥의 원천을 찾아가야 합니다.

자명하지 않은가? 원리는 우리의 "노력"이 아니라 하나님의 "은혜"의 손길입니다.
원천은 원리를 찾아가는 멈추지 않는 기도와 성경에 기반한 걸맞은 실행입니다.

그러므로 우리의 생각의 페러다임을 바꾸어야 합니다. 구원의 원리를 보면 가장 쉽게 이해가 됩니다.

우리가 이것저것 선행을 했기 때문에 구원받는 것이 아니지 않은가요. 구원받은 우리가 감사하고 기뻐서 선행을 하는 게… 맞습니다. 선행은 결과물입니다. 결과물을 통해 실체를 얻으려는 생각은 틀린 생각입니다.

그림자가 있으면 무언가가 있다는 관점보다는 실체가 있기에 그림자가 있다는 관점이 더 타당합니다.

호랑이니까 어흥 하고 소리지르는 것이지 어흥~ 한다고 다 호랑이는 아니라는 말입니다.

그러므로 눈에 보이는 잡다한 결과물에 매혹되지 말고 실체에 집중하는 원천적인 그리고 원리 중심의 크리스천이 되었으면 합니다.

샬롬~

타이밍에 대하여

저번 주에 교회 구역 모임이 있었는데, 성경 공부 끝나고 저녁을 먹으면서 대화를 나누며 쇼 프로그램을 보게 되었습니다.

다들 즐겁게 식사와 함께 얘기를 나누며 프로그램을 보는데, 요즘 한국에서 인기가 짱(?)이라는 걸그룹이 나와서 현란한 댄스와 함께 노래를 부르고 있었습니다.

그런데 구역원 중, 막내 격인 모 남자 집사가 그 프로그램을 한참동안 물끄러미 쳐다보고 있더니만 한마디 툭~ 던집니다.

"저걸 보니 다 용서가 되네요~!"

순간 주위에서 폭소가 터져 나왔습니다. 나도 얼떨결에 들었는데 가만히 그 말을 다시 생각해 보니… 참 오묘한 말입니다.

바로 그 전에… 구역원들이 한국의 정치판 얘기를 하고 있었던 겁니다.

한국의 미래로부터 시작하여, 일본과의 갈등, 중국과의 갈등 등등… 침을 튀기며 한국 정치판은 ×판이라고 씩씩거리며 열을 내던… 그 친구가

TV에서 나오는 걸그룹의 Performance를 보자마자 한 말입니다.

저걸 보니 다 용서가 되네요~ ㅎㅎㅎ

맞는 말입니다. 내 통장에 10만 불이 생기면, 50불짜리를 100불에 바가지 써서 샀다 해도 다 용서(?)가 되는 것입니다.

아들이 의사 시험에 합격했다고 전화가 오면, 밤낮 지 아들 자랑하여 그간 미움 산 그 친구가 용서가 되는 것입니다.

암이라고 해서 세상 희망 다 버렸는데, 식구들에게 떠밀리어 다른 의사에게 재검을 해 보니 MRI 판독을 잘못한 것이었다면, 내 돈 떼먹고 도망간 친구 녀석이 용서가 되는 것입니다.

모름지기 모든 것에는 기막힌 timing이 있기 마련입니다.

아버지에게 용돈을 잘 얻는 자식을 관찰해 보면 아버지의 기분 상태를 잘 살펴서 기막힌 타이밍에 용돈을 요구하여 영락없이 성공하는 아들이 있는 반면에, 분위기 모르고 상황 모른 채 최악의 타이밍에 용돈 요구했다가, 귀싸대기만 맞는 아들도 있습니다.

얼마 전에 한국 KPGA 프로선수인 김비오 선수가 갤러리에게 손가락 욕을 하고 골프 클럽을 땅에다 패대기쳤다가, 선수 자격 정지 3년이라는 중징계를 받았다고 합니다.

프로답지 않은 매너에 대한 응분의 징계는 받는 게 마땅하겠지만, 일단 티샷을 끝내고 다음 홀로 걸어가면서 한소리 쳤다면, 3년 징계와 벌금은 면했을지도 모릅니다.
그걸 못 참고 욱하고 성질을 낸 것도 다 나쁜 타이밍 때문입니다.

그 원인을 제공한 진상 갤러리도 마찬가지입니다. 기사를 자세히 읽어 보니, 싸대기 맞을 친구는 바로 이 친구였습니다.

제가 또 다른 기사에서 본 건데, 어떤 갤러리는 티샷을 하는 바로 그 옆에 서서, 휴대폰으로 누구랑 생중계하듯 얘기하다가, 선수가 Take Away하는 순간 "×××파이팅!" 외쳐서 그 샷을 망치게 했다는 얘기도 있습니다.

김비오를 매장시킨 그 갤러리도 마악 김비오가 다운스윙을 하는 순간 기막힌 타이밍으로 카메라 셔트 소리를 내어서 일을 망치게 했다고 합니다.

아예 티 박스에 들어갈 때 동영상을 걸어 놓든지… 정 임팩 때 사진을 찍고 싶으면 사려깊게 카메라 셔터 소리가 안 나게 Mute로 해 놓든지… 왜 하필이면 그 중요한 다운 스윙 할 때 "찰카닥" 소리를 내게 하느냐는 말입니다.

인생은 타이밍이라고 하는 사람들도 있습니다.

비즈니스 Decision도 타이밍이고, 주식 사고 파는 것도 타이밍이고, 상대방에게 청혼하는 것도 타이밍이고, 농구 슛도 타이밍이고, 축구 슛도 타이밍이고, 빨간 불 건너는 것도 타이밍이고, 피아노 연주도 타이밍이 좋아야 하고, 북미회담도 타이밍이고, 모든 게 이 타이밍에 의해 결과가 달라지기도 합니다.

그래서 옛말에 오비이락이란 말이 있지 않은가. 까마귀 날자 배 떨어진다는 말인데, 이 까마귀가 그 타이밍을 잘 못 맞춰서 날아오르다가 괜히 저절로 떨어지는 배에 대한 원흉으로 찍히게 된다는 말입니다.

과전불납리 이하부정관이란 말도 있다(고 합니다). 오이밭에 들어가 짚신을 다시 신지 말고, 오얏나무 밑에서 갓을 다시 고쳐 쓰지 말라는 얘기입니다.
괜히 오해의 소지가 있는 행동은… 타이밍 맞추어 하지 말라는 얘기입니다.

그러나 진짜 적당한 시기에 기막힌 타이밍으로 action을 취 한다면 그 결과는 엄청나게 효과적일 수가 있습니다.

구약에서도 기막힌 타이밍으로 기회를 획득한 인물이 있습니다.
바로 마마 보이면서… 이기적이기도 하지만… 타이밍의 귀재인 '야곱'입니다.

야곱은 형님인 '에서'가 여러모로 부러웠다. 그중에 제일 질투 나는 게… 아버지 '이삭'이 입만 열면 장자인 '에서' 형을 축복하는 모습을 보고 자란 것입니다. 그날도 산 사나이 '에서'는 산에 가서 사냥을 마치고 허기가 져서 허겁지겁 내려왔습니다.

눈치 9단 '야곱'이 그 기회를 놓칠 리가 없습니다. 기막힌 타이밍으로 구수한 팥죽을 끓여서 냄새를 풍기고 '에서'를 유혹했습니다.

그 결과는 우리가 잘 압니다. 그 구수한 팥죽 한 그릇을 장자권과 바꾸었습니다.

아마도 '에서'는 "그 장자권 너 가져라" 하는 빈말이 그렇게 무서운 결과를 가져올 줄은 상상도 못 했을 것입니다. 장자권을 가볍게 여긴 '에서'가 원흉이지만, 교묘한 타이밍으로 그 장자권을 탈취한 '야곱'을 어떻게 해석해야 할지 정말 모르겠습니다.

제가 아는 친구의 매형은 한국에서 갓 이민 오자마자 유태인이 주인으로 있는 어느 공장에서 근무하게 되었는데, 어느 날 그 공장의 메인 보일러 파이프가 터졌습니다.

다들 뜨거운 물에 데일까 봐 웅성웅성대며 공장 밖으로 빠져나가는 상황인데, 친구 매형은 뭣도 모르고 왜 저러나 하며(No speaky English~) 공장 안으로 들어갔다고 합니다. 그러다가 파이프가 새는 것을 보았고, 무슨 생각에서였는지 웃옷을 벗어서 새는 파이프를 둘둘 감아 막았습니다.

그러는 사이에 (ㅎㅎㅎ) 난리가 났으니 주인이 후다닥 뛰어왔습니다. 다들 밖에서 어쩌고저쩌고하는데, 안으로 들어가 보니 웬 신입 한국인이 그 뜨거운 물 쇠 파이프를 온몸으로(?) 막고 있는 광경이 눈에 들어왔습니다.

결과적으로 2년 정도 후, 그 유대인 사장이 은퇴한다면서 친구 매형에게 제의를 해 왔다고 합니다.

회사 충성도는 이미 두 눈으로 보았고, 묵묵히(ㅎㅎㅎ 영어를 모르니까) 일만 뚝심 있게 하는 그에게 공장장이라는 직분과 공장 이익의 50%는 주인에게 준다는 조건으로 졸지에… 그렇다 졸지에… 공장 주인이 되었다는 실화입니다.

그 후 나카냐다(La Canada)라는 LA 북쪽에 황홀한 집을 산 친구 매형 집을 방문해 보았는데, 산 꼭대기에서 아래 언덕을 내려다보며 멋진 수영장에서 사시는 그분을 보니… 정말 인생은 타이밍이 좋아야겠구나…라는 생각을 했습니다.

맞는 말입니다. 인생은 타이밍입니다. 타이밍을 잘 노리고 타이밍을 잘 맞추어야 합니다.

한 번 사는 인생… 찌질하게 이것저것 다 쑤셔 보지 말고 좋은 타이밍에 맞추어 좋은 것 하나만 확실하게 잡아서 한 우물을 팝시다.

그리고 이리저리 미루며 좋은 시절 다 허비하고 노년기 쇠약할 때 여기저기 갈 힘 없고 받아 주는 사람 없을 때 괜히… 친구 찾고… 남편 찾고… 마누라 찾지 말고… 아직도 젊었을 때 내 주위의 사람들에게 잘하는… 빠른 타이밍을 노려 봅시다.

타이밍 잘 못 맞추면 기차도 놓치고 애인도 놓치고 직장도 놓치고… 공짜 점심도 놓칩니다.

더군다나, 찰나를 지나 영원으로 들어가는 그 길을 타이밍을 못 맞추고 놓친다면… 이것처럼 허망한 게 어디 있겠습니까. 타이밍은 나에게 오는 게 아닙니다. 내가 만드는 것입니다.

장자권을 가볍게 여기고 팥죽 한 그릇에 팔아서 자자손손 주류가 아닌 비주류로 명맥을 유지한 '에서'가 아니라, 이랬거나 저랬거나 상황을 약삭빠르게 알아채고 기막힌 타이밍을 스스로 만들어 장자권을 낚아챈… 그리하여 역사의 주류가 된 '야곱'처럼… 우리도 타이밍의 주인공이 되었으면 합니다.

파이팅!!!

귀차니즘(Lazism)에 대하여

비전문가이지만 오늘은 교회 성장의 비법(?) 중 제가 알고 있는 간단한 한 가지를 얘기해 보려고 합니다.

저번 주일 예배를 마치고 나오는데 EM 여학생 하나가 입구에 뻘쭘하게 서서 안절부절못하고 있는 모습이 보였습니다. 그래서 무슨 일인가 하고 관찰을 좀 해 보니… 아마도 학교에서 Fund Raising을 하는데Chocolate 을 팔아서 Donation을 받으려는 것 같았습니다.

그런데 나랑 친한 모 집사님의 딸인 그 이쁜이는 제가 잘 아는데, 숫기 도 없고 일단 부닥쳐 보는 성격도 아니고, 그저 언제나 책만 끼고 읽기를 좋아하는… 조용하고도 소극적인 아입니다.

그러니 지나가는 성도들을 붙잡아 세워 놓고, 이거 하나 사 주세요~라 는 말 조차도 용기가 없어서 못 하고, 말을 붙이다가도 상대가 바쁘거나 주저하는 표정이 보이면, 거기서 stop을 해 버리니… 이거 원 언제 그 큰 박스 안에 든 초콜릿을 다 팔 수 있겠습니까.

그래서 의~리가 발동한 제가 그 박스를 달라고 해서, 지나가는 성도들은 무조건 붙잡아 세우고, 하나에 Minimum 2불이라고 하며, 거의 강권적으로 옥박지르거나 혹은 달래어서(?)··· 불과 5분 만에 그 박스에 들어 있는 초콜릿을 다 팔아 주었다는 얘기입니다. ㅎㅎ

그랬더니··· 마치 모세의 기적을 보는 듯이··· 한동안 입을 크게 벌리고 쳐다보던 그 애가··· Thank you, thank you를 연발하며··· 입이 함박만 해지면서 큰 미소를 지으며 손을 흔들면서 뛰어가 버렸습니다.

그 애에겐 불가능하게 보였던 그 어려운(?) Sales 행위를··· 쉽게 쉽게 능력 있게(?) 하는 제가··· 아마도 기적을 행하는 능력자로 보였을 것입니다.

그러나 나는 정말··· 힘 안 들이고 쉽게 쉽게 그 결과를 만들어 주었습니다.
물론 하나에 2불밖에 안 하는 싼 값인데다가, 어쨌든 교회 장로가 붙잡고 막무가내 2불 내놓으라고 하니··· 안 낼 수는 없었을 것입니다. ㅎㅎㅎ
더욱이 모든 성가대원들에겐 제가 성가대 지휘자인 만큼 그 잘난 2불을 안내고 앞으로 평생 동안 나에게 찍히는(?) 과오는 저지르고 싶지 않았을 지도 모릅니다.

어쨌든··· 그 애에겐 어려운 일이··· 나에겐 쉽습니다.

어떤 사람에겐 정말 힘들고··· 열심히 노력해도 어렵게 어렵게 얻어질 수밖에 없는 일이, 어떤 사람에겐 그저 간단히 쉽게 마음만 먹으면 해낼 수 있는 것들이… 우리 주위엔 허다합니다.

그런데 우리는 제가 쉽게 할 수 있는 것을 왜 안 할까~ 생각을 해 보면 여러 이유가 있겠지만, 제가 생각하는 답은 다음과 같습니다. "귀찮기" 때문입니다.

아침에 아직 안 일어났는데 밖에서 소리가 들려 귀를 기울여 보니 부인께서 쓰레기를 봉지에 담아 끙끙대며 바깥으로 나르고 있는 듯합니다. (아~ 먼저 말하건대, 나는 그런 일이 발생(?)하기 전에 먼저 알아서 치우는 타입입니다.)

자 그런데 벌떡 일어나서 부인을 도우면 부인 좋고 그러면 나도 좋을 터인데… 안 일어납니다!
그 이유는 알다시피… 귀찮아서!

길을 걸어가는데 지팡이를 짚고 걸어가는 노인의 모자가 바람에 날려 길거리에 굴러갑니다.
마음으론… 아이고 저거 집어 줘야 하는데… 하지만 결국 본체만체 나의 갈 길을 걸어갑니다.
왜? 귀찮아서!

고속도로를 달리다가 도로 옆에 어떤 여자가 차를 세우고 발을 동동 구릅니다.

아마도 타이어에 펑크가 난 것 같습니다. 와이프나 딸 같아서 내려서 도와주고 싶은데… 그냥 갑니다.

왜? 귀찮아서!

대통령 선거날입니다. Voter 등록까지 해 놓고도 안 갑니다.

왜? 귀찮아서!

교회 새벽기도 모임에 나가서 기도도 하고 은혜도 받고 싶어서 새벽에 눈을 말짱하게 떴는데 가지 않았습니다.

왜? 귀찮아서!

교회에 지붕이 새서 토요일에 남자들이 모여서 고치기로 했는데 그날이 막상 다가오자 가지 못했습니다.

왜? 귀찮아서!

귀찮아서 못 하고… 귀찮아서 안 하는 일들이… 너무나 많이 있습니다.

위에서 예를 들었던 것처럼, 제가 귀찮아서… 초콜릿 파는 그 여자애를 본체만체하며 지나갔더라면… 어찌어찌 팔기는 했을 테지만… 그 애의 인생(?)이 조금은 고단했을 것입니다. ㅎㅎ

귀찮다는 것은… 제가 할 수 없는 일을 안 하는 것이 아니라, 제가 할 수도 있는 일을 제가 의도적으로 안 하는 것입니다. 만일 우리가 이 귀찮음을 극복할 수만 있다면… 많은 일들이 조금은 더 쉽게 이루어질 수도 있을 것입니다.

가만히 살펴보면, 교회 일의 모든 일은 "모이기"만 하면 일단은 반은 해결되는 것들입니다.
일단 모여야 힘을 모으고 머리를 모아 해결점을 찾을 수 있게 됩니다.

그런데 안 모이는 것을 자세히 관찰해 보면, 진짜 피치 못할 사정이 있기도 하지만, 많은 경우 이 "귀차니즘"이 상당한 이유가 됩니다.

이 귀찮음은… 한두 번 해 보면… 〈습관〉이 됩니다. 진짜입니다.
그래서 히브리서 10장 25절에 "모이기를 폐하는 어떤 사람들의 습관과 같이 하지 말고…"라고 따끔하게 교훈하고 있는지도 모릅니다.

그러므로 나의 나쁜 습관 중에서 이 귀찮아서 안 하는 그 습관을 고치는 것이야말로 나의 삶은 물론이고 나아가서는 내 주위의 사람들의 삶까지 영향을 끼치는 너무나 중요한 것이 아닐까 생각해 봅니다.
같은 맥락으로, 성도들이 자신의 귀찮음을 극복할 수만 있다면 그 효과는 개인은 물론 교회 성장에 엄청난 영향을 끼칠 수 있다고 나는 생각합니다.

귀찮아도 먼저 인사하고, 귀찮아도 알아서 교회 청소하고, 귀찮아도 집회에 참석하고, 귀찮아도 예배 불참한 성도들에게 안부 전화하고, 귀찮아도 성경 읽고, 귀찮아도 ㅎㅎㅎ 예배 참석한다면… 무언가 달라지지 않을까요?

　귀찮다고 남 일같이 보고… 남 일같이 얘기만 하지 말고, 적극적으로 제가 그 안에 주인공이 되듯 Involve해야 합니다. 선거 캠페인 때 같이 동거동락하며 고생한 당원들과 팀원들… 리더가 대통령이 되면 당연히 자격과 재질에 따라 등용하여 참모나 스텝으로 보답합니다.

　그 사람 좋다고 말만 뻥뻥 하면서 팔짱을 끼고 앉아서, 귀찮아서인지 아니면 양쪽에 양발을 들여놓고 있어서 그런지… 살을 맞대고 뛰지도 않고 있다가 막상 그 리더가 당선되고 나면… 그때에야 자기도 한 팀이라고… 한 자리 있나 하고 기웃거리는 부류의 사람은 정말 안 되기를 바랍니다.

　어떤 집사가 나이가 들어 죽어서 천국문 앞에 갔다고 합니다.

　천국문 앞에서 기웃기웃거리는데 저만치에서 예수님이 많은 사람들과 함께 걸어 나오십니다.

　인사를 해야 합니다. 첫마디가 무슨 말일까 궁금해집니다.

　그런데 이 집사… 예수님에게 다음과 같이 첫마디를 떼었다고 합니다.
　"예수님! 말씀 많이 들었습니다!"

　ㅎㅎㅎ 이게 뭔 짓인가?

농담이지만 정곡을 찌르는 조크입니다.

그러자 예수님이 다음과 같이 응답을 하시고는 황급히 사람들과 자리를 뜨시더라는 것입니다.

"아 이 집사~ 나도 얘기 많이 들었네… 수고하게나! 내가 우리 팀원들과 할 일이 많아서 이만~"

멀리서 말로만 다 하고 같이 땀흘리고 수고도 안 한 채 '팀원'이 되려는 생각은 애시당초 버려야 할 것입니다.

귀찮아서 일부러 움직이지 않다가 상급 받는 날 뭐 하나 받을 생각도 하지 말아야 할 것입니다.

귀찮아 하지 말고 움직이자! 움직여야 뭔가가 이루어집니다!

이상입니다!

크리스천 선율, 있다? 없다?

저는 지금 회사 일로 모스크바 출장 중에 있습니다.

어제 아침 협력 회사를 찾아가던 중 지하도를 지나가는데 한쪽 코너에서 웬 음악 소리가 들려왔습니다. 별로 서둘지 않아도 되는 상황이라 일부러 다가가 자리를 잡고 그 광경을 보기 시작했습니다. 나이가 지긋한 노인이 바이올린을 연주하고 있었고 그 옆으론 스무 살 정도 되어 보이는 청년이 첼로를, 그 옆에선 그보다 조금 어린 듯한 소녀가 자기 몸집만 한 콘트라베이스를 연주하고 있었습니다. 이모저모로 짐작하여 보니 할아버지와 두 손자 손녀가 아닌가 생각이 들었습니다.

그런데 가만히 그 선율을 들어 보니 어디선가 들어 보던 멜로디였습니다.

갑자기 생각이 안 나서 속으로 계속 따라서 흥얼거리다가 한참 만에야 그것이 찬송가 77장(전능의 하나님)이라는 것을 알게 되었습니다.

〈전능의 하나님〉은 우리가 많이 부르는 찬송가는 아닙니다.

가끔 굵직한 바리톤 솔로로 듣기도 하는데 이 찬송가는 바로 러시아 국가의 곡을 따온 것입니다. 1833년 러시아의 음악가 알렉시스 페오도로비치 르보프가 러시아에는 국가가 없음을 유감스럽게 생각하는 황제 니콜라스의 실정을 전해 듣고 러시아의 국가로 작곡한 것이라고 합니다.

이토록 우리가 즐겨 부르는 찬송가에는 다양하게 유래된 곡들이 많이 수록되어 있습니다.

몇 가지 예를 들어 보자면 찬송가 79장(피난처 있으니 환란을 당한 자)은 영국 국가이며, 127장(예수님의 귀한 사랑)은 하이든에 의하여 오스트리아의 국가로 작곡된 것입니다.

다른 유형을 살펴보면, 우리가 잘 부르는 찬송가 88장(내 진정 사모하는 친구가 되시는)은 미국 가요에서 빌려 온 선율이고, 또한 애창되는 찬송가 1장(만복의 근원 하나님)은 프랑스 가요라는 걸 아시면 조금은 놀라실 것입니다.

찬송가 40장(주 하나님 지으신 모든 세계)은 사실은 스웨덴 민요였고, 찬송가 388장은(마귀들과 싸울지라) 믿어지지 않으시겠지만 미국 소방대원 행진곡이었습니다. 한 가지 더 놀라운 것은 미국 장로교회 찬송가 346장은 무슨 곡 선율인지 아십니까?

다름아닌 한국 민요 〈아리랑〉 선율입니다.

요즘 들어 CCM이 교회 내에서 많이 불리고 있습니다.

가사들은 대부분 좋은 내용들이나, 그 선율과 리듬들로 인하여 어떤 사람들은 부정적인 시각을 가지고 있습니다. 그들은 한결같이 크리스천다운 선율과 리듬을 요구합니다. 저 역시 이 말의 의도에는 긍정을 합니다.

그러나 자세히 살펴보면 이 말은 지극히 자기 중심적인 생각이 들어 있음을 알게 됩니다.

우선, 많은 분들이 조용하고 은은하고 부드러운 곡들이 크리스천 〈선율〉이라고 생각하십니다만, 우리의 영혼을 혼돈시키는 위험한 〈뉴에이지〉 음악은 이보다 더 부드럽고 은은하며 조용하고 또한 명상적입니다.

아마도 조용한 곡을 크리스천 선율이라고 생각하시는 분들은 거의 대부분 자신이 원하는 스타일이 클래식이든 팝송이든 조용한 스타일을 좋아하는 바로 자신의 〈성향〉 때문이라는 것을 아셨으면 합니다.

〈그래도 어떻게 그렇게 시끄러운 곡으로 경건을 요구하는 교회내에서 하나님을 찬양할 수 있나〉 하시는 분들은 그러면 평생 Rock 음악을 하던 사람들은 아예 크리스천이 될 자격이 없다고 생각하시는 것은 아니시겠죠?

이 말은 교회에는 깨끗하게 정장으로 차림한 사람들만 들어올 수 있고 더러운 옷이나 반바지 같은 차림의 사람들은 들어오지 못한다는 말과 비슷합니다.

교회는 죄인들 병자들 추악한 사람들도 다 들어와 구원받을 수 있는 곳이어야 합니다.

교회는 예배 성소도 되지만 구원의 방주 역할도 한다는 사실입니다.

자신이 깔끔한 성격이라고 다른 모든 사람들도 그래야 한다는 법은 없습니다.

당연히 상대방의 성향과 스타일도 인정을 해야 합니다.

이번엔 리듬을 살펴봅니다.

교회 내에서 경건하고 절제된 리듬은 당연히 필요하고 요구됩니다.

그러나 지금 우리는 음악이라는 예술을 얘기하고 있습니다.

음악은 피아노도 있고 포르테도 있고 크레셴도도 있고 데크레셴도도 있습니다.

어떻게 음악적 표현을 일정한 스타일로 국한시킬 수가 있겠습니까.

드럼 소리를 아예 찬양에서 없애야 한다는 분들도 있습니다.

이분들은 그 시끄러운(?) 드럼 비트로 어떻게 하나님 찬양을 한다는 말인가 고민(?)하시는데, 실지로 아프리카에서는 간단한 기타 반주와 드럼(북) 비트만으로도 성령 충만해지는 예배를 인도하는 선교사들이 많이 있습니다.

장고와 피리로 국악 찬양을 하면 촌스럽다(?)라고 생각하시는 분들도 있습니다.

색소폰으로 특송을 하면 왠지 〈카바레〉 생각이 난다고 하시는 분도 있습니다.

검은 선글라스를 끼고 바라보면 모든 것이 다 검게 보인다는 사실을 알았으면 합니다.

한번은 다리 사이에 (나무 자르는) 톱을 끼어서 〈나 같은 죄인〉을 은혜롭게 연주하는 자매를 향해 〈방정맞게 다리를 떤다〉라고 투덜 거리는 교인도 저는 보았습니다. 왜 음악을 구현하는 수단인 그 다리 떨림을 그사람은 방정맞게 보았을까요.

아마도 예전부터 전해 내려오는 미신적인 생각(즉 다리를 떨면 재수 없다)을 가진 그분 자신이 오히려 비성경적이지 않습니까, 왜 이토록 자신의 성향에 맞지 않으면 우리는 부정적으로 배타를 하게 되는 것일까요.

그러나 저는 여기서, 무조건적으로 모든 형태와 스타일을 다 인정하자고 하는 것은 아닙니다.

예를 들어 드럼 비트도 음악적으로 요구되는 것 이상의 도가 지나친 그리고 시끄럽기만 한(예를 들면 아무때나 play되는 fill-in과 무절제한 16비트 등) 그런 스타일을 옹호하는 것은 아닙니다.

색소폰도 음악적 context를 벗어나 자신의 기교를 자랑하듯 도를 지나친 sensual한 그런 연주를 옹호하는 것이 아닙니다.

세상 음악계에서 유행하니까 과시적인 목적으로 무조건 도입하여 교회 찬양을 〈랩〉으로 도배를 한다면 그것은 당연히 삼가야 할 것입니다. 찬양의 분위기와는 전혀 상관없이 찢어지는 듯한 일렉 기타를 연주한다면 그것은 무언가 잘못되고 있는 것입니다.

그러나 제가 주장하는 음악적 자유는 그런 상식선은 이미 내포하고 있는 것입니다.

음악이라는 분야를 얘기한다면 또한 음악으로 수준 높은 예술을 하나님께 드리려 한다면, 우리는 어떤 제한적인 limit을 가진 색안경을 과감하게 벗어야 한다는 것입니다.

100여 년 불러 오는 〈찬송합시다~〉라는 찬송가를 왜 십대 아이들이 따라서 즐기지 못할까 하고 의아해하지 마시고 자신은 왜 그들의 음악 성향을 이해 못 할까를 생각해 보시면 좋겠습니다.

4-50대들이 모이는 태진아 송대관 가요무대에 10대 아이들이 모이지 않고, 이효리 서인영과 백댄서들이 정신없이 움직이는 10대들의 콘서트에 4-50대들이 가기를 꺼리는 바로 동일한 이유가, 우리의 교회 내에서도 똑같이 존재한다는 현실을 우리는 인정을 해야 합니다.

크리스천 음악 "같은" 선율은 있습니다. 그러나 크리스천 "선율"은 존재하지 않습니다.
마치 크리스천 느낌이 드는 옷은 있을 수 있지만 크리스천 옷이라는 것은 존재하지 않는 것과 동일합니다.

아무 옷을 입어도 크리스천은 크리스천입니다. 비크리스천이 크리스천 같은 옷을 입는다고 크리스천이 되는 것은 아닙니다, 이것은 우리가 가지고 있는 큰 편견 중에 하나입니다.

그러나 크리스찬 가사는 분명히 존재합니다. 그런고로 크리스천 음악은 가사가 우선입니다. 그 가사 속의 메시지가 크리스천적이라면 그 음악 선율과 리듬과 스타일과 장르와 모든 전달 수단은 이제 음악적 "테크닉"에 맡겨야 합니다.

이것까지 크리스천화시키려 한다면 결국 세대가 얼마나 변하든 〈찬송가〉스타일만을 정통이라고 주장할 수밖에 없습니다. 그런데 그렇게 경건해야 할 찬송가마저 남의 나라의 국가와 기요와 민요의 선율에서 따온 것이라는 것을 이제 아시는 여러분들은 어떻게 답변을 하시겠습니까.

젊은이들이 선호하는 힙합 스타일의 선율이 100년 후에는 정통 찬송가 선율이 될지 여러분들은 아십니까? 마치 우리가 정통이라고 서슴없이 내세우는 〈내 주는 강한 성이요〉라는 선율이 작곡 당시 그시대의 유행가 선율이었다는 사실처럼.

자 이제 우리가 가진 편견을 과감하게 버리심이 어떨지요.
여러분들은 어떻게 생각하십니까?

냅두면 뒤져 버려~

나의 (대전) 고등학교 대선배가 되시는 뽀빠이 이상용 씨가 TV 오락 프로그램에 나와서 한 얘기입니다. 전라도에 사시는 (그 당시) 107세 되시는 할아버지를 인터뷰하기 위해 찾아갔다고 합니다.

첫 질문을 "할아버지~" 하며 시작하려 했더니 "뭣이라~ 할아버지가 뭐시당가… 형이라고 해 부러~"라고 하셔서 그 뒤로는 인터뷰 내내 형님~이라고 호칭을 했답니다.

어쨌든 첫 질문을 했습니다.

"형님은 107세까지 장수하신 비결이 뭔가요?"

그랬더니 이 형님께서 하신 말.
"간단혀~ 죽지 않고 살아 있으면 돼 부러~"

이런저런 질문 후에 또 한 가지 질문.

"형님은 사시면서 자기를 싫어하고 비방했던 사람들이 있었을 텐데 어떻게 해결하셨나요?"

그랬더니 형님이 대답하셨다. "가만 냅두니까 지네들이 먼저 뒤져 버렸어~"

진짜 명답입니다. 모든 게 다 그런 건 물론 아니지만, 가만히 놔두면 내 힘 하나 안 들이고도 저절로 해결되는 것들이 꽤 있습니다.

예전에 LA에서 알고 지냈던 김 집사님(지금은 장로님이 되셨겠지만) 생각이 납니다.

은행에 근무하시던 집사님인데 매우 젠틀하고 스마트하게 생기셨다. 미국에 일찍 유학 오셨다가 일찌감치 은행 쪽으로 발을 들여 놓으셔서 그 당시 막 생긴 한국계 은행의 행장으로 발탁되어 근무하셨습니다.

이분이 구설수에 올랐다. 얘기인즉슨, 이 집사님이 밤에 몰래 혼자 사는 여자 집에 찾아가서 노닥거리다가(?) 온다는 소문이었습니다.

한번 소문이 퍼지니까 진짜 가짜를 떠나, 온 교회 성도들이 모르는 사람이 없게 되었는데, 정작 이 집사님 입에선 한마디 변명도 안 나왔습니다. 나중에… 밝혀진 웃지 못할 진상은 다음과 같습니다.

몇 달을 거슬러 올라가서(드라마 전개 같다)… 어느 날 김 집사 근무처로 같은 교회의 후배뻘 되는 박 집사가 찾아왔습니다.

그리고는 커피 한잔 하자며 밖으로 데려 나간 박 집사가 긴급 도움을 청합니다.

자초지종(?)을 물어보니, 교회 성가대에 있는 모 여집사를 자기가 짝사랑한 지 꽤 오래되었다는 것입니다. 박 집사는 노총각이고 그 여집사는 한 번 실패한 "돌싱"이니 뭐 하자는 전혀 없습니다.

그래서 어떻게 도와주면 되겠냐고 했더니, 자기는 숫기가 없어서 혼자는 도저히 만날 수가 없으니, 일단 같이 만난 다음… 그다음부턴 자기가 알아서 하겠다는 것입니다.

그래서 어찌어찌 핑곗거리를 만들어 이 여집사를 박 집사와 같이 만나게 한 것입니다.

그런데… 마치 드라마에 나오듯이… 그 여집사가… 어머나… 글쎄… 박집사에게는 소가 닭 쳐다보듯 하면서 김 집사에게 그만… 꽂혀 버린 것입니다.

난처해진 김 집사가 손사래를 치며 뒤로 물러섰지만, 한번 불이 붙은(?) 여집사의 대쉬~가 심상치 않았던 모양입니다. 그걸 김 집사가 왜… 몰랐겠는가?

그러지 않아도, 남들은 다들 좋은 여자 만나 장가도 가서 애들도 낳고 행복하게 사는 게 부러웠는데, 자기가 찜했던 그 여자가 오히려 딴 사람을 좋아하게 되는 상황이 되어 버렸으니, 박 집사의 마음은 활활 타오르는 질투의 불길로 휩싸이게 되었습니다.

그리하여 못 먹는 감… 푸욱~ 찔러나 본다고, 이상한 소문을 슬쩍 교회에 흘려 버린 것입니다.

나중에 알고 보니, 김 집사는 벌써 박 집사 소행인 것을 알고 있었지만, 왈가왈부 해명을 한다면 결국 박 집사가 곤경에 처할 것을 염려한 나머지 전전긍긍하며 입을 꽈악~ 다물고 있었던 것입니다.

그런데 박 집사도 사람인지라… 자꾸 김 집사가 Gossip거리가 되고 와이프랑 사이도 나빠지고 있다는 소문을 듣게 되니 〈양심〉에 걸렸던지… 어느 날 갑자기 담임목사에게 편지 한 통을 써서 보낸 다음… 교회를 떠났다는… 웃지 못할… 얘깁니다.

나도 교회 생활을 오래 하다 보니 성도들 간의 별의별 소문과 가십과 때로는 중상모략을 듣고 보게 됩니다.

어떤 사람은 즉각 반응을 보이며 반격을 시도하는 사람도 있고, 어떤 사람은 있는 소리 없는 욕 다 해 가며 결국은 교회를 나가는 사람도 있는데, 이 경우는 후속 잡음이 반드시 있습니다.

나는 (나이 드신) 두 장로님들이 (뼈만 앙상한) 웃통까지 벗고 (진짜) 싸우기 직전까지 간 것도 보았고… 자기 남편을 꼬셨다고(?) 교회 여집사가 일하는 식당에 가서 소금을 화악~ 뿌려 버린 맹렬 여성에 대해서도 들어 보았고… 목사와의 갈등으로 대립하던 중, 독립선언문 같은 큰 대자보를 만들어 와 교회 입구에 붙여 놓은 집사도 보았습니다.

우리는 다들 평온할 땐 '성도'이지만, 코너로 몰리면 성난 폭도가 될 '기질'을 다들 지니고 있습니다. 폭도가 되니 뭔 Rule이 필요하겠는가. 체면도 필요 없습니다. 염치도 에티켓도 모범도 덕도 다 필요 없습니다. 이에는 이 눈에는 눈의 법칙만이 있을 뿐입니다.

정치판이나 다름없습니다. 상대방이 나를 공격하면 나는 한 술 더 떠… 있는 소문… 없는 소문 다 동원하여 카운터 펀치를 날립니다.

내 경험으론, 나에 대한 이상한 소문이 들리면 그냥 아예 모르는 듯… 입을 다물고 있는 게 최상책입니다. 물론 속으론 부글부글 화가 끓어오를 수도 있습니다. 당장 달려가서 뒤집어엎고도 싶습니다.

그러나, 대부분 사람들은 제가 입을 다물고 있으면 나에게 그 소문에 대해 얘기하기를 주저하지만, 제가 그 소문에 대해 변명과 반론을 하는 순간, 벌떼들처럼 달려들어 순식간에 그 소문을 걷잡을 수 없이 만들어 놓고 맙니다.

옛말에 〈근묵자흑〉이라는 말이 있습니다. 먹을 가까이하다 보면 자신도 모르게 검어진다…라는 말입니다.

까마귀 노는 곳에 백로야 가지 마라…라는 말과 비슷한 맥락의 메시지일 것입니다.

소문에 대해 떳떳하다면… 한번 묵묵부답으로 견뎌 볼 만도 합니다.

크리스천 관점에서 보면, 이런 헛소문과 중상비방은 하나님께서 〈섭리〉적으로 처리해 주신다고 믿어야 합니다. 괜히 제가 해결한다고 객기를 부리며 끼어들었다간… 이모저모로 나 역시 흙탕물에 묻게 되는 게 기정사실입니다.

가만있으면… 당사자가 민망하든지 미안하든지 철회할 수도 있고, 주위 사람들이 개입하여 진위가 밝혀지기도 하고, 그 소문 자체가 슬금슬금 사라져 버릴 수도 있고, 소문을 낸 당사자가 꼬리를 내리고 사라져 버릴 수도 있습니다.

그러므로… 역시… 나의 대선배 이상용 씨가 인터뷰한 그 107세 나신 그 할아버지께서 말씀하신 현명한 태도가 가장 바람직한 방법이 아닌가 생각하며… 다시 한번 그분의 귀한 말을… 가슴에 깊이 새기라는 의미에서… 한 번 더 들어 보기를 원합니다.

"가만 냅두니까 지네들이 먼저 뒤져 버렸어~"

378

ㅎㅎㅎ

파이팅!!!

자유의지, 예정론,
Saving Faith, Living Faith???

약 중에 제일 쓰고도 단 약이 구약과 신약입니다. ㅎㅎㅎ

그 신약 중에, 마태복음, 마가복음 그리고 누가복음을 공관복음서 (Synoptic Gospels)라고 합니다.

그리스어의 Syn(함께)과 Opsis(봄)가 합쳐진 말 "Synopsis"를 한자어로 직역한 말인데 쉽게 말해… 같은 관점(perspective)에서 기록된 복음서라는 뜻입니다.

여기에 비해 조금 다른 관점에서 쓰여진 복음서인 요한복음도 있는데, 이 4복음이 공통적으로 기록한 사건 중에 하나가 베드로의 배신(?)에 관한 기록입니다.

베드로의 배신… 그것도 예수님이 12제자 중 제일 먼저 Recruit하시고 '수제자'로 삼은 베드로의 배신입니다.

예수님이 바리새인들의 모함과 흉계로 체포당하기 바로 직전, 예수님은 베드로가 자기를 부인할 것이라는 청천벽력 같은 말을 했습니다.

그러자 요한 못지않게 성질이 급한 베드로가 발끈하며 "나가 시방 대글박에 돌을 맞고 주님과 함께 허벌라게 죽을지언정 나가 결코 주님을 부인하는 일은 없을 것이라~" 하며 콧바람을 날리며 흥분해서 말했습니다.

은은한 그리고 측은한 표정으로 (제가 보지는 않았지만) 예수님이 또 말씀하셨습니다.

"어허~ 야야~ 흥분하지 마아~ 그리고 잘 들어~ 닭이 울기 전에 너는 말여… 나를 세 번이나 부인하게 될 것이여~"

예수님 말대로 베드로는 그날 밤에 3번 주님을 부인했습니다.
그리고 닭이 꼬끼오~ 하며 울었습니다.

여기에서 우리의 의문이 시작됩니다.

예를 들어, 제가 내 아들에게 "너는 오늘 네 친구 집에 가기 전까지 니 방 청소 다 해 놓을 거야!"라고 말을 했다고 합시다.
이것은 '예언'인가요 '명령'인가요 '유도'인가요??

자 어쨌든 내 아들이 결국… 방 청소를 했다고 칩시다.
그러면… 청소를 한 것에 대한 설명은 오직 다음의 3가지 가능성밖에 없습니다.

첫째는, 제가 암암리에 내 아들에게 〈명령〉을 내린 것이기 때문에 아들이 두려워서(?) 나가기 전까지 방 청소를 했을 수도 있습니다.

둘째는, 내 아들이 자발적으로 청소를 하도록 간접적으로 그리고 기술적으로 〈유도〉를 했을 수도 있습니다.

셋째는, 제가 진짜 미래를 보는 능력이 있어서 아들 녀석이 결국 청소를 하는 것을 미리 보고 〈예언〉한 것일 수도 있습니다.

다시 베드로의 경우로 돌아가 봅니다.

주님이 〈명령〉을 한 것입니까?
"닭이 울기 전에 너 나를 3번 부인해!!!"라고?
Non-sense인 것을 우리는 압니다.

주님이 〈유도〉를 한 것입니까?
No!
비겁하게(?) 기교는 쓰지 않으십니다.

그러면 남은 한 가지 옵션은… 바로 말 그대로 〈예언〉입니다.
이것에 일단 Agree해야 다음으로 넘어갈 수가 있습니다.

그러므로 우리는 베드로가 3번 부인할 것을 예수님은 "미리 아시고" 예언했다는 데 동의하는 것입니다.

여기에 중요하고도 흥미로운 Perspective가 있습니다.

우리가 잘 아는 Calvin의 예정론(Predestination)을 보면… 우리가 구원받는 것은 이미 예정(Predestined)이 되었다는 것입니다. 이것은 엄연한 성경 말씀이며 특히 장로교회의 중요 교리 중 하나가 됩니다.

그런데 칼빈은 그 구원받을 자가 어떻게 선택되느냐는 순전히 하나님 "맘대로"라고 합니다.

Sovereignty라고 얘기합니다. 그건 하나님의 '주권'이다라고 말합니다.

하나님의 선하신 주권에 의해 여러분과 제가 구원받게 선택된다는 것입니다.

그 아무도 이것에 대해 왈가왈부할 문제가 아니라는 것입니다.

구원, 즉 선택받기로 예정되어 있는 자는… 그냥 그것에 대해 감사하고… 구원에서 탈락한 자는 별 도리가 없다는 것이며… 그저 하나님의 주권에 맡기는 수밖에 없다는 말입니다.

그런데 같은 Christianity 서클 안에 알미니안 파가 있습니다.

칼빈보다 5-60년 후에 태어난 알미니우스는 신학교 교수였는데, 그의 교리는 칼빈의 소위 말하는 T.U.L.I.P.(5대 강령)에 head-to-head로 반박을 합니다.

그 내용에 깊게 들어가 보자는 건 아니고 그중에서도 가장 부딪치는 것이 바로 이 예정론과 자유선택론이라는 것을 강조하고 싶은 것입니다.

알미니안주의는 구원에 이르는 데에는 (인간들의) 자유선택이 있다는 것입니다.

그들의 주장을 한 단계 더 나아가 보면, 구원받을 자가… 오직 하나님 주권대로 무조건 선택되었기 때문에 그것을 예정이라고 하는 것이 아니라… 다음의 이유 때문에 "예정"이라고 한다는 것입니다.

즉, 하나님은 과거나 현재나 미래를 지배하시는 분이신고로… 이갑식 장로의 미래에 대해 일거수일투족 다 알고 계십니다. 그래서 가만히 이 장로의 미래를 보니까 한국에서 미국으로 유학 온 그 이듬해에 예수를 영접하는 게 보입니다.

그래서 하나님이 이 장로를 구원받을 자라고 〈예정〉했다는 것입니다.

제가 영화를 미리 보고… 끝부분에 주인공이 다시 살아난다는 걸 안 다음, 영화 처음 보는 친구에게… 저 주인공 결국 살아날 거야~라고 말하는 것과 같은 맥락인 것입니다.

이 말도 일리가 없는 것이 아닙니다.

피조물인 인간은 자기의 미래를 알 수 없지만 창조주 하나님은 제가 미래에 어떻게 될 것이라는 것을 알고 계시기 때문에, 그 사실(결국 미래에 구원을 accept할 것인가 reject할 것인가)을 기반으로 하여 "예정"하셨다는 말입니다.

복잡한 교리는 여기서 그칩니다.

저는 중요한 사실 하나를 말하고 싶습니다.

처음에 제가 제 아들이 방 청소를 결국 하는 것을 예로 들면서, 이것이 '예언'인가 '명령'인가 '유도'인가라고 질문했습니다.

나는 셋 다 맞는 말이라고 생각합니다.

내 아들이 방 청소를 하는 것은, 나의 명령이기도 하고, 나의 유도이기도 하고, 결국 그럴 것이라는 것을 아는 나의 예지이기도 하다고 생각합니다.

아빠가 이런 말(방 청소 해라)을 꺼냈다는 것은 결국 방 청소에 대한 명령이 맞습니다.

아빠가 설령 명령이 아니더라도 그 말을 꺼냈다는 것은 결국 그렇게(방 청소) 하라는 유도이기도 하다는 것을 바보가 아닌 내 아들은 알고 있습니다.

내 아들이 방 청소를 결국 할 것이라는 것은 그를 낳고 키우고 십수년간 그와 함께 생활해 온 아빠가 너무나 아들의 성정에 대해 빤히 잘 알고 있기에… 그가 방 청소를 결국 할 것이라는 예언이 되는 셈입니다.

그러면 베드로가 주님을 부인하는 것이 명령이나 유도란 말인가요?

Non sense라고 처음에 말했지만 그것은 단지 인간의 Perspective에서 이해가 되도록 얘기한 것입니다.

우리는 성경에서 예수님 자신이 구약의 말씀(예언)을 지키려고 일부러 애써서 따르는 모습을 많이 봅니다.

간단한 예로는 나귀를 타고 입성하시는 모습… 그리고는 십자가상에서의 죽음 등이 있습니다.

그냥 물 흐르듯 흘러가다 예언대로 되어야 그게 예언이라고 생각하는 것은 우리 인간적 Perspective에서의 설명입니다.

그러나 그 예언이 성취되기 위해서 자신이 노력하여 그 예언이 성취되는 것도 엄연한 예언의 성취가 됩니다. 그런 예언 성취가 성경에는 많다는 것입니다.

하나님의 관점과 우리의 관점은 상상초월의 간격이 있습니다.

제가 예화로 잘 사용하는 개미떼 얘기가 있습니다. 개미들이 줄지어 길을 가다가 앞에 있는 물 때문에 꼼짝 못 합니다.
이때 인간이 나뭇가지를 꺾어 물 위에 놓아 주면 그게 다리가 되어 개미떼가 지나갑니다.
개미떼들에겐 그게 '기적'입니다.

개미는 인간이 나무다리를 만들어 준 것을 알 수가 없습니다. 왜냐하면 그것이 개미의 지능의 한계이기 때문입니다.

더 이상 골몰히 생각하면 그게 개미로선 상상과 망상과 공상이 됩니다.

같은 피조물인 인간과 개미조차도 이런 극도의 격차를 보이는데, 피조물과 창조자의 간격은 그보다 무한대의 차이가 있을 거라는 것을 우리는 인지해야 합니다.

그런 관점에서… 우리의 〈자유의지〉는 하나님의 관점에선 〈예정〉이 충분히 될 수 있습니다.

오래전에 어느 여자가 마약·술·도박 등에 인생을 탕진하고 어느 날 자살을 결심하고 차를 몰고 캔사스 주 I-70 서쪽으로 달려가다가 길이 어두워지자, 어느 모텔에 들어갔습니다.

방에 들어가 보니 웬일인지 라디오가 켜져 있었습니다.

그 방송은 (나중에 안 거지만) 척 스윈돌 목사가 설교하는 Insight for Living이라는 프로그램이었다고 합니다.

소파에 앉아 피스톨을 입에 집어넣고 마악 방아쇠를 잡아당기려 하는데… "인생에 지친 자가 있으면 다음 번호로 전화를 주세요"라는 안내 메시지가 들려왔다고 합니다.

결론적으로 얘기하자면… 그 여자가 감동을 받았는지… 그 번호로 다이얼을 돌렸습니다.

결과적으로 그 여자는 훗날 목사가 되었다는 실화입니다.

질문을 해 봅니다. 다이얼을 돌린 사람은 누구인가요?

맞습니다! 당연히 그 여자입니다.

그런데 그 여자가 다이얼을 돌리는 그 장면에서 빠르게 Zoom Out하여 캔사스를 벗어나, 미국을 벗어나, 지구를 벗어나, 우주를 벗어나고 보니… 하나님이 보입니다.

하나님이 그녀로 하여금 그 다이얼을 돌리게 했다고 하면… 너무 과언일까요? 아닙니다… 그게 사실입니다.

그러면 다이얼을 돌린 그 여자의 〈자유의지〉는 결국 하나님의 〈주권〉이라고 해도 틀린 말은 아닌 것이 됩니다. 우리 인간의 관점에선 자유의지 어쩌고 하지만… 그 모든 것이 하나님의 〈섭리〉하에 있다는 것입니다.

그가 미리 알아서 예정을 했건 전지전능으로 예정을 했건… 이 모든 것은 다 그의 섭리 속에 있는 인생사가 되는 것입니다.

제가 우연히 금덩어리를 발견했든, 수년간 여기저기 노력하여 찾아냈

든… 금덩어리 발견은 같은 결과입니다. 그리고 그 과정은 하나님이 인생사에 심어 놓으신 섭리입니다.

그러므로 구원은 제가 아무 노력을 안 해도 얻어지는 전적으로 하나님의 예정이지만, 제가 절대자를 찾기 위해 말씀 속에서 노력하여 도달하기도 하는… 같은 섭리라고 해도 틀린 말은 아닐 것입니다.

이 말은 구원이 내 노력으로 얻어진다라고 하는 비성경적인 말을 옹호하는 말이 아닙니다.

이 말은… 예수님이 예언을 성취하기 위해 스스로 그 예언 성취를 위해 노력하였듯이, 우리 믿음의 식구들도 공짜로 다 얻었다고 팔짱만 끼고 있지 말고, 부단한 Living Faith를 행사하여야겠다는 말입니다.

Faith에는 Saving Faith와 Living Faith가 있습니다. 한 번에 끝나는 Saving Faith는 하나님의 예정에 의해 제가 주님을 영접할 때 성취됩니다. 그러나 Living Faith는 제가 천국 가는 그날까지 제가 얻은 그 구원에 감사하며 보답하는 의미에서 행해져야 할 크리스천의 진정한 의무이자 생활이 되어야 합니다.

미안하지만 세상 사람들은(그들이 크리스천이 되기까지는) 우리들의 Saving Faith가 아닌 Living Faith를 보고 있다는 것을 명심해야 할 것입니다.

Saving Faith는 절대 겉만 보고 판단할 수 없습니다.

그러나 Living Faith는 단박에 Non-Christian들도 알아차립니다.

그리고 그들을 교회로 이끌 수 있는 것은 Saving Faith가 아닌 Living Faith입니다.

저부터도 이 Living Faith로 세상의 빛이 되는 성도가 되기를 노력하고 싶습니다.

샬롬!

장로 은퇴를 하면서…

어제 장로 은퇴를 했습니다.

성도들이 시원섭섭하시죠…라고 묻는데 솔직히 섭섭한 것은 없습니다. 그렇다고 시원한 것도 딱히 없습니다.

은퇴식 도중에 목사님께서 울컥하시며 잠시 정적이 흘렀는데… 묘한 느낌이 들었습니다. 이래서 때가 되면 앞뒤 보지 말고 은퇴를 강행해야 합니다.

조금만 더 해 볼까 하며, 미련을 가지고 붙어 있으면… 그때는 인간의 사적인 〈정〉 때문에 절대 내려오고 싶지 않을 수도 있게 되는 게… 세상 의 모든 직분들입니다.

교회 일이라고 해서 다를 건 없습니다.

어쨌든 이모저모의 유혹(?)을 물리치고 모든 시무직을 칼로 무 베듯 베 어 버리고 물러났습니다.

은퇴장로는 하지 말고 사역장로를 하는 게 어떻겠냐고 나름대로 생각해서 목사님이 권유도 하였고, 당회와 시무사역 같은 행정적 직분에선 은퇴를 하되 성가대 지휘 같은 기능적인 직분은 그냥 하는 게 어떻겠냐고 하시는 분들도 있었습니다.

그렇게 권유하는 분들의 공통점은 제가 아직도 나이가 그리 늙지는 않았다는 것과, 아직도 써먹을 만한(?) 능력이 있고, 그동안 쌓아 온 아까운 연륜과 지위가 있는데… 너무 일찍 은퇴하는 게 아니냐는 얘기였습니다.

꼬시는 말이지만 달콤합니다. ㅎㅎㅎ 그리고 내 나이 시방 65… ㅎㅎㅎ Sweet 육십대인데… 그리 늙은 것이 아니라는 것에는 저도 동의합니다. 그러나 한번 마음먹은 것은 거의 변치 않고 밀고 나가는 저인지라 그런 말을 들을 리는 없습니다.

솔직히 나이 때문에 은퇴를 하는 것은 아닙니다. 체력이 달리거나 머리 기능이 저하되어 은퇴하는 것은 더더구나 아닙니다.

회사에서도 젊은이들에게 순발력에서 달리는 건 사실이지만, 관록과 경험으로 충분히 커버를 하며 별문제 없이 근무하고 있는데, Performance 때문에 질책당하고 잘릴 염려가 없는 교회 생활이야… ㅎㅎㅎ 나이가 뭔 상관이 있겠습니까.

회사도 그렇지만 교회 직분에 관해서도 저의 주관은 뚜렷합니다.

힘없고 기량 떨어지고 눈치 보일 즈음에서 은퇴하는 것은 제 스타일이 아닙니다.

Peak는 아니지만 아직 여력이 남아 있을 때, 자진해서 내려오는 게 저의 오래전부터의 은퇴에 대한 소신입니다.

한 사람이 교회를 좌지우지한다면 그것은 진정한 교회가 될 수 없습니다. 한 사람 때문에 혹 교회 운영에 지장이 있는 교회라면 그게 무슨 주님의 몸된 교회라고 할 수 있겠습니까.

저는 나름대로 약 3년 전부터 은퇴에 대한 계획을 세우고 조금씩 조금씩 실천해 왔습니다.

그 당시 65세 정년은 현 시대적 특성상 적합한 나이가 아니라고 교회 내 규에서 상향 조절을 하자며 당회 안건이 나왔었지만 번번이 (선임장로라는 나의 의도적인 술책으로(?)) 미루어지곤 했습니다.

그다음으로 2년 전부턴 제가 해 오던 기능에서 슬슬 저를 빼는 작업을 시작했습니다.
분명히 말하지만 제가 힘이 들거나 의욕이 없거나 능력이 없거나 해서 그런 것은 전혀 아닙니다.
저 나름대로의 힘 빼기 작전이라고나 할까요. ㅎㅎㅎ

주일 찬양팀 인도를 그만하겠다고 했습니다.

예배와 경배 찬양에 비전이 있다며 신학교에서 예배사 공부까지 한 장로가 주일 찬양 인도를 관두겠다고 하니, 처음엔 어떤 시험에 들었나 목사님이 의아해하신 것은 사실이었습니다.

자리가 허전할 것 같았는데 괜한 걱정이었습니다.
부목사님께서 찬양과 경배를 (일단 억지로) 맡으셨는데⋯ 솔직히 말해서⋯ 더 은혜롭게 인도를 하시며 한층 더 나은 단계의 세션을 인도하셨습니다.

그다음으로 젊은 청년들로 구성된 금요 찬양팀 인도를 관두겠다고 했습니다.
금요일에는 스타일을 다양하게 해서 Christian topic의 비디오도 띄우고, 이런저런 Share할 만한 에피소드도 나누고, 최신 CCM 계통으로 기획 진행을 했었는데⋯ 목사님이 처음엔 막막하셨나 봅니다.

그런데 이것도 쓸데없는 걱정이었습니다. 나이 든 제가 빠지니까 여기저기 젊은이들이 모여들어서⋯ 제가 계획한 대로⋯ 말 그대로 젊은이 찬양팀이 되었습니다.

주일 찬양팀 인도에서 빠지면서⋯ 허전하지 말라고 가끔 색소폰으로 그리고 정기적으로 드럼으로 찬양 세션을 도왔는데, 드럼에서도 빠졌습

니다. 그 대신 제가 눈여겨본 교회에 나온 지 얼마 안 된 그러나 드럼 실력
이 괜찮은 초신자 청년의 부인을 잘 꼬셔서 그 친구를 주일 찬양팀 드럼
주자로 앉게 했습니다.

원 세상에… 기회를 주니까 펄펄 날아다니듯 드럼을 잘 칩니다.
덕분에 부인의 얼굴에 미소가 생기고, 그 청년도 이제는 구역과 잘 어울
리며 교회에 정착을 한 듯합니다.

교회 절기마다 앞에 나가서 행사 기획하고 진행하던 그 책임을… 1년
전부터 못 한다고 발뺌했습니다.
목사님이 왜 그러시냐고 걱정스레 물었습니다.

이제는 제가 수년 전부터 왜 그런 〈정〉 떼기(?) 훈련을 했는지 아시는
것 같았습니다.

야외 예배에서도 연말 행사에서도 제가 안 나서니까… 모 집사가 게임
과 진행을 맡아서 쭈뼛쭈뼛하더니만… 이젠 전문가처럼 하고 있습니다.

제가 그래도 관록이 있다고 아직까지도 잡고 안 놓고 계속하였더라면, 어
제 은퇴하였는데… 오늘부터 당장 그 누구가 그 기능을 담당하겠습니까?

통역도 1.5세들 몇 명 모아다가 훈련을 시키고 잘한다 잘한다 해 가며
투입하였더니… 이제는 그 집사… 전문 통역사처럼 기막히게 설교 통역

을 하고 있습니다.

1-2년에 한 번 정도 하던 예술공연도… 딱 관두었습니다.

몇 년 전 미니영화 〈돌아온 탕자〉를 만들고 나서… 심심하다며 성도들이 그리고 목사님이 슬쩍 물어 와도 전혀 의욕을 보이지 않았습니다.

지금은 그게 다 메꿔져서 청년들이 여기저기서 듣고 배우고 해서 자기들끼리 잘들 하기만 합니다.

그리고 한국에서 연극하던 분이 나타나서 가끔 Skit도 훌륭하게 수행합니다.

한 사람이 비키니까… 안 보이던 사람들이 나타납니다.

똥차가 비키면… 달리고 싶어도 못 달렸던 차들이 여기저기서 달려 나가기 마련입니다.

어제로서 마지막까지 잡고(?) 있던 성가대 지휘를 마지막으로 놓았습니다.

시원하냐고요?
그렇진 않습니다.

섭섭하냐고요?
그렇지도 않습니다.

그러나… It was time to walk.

지난 2년 정도는… 남들은 모르겠지만… 저 나름대로는… 나 없애기 과정이었습니다. 모든 것을 하루아침에 갑자기 놓을 수도 없을뿐더러 그렇게 해서는 안 되는 것을 알고 있습니다.

그렇다고 그다음은 그다음 사람이 알아서 할 일이다…라고 무책임하게… 끝까지 할 수 있을 때까지 잡고 있는 것은 더더욱 나의 성향에 맞지 않았습니다.

어제 목사님들과 성가대원들과 함께 마지막 성가대 회식을 했습니다. 목사님이 농담으로… 이 장로님 다음 주일에 아무 생각 없이 성가대 들어가서… 연습시키는 것 아닌지 모르겠다며… 웃으셨습니다.

어쨌든 이제 나는 힘없는(?) 은퇴장로입니다. ㅎㅎㅎ

다음은 제가 어제 주일날 은퇴식에서 한 즉흥 답사를 최대한 기억하여 적어 본 것입니다.

"1981년도에 첫 지휘를 시작했습니다. 그때 첫 지휘하며 곡중 테너 솔로를 한 곡이 오늘 제가 마지막으로 지휘하며 부를 곡 〈아름답다 저 동산〉입니다. 첫 지휘와 마지막 지휘를 같은 곡으로 하는 셈입니다.

1994년도에 다니던 회사의 전근 때문에 캘리포니아에서 콜로라도로 이주를 했습니다.

그때부터 지금까지 약 26년간 저희 교회 성가대 지휘를 하며 장로로서 시무를 하였습니다.

그동안, 성도들 앞에서 예배 순서 담당자로서만 활동을 해 왔습니다.

오늘 장로 은퇴를 하게 되었는데, 아마도 이제는 성도들과 한자리에 앉아서 제대로 마음을 집중하고 평안하게 예배를 드리면서 은혜 받으라는 하나님의 계획이라고 생각하고 감사하게 생각하며 물러납니다.

물러나기 전에 여러 성도분들께 한 가지만 부탁드리겠습니다.
사랑장으로 알려진 고린도전서 13장의 13절에는… 믿음 소망 사랑에 관한 말씀이 나옵니다.
그리고 그중에 제일은 사랑이라고 하였습니다.

그런데 오늘 저는 교회 생활을 지금까지 하면서 느낀 한 가지 중요한 요소를 더 넣고 싶습니다.

믿음 소망 사랑 그리고 충성이 있는데 그중에 제일은 충성이라고 말씀드리고 싶습니다.

충성은 제가 속해 있는 곳이 좋거나 만족할 때만 하는 것이 아닙니다.

충성은 제가 섬기는, 제가 보필하는, 제가 동역하는, 나와 교제하는 사람들이, 나에게 잘하고 이익을 줄 때만 하는 게 아닙니다. 제가 교회에 만족할 때만 하는 것이 충성이 아닙니다.

제가 목사님을 좋아하고 성도들을 좋아할 때만 보이는 것이 충성이 아닙니다. 충성은 초지일관 초심을 유지하는 것입니다.

성경적으로 볼 때 사랑하기에 결혼한 것이 아니라 결혼했기에 이제는 사랑하는 게 맞습니다.

교회도 마찬가지입니다. 이 교회가 좋기 때문에 다니는 것이 아니라, 이 교회에 나왔기 때문에 이 교회에 충성해야 하는 것입니다.

그러므로 혹시 성도님들 마음속에 우리가 다니는 이 교회에 대한 불만이나 불평, 이 교회 성도나 목사님에 대한 불편한 마음이 있다고 하여도, 은퇴하는 이 장로의 마지막 부탁인… 〈충성〉이라는 말을 기억하시면서, 한 교회에서 30년 40년 50년 충성 봉사하시는 여러분들이 되시기를 진심으로 바라는 바입니다.

이제 마지막으로 인사를 한 번 하고 물러나겠습니다.

충성!!!

충성이라는 구호와 함께 강대상에서 멋지게 경례를 성도들에게 하면서 저는 단상에서 내려왔습니다.

이제… 성도들과 여유를 가지며 앉아서 예배를 드리며 때론 졸기도 하고 때론 잡담을 하면서 신앙생활을 하기로 했습니다.

감사합니다.

또 그 얘기다…
하나님의 뜻을 어떻게 알 수 있냐는…

예전에 젊은 대학생·청년 위주의 구역예배를 인도했을 때에, CU Boulder 대학에서 박사과정을 공부하던 자매가 "하나님의 뜻을 알 수 있어요?"라는 질문을 던짐으로써 길고도 깊은(?) Debate가 시작되어… 저녁 식사까지 연기된 적이 있습니다.

다들 말을 안 하고 있어서 그렇지 모두들 이 주제에 관심이 많았다는 얘기입니다.

시간이 너무 소요될 것 같아 다음번 구역예배 때까지 숙제를 해 와서 다시 토론을 하자고 했지만… 직선적 성향이 농후했던 젊은 그들은 기어이 저녁 식사를 하는 내내 열을 올리며 자신의 의견을 피력했습니다.

한 청년이 신실한 자신의 고모 권사를 예로 들면서… 한국에서 대학 전공에 고민하고 있을 때 하나님이 고모의 꿈을 통해 자기가 곧 미국으로 유학을 갈 거라는 음성을 들려주셨는데… 그 말대로 자기가 지금 미국에서 공부를 하고 있다며… 자신감 있게 말을 하는 것을 보았습니다.

그러자 다른 청년이⋯ 그것은 그 결과가 우연히 맞았을 뿐 하나님의 음성이라고 하기엔 너무나 개인적 생각이라며 반박했습니다.

그다음으로 우르르~ 갑론을박들이 나왔는데⋯ 생략하고⋯ 그렇다면, "그것들이 하나님의 뜻이라는 것을 어떻게 알 수 있는가?"라는 실제적인 질문이 나왔습니다.

아무도 대답을 할 수가 없습니다. 한 자매가 "기도해 보면 알 수 있다"라고 대답도 하고, "마음속이 평안하면 그것은 하나님의 뜻이다"라고 어떤 청년은 설명을 하는데⋯ 그래도 이 정도면 어느 정도 성경적인 Approach라고 말할 수 있습니다.

하나님의 뜻에 의해 창조된 우리가 살고 있는 이 우주에는⋯ 반드시 하나님의 뜻이 분명히 있습니다.
그렇다면, 하나님의 뜻이 분명히 존재한다면 그 뜻을 Comprehend할 수 있는 방법을 하나님은 분명히 어딘가에 어떻게든 심어 놓으셨을 것이다⋯라고 생각하는 것은 지극히 Logical한 생각입니다.

우리가 잘 알고 있는 General Sense에서의 "하나님의 뜻"은 바로 성경이란 Revelation을 통해 알 수 있다는 것은 우리 모두가 알고 있습니다.

그런데 그렇게 (적어도 우리 시각에선) 형이상학적(?) 대답만 하지 말고 우리의 Real Life에서의 하나님의 뜻은 어떻게 알 수 있는가⋯에 대한 대답을 누군가가 주어야 합니다.

모르면 모른다고 솔직히 대답하지… 애매모호하게 무조건 성경 자체가 하나님의 뜻이다라고만… 밀어붙이면… 무조건 믿고 아멘~ 하라는 답답한 대답이 될 뿐입니다.

예수의 실존에 대해 궁금증이 있는 초신자에게… 그냥 믿어~라고 대답하던 시대와 환경은 벌써 지나갔습니다. 아니 그런 대답이 통하던 시대는 이미 지나갔다라고 해야 할 것입니다.

내가 모르면 나도 공부하고 연구를 좀 해 본 다음 대답해 줄게…라고 대답하면 그게 올바른 태도입니다. 그런데 그것을… 너는 믿음이 없으니까 그것을 못 믿는 거야…라고 대답을 한다면… 그것은 Circular Reasoning이 되는 것입니다. 믿음이 없으니까 믿음을 못 믿는데 그 믿음 없이 그냥 믿으라고 한다면… 이게 현실적인 대답이 되겠는가 말입니다.

무조건 성경 내용으로만 대답하는 것만이 최선의 방법은 아닙니다.

때로는 상식적으로 도덕적으로 심리적으로 철학적으로 논리적으로 합리적으로 역사적으로… 데이터를 가지고 소위 말하는 팩폭(Fact 로 폭격)을 해 줘야 합니다.

다시 본론으로 들어가 봅니다.

우리 시대만 그런 게 아니라, 하나님이 실제로 사람들 앞에 나타나셨던 구약시대에도 사람들은 하나님의 뜻이 무엇인지… 그리고 어떤 것이 하나님의 뜻인지… 구별하기 위해 고심한 흔적들이 많이 보입니다.

하나님과 대화를 하던 제사장들… 그들에게 하나님이 매번 한결같이 나타나셔서 이렇게 하라 저렇게 하라… 지시하신 것은 아닙니다. 그들은 지금의 우리와는 달리 하나님의 포괄적인 음성이 담긴 성경 자체가 아직 없었습니다. 십계명과 같은 율법적 테두리와 규례만이 존재했을 뿐입니다.

그러나, 성경을 보면 그들에게는 조금 기이하게 보이지만 하나님의 뜻을 분별하는 도구가 주어진 것을 볼 수 있습니다.
우림과 둠빔이라고 하는 일종의 보석이 있었는데, 이것들을 대제사장의 가슴에 차는 흉패라는 것 안에 넣어 두고 무엇이 나오느냐에 따라서 하나님의 뜻을 분별했다는 기록이 있습니다.

또한, 우리가 잘 아는 사사 기드온의 이야기를 들어 본 적이 있을 것입니다.
그가 전쟁에 나가는 것이 하나님의 뜻인가를 알아보기 위해서 양털뭉치 방법을 쓴 기록이 있습니다.
양털 한 뭉치를 타작마당에 두고 만일 아침에 일어나서 이슬이 양털에만 내리면 내 손으로 이스라엘을 구원하는 것이 하나님의 뜻인 줄 알겠다고 한 것입니다.

하나님께서 응답을 하셔서 양털에만 이슬을 내리셔서 양털을 짜니까 거기서 물이 그릇에 가득하게 나왔으므로, 그것을 하나님의 응답으로 알았다는데… ㅎㅎㅎ 우리가 보기엔 거의 〈미신〉 행위에 가깝지 않나 하는 생각이 듭니다.

그러나 중요한 것은 현 시대건 옛 구약시대건, 하나님의 뜻을 알고 싶어하는… 그리하여 그것을 구별하려는 노력은… 항시 존재했음을 우리는 알 수 있습니다.

나는 이런 이해하기 어려운 주제가 나오면… 특히 하나님과의 관계에 대한 의문에는… 항시 아버지와 아들과의 관계를 들어 비유해 보곤 합니다.

나에게 아들이 있습니다.
아들이… 아빠가(제가) 자기를 향한 어떤 〈뜻〉이 있음을 알까 모를까요? 바보가 아닌 이상 왜 모르겠습니까?

오래 살다 보면 그저 눈칫밥으로도 아빠가 자기에게 무엇을 원하는지… 알 수 있을 것입니다.
더군다나 이모저모를 통해… 아빠가 제가 커서 무엇 하기를 원하는지… 정도도 알 수 있을 것입니다.

우리와 우리의 아바 아버지인 하나님과의 관계에선, 바로 이 〈이모저모〉를 하나님의 말씀인 성경으로 생각하면 될 것입니다.

어쨌든… 우리는 인생사라는 하나님의 섭리 속에 살면서… 하나님의 뜻이 분명히 있다는 것을 인식해야 합니다.

문제는 어떻게 그 뜻을 알 수 있느냐는 것입니다.
꿈속에서 하나님의 계시를 구하는 것은 위험한 시도일 수도 있습니다.

빡세게 기도하는 도중 마음 속에 생기는 움직임을 해석하는 것에도 사실상 위험성은 있습니다.

환상을 보고 예언을 하는 분의 자문을 구하는 것도, 그분이 구약시대의 제사장이나 선지자가 아닌 이상, 항상 위험성은 내재되어 있습니다.

그래서 우리는 〈신사도 운동〉이라는 시도를 건전한 눈으로 보고 있지 않는 것입니다.

하나님의 음성을 들었다는 분들의 얘기를 많이 듣습니다.
놀랍게도 저도 예전 대학시절 초신자 때… 잠자다가 그리고 기도하다가… 분명히 들었다고… 자신 있게 얘기를 몇 번 한 적이 있습니다.

그러나 그 해석 과정에 내 개인적 "생각"이 안 들어갔다고는 감히 얘기를 할 수 없습니다.
인간의 해석과 인간의 전달에는 항시 오류가 있게 마련이기 때문입니다.

그러나 꿈과 기도를 통해 들은 그 음성은… 나에게는… 거짓 없는 진리입니다.

어쨌든 결론적으로… 제가 Suggest하는… 개인적으로 하나님의 뜻을 알 수 있는 방법은 다음과 같습니다. 분명히 얘기해 두지만 다음은 저의 생각일 뿐이니… 너무 딴지는 걸지 않기를 바랍니다. ㅎㅎㅎ

일단 Pre-requisite(선결사항)이 두 가지 있습니다. 즉, 하나님의 뜻을 알기 전에 제가 거쳐야 할 두 가지 Step들입니다.

첫째는 하나님을 알아야 합니다.

나의 아들이 나의 뜻을 알려면 나에 대하여 일단 알아야 합니다.

아빠가 엄한 아빠인지… 느슨한 아빠인지. 깔끔한 아빠라서 말은 안 하셔도 제가 내 방을 깨끗이 청소해야 함을 알 정도로 제가 아빠를 잘 알고 있어야… 아빠가 나에게 가진 뜻을 정확히 알 수가 있습니다.

그래서 우리는 먼저 하나님에 대해 알아야 합니다. 하나님에 대한 지식입니다. 그 지식이 물론 성경 안에 있습니다.

So, we know exactly what to do.

두 번째는, 주님을 영접해야 합니다.

식상한 말이라고요? 아닙니다. 주님의 영접은 새로운 차원의 Stage를 가능케 합니다.

이 말이 무엇이냐 하면… 예를 들어 제가 믿음이 없이 예수님을 알려면 갖은 서적과 갖은 자료와 갖은 역사적 사건들을 조사하고 배우고 공부하여… 그 결론을 가지고 저울질해야 하지만,

이 〈믿음〉을 소유하게 되면 단번에 이런 과정을 Skip하여 주님을 Instantly 알게 되듯이… 주님의 영접은… 마치 온라인 게임에서 레벨 50에 올라가면 레벨 49까지에는 안 보였던 새로운 세계가 펼쳐지듯… 놀라운 영적인 디멘션이 생기기 때문인 것입니다.

이 선결과정을 거치고 나면, 다음의 단순한 해석을 통해 하나님의 뜻을 구별해 낼 수 있을 것입니다.

그 첫째가 〈상황〉입니다.

우리가 하나님 〈밖〉에 있을 때는 돌아가는 모든 상황이 나의 시각입니다.

그러나 두 가지 선결과정을 거친 크리스천들은… 벌어지는 상황을 하나님의 시각으로 보고 해석할 수가 있게 됩니다.

상황이 돌아가는 것을 보면… 하나님이 나를 어디로 인도하시는지…

좀 더 센 표현을 해 보자면… 하나님이 나를 어디로 몰고 계신지…를 알 수 있을 것입니다.

이 상황을 기도하는 마음으로 〈해석〉해 본다면… 하나님의 뜻과 일치한 해석을 가질 수 있을 것입니다.

두 번째는 〈마음〉의 이끌림입니다.
우리는 가끔 왠지 마음이 가는 〈것〉과 가는 〈곳〉이 있습니다.
마음이 이끌림을 받는 것에 유의해야 합니다.

성령이 거하시는 우리에겐 이 "이끌림"이 바로 성령의 인도하심일 확률이 높기 때문입니다.

세 번째는 〈은사〉와 〈능력〉입니다.
우리에겐 하나님이 주시는 은사가 제각기 있습니다.

왜 제각기 다른 은사를 주시겠는가?

제가 내 아들에게 음악이라는 나의 속성(Attribute) 중 하나를 피로 물려 주고, 어릴 적부터 바이올린을 훈련시켰다면… 나의 뜻은 나의 아들이 훌륭한 바이올리니스트가 되는 것일 수도 있습니다.

마찬가지로 하나님이 나에게 어떤 은사를 주셨다면 혹은 남이 못하는 어떤 능력을 주셨다면⋯ 그것이 하나님의 뜻을 해석할 중요한 단서가 될 수가 있다는 것입니다.

옛날 모세가 결국 하나님의 명령을 받고 애굽으로 가서 바로에게서 자기 민족을 구해 내라고 명령을 받았을 때, 자기는 말에 재주가 없기 때문에 그 사명 받기에 부족하다고 했습니다.

그러자 하나님은 네 형 아론이 말을 잘하니 그를 데리고 가라며⋯ 아론에게 즉시 동역의 명령을 내리셨다. 아론은 졸지에(?) 하나님이 인정하신 그 능력(?) 때문에 하나님의 뜻을 수행하는 사람이 되었던 것입니다.

우리가 우리를 보면 우리의 은사와 능력을 알게 됩니다.
하나님은 그런 은사와 능력을 절대 허비하지 않으십니다.

이 말은 나의 은사와 능력을 적절히 사용하게 되는 그 〈상황〉과 〈마음의 이끌림〉이라면⋯ 그것이 하나님의 〈뜻〉이라고 해석을 해도 좋을 것이라는 게 저의 생각입니다.

결론적으로 하나님의 뜻을 아는 비결은 내 자신이 우선 선결사항을 먼저 수행해야 한다는 것입니다.

Pre-requisite 과목을 먼저 택해야 다음 전공과목을 택할 수 있듯이, 우리가 이 선결과정을 먼저 거친다면⋯ 그다음 전공과목인 〈상황〉, 〈마음의 이끌림〉, 그리고 〈은사와 능력〉을 무리 없이 잘 해석할 수 있을 것이라고 생각합니다.

The Good, Bad and Ugly!

유명한 배우 윌 스미스가 주연한 〈Gemini Man〉이란 SF Action영화가 있습니다.

특수부대 요원 중 최고의 실력과 성공률을 자랑하는 주인공 헨리는 자신의 직업에 회의를 느끼고 극구 만류하는 상관의 요청을 거절한 채 퇴역을 하게되고, 퇴역 후 극비 프로젝트 등을 알고 있는 자신을 말살하러 파견된 자신의 〈클론〉과 싸운다는 게 줄거리가 됩니다.

이 영화에서, 헨리의 상관은 그가 모르는 사이에 헨리의 DNA를 이용하여 그와 똑같은 그러나 더 젊고 더 강하고 감정에 흔들리지 않는 헨리의 복제인간을 만들어 냅니다. 그리고는 그 클론에게 헨리를 제거하라고 명령을 내립니다.

그 결말이 어떻게 되는지는 Spoiler 없이 직접 영화를 보면 될 것인고로 생략합니다.

이 영화의 공상 같은 복제 기술은 이제는 상상 속에서의 일만은 아닙니다. 인간을 가지고 임상실험을 아직 못(안) 해서 그렇지… 소나 개 같은 동물들에 대한 임상실험은 이미 성공적으로 끝낸 바입니다.

아마… 이세상에는 좋은 과학자들만 있는 것이 아닌지라, 혹시 Crazy한 과학자들이 이미 어느 정도 인간을 대상으로 한 실험을 암암리에 진행하고 있는지도 모릅니다.

우리가 PC에서 어떤 화일을 복제하면 그 복제된 화일은 원 화일과 100% Identical한 속성(Attribute)을 갖듯이, DNA를 이용하여 복제된 인간도 원래 인간과 100% 동일한 모든 것을 갖게 됩니다.

이 말은 복제하는 그 순간까지의 모든 속성과 능력과 의식이 그대로 복제인간에게 Copy가 된다는 것인데, 속성과 능력은 그렇다손 치더라도 이 〈의식〉은 어떻게 해석을 해야 할지 미스테리한 분야가 됩니다.

예전에 어느 사이언스 잡지에 다음과 같은 토론이 있는 것을 보았습니다. 만일 의학 기술이 급격히 진보하여 인간의 모든 신체를 이식할 수 있다고 할 때, 나의 머리를 다른 사람의 몸에 이식했다고 쳐 보자.

그러면 몸이 있는 쪽이 주인(?)인가 머리가 있는 쪽이 주인인가? 아마도 머리 따라(?) 주인이 정해질 것입니다. ㅎㅎㅎ

그런데 어떤 과학자들은 우리의 모든 기억들이 우리 머리 안에서만 Save되는 것은 아니라고도 합니다. 어떤 기억 데이터는 우리 신체 어디엔가에 부분적으로 존재하기도 한다는 것입니다.

실지로 우리 신체의 어느 특정 부분이 없어졌을 때(사고?), 예전에 가졌던 기억이 없어지는 기이한 현상이 있다는 것입니다.

어쨌든 이 정도까지는 그래도 간단한 결론을 유츄할 수 있습니다.
즉, where there's a will, there's a way가 아니라 where there's a head, there's me라고. ㅎㅎㅎ

그러면 한 단계 더 나아가 봅니다. 전제는 의학 기술이 엄청 발전하여 인간의 신체를 자유자재로 이식할 수 있다는 가정입니다.

만일 나의 뇌 반쪽을 다른 사람 뇌의 반쪽에 이식한다면… 어느 뇌가 그 사람의 진짜 CPU가 되는 것인가? 그 사람 뇌도 반이고 나의 뇌도 반입니다. 몸은 중요하지 않다는 게 이미 내려진 결론이고… 도대체 어느 뇌가 그 사람의 Identity가 되는 것이며 어느 뇌가 그사람의 의식과 자아를 소유하게 될 것인가… 하는 질문입니다.

두 다른 뇌 속에 있는 자아들이 싸워서 결국 한쪽이 굴복하고 한쪽의 명령에 따를 것인가?
아니면 서로 공존할 것인가? 공존한다면 위기의 순간 같은 결정의 순간에는 어떠한 방법으로 Hierarchy가 정해질 것인가?

Crazy라고 생각 할 사람도 있을 것이나… 우리 뇌는 이러한 상상 속의 논리가 잠재적으로 가능합니다.

어떻게 한 사람이 Multiple 정체성을 가질 수 있는가… 그저 상상 속의 이론일 뿐이라고 코웃음 치는 사람들도 있을 것입니다.

그런 분들을 위해 질문 하나 해 봅니다.
해리성 정체성 장애(DID: Dissociative Identity Disorder)에 대해서 들어 보았습니까?

이 장애의 극단적 현상을 보면, 내 안에 여러 명의 완전히 다른 〈자아〉가 존재하게 됩니다.
그 자아들은 독립적으로 생각과 행동을 할 수 있고 서로 간에 정보 교류도 할 수 있습니다.
그러나 그들은 분명히 안전히 다른 Entity들입니다.

한 뇌 안에서 어떻게 이런 형상이 있을 수 있냐고 묻겠지만 의학적으로 증명된 명백한 정신질환 중 하나입니다.

성경에 보면 일곱 귀신 든 자가 나옵니다. 이 말은 인간의 뇌는 분명하게… 그 어느 세력에 의해 지배받을 수 있다는 얘기입니다.

또 이 말은 우리 신체의 주인은 우리 머리이고, 우리 머리의 주인은 뇌이지만, 그 뇌를 지배하는 또 다른 Entity가 있다는 말입니다.

여기에서 〈영〉의 중요성이 나오게 됩니다. 영어로는 Spirit입니다. Spirit은 눈에 보이지도 않고 우리 뇌에 Burn-in되어 출고(?) 때부터 줄곧 상주해 있는 것도 아닙니다.

Spirit이 없다고 하여 일상생활을 못 하는 것은 아닙니다. 인간이나 동물이나 다 뇌가 있습니다.

그 뇌 안에 이미 태어날 때부터 담겨 있는, Computer로 치면 ROM/Firmware 같은 하드웨어가 기본적으로 내재되어 있습니다. 동물들은 그 ROM/Firmware 안에 심어져 있는 생존의 Instruction에 의해 〈본능적〉으로 행동하며, 평생 동안 그 본능을 잊어버릴 엄려 없이… 살아 나갑니다.

인간도 어느 정도 동일합니다. 기본 생존의 방법은 이미 우리 뇌 속에 다 들어 있습니다. 물론 그 Instruction을 넣어 놓으신 분은 하나님이십니다.

그것만으로도 생존하기엔 충분하지만, 인간은 그것 외에 중요한 또 한 가지가 있습니다. 그것이 아까 말한 Spirit, 즉 영입니다.

영은 두뇌를 통해 Manifest되는 "나"라는 자아를 주관합니다. 그다음으로 영은 나의 두뇌와 영적 세계의 통로를 제공합니다. 영이 없으면 절대 영적 세계를 이해할 수 없습니다.

아프리카에서만 산 부족민이 얼음을 이론적으로 이해할 순 있지만 '경험'은 불가능하듯, '영'이 없이도 영적인 세계를 Apprehend할 수는 있다… 그러나 Comprehend는 할 수 없다라는 것입니다.

영은… Active와 Inactive 상태 둘로 존재합니다.
그리고 영은 Good과 Bad와 Ugly(none of the above)로 존재합니다.

Good Spirit은 우리는 Holy Spirit이라고 한다… 하나님으로 부터 온 영입니다.
이 영을 받아도 그 영은 Inactive할 수 있고 Active할 수도 있습니다.

영이 임재했다고 해서 매일 충만한 것은 아닙니다. 그러므로 영은 항시 Active한 것도 아닙니다.

Good, Bad, Ugly 상태는 단 한 번의 action을 통해 다음 단계로 이동이 가능합니다. 우리는 그 사건을 〈중생〉(Born Again)이라고 정의하여 부릅니다.

그 중생 이후엔 우리는 good spirit, 즉 Holy Spirit의 영향권 안에서 살게 됩니다. 중생이 없다면, 중생의 action 이 있기 전까지… 우리의 자아(뇌)는 무주공산인 Ugly 상태로 살아가게 됩니다.

이 무주공산 상태에선 들어오는 자가 임자가 됩니다.

Bad가 들어오면 Bad spirit, 즉 세상의 영과 살게 됩니다.

Good이 들어오면 당연히 Holy Spirit과 살게 됩니다.

Bad가 들어와 앉아 있어도 Good이 들어오면 Bad는 방을 빼 주어야 합니다. 그러나 Good이 한번 들어와 소유권을 올려 놓으면 Bad가 군대를 데려와서 들어오려 해도 들어올 수 없습니다.

더 중요한 것은 아까 말했지만, 이 영은 영적인 세계의 통로를 제공합니다.

Good Spirit을 가진 자들은 이 세상에 살 동안 Good Spirit의 주인 되시는 하나님의 세계를 경험할 수 있고, 이 세상을 떠나면 그 Spirit이 영존하는 우리의 본향에 들어갈 수 있게 됩니다.

Bad spirit을 가진 자들은 역시 Bad 영의 세계를 경험할 수 있습니다. 그 경험은 Powerful하고 짜릿하고 쾌락적이고 효과적으로… 이 세상에서 직접… 당장… 나의 몸으로 나의 눈으로 만지고 맛볼 수 있는 달콤한 경험이 될 것입니다.

그러나 내가 이 세상을 떠나게 되면… 그다음은… 말 그대로 'Bad'가 될 것입니다. 모든 기대는 물거품이 됩니다. 설마가 사실로 확인될 것입니다.

Second chance가 없는 게 말이 되냐고 외쳐 보지만 이미 뒤집을 수 없는 상황이 될 것입니다.

뒤집을 수 있는 기회는 오직 나의 살아생전뿐이었던 것입니다.

가만히 잘 생각해 보아야 합니다. 인생이 영원한 것은 아닙니다. 찰나의 순간에 그날이 닥쳐서 우리는 다 각자의 영혼의 본향으로 가야 합니다.

Good과 Bad는 각자의 본향으로 가야 합니다. 설마… 설마…가 사람 진짜 잡습니다.

올라가서 쩝~ 하고 미지의 암흑 속으로 끌려가지 말고, 의심이 나면 지금 부지런히 알아보고 열도 내고 욕을 하더라도 지금 알아보는 게… 손해는 안 될 것입니다.

성경 말씀에 차든지 덥든지 하라고 했습니다. 미지근하게 앉아만 있으면 결국 Ugly한 상태로 Bad로 가게 될 뿐입니다. Good이 진짜인지 Bad가 진짜인지 지금… 알아보라는 말입니다.

아니 땐 굴뚝에 연기 나겠냐고… 뭔가가 있는지 없는지… 지금 알아봐야 합니다. 우리 뇌만 너무 믿지 말고… 그 뇌를 주관하는 '영'에 대해서 알아보기를 권하는 바입니다.

바보 같은 사탄이라면서
따라 하는 인간들

많은 사람들이 사탄은 궁극적으로 자신이 지옥(연옥: Lake of Fire)으로 떨어질 운명이라는 것을 알고 있을까라는 질문을 할 것입니다. 성경적으로 보면 사탄은 당연히 그 사실을 알고 있습니다. 그렇다면 사탄은 바보가 아닐진대 왜 결국은 아무 소용이 없는 짓(?)을 하고 있는 것일까라는 질문도 사람들이 하고 있을 것입니다.

그에 대한 대답은 분명하지 않습니다. 사탄에 비해 턱없이 제한적인 지식의 한계를 가지고 있는 우리 인간들도, 결론을 다 알고 있는데 사탄은 왜 아직도 저런 행동을 하고 있는지 의아해합니다.

예수님이 공생에서의 사역을 시작하기 전 사탄에 의해 3가지 시험을 받는 장면이 있습니다. 이것도 우리는 이해하기가 어렵습니다. 왜냐하면 사탄이야말로 예수님이 하나님의 아들이라는 사실을 누구보다도 더 잘 알고 있었을 텐데, 그를 시험하고 유혹하려는 그의 행동이 너무나 저능적인 그리고 무엇에 눈이 가려 모르는 듯한 모습이기에 더더욱 이해하기가 불가능하다는 것입니다.

자신을 포함한 온 천지만물을 만드신 창조주 예수님에게 자신이 가진 멋진(?) 능력과 통 큰(?) 보상을 빌미 삼아 시험을 한다는 것은… 하나님을 보좌했고 최고의 신임을 받았던 천사장의 신분으로 모든 영계의 비밀을 알고 있는 사탄으로선… 감히 돌출할 수 없는 상상 밖의 행동이기 때문입니다.

그런데, 한 가지만 이해하면 사탄의 그러한 사고방식(?)이 전혀 이해 불가는 아니다…라는 생각이 들 수도 있습니다. 사탄이나 인간이나… 공통점은 피조물입니다. 하나님에 의해 만들어졌다는 것입니다. 사람과 개미 사이에는 하늘과 땅 같은 차이가 존재하지만 그러나 둘 다 피조물이라는 공통점이 있습니다.

사탄과 인간 사이에도 거대한 차이가 있습니다. (그)러나 사탄도 인간도 공통점은 피조물이라는 것입니다.
이 말은 하나님이 사탄과 인간을 창조하셨을 때 많은 차이점을 두셨지만 그러나 분명히 비슷하게 공유하는 몇 가지 속성은 있게 마련이라는 말입니다.

그중에 한 가지는 〈자유의지〉입니다.

로보트로 살아가는 게 아니라 나의 의지대로 나의 앞길을 개척하며 살아갈 수 있다는 것입니다.
물론 미리 말하지만 미안하게도 이 인간의 자유의지는 곧 하나님의 섭리와 예정 안에서만 운영될 뿐입니다. 그게 무슨 말이냐고 하겠지만 그게 하나님의 섭리이고 우주 운영의 원리이기 때문입니다.

생전 교회에 나가지도 않았고 교회는 어리석은 자들만 가는 곳이라고 생각하던 어떤 사람이 어느 날 퇴근길에 아무 생각 없이 교회에 들렀습니다. 누가 가라고 한 것도 누가 꼬신 것도 누가 전도한 것도 아닌데… 바로 자신의 〈자유의지〉로 제 발로 자발적으로 교회에 나간 것입니다.

그러나 그는 나중에 그의 발걸음을 인도하신 하나님의 손길을 알게 됩니다.

자유의지와 예정이 상반된 것 같지만 그것은 고양이 낯짝만 한 지식의 한계를 가진 인간의 두뇌가 Handle할 수 있는 한계점에 의한 결론일 뿐입니다.

어쨌든 사탄이나 인간은 바로 이 자유의지가 있습니다(물론 하나님의 섭리하에 운영되는).
자유의지가 주어졌다는 말은 얼마든지 자유롭게 생각하고 상상하고 공상하고 꿈꾸고 욕망과 허망을 가질 수 있다는 말입니다.

로보트는 Input과 Output이 명확하다. 주어진 상황이 Input이고 그에 대한 액션이 Output입니다. 그리고 그 Input과 Output을 연결하는 것이 바로 Instruction, 즉 Operating Mechanism입니다. 무엇이 들어오건 내 속에 이미 심어진 그 명령에 의해 액션만 취하면 되는 게… 로보트입니다.

그러나 인간은 Instruction과 Intelligence가 공존합니다. Intelligence
를 자유의지라고 불러 말해도 좋을 것입니다. 그래서 인간은 항시 이
Instruction과 Free Will 사이에서 갈등을 합니다.

하나님이 주신 Instruction을 따라야겠는데 그게 만만치 않습니다… 왜
냐하면 내 마음속에서 용솟음치는 Free Will이 항시 나에게 'Why Not!'을
외치고 있기 때문입니다.

하면 안 돼… Why Not?
딴 데로 가면 안 돼… Why Not?
이기적이면 안 돼… Why Not?

그래서 그것을 구체화하려고 I Will이 생겨났습니다.

I will do that!
I will go there!
I will win!

사탄도 이런 마음을 당연히 가졌습니다. 제가 어떻게~ 어떻게 하리라~

다섯 가지 I will을 품었습니다.

그게 이사야 14장에 나오는 그 유명한 5 Will's가 됩니다.

I will ascend into heaven,

I will exalt my throne above the stars of God,

I will sit in the mountain of the covenant, in the sides of the north,

I will ascend above the height of the clouds,

I will be like the most High.

결국 마지막 Will이 무엇인가…? I will be like the most high 다… 곧 하나님이다…

즉 하나님같이 되리라는 것입니다. 그게 사탄의 궁극적 목표였습니다.

사탄도 피조물이란 관점에서 인간과 비슷한 공유점이 있다고 했습니다. 인간을 보면 영락없이 사탄의 모습을 추이할 수 있습니다.

어느 사람이 대낮에 길을 가다가 발을 잘못 디뎌 그만 천길 낭떠러지로 미끄러졌는데 다행히 절벽의 튀어나온 나뭇가지를 두 손으로 잡고 버티는 형국이 되었습니다.

결국 시간 문제였습니다. 점점 지치고 힘이 떨어져서 결국은 천길 낭떠러지 밑으로 떨어져 죽을 것입니다.

그렇게 간신히 버티고 있다가 우연히 나뭇가지를 보게 되었는데, 그 끝부분에 꽃이 하나 피어 있었고, 무언가 액체가 달려 있어서 가만히 살펴보니 꿀이었습니다!

죽을 각오를 하며 손을 뻗어 손가락에 그 액체를 묻혀서 혀에 대어 보니 아 글쎄 진짜 꿀이여… 꿀!

갑자기 얼굴에 미소가 환하게 피어납니다.
그리고는 그 죽기 일보 직전 와중에도 손가락으로 그 꿀을 빨아 먹으며 즐기고 있습니다.

이 모습이 인생의 모습이라고 하는데, 인간이 가진 이 속성을 아마도 사탄도 가지고 있는 듯싶습니다.

드라마를 보면 어떤 주인공이 분명히 그 결말이 뻔한데도 끝까지 욕망을 버리지 못하고 비열하고 악랄한 짓을 하다가 결국 비참하게 멸망하는 장면을 보게 됩니다.

그러나 그는 악행을 행하는 동안에는 절대로 결말을 생각하지 않습니다. 자신의 욕망과 망상이 자신의 마음을 완전히 가리고 지배하고 있기 때문입니다.

사탄이라고 별것인가요. 그도 피조물입니다. 그도 욕망과 망상 속에서 자신의 결말을, 모르는 것이 아니라, 아예 생각조차 안 하고 있는 것입니다.

인간과는 비교 자체가 어려운 영적인 power와 knowledge를 가지고 있는 사탄도 자신의 욕망에 빠져 자신의 운명을 보지 못하고 있을진대, 하물며 우리 인간이야 어떻겠습니까?

솔직히 매일 매일 죽음을 생각하며 살아 나가는 사람이 몇 명이나 되겠는가요. 결국은 다가올 죽음도 우리는 인지하지 못하고… 아니 생각조차 하지 않은 채 살아가고 있습니다.

사탄은 물귀신 작전의 원조입니다. 그냥 죽지는 않습니다. 주위에 몇 사람이라도 붙잡고 같이 죽어야 직성이 풀리는 게 사탄입니다.

창조주 하나님을 직접 보고 한때는 보좌에서 섬겼던 사탄조차… 바보 같은 행각을 벌이고 있는데 우리 인간들이야 어지간히 깨어 있지 않으면… 정말 정말 우매의 극치를 보일 것은 당연합니다.

우스개 소리로 '착하게 살자'라는 말을 하곤 합니다. 맞는 말입니다.

착하다는 것은 영어로Good입니다. 이것은 곧 '선하다'라는 말과도 일맥상통합니다.
선한 것은 하나님으로부터 나온 것만이 선한 것입니다.

죄라는 것도 원어의 의미로 보면 과녁에서 벗어나는 것입니다.
과녁이란 하나님의 Instruction입니다.

하나님이 우리를 로보트로 만드시지 않은 대신 자유의지를 주시며 가이드라인인 Instruction을 함께 주셨습니다.

그 Instruction 은 바로 우리가 벗어나지 말아야 할 〈과녁〉인 셈입니다. 벗어나면 죄를 짓는 것입니다.

벗어나지만 않는다면 우리는 마음껏 우리의 자유의지를 사용하며 살아갈 수 있습니다.

그게 싫다고 자신의 욕망에 자유의지의 날개를 달아 버린다면, 우리는 욕망이란 눈가리개를 하며 살아가는 영적인 장님이 될 뿐입니다.

착하게 삽시다!

Let's live a GOOD life!

Good과 God은 떼려야 뗄 수가 없습니다.

그것만 기억합시다.

교회 성장을 위한 구식 방법?

교회 성장에 관한 조금은 다른 시각에서의 나의 의견입니다.

쉽게 설명을 하기 위해 일단 교회 성장을 〈양적〉 성장이라고 간주해 봅시다. 이렇든 저렇든 일단 교인 숫자가 늘어야 교회 운영도 돌아가고 〈질적〉 성장을 위한 방법론이 그다음으로 실행될 수 있다는 점에선 이 양적 성장도 성장의 큰 부분으로 인정해야 합니다.

양적 성장이란 쉽게 말해서 사람을 교회로 나오게 하여 성도로 만드는 것을 말합니다. 질적 성장이란 이제 교회에 나온 성도들을 양육하여 그들의 신앙을 성숙하게 만드는 것을 말합니다.

제가 오늘 얘기하고자 하는 것은 양적 성장에 관한 것입니다.

예전과 달라서 요즘은 수많은 전도 방법이 있습니다.
예전엔 거의 대부분 친구에게 이끌려 혹은 가족에 이끌려 혹은 절기나 행사(성탄절, 부활절, 부흥회 등)에 이끌려 교회에 나왔습니다.

요즘은 너무 바빠서(?) 그런 구식 방법은 쓰지 않습니다.

대신 사람들의 관심과 흥미를 끌 수 있는 멋진 이벤트와 작전을 펼칩니다.

그래서 그런지 많은 교회들이 교회 안에서 영적인 활동과는 직접 관계가 없는 다른 일반적 행사나 이벤트도 많이 거행하고 있습니다.

저번에 보니까 한국에서도 꽤 알려진 대형 교회 중 하나인 분당의 모 교회에서 〈토크 쇼〉를 개최한 것을 보았습니다. 또한 〈버라이어티 쇼〉도 정기적으로 연다고 합니다.

이벤트 내용을 보니 담임목사께서 가수 남진, 송대관 등등의 크리스천(?) 연예인들을 초청해서 담화를 나누고 노래(유행가+복음성가)를 듣고 하는 유쾌한 이벤트였습니다.

참석자들은 그 교회 교인들도 있지만, 인근에 사는 이웃 초청이 Focus였습니다. 여기에 대해 왈가왈부를 하는 게 아닙니다.

대형 교회가 이런 방법으로 전도를 하니 홍보가 되어서인지 중·소형 교회들도 나름대로의 기획을 통해 너도나도 강대상에서 예배와는 관계없는 각종 이벤트가 벌어지고 있습니다.

이것도 전도의 한 방법이 될 수도 있습니다.

그 밖에도 기독교 방송을 통해 전도를 하고, 선교단을 만들어 순회하며 전도를 하고, 찬양모임을 만들어 사람들을 모으고, 콘서트를 개최하여 젊은이들의 관심을 유발하고, 한 걸음 더 나아가 선교 전략을 세워 조직적으로 체계적으로 outreach를 하고 있습니다.

'짝짝짝!'입니다.

그런데 말입니다~
이상한 기사가 하나 신문에 떴습니다.

크리스천 불모지인 인도에 이변이 일어난 것입니다. 위에 열거한 막강한 전략이나 방법론도 없이… 어느 교회의 교인 숫자가 기하급수적으로 늘어난 것입니다.

인도 남부의 하이데라바드에 위치한 갈보리템플 처치 얘기입니다. 기독일보에 의하면 이 교회는 2005년에 25명의 성도로 시작해 현재 22만 성도로 부흥성장했다고 합니다.
매달 3천 명의 새 신자가 교회에 등록하고 매년 2만 5천 명에서 3만 명의 교인이 늘어난다고 합니다.
4만 명 규모의 예배당에서는 매 주일 다섯 번의 예배가 드려지고 있다고 합니다.

미국에서 가장 크다는 텍사스 휴스턴에 위치한 Lake Wood Church의 매주 평균 출석률이 4만 4천 명이고 수용 인원이 만 7천 석이라고 하니, 비교해 보아도 얼마나 급성장을 하고 있는지 짐작을 할 수 있을 것입니다.

궁금하지 않은가요?
비결이 무엇인지?

미국의 필 쿡이라는 칼럼니스트의 말에 의하면 "갈보리템플 처치는 인도에서 가장 큰 교회이자 세계에서 가장 빠르게 성장하는 교회"라고 합니다.

그 화려한 시설도 없고, 최고의 음향시설도 대규모의 밴드도 없고, 방송을 통한 선교도 한 적이 없고… 도대체 무슨 방법으로 이런 성장을 할 수 있다는 말인가요?

이 교회는 아예 교회 성장 프로그램이 없습니다. 우리는 여기서 중요한 성장의 기본 원리를 배울 수 있습니다. 우리가 잊어버리고… 까먹고… 구식이라고 멀리하던 그 방법 말입니다. ㅎㅎㅎ

이 교회의 특징은 매 주일마다 모든 교인이 새신자를 초대하는 〈새신자 초대 문화〉가 교회 내에 강력하게 자리 잡고 있다고 합니다. 딴말로 해 보자면, 매 주일마다… 자기 주위의 식구들 친지들 그리고 친구들에게 우리 교회에 일단 한번 "나와서 듣고 보라"며 교회에 초대를 한다는 것입니다.

이거… 어디서 많이 듣던 구절 아닌가요? 거기다가 이 교회의 Main Focus는 우리가 알고 있는 수많은 한국 교회의 핵심 사역인 〈선교〉도 아닙니다.

대신 이 교회는 빈곤한 이웃들을 위해 무료 진료소와 급식소 그리고 은퇴자를 위한 숙소 등을 마련하는 데에 Focus한다고 합니다. 일종의 〈구제)사역을 하는 셈입니다.

초대교회를 생각해 볼까요? 물고기를 낚는 사람들(전도자)이 있었습니다. 장황한 이벤트가 필요 없었습니다. 멀리 갈 필요도 없고 조직적 전략도 필요 없었습니다. 기댈 것이라곤… 인맥뿐입니다.

우선 가족부터다…

네가 구원을 받으면… 네 가족이 구원을 받을지니라…라는 성경 말씀대로 충실하게 자기 가족들부터 전도했습니다.

그다음은 친지들입니다. 그다음은 친구들. 그다음은 이웃입니다. 이 방법은 가장 원시적이고 가장 보수적이고 가장 구식 전도법입니다. 그런데 가장 Make Sense하고 가장 효과적입니다. 사실 자기 가족 친지도 전도 못하면서 어떻게 거창하게 세계를 선교하겠다고 덤비겠습니까?

세계보다는 내 이웃입니다. 내 이웃보다는 내 가족입니다. 그것부터 해결하고 눈을 세계로 돌려야 합니다.

미안한 얘기지만, 많은 목사님들이 개척을 하거나 교회 담임이 되고 나면 자신의 비전을 추진하는데, 대부분 1순위가 선교입니다.

선교가 나쁘다는 것도 아니고 선교는 분명한 주님의 간곡한 명령입니다. 그러나 생각해 봅시다. 어느 교회가 나를 담임목사로 청빙을 했으면 나의 우선 순위는 그 교회 교인들의 양육입니다. 그 교회를 먼저 살려야 합니다.

교인의 형편이 어떤지 교회에 어떤 문제점이 있는지 뒤로 미루고 온통 선교에만 정신 집중을 한다면 무언가 건강한 그림이 아닙니다.

선교 못지않게 구제라는 항목도 성경에 나옵니다. 우리는 선교만 하기 위해 교회 다니는 것은 아닙니다. 더 중요한 예배도 있고 양육도 있고 교제도 있습니다.

어딜 가나 최우선으로 선교를 생각하고 그쪽으로 온 전력을 다한다면, 나는 교회 목사가 되지 말고 선교사의 길을 택해야 했을지도 모릅니다.

두 가지 다 잡는다는 것은 그리 쉬운 일은 아닙니다.

순서가 있고 때와 시기가 있습니다. 선교에 온 집중을 하시는 목사님들이 인용하는 구절이 있습니다.

사도행전 1장 8절입니다. "오직 성령이 너희에게 임하시면 너희가 권능을 받고 예루살렘과 온 유대와 사마리아와 땅끝까지 이르러 내 증인이 되리라 하시니라"

잘 살펴볼까요? 증인이 되려면… 선결 과정이 2가지 보입니다. 먼저 권능을 받아야 합니다.

그리고 권능을 받으려면 그전에 성령이 임해야 합니다. 무작정 돌쇠 같은 뚝심 하나만 가지고 선교에 뛰어들어선 안 된다는 말이기도 합니다.

이제 교회 마악 나온 새 신자들… 교회 출석은 하나 아직도 미성숙한 초신자들… 이 사람들이 무슨 선교에 대한 사명과 준비가 되었다고… 무조건 밀어붙이며 선교에 동참하라고 외친단 말입니까?

그들이 해야 할 일은… 크리스천으로서 성숙함에 이를 수 있게 훈련과 양육을 먼저 받게 해야 하는 것입니다. 그리하여 그들에게 지식은 물론 성령이 드디어 임했을 때, 그 권능을 가지고, 사명에 대한 확신을 가지고, 담대하게 선교를 향해 동참시키는 게… 올바른 순서입니다.

만사가 그렇지만 성경의 원리에도 그 적당한 때와 시기가 있습니다. 그리고 기본 원칙이 있습니다.

세상사는 물론 하나님의 교회를 향한 섭리에도 기본 원칙이 분명히 있습니다. 이것만 잘 지켜도 형통할 것입니다. 예전에 우리 교회들이 그랬고 지금 인도 교회의 예에서도 보듯이 원칙은 죽지 않았습니다. 삐까번쩍 전략도 좋고 홍보도 좋고 시스템도 좋고 프로그램도 좋지만, 그냥 기본적인 것만 지켜 나가도 성장은 가능합니다.

내 가족 내 친지 내 친구 하나 전도 못 하는데… 무슨 거대하게 세계선교를 꿈꾼단 말입니까? 내 주위부터 시작해야 합니다. It only takes a spark to get a fire going이란 복음성가 가사가 있습니다.

뭐든지 나부터… 조그마한 일부터 시작하는 것입니다. 거대한 일은… 거대한 전략은… 때가 되면 하면 됩니다.

우리 교회 양적 성장을 꿈꾼다면 새로운 프로그램 도입과 새로운 전략수립에 전력하기 이전에, 내 주위에 있는 가족 친지 친구부터 하나둘… 구식(?)으로… 심플하게 전도해 봄이 어떨지… 생각해 봅니다.

나를 지킬 Control이 있는가???

오늘 인터넷을 통해 비극적인 기사를 보게 되었습니다. 라스베가스의 어느 타운에 사는 36살 먹은 젊은 사람이 샷건으로 나이 든 바로 아웃집 사람 2명을 살해했다는 기사입니다.

더 비극적인 것은 그가 자기 딸이 옆에 있는 상황에서 그런 범죄를 저질 렀다는 것입니다.

더 놀라운 사실은 그가 라스베가스 모 교회의 목사라는 사실입니다.

명백한 살인이고 목사라는 사람이 어떻게…라고 의아해하는 순간 자세 한 기사 내용을 읽어 내려가며… 갑자기 그 젊은 목사가 불쌍해졌습니다.

아내와 세 자녀가 있습니다. 수년 전부터 낮은 담장을 사이에 두고 이웃 과 Dispute이 많았던 모양입니다. 벌건 대낮에 이웃이 벌거벗고 Hot Tub 도 즐긴 모양입니다. 그래서 어린 자녀들도 있고 해서 좀 자제해 달라고 부탁도 한 모양입니다.

그러다가 정 안 되니까 벽돌로 담장을 높이기까지 한 모양입니다. 때로는 이웃이 자녀들에게 버럭버럭 소리도 치고 어떨 땐 호스로 물을 뿌리기까지 한 모양입니다.

경찰도 몇 번 부른 모양인데 별다른 효과가 없었던 모양입니다. 목사는 두 사람을 죽이고 911에 전화를 걸어 자기가 사람을 죽였다고 신고를 했습니다.

그러나 It's too late.

예전에 한국 예능 프로그램 중 이경규가 나와서 어떤 상황이 발생한 가운데 두 가지 완전히 다른 길(Option)을 택하면 그 결과가 어떻게 달라질까…를 코믹하게 꾸민 프로그램이 있었습니다.

예를 들어 가난할 때 여자친구와 사귀게 되었고, 그 여자친구가 자신을 희생하면서까지 남자를 뒷바라지하여, 드디어 남자가 사법고시에 합격을 하게 되었습니다. 그런데 그 앞에 재벌집 딸이 나타납니다.

그의 마음이 착잡해진다. 결국 그는 결정을 하게 되는데… 재벌집 딸과 결혼했을 경우와 옛 여친과 결혼했을 경우가 비교되는… 프로그램이었습니다.

이 경우… 대부분… 프로그램이 주려고 의도한 '결론'은… 순간의 유혹이 나의 인생을 망칠 수도 있다는 메시지였습니다. 반드시 그것이 100% 진리라고는 말할 수는 없습니다. 그러나 일반적으로 공감된 '길'이 있습니다.

지금도 예전도 그 더 나은 길을 마다하고 제가 가야 할 길을 택하는 사람들이 아마도 더 많을 것이다(라고 나는 생각합니다).

다시 그 젊은 목사로 돌아가 봅니다. 그 목사에게 벌어진 상황은 위에 말한 것 같은, 더 나은 길을 택하느냐 마느냐 하는 옵션의 선택이라기보다는, 내가 나를 Control할 수 있는가를 증명해 보이는 일생일대의 선택이었을 것입니다.

내가 나를 Control하고, 내가 나의 Owner라고 생각하고 살았었는데, 어느 긴박한 순간에 우리는, 내가 아닌 그 무엇이 나를 지배하고 나의 판단을 Control하는 것을 느끼게 됩니다.

내 자신의 과거를 돌아보면, 아찔했던 순간들이 꽤 있습니다.

그때는 왜 그렇게 무모하고 앞뒤 안 가리고 즉흥적인 반응과 행동을 했을까 지금에서야 생각을 해 보지만, 그 당시에는 그것이 나의, 아니 우리 젊은이들의, Normal한 행동 방식이었습니다.

그와 동시에 (지금 생각해 보면) 하나님의 자비로 그 위기를 벗어났음에 감사를 드릴 수밖에 없습니다.

예전에 캘리포니아 세리토스에 살 때, 91번 Freeway를 타고 교회에 가곤 했습니다.

한번은 밤에 교회 집회 끝나고 집으로 향하던 중 검은 스포츠카가 내 옆에 바짝 붙더니만 Race를 하자고 했습니다. 그 당시로는 Fast Car였던 카마로 Z28을 몰고 다닐 땐데 그들에겐 좋은 게임의 상대자였을 것입니다.

당연히No! 했더니, 그때부터 앞 뒤 옆으로 끼어들며 협박을 시작했습니다.

그때 그냥 무시하고 (잠시 인내하고) 내 갈 길을 가야 했었는데… 이놈의 거시기가 발동하여… 나도 덩달아 그들과 함께(?) 광란의 질주와 갈 데까지 가 보자는 행동을 했습니다.

잠시 후 상대방 차 Passenger 쪽 창문이 열리더니… 번뜩이는 물체가 보였습니다.

두말할 것 없이 Gun이었습니다. 만약 그때 제가 Brake를 빨리 밟고 피하지 않았으면 그 두 방의 총탄이 나의 차에 그리고 혹시 나에게 향했을 수도 있었던 아찔한 순간이었습니다.

지금 생각해 보니… 불과 3-40분 전에 교회에서 은혜의 기도까지 하고 집으로 향하던 사리분별과 Self-control 잘할 것 같았던 제가… 일순간에 그런 마음은 어디로 갔는지… 그 누가… 나를 지배하였던 것입니다.

이게 무서운 것입니다. 비슷한 케이스는 또 있습니다.

예전에 LA의 Figueroga street에 미 이민국이 있었습니다.

오후 늦게 거기에 일 보러 갔다가 파킹 스페이스가 없어서(건너편 건물에 파킹하면 되는데… 귀찮았던 거다) 한 블록 더 올라가서 오른쪽 막다른 골목에 차를 주차하고, 일을 마치고, 어둑어둑한 거리를 걷고 있는데… ㅎㅎㅎ 영화 장면같이… 사람들이(흑인들이) 어디에선가 나와서 내 뒤를 따라오고 있었습니다.

빠른 걸음으로 막다른 골목에 파킹한 차를 타고… 이제 어떻게 해야 하나 속으로 초긴장 상태였습니다. 사실 차 쪽으로 가지 말고 샛길로 빠져서 일단 상황을 벗어나거나 근처에서 경찰의 도움을 청할 수도 있었습니다.

그런데… 피가 샘솟던(?) 그 시절이었던지… (나도 왜 그랬는지 모른다) 부르릉 부르릉 액셀을 밟다가 거의 7-8명 되는 그들을 향해 돌진!!!!

이게 나였던가? Where is self-control?

제가 여태껏 이렇게 무탈하다는 건… ㅎㅎㅎ 그날… 제가 무사했다는 거겠죠? 일순간 지극히 당황한 그들이… 영화 속에서 모세가 홍해를 가르듯… 좌우로 몸을 날리고 있었습니다.

그리고 나는 유유히 음악을 들으며 집으로 향했다는… 지금 생각해 보면… 무모하고 어리석고 마른 웃음밖에 안 나오는… 나의 모습이었습니다.

제가 느낀 것 중에 하나는… 우리는 상황이 안 닥쳐서 그렇지… 언제 어떻게 〈돌변〉할지 모르는 인간들입니다.

한 입으로 신령한 기도도 하고 험담도 하는 인간들입니다.
교회에서는 선하고 신실하게 행동하지만, 밖과 일상생활 속에서… 어떻게 변할지 모르는 인간들일 수도 있습니다.

그 젊은 목사… 우리들보다 신령하지 않고 성경 말씀대로 살려고 노력하는 사람이 아니었겠습니까?

그 사람이 샷건을 들고 쏘기까지는 우리가 감히 이해할 수 없는 심리적 딜레마가 분명히 있었을 것입니다. 부인이 있고 세 어린 자녀가 있고 시무하는 교회가 있고 사랑하는 그리고 자기를 존경하는 교인들이 있다는 것을 분명히 잘 알고 있었을 그가… 그래도… 총을 들어 그런 행동을 했다는 것은… 우리에게 무척 중요한 교훈이 됩니다.

You never know!

그래서 성경은 여호수아 1장 8절에서 "이 율법책을 네 입에서 떠나지 말게 하며 주야로 그것을 묵상하여 그 가운데 기록한 대로 다 지켜 행하라 그리하면 네 길이 평탄하리라"…라고 Alert하고 Remind하고 그리고 Reward까지 정확하게 알려 주시는 것입니다.

정말 말씀의 묵상이 매 순간 없다면… 제가 어떻게 변할지 모르는 게 우리 인간들입니다.

신학을 수십 년 해도, 교회 장로 수십 년 해도… 인간은 인간입니다. 건드리지 않으니까 크리스천처럼 사는 것이지, 나에게 위기의 순간이 닥친다면… 과연 제가 나를 100% 믿을 수 있다고 장담할 사람이 몇 명이나 되겠습니까?

하나님의 마음에 합한 자라는 다윗 왕도 일순간에 그저 본능을 가진 평범한 인간으로 전락하여 간음을 하고 살인을 했습니다. 세상에서 제일 지혜롭고 슬기롭다는 솔로몬이 과연… 우매하여 우상을 숭배하였다고 믿는 사람이 있겠습니까? 일순간입니다.

제자들 중 믿음의 수장이었던 베드로… 자신만만하게 (마치 '의리' 외치는 김보성같이… ㅎㅎㅎ) "난 그런 일 없어요!" 외쳤는데 한 번도 아니고 세 번이나 주님을 부인하고 저주까지 했습니다.

우리가 베드로보다 나은가요? 천만의 말씀입니다. 우리의 정체는 혼자 있을 때 그리고 위기 때… 드디어 나타납니다.

우리가 구원 얻고 하나님 곁에 가기 전까지의 과정을… 성화(Sanctification)의 과정이라고 합니다.

이 과정이 길면 길수록 이론적(?)으로 볼 땐 Probability of Risk가 줄어듭니다. 뭐니 뭐니 해도 그만큼 말씀의 비중이 크게 자리 잡고 믿음의 Control이 강해진다는 말입니다.

금방 믿어 불같이 방방 뛰는 사람들이, 불 물 안 가리고 앞으로만 달려갈 것 같지만, 상황이 닥치면 어쩐 일인지 옛 버릇이 그를 일순간 지배하게 될 확률이 큰 것입니다.

결국 내 자신이 믿음과 인생사를 통해 성숙되어야만… 내 자신을 지킬 수 있는 Control이 생기게 되는 것입니다.

우리보다 신앙적으로 한 단계 더 위에 있을 것 같았던 그 젊은 목사의 케이스를 교훈 삼아… 내 자신을 지킬 수 있게 항시 준비해 두어야겠습니다.

결국 어떤 상황에서도 나를 잃지 않는 그 Control이 key가 됩니다.

제발 찬양 좀 하자고요!!

책 읽는 것이 일반적으로 나쁘다고 하는 사람은 거의 없을 것입니다. 독서를 많이 함으로써 간접 경험과 지식을 쌓을 수 있고 정신 건강 역시 윤택하게 할 수 있습니다.

그런데 도가 지나쳐서 밥 먹을 때도 책을 읽고 운전할 때도 책을 읽고 대화할 때도 책을 읽는다면 무언가 잘못되었다는 것을 우리는 직감할 수 있겠습니다. 무엇이든 적절하게, 정해진 그 스케줄 내에서 목적에 맞게 하는 게 좋다고 생각되는데요, 교회에서의 〈기도〉 시간도 그 비슷한 예가 됩니다.

당연히 기도가 나쁘다는 사람은 없습니다. 오히려 우리는 기도를 많이 하면 할수록 좋다고 장려를 합니다. 그래서 금요 기도회, 수요 기도회, 철야 기도회, 중보 기도회 등등의 기도 모임이 있습니다.

일반적으로 교회의 예배 순서를 보면 기도 시간이 따로 정해져 있습니다. 설교 시간에 기도를 많이 못 하라는 법은 없지만 기도 시간을 설교로 채운다면 주객이 전도되듯이 설교 시간은 주 목적이 설교이고 기도 시간은 주 목적이 기도입니다. 그러기에 따로따로 시간을 정해 놓은 것입니다. 기도 시간엔 기도하고 설교 시간엔 설교하고 찬양 시간에 찬양하자고 말입니다.

그런데 우리는 공적 순서를 진행함에 있어서 이러한 원칙을 무시하는 경향이 있습니다.

특별히 찬양 시간을 예로 들어 보겠습니다.

당연히 찬양하기 전에, 우리는 기도로 시작을 하며 끝날 때도 기도로 마감을 합니다.

그런데, 예를 들어, 예배 시작 약 30여 분(어떤 교회는 20여 분)간의 짧은 찬양을 하는데 제가 실지로 수년 전 캘리포니아의 모 한인 교회에서 경험한 사실이지만 중간중간에 중보기도 합심기도 대표기도 멘트기도 등등 반 이상을 기도로 채우는 찬양 시간을 보았습니다.

그러다 보니 정작 찬양은 몇 분 못 하게 되고, 기껏 찬양에 고조될 만하면… 솔직히 그 얄미운(?) 찬양 인도자가 마치 거국적인 큰 기도 제목이라도 있는 듯 전체의 진행 흐름을 끊어 버리며 기도하자고 합니다. 그런데 정작 그 기도 내용을 들어 보면 별것 아닙니다. 은혜 주셔서 찬양으로 영광 돌리게 해 주십시오…라고.

아니… 찬양을 부를 시간을 줘야지 찬양으로 영광을 돌리지요!!! 찬양 시간에 찬양을 좀 하자구요… 이렇게 소리치고 싶더라구요. 그 찬양 인도자는 마치 자기가 앞에서 기도를 인도하지 않으면 큰일 난다는 듯 횡설수

설… 기도문을 읽고 있었는데, 이것은 마치 식사 기도 시간에 온 성도들 이름 다 부르며 축복하고 교회 기관 다 언급하고, 온 교회 행사 언급하고, 나중에는 목사님 건강까지 다 챙기는 그런 기도와 다를 게 없습니다. 식사 기도는… 좋은 음식 주셔서 감사한다는… 그런 취지 아닙니까.

어떤 장로님이 성도 잔칫날 식사 기도를 10여 분 하시는 분도 실지로 보았습니다… 세상에…!!

찬양도 마찬가지입니다. 혹 여러분들 미국 교회들의 찬양 시간을 경험해 보셨는지 모르지만 그들은 찬양 시간을 거의 100% 찬양으로 영광을 돌립니다. 이것저것 멘트도 별로 없습니다.

다음 순서가 무엇이다… 다음 부를 노래가 무엇이다 소개도 없습니다.

시간이 금입니다. 왜 사족을 달고 성령의 흐름을 끊어 버립니까.

찬양 시간에 길게 멘트하는 것… 이거… 왜 유독 한국 교회에서만 성행하는 것입니까.

쇼 프로그램이나 개인 리사이틀이 아니라 회중 찬양입니다. 멘트의 자제가 필요합니다.

멘트가 정 필요하다면 간단한 연결로 다음 찬양으로 인도만 하면 됩니다. 찬양 시간에 마치 멘트가 빠지면 큰일이라도 나는 듯… 쪽지에다가 길게 적어서 외우다 못해 읽어 내려가는 그런 멘트를 우리가 왜 들어야 하는지… 그것도 훈계식으로… 우리를 책망하듯이… 아니면 자신의 성경 지식을 전달하듯 시간을 메꾸는 식의 멘트… 이거 지양해야 할 것입니다.

제가 생각하는 기도/멘트는… 찬양 시작하기 전 합심하여 그 시간을 위하여 자신을 회개하고 성령 충만을 위한 뜨거운 기도 한 번이면 된다고 생각합니다.

그리고는 찬양만을 해야 합니다. 만일 찬양 중 개인적인 기도의 필요를 느끼게 된다면 찬양을 하면서도 충분히 기도를 개인적으로 할 수 있습니다. 두 손을 들거나 아니면 눈을 감고도 기도를 할 수 있습니다. 찬양은 기도이기도 하기 때문입니다.

어떤 분들은 그럽니다. 한 시간의 설교보다도 10분간의 찬양이 더 효과적인 감동을 줄 수 있다고. 그런데 그런 효과적인 찬양을 중단하고 멘트로서 또다시 감동을 유발하려 한다면 이 얼마나 비효율적인 생각이겠습니까.

이러한 점을 잘 파악한 미국의 찬양인도자들은 이미 Paused Comments 보다는 Comments in song, 즉 전하고자 하는 코멘트를 노래하듯 연결시키는 기법을 사용합니다.

다시 말하면 노래의 중간이나 가사가 없는 부분이나 연결하는 부분에 음악적인 기교를 이용하여 에드립으로 멘트를 전달하는 것입니다. 이렇게 하면 음악적인 흐름을 깨지 않고도 충분히 음악적으로 전하고자 하는 멘트를 전달할 수 있는 것입니다.

힐송을 비롯하여 호산나 인테그리티의 론 키놀리들이 잘 사용하는 음악 기법입니다.

물론… 찬양모임 자체가 단독적으로 진행되는 2시간 정도의 이벤트라면… 당연히 중간중간에 기도 순서 말씀 순서를 삽입할 수 있겠죠… 그러나… 그러나… Oh my God… 딱 20분 하는 찬양 순서에 멘트 집어넣고 기도 집어넣는다구요??

이건 아닌 것 같습니다. 여러분들은 어떻게 생각하십니까?

오호라 나는 곤고한 사람이로다!

제가 아는 어떤 분은 능력도 있고(치과의사) 믿음도 좋고(장로면 다 믿음 좋은 것은 아니다만 일단) 존경과 인정을 한몸에 받는 사람입니다.

거기다가 매너까지 좋아서 교회 문 앞쪽에 서 있다가 교인들이 물건을 들고 오면 후다닥 뛰어가서 짐을 대신 들어 준다. 자동차에 오르고 내릴 때 사람들에게 문을 열어 주는 것은 기본입니다.

나이 든 분들은 물론 중년 아주머니들에게 친절하고 항상 웃고 남의 실수를 감싸고 Open Mind이고 정말 일등 남편이요 일등 아빠요 일등 남자로 보입니다. 그런데… ㅎㅎㅎ 그의 집 안에서의 행동을 보면… 혼동이옵니다.

그렇게 남의(?) 여자들에게 친절하던 그가 정작 자기 아내에겐 막 대하고 무시하고 천박하고 강압적으로 변합니다. 그렇게 남의 자녀들에겐 다정하고 인자하고 Open Mind인 그가 정작 자기 자녀들에겐 까칠하고 극보수적이고 폭군적인 모습으로 변합니다.

남자만 이런 게 아닙니다. 어떤 여집사님… 믿음 좋고 항시 넉넉한 미소를 짓고 행사 때마다 자원하여 나와서 음식도 하고 서빙도 하고 설거지도 하고 청소까지 마무리하는 남의 모범이 되는 여자입니다.

그런데… 왜 집에서는 맛있는 저녁거리 사다가 남편 저녁상은 안 차려주는 것이냐고요.

왜 집에 있는 자녀들에겐 미소는 안 바라지만 왜 항시 신경질적이고 소리를 버럭버럭 지르는 거냐고요.

왜 집 안 청소는 전혀 하지도 않고 집안일에는 손을 뗀 것이냐고요.

왜 이런 현상(?)이 오는 것인가요? 조금 거시기한 얘기지만 한 걸음 더 나아가 얘기해 보자면…

목사님이나 장로님 가정에 이혼이 전혀 없는가요?

아닙니다. 있습니다. 목사님과 장로님이 이혼을 한다고요?

그런데 통계에 의하면 그 이혼은… 대부분 사모님들이 원해서 하는 것이라고 합니다.

그리고 그 이혼 사유 중… 가장 큰 이유는… 그들의 교회에서의 모습과 가정에서의 모습이 너무나 다른 데서 오는… 혼동과 충격 때문이라고(내 말이 아니라) 합니다.

물론 극소수에 국한된 예일 것입니다.

뭐 그래서 천주교에선 사제들의 결혼을 별로 권장하지 않는 이유가 될 것이라는 추정도 해 봅니다.

위에 열거한 남편이나 아내들… 조금 깊게 들어가 보면 나름대로 그렇게 되어 버린 이유가 분명히 있을 것입니다. 남편이나 부인이나… 그저 믿을 사람은… 자기 아내와 남편밖에 없지 않은가요.

그저 믿으니까… 그저 믿고… 제가 밖에서 남들에게 조금 더 잘해 주고 조금 더 웃고 조금 더 봉사할 수 있지 않으냐…는 논리도… 전혀 Nonsense 는 아닙니다.

그런데 우리 자신을 조금만 더 살펴보면… 뜻밖의 나의 모습이 보입니다.

체면과 남을 의식하는 문화 속에 살아 온 우리 한국 사람들은 이런 모습에서 자유롭지는 않습니다.

옛날 선비는 굶어도 (밥 먹은 것처럼) 이빨을 쑤신다는 말도 있습니다.

내 아들과 아들 친구가 물에 빠져 죽어 가면 아들 친구를 구하라…라는 옛말도 있습니다.

내 아들 살리고 평생 그 죄의식 속에 사느니… 차라리 내 아들을 희생하겠다는 의도입니다.

실리보다는 주의의 시선이 더 무섭다는 말이 됩니다. 어떤 게 옳은 결정인지 헷갈립니다. 이런… 비논리적인 행동들 그리고 그런 생각들이… 우리 모두에게 있는 것을 인정해야 합니다.

그런데… 진짜 문제가 되는 것은 한계점을 벗어나는 과한 생각과 행동들입니다.

기본 원칙은 나와 내 주위 가족들이 먼저가 되어야 합니다. 그것에 일단 나의 책임과 사명이 있습니다.

나는 내 가정… 너는 네 가정. 딴 사람이 내 가정을, 제가 딴 사람 가정을 먼저 생각할 수는 없지 않겠습니까? 그러나 물론 그것에만 집중하면 나는 매우 이기적이고 편협한 사람이 될 수도 있습니다. 때론 남을 위해 나와 내 가족이 조금 손해 보고 희생도 해야 될 때가 있을 것입니다.

문제는… 제가 남을 위해 나설 때… 이것이 Showmanship이 아닌지, 남의 시선과 눈치 때문은 아닌지, 혹은 자신의 이기적인 목적 때문인 것은 아닌지정도는 Check해 봐야 한다는 것입니다.

예전에 근처 공원에 개를 데리고 산책을 간 적이 있습니다.

한 바퀴 돌고 파킹해 놓은 차 쪽으로 걸어가는데, 저쪽에서 유모차를 밀며 뛰어오는(조깅) 여자가 보였습니다. 어찌나 알차게(?) 뛰는지 유모차가 들썩들썩 움직이며 안에 있는 갓난아기가 칭얼거리는 모습이 느껴질 정도였습니다.

그래도 상관없다는 듯 뛰어오던 그 여자가… 내 곁에 잠시 멈췄습니다.

그리고는 나에게… 개 Leash가 너무 Tight해서 개 목이 아플 것 같다고 합니다. 제가 이런 분들의 성향을 잘 알기 때문에 공손히(?)… 잘 알겠습니다~ 하면서 개 목걸이를 풀어 주는 척했더니… 힐끗힐끗 확인하며 사라졌습니다.

원 세상에… 자기 갓난아이는 지가 폴짝폴짝 뛰는 바람에 유모차에서 이리저리 불편하여 울고 있는데… 지나가는 개에겐 과도한 애정(?)을 보입니다.

이런 사람이 한둘이 아닙니다. 특히 미국은 과할 정도로 더하지만 이제 한국도 만만찮게 이런 트렌드(?)가 역력히 자리 잡아 가는 듯 보입니다.

자기 자식들은 아빠의 애정이 결핍되어 성격장애가 일어나는데, 자기는 사랑하는 개 두 마리를 데리고 그들의 육체적 그리고 정신적 건강을 위해 산책을 나가고 쓰다듬고 껴안고 다독거리고 생 야단입니다.

지 자식들 머리가 어떤지 관심도 없는데, 한 달에 한 번씩 Dog Grooming 숍에 꼭 데려가서 털도 깎고 샴푸도 해 주고 심지어는 매니큐어(페디큐어가 맞나?) 서비스까지 해 주고 돌아옵니다.

지가 아픈 건 끙끙 참으면서 개가 아프면 Vet Clinic에 제때 데려갑니다. 요즘은 Pet Medical Insurance를 드는 사람들도 꽤 많습니다. 자기는 무보험이면서… ㅎㅎㅎ

이게 뭡니까?

저도 동물을 극진히 사랑하고 Nala(내 개 이름)가 암으로 죽어 갈 무렵에는 멀리 항암치료 받으러 데려가기도 하고… 주말에도 개 곁에만 있은 적도 있습니다.

그러나 뭔가 잘못된 그림입니다.
다들 덜 중요한… 밖의 일에… 정신이 팔려 있습니다.

다들 남에게 봉사하고 남을 생각하고 남을 도와주는데… 정신이 팔려 있습니다. (중요하지 않다는 게 아니라… '더' 중요한 것이 있다는 말입니다.)

그러면… 안에 있는 사람은 어떡하라고? 내실을 먼저 기해야 하지 않은가요. 일에는 순서가 있습니다. No?

모든 일에는 Priority와 Severity가 있습니다.

농구선수를 태운 버스가 시합장으로 향하던 중 전복 사고를 냈습니다. 개중에는 중상을 입고 피를 흘리는 선수도 있고 가벼운 찰과상을 입은 선수도 있습니다.

이 순간 Priority는 시합장이 아니라 병원입니다.

그 순간에도 시합장을 생각하는 구단주와 경영진들이 분명 있을 것입니다. 이해할 수는 있지만(영업 손실? 책임?)… 올바른 생각은 아닙니다.

구급차가 도착했는데 일단 도착한 그 구급차에 몇 명만 실을 수 있습니다. 그러면 당연히 큰 부상을 당한 선수들부터 채워야 합니다. 이것은 Severity입니다.

그 순간 이해타산으로(스타 플레이어 먼저?)… 이기적으로(친한 선수들 먼저?)… 경상 입은 선수들을… 피 흘리는 선수들 대신 구급차에 먼저 올라가게 할 수는 없습니다.

간단하지만 논리고 원칙입니다.

우리의 인생에 있어서 지금 이 순간 가장 중요한 Priority는 나의 사람들입니다. 그들을 보살피고 그들을 먼저 사랑해야 합니다.

그들을 밀어 둔 채… 눈치 때문에… 시선 때문에… 이해타산 때문에… 병원이 아니고 시합장으로 행하는 운전수가 되어서는 안 될 것입니다.

그렇게 나의 Priority에 충실한 가운데, 간혹 나를 필요로 하는… Severity 상황이 올 수도 있을 것입니다. 그때엔 과감하게… 나를 가장 필요로 하는 그것을 수행해야 할 것입니다.

성경(딤전 5:8)에도 다음과 같은 교훈의 말씀이 있습니다.

"누구든지 자기 친족 특히 자기 가족을 돌보지 아니하면 믿음을 배반한 자요 불신자보다 더 악한 자니라"

제발 우리의 Priority를 인식했으면 합니다.

남의 교회 기웃기웃 관심 두지 말고… 내 교회부터 신경 써야 합니다. 유명한 교회 목사님 설교에 빠져(그럴 수도 있다만) 내 교회 목사 설교는 듣지도 않는 오만함은 버려야 합니다.

가정도 마찬가지다. 딴 가정 남편 부인들에게 친절하게 호호호~ 하하하~ 미소 짓지 말고 내 가정 부인과 남편에게 다정하게 미소를 지어 봅시다.

시간들여 근사함 음식 만들어 남의 식구 퍼 주며 공치사하지 말고 간단하게나마 정성껏 음식 만들어 시들해져 가는 자기 남편 영양 보충 좀 시켜 주면 어떨까요?

남의 집에 가서 잔디도 깎아 주고 그 집 안에 고장 난 거 수리해 주며 칭찬받지 말고 자기 집 똑똑 새는 수도꼭지도 고치고 몇 달 전부터 바꿔 달라는 샤워 헤드도 좀 해결해 주면 어떨까요?

모든 사람이 남의 일에 과도하게 신경 쓰고 해결해 주면… 반드시 부작용이 생기지만, 제가 내 집안일 해결하면 절대 부작용이 없습니다.

진료는 의사에게 약은 약사에게처럼, 내 일은 내가… 남의 일은 남이…
이게 원칙이 아닌가요? 그 반대로 가려니까 항시 문제가 생기는 겁니다.

제가 가장으로서 남편으로서 아빠로서의 priority가 무엇인지 확인 점검
을 한다면 내 가정은… 더 풍요로워지지 않을까… 생각합니다.

형제들이여~ 오해하지 마시라… 위에 글을 읽어 보면 이 장로는 가정적
이고 모범적이고 항상 미소를 짓고 집안일을 도와주는 성인군자로 보일
수 있지만…

오호라 나는 곤고한 사람이로다!!!

영적인 팔방미인이 가능한가?

미국말에 Jack of all trades, master of none이란 말이 있습니다. 풀이해 보자면 팔방미인이지만 뭐 하나에도 전문가는 아니다…라는 말입니다.

이런 팔방미인을 다른 표현으로 Johnny-do-it-all이라고도 합니다.

자 그런데 팔방미인으로서 나의 〈의무〉를 다하는 것하고 팔방미인으로서의 나의 〈권리〉를 주장하는 것하고는 천지차이가 있습니다.

회사에서나 가정에서나 사회에서나 그리고 교회에서 뒷짐을 지고 있는 것이 아니라 이런저런 일에 자발적으로(Proactively) 참여하여 팔방미인의 의무를 다하는 사람들이 있습니다.

이런 사람들은 반드시 어떤 분야에 전문가이기 때문에 이런저런 일에 참여하는 것은 아닙니다. 전문지식은 없지만 도움이 될까… 하는 십시일반의 봉사, 참여 혹은 희생 정신으로 뛰어드는 것입니다. 이런 사람들은 진짜 필요하고 유용한 팔방미인들입니다.

반면에 어느 것 하나 전문지식은 없는데 여기저기 뛰어들어… 자기의 의견을 주장하고… 자기의 권위를 나타내고… 자기의 존재감을 확인하려는 사람들이 있습니다.

당연히 불필요한… 아니 거추장스러운… 더 나아가 장애가 되는 자칭 팔방미인들입니다.

크리스천이라면 성령의 9가지 열매에 대해 잘 알고 있을 것입니다. 사랑과 희락과 화평과 오래 참음과 자비와 양선과 충성과 온유와 절제입니다.

하나하나 귀한 열매들입니다. 그러나 이 9가지 열매를 다 가지고 있는 팔방미인 크리스천 있으면 손 들어 보세요. 당연히 없습니다.

이 9가지가 너도나도 다 가져야 하는 영적인 필수품이라면 하나님께서 분명히 이 9가지를 다 소유할 수 있는 옵션을 만들어 놓으셨을 것입니다. 소유하면 소유할수록 좋겠지만 몇 개만 소유해도 크리스천으로서 부족함이 없을 것입니다.

이 〈자발적인〉 성령의 9가지 열매보다 더 강력하고 엄격하고 명령적인 십계명의 10가지 계명들… 과연 우리의 선조들은 그것들을 율법의 팔방미인으로서 다 철저히 지키고 살았던가? 아닙니다.

대부분 그중 몇 개는 빼먹고 살았을 확률이 크다. 반드시 지키라고 하는 엄한 율법이었지만 호락호락 지킬 수 있는 사람들은 매우 드물 것입니다.

왜냐하면 율법의 목적이 그것을 완벽하게 지켜서 구원에 이르게 하는 것에 초점이 있는 것이 아니라, 그것을 결국 지킬 수 없음에 대한 자각을 통해 우리가 죄인임을 인정하게 만들고, 우리의 죄를 대속하여 우리를 의인으로 변화시켜 주실 메시아를 앙망하게 하려는⋯ 비밀스런 목적이 있었기 때문인 것입니다.

이렇게 하나님께서 주신 원리를 보면⋯ 하나님께서 우리에게 제시하신 것은 꽤 많지만 우리가 그것을 다 지키거나 다 소유하여 영적인 팔방미인이 되라고 요구하지는 않으시는 것 같다는 "다행이라는" 생각조차 듭니다.

고린도 전서 13장에 보면 "그런즉 믿음, 소망, 사랑, 이 세 가지는 항상 있을 것인데 그중에 제일은 사랑이라"고 말씀하셨습니다. 믿음도 중요하고 소망도 중요하고 사랑도 중요합니다.

나에게는 믿음이 셋 중 더 귀할 수도 있고 딴 사람에겐 소망이 사랑보다 더 귀할 수도 있습니다. 그런데 성경은 사랑이 제일이라고 하였는데, 그 말이 수학적인 의미에서의 사랑 > 믿음 혹은 사랑 > 소망이라는 말은 아닙니다.

포괄적인 의미를 담고 있는 〈사랑〉을 강조한 말이 됩니다.

또 이 말은 다 소유할 수 없고 이것저것 팔방미인이 되려다가 하나도 제대로 소유할 수 없는 것이라면 〈사랑〉 하나를 소유하라는 우회적인 교훈도 됩니다.

결론적으로 얘기하고 싶은 것은… 팔방미인은 성경이 가르치고 있는 원리는 아닙니다.

이것저것 다 개입하고 다 원하고 다 가지기보다는 한 가지 소박한 그러나 철저한 헌신과 불변의 초심을 가지는 것이 좋다는 교훈을 유추해 볼 수가 있습니다.

이제 우리 교회의 문제점이 보입니다. 우리는 교회 성장을 말할 때 대부분 번창과 도약을 말합니다.

〈번창〉은 영적인 그리고 양적인 증가를 의미하는데… 이 두 가지가 같이 병행된다면 큰 문제는 없을 것이다… 그러나 문제는 후자에 더 치중하고 있다는 사실이 문제가 되고 있는 것입니다.

〈도약〉은 무명인에서 풋내기로, 풋내기에서 이름과 명성과 성공의 아이콘으로의 인정받고 숭앙받는 변화를 말합니다.

교회의 도약은 이런 의미에서 우리 교회가 교계에서 그리고 나아가서는 사회에서 인정받아 우리 교회의 능력과 교세가 뻗어 나가는 변화를 말함입니다.

이런 번창과 도약의 과정에서… 어떤 문제점이 발생하게 되는 것일까요. 바로… 팔방미인 교회로 변하게 된다는 사실입니다.

많은 프로그램들이 생기게 됩니다.
프로그램이 많으면 좋은 교회인가?

많은 사역이 생기게 됩니다.
사역이 많이 생기면 좋은 교회인가?

많은 집회가 생기게 됩니다.
집회가 많으면 많을수록 좋은 교회인가?

많은 비전이 생기게 됩니다.
비전이 많으면 많을수록 좋은 교회인가?

프로그램이 많으면 청중들(?)이 즐거울 것입니다.
사역이 많으면 목회자들이 만족할 것입니다.
집회가 많으면 그게 다 영적인 집회들인가?
비전이 많으면 칭찬받는 교회가 되는가?

너무나 많은 프로그램, 너무나 많은 사역, 너무나 많은 집회, 너무나 많은 비전들 때문에… 성경에서 믿음 소망 사랑 중에… 그저 한 가지 사랑을 잡으라는 원리가 퇴색되고 있습니다.

9가지 성령의 열매를 다 가질 수 없는 것을 알고 있을 텐데⋯ 많은 프로그램과 사역과 집회와 비전을 다 가지고 싶어 합니다.

교회는 팔방미인이 되는 것이 아닙니다.

예수님께서 우리에게 팔방미인이 되라고 하신 적이 없습니다.
작은 소명 한 가지면 충분하다. 비전도 한 가지면 충분하다.

성경 공부에 목숨을 걸듯이 선포하더니만 이번에는 마치 전 세계를 다 정복할듯이 선교에 목을 겁니다. 그러다가 이번에는 유명한 가수 연예인 초청하여 화려한 집회를 갖습니다.

그러다가 노숙자 노동자 고아원 양로원 사역에다 찬양사역 문화사역 예술사역 방송사역⋯ 웬 사역이 그리도 많은지요.

일단 교회는 예배면 됩니다. 그게 기본이고 필수 사항입니다.
예배만 있고 그것만 올바로 서면 그게 교회입니다.

사람이 배가 부르고 나면 딴것을 하고 싶어 합니다.
교회가 이제 개척 단계를 지나 조금 여유가 생기니까⋯ 이런저런 사역과 비전과 집회와 프로그램들이 꿈틀대는 것입니다. 예배를 더 강화하고 더 철저히 지키는 것이 성장의 지름길일 것인데.

교회 성장은 프로그램에 의해 만들어지는 것이 아닙니다.
교회가 성장하다 보니까 생겨나는 것이 프로그램입니다.

순서를 잘 기억해야 합니다. 잘 나가는(?) 딴 교회 프로그램 베낀다고 우리 교회가 성장할 것이라고 생각하십니까?

그 교회는 그 프로그램 때문에 성장한 것이 아니라, 성장하고 보니까 그 프로그램이 생겨난 것이다…라고 생각해야 합니다.

크리스천다운 행동이 있으니까 크리스천이 아니라, 크리스천이기에 크리스천다운 행동이 생기는 것이라는 원리를 생각해야 합니다.

요즘 교회들이 너무나 복잡해졌습니다.
팔방미인 교회들이 우후죽순처럼 생겨납니다.

그러다가… Jack of all trades, master of none이 됩니다.

이것저것 별 행사 프로그램들은 많은데(Jack of all trades) 정작 중요한 예배는 소홀하게(master of none) 되어 버렸습니다.

찬양으로 비전을 삼고 초심 때 여정을 시작했다면 그 찬양 하나로 예배를 더 풍성하게 만들면 됩니다. 제자훈련으로 사역의 비전을 삼았다면 제자훈련으로 예배를 온전하게 만들면 됩니다.

선교에 비전이 있다면 차라리 선교사가 되면 좋습니다. 지교회는 예배로 살아야 합니다. 그래서 그 목적으로 담임을 초빙합니다. 초빙된 목사는 그 교회를 내적으로 살리고 건실하게 하고 참된 예배 처소로 만드는 것이 초빙받은 임무입니다.

그런데 선교 선교 하며… 가미가제 식으로 교인들 닦달하고 모든 열정을 선교에 쏟는다면… 차라리 그는 선교사가 되든지 선교 단체에서 사역하는 것이 더 좋을 수도 있습니다.

여러 가지를 다 추구하고 가지려는 팔방미인이… 쉽게 될 순 없습니다. 좋은 것 한 가지만 집중해야 합니다. 그 길만이 전문가가 되는 길입니다.

그리고 우리는 예배의 전문가가 먼저 되어야 합니다. 나머지 프로그램들은 그 예배를 돕는 혹은 예배로부터 파생되어 나온 부수적인 파생물이라고 생각하는 것이 무척 성경적인 생각입니다.

Keep a low profile.
동물들이 위험에 처하거나 혹은 먹이를 노릴 때 하는 행동이 몸을 낮추는 행동입니다.

지금은 온 사회가 교회를 매우 부정적인 시각으로 바라보는 시기입니다. 몸을 낮추고 변명을 자제하고… 가장 기본인 예배에만 충실할 시기입니다. 내실을 다질 시기라는 말입니다.

사회가 어쩌니 저쩌니 하지 말고 그저 우리만 일단 잘하면 사회도 따라오게 되어 있습니다.

Simpler the better. 이 말은 Back to the Bible과 일맥상통하는 말입니다.

그저 우리가 아는 성경의 가르침에 충실하고 성경에 없는 이단 사설과 자기주장과 자기합리는 배척하여… Back to the Bible 해야 할 시기입니다.

이 말은 그저 한두 가지 소명받은 것에 전력하는 게 낫다는 얘기도 됩니다.

대개 팔방미인을 추구하는 자들은 사람들로부터 인정받고 칭찬받고 쾌감을 느끼는 자들이 많다(고 나는 생각합니다).

반면에 소박한 한 가지에 열정으로 헌신하는 자들은 대개 한 분만 인정해 주시면 기뻐하는 자들이다(라고 나는 생각합니다).

No on Jack of all trades!

Yes on Master of One!

스티브의
이런저런
교회 이야기

ⓒ 스티브 리, 2026

초판 1쇄 발행 2026년 4월 3일

지은이   스티브 리
펴낸이   이기봉
편집   좋은땅 편집팀
펴낸곳   도서출판 좋은땅
주소   서울특별시 마포구 양화로12길 26 지월드빌딩 (서교동 395-7)
전화   02)374-8616~7
팩스   02)374-8614
이메일   gworldbook@naver.com
홈페이지 www.g-world.co.kr

ISBN   979-11-388-5562-4 (03810)